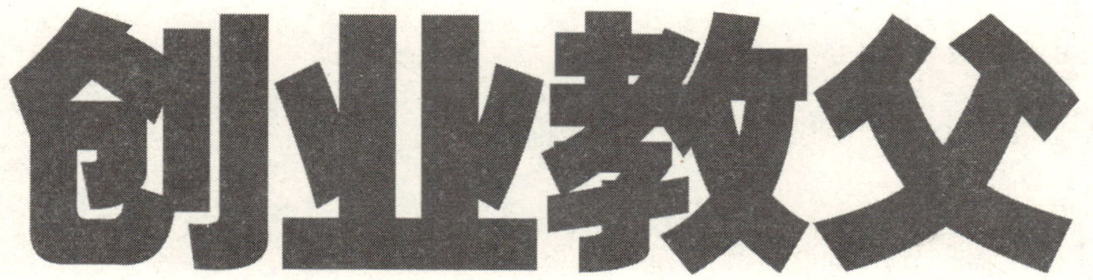

创业教父

知名互联网巨头的创业笔记

徐常伟◎著

文化发展出版社
Cultural Development Press

图书在版编目（CIP）数据

创业教父 / 徐常伟著 . —北京 : 文化发展出版社有限公司，2016.9

ISBN 978-7-5142-1503-8

I. ①创… II. ①徐… III. ①长篇小说－中国－当代 IV. ① I247.5

中国版本图书馆 CIP 数据核字（2016）第 209710 号

创业教父

徐常伟 / 著

责任编辑：肖润征

责任校对：岳智勇

封面设计：天之赋设计室

责任印制：孙晶莹

出版发行：文化发展出版社（北京市翠微路 2 号　邮编：100036）

网　　址：www.keyin.cn　　www.pprint.cn

经　　销：各地新华书店

印　　刷：三河市冀华印务有限公司

开本：700mm × 980mm　　1/16

字数：300 千字

印张：20.5

印次：2016 年 9 月第 1 版　2016 年 9 月第 1 次印刷

定价：39.80 元

ISBN：978-7-5142-1503-8

CONTENTS

目录

1

十字路口

“王侯将相宁有种乎？”张成铭喃喃自语着。

伴随着第一次浪潮的结束，中国的互联网行业何时将会迎来第二次浪潮？第二次大浪潮的趋势是什么？又会涌现出什么类型的巨头公司？巨头间的战争，是否意味着互联网行业的《三国演义》即将到来？

最关键的是，自己这个“小卒子”该如何把握住风向，成为有分量的角色。

夜色阑珊，窗外的北京城灯火璀璨，一派繁荣景象。约 10 分钟后，飞机降落着陆。张成铭的心，也随之一沉。

“久违了，北京，我张成铭又回来了。”下了飞机，他在心中默念着。“又”字说明，张成铭和北京，曾有过一段不解之缘。

三年前，张成铭从北京的一所二流院校毕业。毕业后不久，金融科班出身的他，原本可以凭导师的推荐进入一家银行上班，但令人意想不到的是，张成铭谢绝了导师的美意，选择了一家名为“大可”的互联网公司（简称“大可”），成为 IT 从业者。大学期间，张成铭就对互联网表现出浓厚的兴趣，除了经常上网浏览一些知名论坛之外，还四处收集和互联网有关的书籍学习。按眼下时髦的词来形容，他是个不折不扣的“极客”。

当时，中国的互联网正迎来第一次浪潮，呈如火如荼之势。大量资本涌入、国际巨头争相抢滩、门户和搜索网站相继上市……创造了一个又一个财富神话，制造出一批又一批亿万富翁。张成铭发现，其实，绝大部分的互联网公司都处于亏损状态，但只要你编一个好故事，各路资本就会接踵而来。与此同时，伴随着实力的壮大，同类甚至不同类公司间的擦枪走火时有发生。战争的最终目的，一是为扩大版图，二是为兼并收购。

其格局，可谓乱象丛生。

不过，越是乱，张成铭越是有盼头，乱世方能出英雄。

大可的总部位于北京郊区的一幢居民楼里，主攻中文实名网站。创始人名叫周钧韬，人称“老周”，科班出身，大张成铭 8 岁。周钧韬带领的团队，人数并不多，不到 30 人，却个个皆是精英。张成铭加盟后，选择了较为熟悉的上网助手领域。仅仅花了两年不到的时间，大可便异军突起，成为业内为数不多的实现盈利的公司。一时间，一拨又一拨的风投机构和投资人纷至沓来，争着抢着要投资和收购大可。经过一番甄选，周钧韬一锤定音，将大可作价 1.2 亿美元，卖给了国际巨头智源科技。周钧韬任智源科技中国区（下面简称“智源中国”）总经理，张成铭等老臣子也跟着加入了智源科技。相比之下，智源科技的平台要比大可大得多。张成铭原以为找到了好码头，待时机成熟，自己就可以出来闯荡江湖了。

不过，好景不长，短暂的“蜜月期”过后，周钧韬和智源的创始人郭腾义间的矛盾越闹越大。最终，周钧韬负气出走，他的团队也被赶出了智源中国。此后，周钧韬做起了天使投资人。张成铭则在北京逗留了一段时间，本想创业、闯荡互联网江湖，为此还注册了一家公司。可光凭他一个人，既非科班出身，又没有拿得出手的项目，更没有资金，创业等于是在空谈。万般无奈之下，张成铭决定暂时回江西老家。经人介绍，他进入一家国企做小职员。但他的心，一直在北京，一直在互联网上，一直想着创业。

昨晚，张成铭接到周钧韬的电话，让他速回北京，有要事相商。另外，周钧韬还透露，大可的许多老员工也会到场。周钧韬召集老员工开会，葫芦里卖的到底是什么药？莫非，他准备卷土重来，再次进军互联网行业？

往事历历在目，张成铭唏嘘不已。

离开江西老家进京时，张成铭和父亲大吵了一架。在父亲眼里，他的选择是极其幼稚的，是对自己人生的不负责任。可最终，张成铭还是顶着压力，再次踏上了进京之路。道别时，父亲甩下一句狠话："你敢迈出家门一步，咱们就断绝父子关系。"

张成铭心里清楚，父亲说这话并非是真的想和他断绝父子关系，而是为挽留他的无奈之举。回想这一切，他的眼眶不禁湿润了。

不成功，便成仁。

要是这次在北京城再闯不出什么名堂，还真是无颜见江东父老了啊！

坐上出租车，张成铭直奔王府井大街。来之前，他联系过几个之前搭档过，关系又比较近的同事，他们也都在周钧韬的邀请之列。被智源中国扫地出门后，他们几个一直留在北京打拼，干的也基本上是老本行。也许，他们了解到的信息会更多。

张成铭到达王府井附近的一家火锅店时已近 8 点，三位昔日的老"战友"正围在一起，涮着羊肉。

齐文东，35 岁，原大可的二号人物，副总裁。大可创办之初，他就鞍前马后地跟着周钧韬打天下，是大可的功勋老臣。

徐泽丰，28 岁，与张成铭同岁，是张成铭曾经的搭档，负责大可的上网助手开发业务。

张晨蕊，24 岁，在大可时，和张成铭、徐泽丰同在一个团队，充当两个人助手的角色。

三个人中只有张晨蕊是土生土长的北京人，齐文东和徐泽丰，一个来自广东，一个来自湖北。

“成铭，你总算来了，就差你一个了。”齐文东站起身，拍了一下张成铭的肩膀，示意他坐到自己旁边的位置上。

“齐总，接到周总的电话后，我是马不停蹄地从江西老家往北京赶。好在航班没有延误，要不然真不知道什么时候能到。”

“到了就好，到了就好。明天上午，我就带你们去见周总。”

“齐总，其他人呢？”张成铭稍稍一顿，又问，“听周总说，之前大可的绝大部分老员工都归队了。”

“有些已经到了，有些正在赶来的路上。”齐文东涮了一大块羊肉放到张成铭的碗里，突然间压低嗓门道，“岂止是老员工，就连一部分智源中国的骨干，也会加盟我们崭新的团队。”

“智源中国的骨干？”张成铭惊疑地问。

周钧韬召集老部下东山再起，在他的预判之内，但明目张胆地挖智源中国的墙脚，则出乎他的意料之外。显然，周钧韬对智源中国是有恨意的。恨意的源头，张成铭也能猜出个七八分：一是周钧韬和智源美国总部的矛盾，包括和掌门人郭腾义间的貌合神离；二是智源中国收购大可后，不出两个月，郭腾义就将大可转卖给了另一家互联网公司——极光网络。同时，智源科技也成了极光的股东之一。

自始至终，周钧韬都被蒙在鼓里。

对于极光网络（下文简称“极光”），张成铭还是有些了解的，因为极光是第一家找大可谈并购的公司。极光的创始人名叫蔡崇云，浙江人。当初，极光的报价是 8000 万美元，当即就被周钧韬否决了。一来，周钧韬认为蔡崇云的报价过低，低于他的底线。二来，蔡崇云走后，周钧韬曾说过一句话：“就他蔡崇云，长得跟外星人似的，这辈子能有什么出息？大可卖给他，岂不是被糟蹋了？”换言之，周钧韬打心眼里是瞧不上蔡崇云的。

“郭腾义和蔡崇云不仁在先，我们选择不义，顶多算是扯平了。”齐文东愤愤然道，“当初，周总在智源中国时，受尽了他们二人的奚落和排挤，是他们联手把周总赶出智源中国的。我们带几个人走，那又如何？”

郭蔡二人联手排挤周钧韬，张成铭还是头一次听说。这也正常，他只是个普通的小角色，高层间的明争暗斗，他岂能一览无余？

“齐总，这次咱们将主攻什么领域？”张成铭问出了最关心的问题。

从某种意义上而言，周钧韬想要做哪个领域，或者说，以什么点为突破口，很重要，将直接关系到东山再起的命运。

“成铭，关于这个问题，明天见到周总后，答案就自然揭晓了。”齐文东卖了个关子，转移了话题，“你看，光顾着聊天了，先吃菜，先吃菜。”

吃完饭，齐文东称有事，先行离开了，只剩下张成铭、徐泽丰和张晨蕊三人。相比之下，张成铭和他们二人的关系要好于齐文东。毕竟，三个人曾是一个团队里的搭档，有着极为不错的私交。齐文东则不同，他是公司的高层，是周钧韬的心腹大臣，无形间就和下面的人有了距离。

出了火锅店的门，寒风刺骨。初冬的北京城，昼夜温差极大。这个点的温度，估摸着在零摄氏度以下。

“泽丰，晨蕊，你们看我这大包小包的，还是先找个地方安顿下来，咱们再好好聊聊。”

张成铭原打算暂住在徐泽丰的出租房里，两个人挤一挤，等安顿下来了再找房子，总要比住旅馆划算许多。不过，最近，徐泽丰的父母正在北京，他租的房子本就不大，再去打扰就不好意思了。

“张哥，老徐那边的情况，我也了解。要不这样，你就先住我那里吧，反正我也是一个人住。”张晨蕊像是看穿了他的心思，提议道。

“晨蕊，这……这恐怕不太好吧……”

“张哥，你是怕孤男寡女、干柴烈火呢，还是怕我吃了你呢？”说着，张晨蕊俏皮一笑。

“晨蕊，没有的事。”张成铭的脸，唰的一下就红了，“就是怕打扰你。”

“张哥，我看这件事就这么定了。大家在北京城闯荡，都挺不容易的。我这个人很容易满足的，待会儿你买串糖葫芦给我吃就当交房租了，山楂的，原味的。”

张晨蕊的家，位于国贸附近的一个新小区，张成铭去过几次，三室两厅，160 平方米左右，装修得也挺别致。能在北京拥有这样的房子，可见张晨蕊的家庭背景不简单。关于她的家世，张成铭极少听张晨蕊提及。只知道她的父母一直在国外，家里还有一个大她十来岁的姐姐，其他的一概不知。

正巧，小区楼下有个卖糖葫芦的流动摊，张成铭便买了一串犒劳张晨蕊。

上了楼，进了屋，张晨蕊第一件事就是打开空调，将温度定格在 25 摄氏度。待她烧开水、沏上茶，整个屋子已有了暖意，恍如春天。

“老徐，晨蕊，这北京城就是不一样，连空气里的味道都不一样，特别好闻。”张成铭喝了口茶，惬意地说道。

张晨蕊笑着问：“张哥，听你的意思，是打算留在北京城，继续跟着老周干喽？”

“晨蕊，成铭现在纠结的，不是留不留在北京城。既然他选择了回来，就肯定会留下来。”徐泽丰接过话茬道。

“那张哥在纠结什么呢？”

“如果我没猜错的话，成铭现在考虑的是，要不要继续跟着老周。”

张成铭郑重地点了点头说：“泽丰，知我者，非你莫属。”

“不跟着老周，难道还有别的路可走？”张晨蕊噘着嘴问，一脸的茫然。

“创业！”

张晨蕊越听越糊涂：“创业？怎么创业？还是在互联网领域吗？”

“是的，还是在互联网领域。”谈到创业，张成铭换上了激动的表情，眼中发着光，“眼下，互联网行业的第一次浪潮已近尾声。不过，可以肯定的是，接下来肯定还会有第二次、第三次，甚至第 N 次浪潮。而且，互联网取代传统行业是大势所趋。想要把握住时代的脉搏，成为一方诸侯，乃至统领江湖，创业是唯一的出路。跟着别人，干得再好，也只不过是个职业经理人，是别人手上的一颗棋子。”

“张哥，你凭什么去创业呢？”

张晨蕊的发问，直戳张成铭的软肋。凭什么？换言之，就是是否具备了创业的条件。这段时间，张成铭也一直在琢磨这个问题。想要在互联网行业闯荡，首先要有一个团队，有人懂管理，有人懂技术，有人懂公关。张成铭的生活圈子本就不大，能接触到的人，绝大部分都是大可原来的员工。此次回京，他打算物色几个志同道合的“战友”，好好地聊一聊共同创业一事，徐泽丰和张晨蕊是首选。其次，创业需要一个好项目。张成铭打算先从图片软件入手：一来，他对修图这类事情，还是非常感兴趣的；二来，根据他的预判，将来图片软件大热是肯定的；三来，现在玩图片软件的公司几乎没有，不至于一上来就被人围剿，甚至胎死腹中。再次，创业需要资金。这一条，对张成铭来说，是盲区。从业伊始，他只是个小兵小将，从未接触过风投，也不认识风投圈的人。但他很清楚，互联网是个极为烧钱的行业，想要赚钱，首先要学会烧钱。烧到实处，烧出名堂，才能转化为利润，并且要做好长期烧钱的准备。最后，创业还需要勇气，畏首畏尾、思前想后是成不了大事的。

以上四点，是一个创业者必备的条件。可张成铭真正拥有的，只有勇气，就连志同道合的“战友”，也未必有。眼下，周钧韬正广发英雄帖，招揽旧部，要是徐泽丰和张晨蕊选择了跟着老周干，他还能找谁去呢？另外，他对图片软件只是抱有兴趣，要说有多精通，也谈不上。光凭一腔热血，就想在竞争残酷的互联网行业杀出一条血路，难哪，难于上青天。但一味地自怨自艾，更是于事无补。

张成铭边思量着，边道出了自己的想法。末了，他又添了一句：“有些话，刚才当着齐总的面，不好说。”

言外之意，徐泽丰和张晨蕊才是他真正信任之人。

“张哥，你哪天决定创业，我哪天就跟着你干。”张晨蕊表态道。

“晨蕊，谢谢，谢谢你的支持。”说完，张成铭又望向徐泽丰。

在他心目中，徐泽丰的态度要比张晨蕊的更重要。他和徐泽丰，一个懂产品，一个懂技术。事实证明，两个人是非常不错的搭档。至于类似于张晨蕊这样的助手角色，并不难找。

“成铭，就事论事，我就问你一个问题，创业的资金从哪里来？”

“泽丰，要是能找到资金的话，离开智源中国那会儿，我就开始干了，何必等到现在呢。”

“也就是说，这个问题你一直都没有解决。想要在互联网行业创业，没有钱，没有几千万美元，一切将无从谈起。”

张晨蕊眼珠子转了转道：“资金方面，我倒有路子，我姐姐是一家跨国投行中国区的负责人。这些年，他们公司也投资了不少互联网项目……”

徐泽丰打断道：“晨蕊，感情归感情，生意是生意，这是两码事。但我也不否认，有希望总归是好事。”

“泽丰，说说你的具体想法。”尽管被徐泽丰泼了冷水，张成铭还是微笑着问。

“成铭，你也知道，我当初选择互联网，只是单纯地出于对这个行业的喜爱。谁要是能给我一个平台，让我去钻研，我就心满意足了。不像你，有那么大的抱负。”徐泽丰推了推鼻梁上的眼镜，继续说，“既然你让我谈谈我的看法，那我就谈谈。我认为创业最关键的是时机，天时地利人和，七分努力，三分运气。对你而言，眼下并非最好的时机。另外，我觉得你可以换个角度去想，何不先跟着老周干一段时间，以此为跳板，积累人脉和资源，等时机成熟，再去创业呢？”

张成铭仔细地聆听着，时而眉头舒展，时而紧皱。徐泽丰的意见虽保守，但却是大实话。的确，跟着周钧韬这样的业界大佬，除了可以积累人脉和资源，还可以学到不少经验，尤其是他的互联网方法论和思维，以及如何研发产品。这些东西，可都是无价之宝。

如果说张成铭是匹千里马的话，那么，周钧韬就是发掘他的伯乐。

前些年，张成铭在大可，从一名小员工做起，一直到负责一个部门。这其中，和周钧韬的赏识是分不开的。

“泽丰，容我再考虑考虑吧。”

仅仅因为徐泽丰的几句话就彻底断掉了创业的念头，这不符合张成铭的个性。更何况，张晨蕊刚刚说了她要找投资的渠道，就更不能如此轻率地放弃了。

“张哥，既然一时间想不通，就先放一放。”张晨蕊又端来一盘切好的水果说，“咱们呢，换个话题，来次煮茶论英雄。你们说，如今的互联网行业，哪几个大佬最有实力？周总又处在哪个位置？还有，周总这次东山再起，到底会玩哪个领域？”

“这几个问题，还是成铭来回答吧。以前在大可，要说谁对互联网的历史研究最透彻，成铭排第二，没人敢排第一。”

“泽丰，你又笑话我了。不过，有个观点我一直是很赞成的，历史是现实的一面镜子。”

“张哥，快说，你快说嘛。”张晨蕊望眼欲穿，用崇拜的眼神看着张成铭。

“人家说，三十年河东，三十年河西。但这话放在互联网行业，是不适用的。三年河东，三年河西，甚至时间更短，才更为贴切。三四年前，最风光的是几大门户网站接连上市，一时间风头无二。之后，陈启锐的华鼎崛起，占据了半壁江山。张军和陈启锐都曾登上过富豪榜头把交椅。所以说，现在就像水泊梁山一样给大佬们排座次，为时过早了。但随着彼此的交战和兼并收购，会形成一种局面：出现几家大型的公司，甚至是寡头企业，稳居行业的前列。我心中的前三甲，蔡崇云的极光网络是其中之一。其一，极光的整个构架和生态圈布局很到位，也比较完善。其二，极光的背后有大财团的支持。而且，近两年，极光和几个抢滩他们中国市场的国际巨头交过手，皆占了上风，这就更激发了蔡崇云的信心。其三，蔡崇云有着极强的个人魅力。另外两个的话，一个是李星河的宏远，另一个是张问天的万众。李星河偏居鹏城一隅，深谙韬光养晦之道，将来肯定大有可为。张问天科班出身，又和华尔街那帮投行关系密切，成为巨头之一也是指日可待。老周的话，在格局方面，还是略输这几个人的，暂居第二集团吧。至于老周要玩哪个领域，泽丰，你一直待在北京，了解的信息应该比我多吧。"

徐泽丰缓过神，顺着张成铭的话往下说："如果我没猜错的话，老周极有可能会主攻搜索领域。"

张晨蕊追问："理由呢？"

"第一,万众在美国上市一事，极大地刺激了老周。要知道，当初大可无论在流量还是收入方面，都是完胜万众的。结果，万众一上市就有了几十亿美元的市值，而大可仅仅以 1.2 亿美元卖给了智源科技。这种差距对老周来说，是数字上的，更是心理上的。第二，老周被赶出智源中国后，他对郭腾义是有恨意的，而智源科技的主营业务之一，也是搜索。依老周的个性，势必会以牙还牙。第三，据我了解，老周花高价从智源中国挖来的人，大多都是搜索业务的核心团队。因此，一向心高气傲的老周，是打算在搜索领域，同时对万众与智源科技开火。"徐泽丰说到这里，顿了一下，最后又补充了一句，"这也是老周最为致命的弱点，过于高估自己，低估对手。"

话题更上一层楼，三个人围绕着周钧韬又攀谈了一番。徐泽丰离开时，已近午夜。

张成铭冲过澡，回到张晨蕊布置好的房间，感觉格外温馨。再次道过谢，他关上了门。尽管奔波了整整一天，但此刻的张成铭却丝毫没有睡意。他站在窗前，看着窗外的北京城，陷入了沉思。

是即刻创业，还是等待时机再创业？

摆在他面前的，是人生最重要的一次抉择。

2

贵人指路

次日中午，张成铭和张晨蕊与徐泽丰碰面后，三人搭乘公交车前往通州——原大可网络的大本营。倒了好几趟车，到达大本营时，本就不大的会议室已挤满了人。一部分，是张成铭认识的、原大可的老员工；另一部分，则素未谋面，不出所料，应是周钧韬从智源中国刚挖来的技术骨干。周钧韬和齐文东正在和他们寒暄着。一起陪同的，还有原大可的 CTO（首席技术官）高强。

张成铭对高强一直没什么好感，觉得他心胸狭窄，睚眦必报。在大可时，要不是周钧韬罩着自己，估计早就被高强排挤出局了。离开智源中国后，高强曾南下杭州，加盟蔡崇云的极光网络，但据说混得并不如意。

张成铭毕恭毕敬地走到周钧韬的跟前，叫了声“周总”。周钧韬转过身，伸出手：“成铭，我知道你肯定会回来的。”

周钧韬的声音虽轻，却极有气势，仿佛一切尽在他的掌控之中。这就是张成铭认识的周钧韬，微胖，长着一张娃娃脸，脸上总是挂着一丝笑容，鼻梁上的眼镜更是为他添了几分学究气。但周钧韬最让人捉摸不透的，就是那双藏在眼镜后面的眼睛，深不可测。因此，在互联网界，周钧韬一直有“笑面虎”之称。据说，这个外号是极光的创始人蔡崇云给他起的。私下里，他也在员工们面前提及过“笑面虎”这个话题，他说“笑面虎”也好，总归是一只老虎。这就是周钧韬的个性。

随后，张成铭对高强微微一笑，算是打过招呼。

待人员到齐后，周钧韬、齐文东和高强走上了临时搭建的主席台。周钧韬并没坐下，而是直接站着，开始了他的“誓师大会”。周钧韬平时熟读兵法和各种史书，他最崇拜的人就是毛泽东，乃至言谈举止，都会去模仿。

“今天把大家召集到一起，就一件事：我周钧韬准备二次创业了，继续投身互联网这片蓝海。而且，是和大家一起创业。众所周知，我的第一次创业总体上还算是蛮成功的。要说有败笔的话，就是上了‘鬼子’的当，把大可卖给了郭腾义的智源科技。现在回头想想，真的是连肠子都悔青了。再加上原本各方面都不如大可的万众挂牌上市，市值达几十亿美元，这就更刺激了我创业的雄心。他张问天能，我周钧韬就更不在话下。当然，选择再次创业的最主要原因，是看到了互联网的美好前景。为了梦想，我个人的梦想，大家的梦想！对于在座的每一个人，只要你们有能力，我都将给予你们相对独立的创业平台。另外，只要好好干，还会分到公司的股权。届时，你们就是新公司的主人和股东！”周钧韬恍如演说家，言语极具煽动性，“想必大家一定会好奇，再次创业，我会主攻哪个领域。现在，我亲自来揭晓答案：第一，玩搜索；第二，做中国供应商。这是两个根本点，接下来，新公司还会涉足其他领域。原大可的老员工应该都清楚，我的互联网方法论其实很简单，一是多线作战，二是农村包围城市。两者相辅相成。最终的目的，是为了包围敌人、围剿敌人！”

周钧韬喝了口水，继续滔滔不绝道：“但我这次的战术会有所变化，以闪电战为主，速胜。在此之前，我已经融到了 2000 万美元的资金。只要我们的业务展开，B 轮融资也不是什么大问题。我的预期是，新公司两到三年上市。等到了 2008 年，你们都不用上班，好好地待在家里看奥运。我就说这些，大家愿不愿意加盟新公司，全凭自愿。但三天之内，必须给我一个明确的回复，过期不候。”

周钧韬话刚说完，底下的窃窃私语声便此起彼伏。张成铭没有跟身旁的徐泽丰和张晨蕊讨论，而是一个人坐着，静静地思考着。从周钧韬刚才的话中，他读出了几条信息。第一，这次创业，周钧韬更多的是扮演投资人的角色。也就是说，他会相应地放权，给有能力的人提供平台。这一点，倒是挺对他胃口的。倘若周钧韬能给他提供独立的运作空间去锻炼，作为创业前的跳板，何乐而不为呢？第二，周钧韬不仅要玩搜索，还要做中国供应商。换言之，他不仅把智源科技和万众当成了敌人，顺带着把矛头还指向了蔡崇云。一直以来，蔡崇云的极光都是中国供应商的最大合作方之一。同时树立三个敌人，周钧韬还是一贯地自信。可到底有多大的胜算呢？至少以张成铭的角度看，胜算不大。第三，早早地完成了A轮融资，并开始着手B轮融资，可见周钧韬是筹划已久。

张成铭再次陷入了纠结和犹豫。

誓师大会画上了句号，周钧韬又特意把旧部中的一批精英留了下来，开了个小会，张成铭和徐泽丰在列。小会上，周钧韬并未过多地谈及互联网，而是和大家谈感情，进一步笼络人心。结束后，他又送给每个人一本精装版《三国演义》，并语重心长道："眼下的互联网江湖，胜似《三国演义》。大家回去以后，我建议都好好地读一读这本书。不仅要读，还要精读、研读。等你读透了，也许将来有一天，你们中的某些人，也会成为一方风云人物。"

等张成铭和徐泽丰下了楼，张晨蕊正在楼道里等着。

"张哥，老徐，老周是不是把你们叫去继续洗脑了？"

张成铭笑着回应："也不是，打打感情牌而已。"

"张哥，老徐，那你们两个人的最终决定呢？"

"我觉得跟着老周干挺好的，独立的平台、股权激励都很吸引人。而且，我相信绝大部分人会选择跟着他干。"说完，徐泽丰才发现自己失言了。毕竟，张成铭还没打消创业的念头，这么说，就等于在给他泼冷水。于是，他立马补充道：“当然，我要等成铭下决定后再做决定。”

“张哥，你呢，你是怎么想的？”

“晨蕊，周总只给了我们三天的时间。你看，能不能尽快安排我和你姐姐见个面？”

“张哥，就在刚刚，我给我姐姐打了个电话，我姐姐的回复是……”张晨蕊笑着卖了个关子。

“怎么回复的？”

“张哥，要我说可以，不过——你也得答应我一个条件。”

“好，没问题，我什么条件都答应你！”

“包括以身相许吗？”

张成铭一时语塞，尴尬地笑了笑。

“好了，我也不为难你了，晚上请我吃饭就可以了。”

“好，地点你选，我埋单。”

“这还差不多。”张晨蕊莞尔一笑，又说，“明天上午 9 点，我带你去见我姐姐。”

“晨蕊，谢谢，太感谢你了。”

三个人回到市中心，正好是晚饭时间。徐泽丰称家里还有事，先行离开了。张成铭陪着张晨蕊在国贸附近觅食，最终选择了一家高档意大利餐厅。

“张哥，你不会心疼吧？”

“哪里，你喜欢就好。”

要说张成铭不心疼，那是假的。前些年在北京打拼，虽说工资还比较可观，但北京的物价高，还要租房子。几年下来，张成铭几乎没什么积蓄。此次来北京，他是奔着创业来的，更应该精打细算。不过，该花的钱还是要花的，花在张晨蕊身上，是值得的。

饱餐一顿后，两个人选择步行回住处。刚进门，张成铭便说："晨蕊，等明天见过你姐姐之后，我打算去找房子。老是这样麻烦你，不太好。"

"张哥，你太见外了。再说了，国贸这一带的治安环境不太好，我又正值如花似玉的年龄，你就忍心看着我遭遇不测吗？我提供住处，你免费做我的保镖，我觉得这笔买卖挺合算的。"

张晨蕊古灵精怪的反驳，令张成铭哑口无言。

"好，那我就暂时住在你这里，等稳定下来了，再去找房子。不过，我也有个条件，电费和水费，以及日常的一些费用，我们必须平摊。否则，我明天就搬走。"

"好好好，我听你的。"

张成铭对感情一向敏感。几年共事下来，他隐约地察觉到，张晨蕊对自己是有好感的。可他对张晨蕊，只是单纯的喜欢，把她当成妹妹般来看待。况且，喜欢不等于爱，爱也不等于婚姻。眼下，婚姻之事并不在他的考虑范围之内，最近三到五年不会去考虑。

第二天，张成铭起了个大早，翻出了行李箱里唯一的一套西装穿上，将自己好好地拾掇了一番，等着去见张晨蕊的姐姐——传说中的某知名投行的掌门人。

张晨蕊见张成铭的西装前后都是皱褶，就让他先脱下来，找出熨斗，好好地熨烫了一番。待再次穿上，他整个人都精神了不少。

"张哥，都说人靠衣装，佛靠金装。你穿起西装来，还挺有模有样的。"

张成铭腼腆一笑："晨蕊，不瞒你说，这套西装是我大学刚刚毕业时，为应付面试，花了 300 块钱在秀水街买的。"

两个人在楼下的早点摊吃过早饭，便直接打车前往西直门。张晨蕊的姐姐所在投行的总部，就位于西直门的一幢写字楼里。路上，张成铭大致了解了张晨蕊姐姐的情况，名叫张莹，33 岁，大张晨蕊 9 岁，有海外留学背景，至今未婚。

这是张成铭平生第一次拜访投资方，没经验，更不懂得和他们打交道的套路。因此，越接近目的地，他的内心越是紧张。等进了电梯，张晨蕊按下“6”键后，他分明听到自己越发疾速的心跳声，仿佛速度再加快的话，整个心都要从嗓子眼蹦出来。

电梯到了，张晨蕊在张成铭的背后推了一把，他才踉跄着出了电梯，瞥见“久一资本”几个并不起眼的大字。随后，他尽量调整呼吸，平复着情绪，跟着张晨蕊来到一个装着玻璃门的办公室门口。

门虚掩着，张晨蕊也不敲门，直接推了进去，冲着正在看文件的张莹做了个鬼脸。

“大姐，我把人给你带来了。”

眼前的张莹，在外貌上和张晨蕊有几分相似，但姐妹俩也仅限于外貌上的相似。张晨蕊活泼可爱，清纯如水；张莹则是沉稳老练，一副女强人的做派。张成铭暗想，33 岁能做到掌管一家国际投行中国区的掌门人，这个女人不简单。

“张总，你好。”张成铭忐忑地打了个招呼。

“张成铭对吧，请坐。”张莹也不绕弯子，“听说你要创业。”

张成铭选择半个屁股坐下，如实道：“是的，是有这方面的打算。而且，已经考虑了很久了。”

“说说你的优势。”

“第一，我对互联网行业的热爱。我想，缺乏热爱，创业也就无从谈起。第二，我在大可曾有过工作经验。虽说一直处于基层，但对这个行业的局势和发展趋势，还是有所了解的。”张成铭渐渐进入状态，“第三，之前在大可，我也带过团队，和一帮志同道合的人共事过。我个人认为，创业之初，建立一个好的创业团队，是至关重要的。对于真正的投资方而言，投资的不是某个项目，而是某个人或者某个团队。第四，我并非是在空谈，而是有自己的计划。先从做图片软件入手，等到把这个点做好了，再去扩展领域。第五……”

"成铭，请允许我这样称呼你。"张莹站起身，打断道，"说句不好听的，这些优势，其实都是你的自以为是。诚然，近些年，互联网行业一直是风投眼中的香饽饽。互联网行业之所以能迎来第一次浪潮，和大量资本在幕后的推动是密不可分的。但是，有浪潮就有泡沫。眼下，正是泡沫期。不管是国际大鳄还是国内的机构，对待互联网的态度，都开始变得谨慎，不再像前几年那么疯狂，大部分都处于观望状态。相对应地，创业者单凭编个动人的故事，也融不到资金了。更何况，你并非是一个编故事的好手。这方面，极光网络的蔡崇云是一流高手。不过，这也并不代表所有的从业者都难融资，周钧韬不就刚刚融到 2000 万美元吗？这说明什么？说明只有身处金字塔顶端，你才有和投资方谈判的资本。当然，你提出的投资的核心是人，而非项目这个观点，我是赞成的。另外，不是我打击你，的确，图片软件是有前景。可试问一下，有哪个投资人会愿意把钱投到一个无名小卒、现在又不被看好的领域上呢？那样，势必会冒更大的风险。如果有选择，他们更愿把钱砸在已经被证明的大市场上，比如搜索和门户网站，再比如网游和 B2B 业务。"

张成铭边听着边消化着，心中的气儿也泄了一大半。张莹的潜台词很明显，是在婉拒他。

"大姐，你就不能痛快点儿吗？干吗非得要拐弯抹角的呢？"一旁的张晨蕊也急了。

张莹瞪了她一眼，张晨蕊吐了吐舌头，嘟囔了几句，不敢再多说话。

"成铭，我听晨蕊说，你曾在大可的例会上提出过建立产品经理制的建议？"

"是的，这是我一直以来的观点。一家互联网企业，内部的构架极为复杂，只有真正落实产品经理制，企业才能走得更远、更久。"

张莹饶有兴致地问："那说说你对产品经理的理解？"

"在产品管理中，产品经理是领头羊、是协调员、是鼓动者，但他并不是老板。打个简单的比方，如果把产品项目的开发比喻成赛艇运动的话，在最前面擂鼓吹号的，就是产品经理。他不但要求每个参与者都使尽力气，还要协调所有的参与者，把力往一处使，更要保证所有人的方向都是一致的，不能出现有人有用力不对的情况。”

听着，张莹频频点头道：“成铭，你这个比喻很形象，挺有意思的。据我了解，有不少的互联网创业者都有之前在某家同类公司工作的经历。但先决条件是，你要完成从产品经理到管理者到行业观察者的蜕变。如此，才真正具备了创业的条件。当你在行业内有了一定的威望，再加上手上有个项目，就不愁缺资金投资了。在我看来，这是个蓄势的过程，很重要。我还听说，周钧韬喊出了新公司两到三年上市的口号。在此期间，他会拿出相应的股权分给下面的人。这对于你来说，就更是磨炼和厚积薄发的好机会。等你到了那种境界，再来找我也不迟。机会这种东西，许多时候是等出来的。”

经张莹一点拨，张成铭竟有种醍醐灌顶的感觉，仿佛整个人都通透了。最关键的是，张莹并没有把话说死，而是留了余地。

谈话结束，张成铭本想请张莹吃个饭。张莹回复说，接下来还要见几个创业者，下次再约。

出了写字楼的门，张成铭如释重负，人也变得轻松了。反倒是张晨蕊，依然噘着嘴，愤愤不平道：“张哥，实在是对不住，原以为能通过我姐姐这层关系，帮助你创业。谁知道我姐姐竟这么不讲情面，什么忙都帮不上。”

“晨蕊，我觉得张总说得非常有道理。现在去创业，的确是时机不成熟。”张成铭笑了笑，又说，“我真希望有一天，张总能成为我创业路上的贵人——指点迷津的贵人。”

“就她？我看还是算了吧。33 岁的女人，整天搞得跟到了更年期似的。要不是我亲姐姐，我都懒得理这种人。”

“晨蕊，我都怀疑你们姐妹俩是不是一个爹妈生的。”

“我情愿不是。”张晨蕊故意装作一脸不屑，“看来，我们只能先跟着老周干了。”

“嗯，既然选择了跟着老周干，就要好好干。只有干好了，才能为将来创业增添筹码。”

回去的路上，张成铭先给徐泽丰发了条短信，告知他最终的决定；等到了住处，又给齐文东打了个电话，请他转告周钧韬，他的团队，会继续跟着老周干。齐文东先是笑了笑，随后说：“成铭，欢迎归队，加盟奇迹网络，一起创业。”张成铭反问：“奇迹网络？”齐文东又笑道：“大可已经是过去时了，既然是新公司，就该有个新名字。否则，名不正言不顺。”

另外，齐文东还向他透露了一条消息：到目前为止，奇迹网络招募的人已经达到了 300 人左右。

张成铭惊住了。看来，筹谋已久的周钧韬是打算大干一场，搅局互联网江湖了。

虽说已做了决定，但张成铭心中，还是有两层担忧，加盟奇迹网络后该做什么？之前，周钧韬说过，新公司将主攻搜索和中国供应商。此外，还会涉及其他的领域。至于其他的领域是什么，周钧韬并没有说。如果干搜索，势必要在高强的手下工作，被排挤是肯定的。另一层担忧是，周钧韬对他到底有多器重，从某种意义而言，这将直接影响到他往后的路该怎么走。

既然选择了，就应该义无反顾地往前走，没有退路。

3

避其锋芒

两天后，北京城迎来了入冬以来的第一场雪。

鹅毛般的雪花如同精灵般在天空翩翩起舞着，画出一道又一道优美的风景线。路上行人匆匆，操着不同的方言，为各自的生计奔波着。

“北漂”真是不容易啊！

看着眼前的场景，张成铭暗自叹了口气，仔细想想，自己还算是幸运的。大学刚毕业就碰到了周钧韬这样的伯乐，让他有机会接触互联网这一新兴行业，工资待遇各方面的条件也都不错。最起码，凭自己的双手能养活自己。相比之下，他的一些大学同学运气就要差上许多。他们住在郊县的地下室，冬天冷、夏天闷，每天都要倒腾一两个小时上班，工作换了一个又一个。

累，太累了，身体累，心更累。

有时候，张成铭也会想，周钧韬栽培了自己这么多年，自己却想着离他而去，出来创业。这么做，是不是太不厚道？但不可否认的是，自己的骨子里就流着创业的血。

“张哥，看招！”不知何时，张晨蕊捏了个雪球，朝张成铭的方向砸来，搅乱了他的思绪。

张成铭本能地往后一躲，可雪球还是不偏不倚地砸在了他身上，逗得张晨蕊“咯咯”直笑。她的笑，如同春风，抚拍在张成铭的脸上，泛起阵阵暖意。张成铭是喜欢看见张晨蕊笑的，天真无邪，清澈见底。

两个人到达公司时，门口的招牌已从“大可”换成了“奇迹”。张成铭一看，落款处竟写着周钧韬的名字。周钧韬好书法，平时有空了，也会在办公室里摆开阵势，磨上墨，过把瘾。但真要说书法造诣有多高，也不见得。周钧韬之所以自信心爆棚，离不开底下人的恭维。

张成铭和张晨蕊刚进门，就撞上了齐文东。

“成铭，晨蕊，你们归位了，我这心也踏实了。泽丰比你俩早半个小时就到了。”

“齐总，周总给我们打造了这么好的平台，我们要再不归位，岂不是跟自己过不去嘛。”

“说得也是，周总如此大气，直接拿股权激励员工，在业界可是史无前例的创举。我相信，只要奇迹步入了正轨，投奔我们的人会更多。”

张成铭暗笑，周钧韬的股权激励这一招的确吸引人，但从短期来看是在画饼充饥。毕竟两到三年之后，奇迹能否上市，还是个未知数。老员工归位、智源中国的技术骨干加盟，他们真正看重的，是周钧韬给出的高薪引诱。

“齐总说得是，说得是。”张成铭心里有想法，但表面上还是附和着齐文东。

“对了，成铭，最近两天，业界又有不少大动作。”齐文东煞有介事道，“第一，极光正在分拆旗下的业务板块，而且将推动 B2B 板块独立上市。这蔡崇云还真是只老狐狸。无疑，B2B 上市的最终目的，是私有化的过程。也就是说，蔡崇云留了一手，手握和资方抗衡的大筹码。第二，蔡崇云和郭腾义正闹得不可开交。据说，蔡崇云已放出话，打算整体吞下智源的中国区业务。第三，华鼎上市之后，一向进攻欲望极强的陈启锐，正展开一系列的收购。最近，他将对新浪动手，在二级市场搞些动作。”

齐文东的三条消息都有一个共同点，都是尚未发生的事情，可他却说得如此坚定，仿佛知道一些内幕信息似的。

“齐总，如果蔡崇云和郭腾义真的闹得不可开交，对我们是好事，奇迹就可以趁势崛起。”

“成铭，这条消息不存在着如果，而是百分之百的准确。我说这些只是想告诉你，随着竞争的激烈化，情报战很重要。我们可以在极光安插眼线。反之，极光也可以。”

张成铭大为吃惊，以往，他都在闷头玩技术、搞产品研发，情报战的概念根本就没有。情报战虽充斥着尔虞我诈，但商场如战场，齐文东也算是给自己上了宝贵的一课。

“好了，周总正在办公室里等你，泽丰已经在了。”

上班的头一天，周钧韬就要见自己，张成铭心中难免七上八下。他在前，张晨蕊在后，快步走向周钧韬的办公室。办公室里除了周钧韬和徐泽丰，高强也在。另外，还有个陌生女人，30 岁出头，一身职业套装打扮，看上去极为干练。

“成铭，晨蕊，来啦，坐。”周钧韬扬了扬手，“先给你们介绍一下，这位是公司新聘请的首席技术官史虹翎。加盟奇迹之前，虹翎是宏远的高层，我可是南下鹏城多次，三顾茅庐，才把她请过来的。”

“周总，您过誉了。能跟着您干是我的荣幸。”

“虹翎出任首席技术官之后，高强则会担任公司副总裁一职。”

听罢，张成铭心中是喜忧参半：喜的是不用再在高强的眼皮子底下干事了，要不然总觉得背后有双眼睛盯着自己，脊梁骨直冒汗；忧的是他对史虹翎一无所知。倘若她比高强更难相处就不好应付了。

“成铭，今天把你们团队的人召集在一起，主要谈一件事：在奇迹网络，你们希望扮演什么样的角色？”

“周总，我的想法很简单，一是专心搞产品研发，做一个合格的产品经理，二是听从你的安排。”

史虹翎接话说：“根据周总的布局，奇迹的主营业务将是搜索和中国供应商。此外，还会涉及安全卫士、口碑营销、无线业务等多个领域。”

张成铭沉思片刻道：“周总，史总，那我就直说了。如果让我选的话，我选择安全卫士。”

周钧韬当即拍板：“好，我尊重你的选择。接下来，安全卫士这个项目就交给你来负责。不过，有言在先，你们团队的人数不能超过 15 个。因为，公司要花大量的人力和物力在搜索与中国供应商上。”

“没问题。”

“行，那就这么定了。你们三个现在就回去，好好合计合计。人手配置方面，一个星期之内，会步入正轨。”

出门不久，徐泽丰就一脸不解地问：“成铭，你怎么会选择安全卫士这个领域呢？要知道，这是公司的鸡肋板块，可有可无。老周铺开摊子，是为了往后吸引风投和上市做准备。就连口碑营销和无线业务这两大板块的市场潜力，都要比安全卫士来得大。”

不解之余，徐泽丰的脸上也尽显失落。

“泽丰，别急，先听听我的理由。其一，老周执意跟郭腾义和蔡崇云交战，而且，还四处招兵买马，把阵势拉得这么大。郭腾义和蔡崇云也不是什么省油的灯，特别是蔡崇云，也是进攻欲望极强的一方诸侯。双方一旦开战，肯定会拿大项目做阵地。像安全卫士这种小板块，入不了老周的法眼，就更别提蔡崇云了。届时，咱们就可以免受战乱，把安全卫士做成‘黑马’项目。其二，相对而言，安全卫士是个空白区。如果我们能够把填充这个空白区从无做到有、闯出名声，那么，也就能为将来创业增添沉甸甸的筹码。其三，现在的奇迹，有着近 300 名员工，人多了，钩心斗角和争权夺利的现象也就多了。而我们所要做的，就是避其锋芒，一门心思地搞安全卫士。”

“成铭，你分析得在理，我服从。”

“我也跟着张哥走，张哥指哪儿，我就打哪儿！”张晨蕊也跟着叫道，随后，她又嘟了嘟嘴问，“张哥，老徐，不过我有个问题：你们两个人，到底谁是这个团队的老大呢？万一有什么冲突，该听谁的呢？”

说者无心，听者有意。

之前在大可做“上网助手”时，张成铭和徐泽丰的工资待遇完全相同，也不存在着谁的位置高、谁的位置低的问题，周钧韬只是让他们共同负责这个项目。只是相比之下，徐泽丰的话更少，张成铭便成了团队的代言人。刚开始，徐泽丰并不在意这些，他投身互联网，是冲着理想来的，而非争权夺利。但他并非圣人，时间久了，难免心里会有些不痛快。不过，不痛快归不痛快，他从未在张成铭面前表露过。

“晨蕊，我们是一个团队，缺了谁都不行的团队，不是机关单位，非要分个高低上下。”张成铭制止住了话题。

周钧韬分给张成铭团队的办公室，原先是一个放杂物的仓库，面积不足十平方米。整个房间，连扇窗户都没有，终日不见阳光。可见，周钧韬对这个项目的确是不重视的。

不过，越是逆境，越是能激发张成铭的斗志。

一个星期后，安全卫士团队有了雏形。除了张成铭、徐泽丰和张晨蕊，还有两个人，皆是之前大可的老同事——黄献芬和欧阳春花，两个刚大学毕业不久、初出茅庐的年轻人。团队有了，该如何入手去做安全卫士就成了头等大事。好在周钧韬对这个团队的管理很放松，让张成铭有了更多的思考时间。

团队组建的当天，张成铭就开了一次内部例会。

“各位，实不相瞒，我接手安全卫士这个项目也有一个礼拜了，但如何去做，还是没有成熟的思路。唯一能确定的是，我们要做一款杀毒软件，受用户欢迎的杀毒软件。”张成铭坦诚道，“不过，这也并不代表我一点想法都没有。琢磨了一上午，有两个想法和大家共享一下。第一，三段论，也就是目标、路径和资源，做杀毒软件之前，我们要确立这三点。我们的目标是什么？通过什么样的路径和资源去完成目标？目标我刚才已经说了，我们能用的资源又微乎其微，剩下来的就只有路径。第二，我着重谈一下路径。传统的软件都遵循一种老死不相往来的模式。一个软件从用户的搜索，到下载、使用、安装，乃至最后的付费，都是相对独立的流程，软件和软件之间没有任何的联系。也就是说，当用户需要不同功能的软件时，没有一个完整的体系提供给他们。而我们所要做的，就是寻求差异化，把安全卫士内部的不同软件，以及和奇迹其他功能的软件捆绑在一起，呈现给用户。简单来说，用户不需要对每个软件进行搜索和下载，也不需要在使用和购买软件时使用不同的支付平台。用功能联盟、推广联盟和收益联盟相结合的方式，去重新定义软件的开发、使用和推广。”

徐泽丰听出了弦外之音：“成铭，你的意思是说，我们不只是做一个软件，而是要做多个相关联的软件，构建一个体系？”

“没错，只有体系完善，我们安全卫士的战斗力才足够强。”

凡事都有方法论！

浸淫互联网多年，张成铭越发觉得，这个行业也需要方法论。方法论是战术，只有战术明确、到位，战略才能跟上，才能增加战争的胜算。

“我有不同意见。”

“泽丰，你说。”张成铭点了点头，又说，“任何事都摆到桌面上去谈，而不是藏着掖着。工作上，我们需要不同的声音，可以有争吵。但只能是就事论事，吵完了，咱们依然是‘战友’，绝不允许在内部搞立山头、搞派别。”

张晨蕊开玩笑道：“张哥，我们总共就只有五个人，就算想搞派系斗争，也搞不起来啊。”

“是呀，不过，人少也有人少的好处。人越少，越容易拧成一股绳，大家把力往一处使。”张成铭也跟着一笑，“泽丰，你接着刚才的话题往下说。”

"我认为一开始就进行收费并非明智之举。我们可以先尝试着免费，等聚拢一批客户群后，再去收费。最后，用免费加收费的模式推进安全卫士。这一点，可参照极光的 C2C 业务。极光的 C2C 业务之所以能和国际巨头易美抗衡，免费模式是一张很重要的牌。而且，事实证明，这也是一张好牌。"

"泽丰，你的提议不错，值得我们去思考。这样，明天我就向周总和史总汇报一下这个情况，让他们来定夺。"说完，张成铭又扫了其他三人一眼，"你们呢，还有什么不同的想法吗？"

"张哥，你和老徐把该说的都说了，我真没什么好说的了。"张晨蕊答道。

片刻，张成铭又用眼神询问黄献芬和欧阳春花半晌，黄献芬才挤出一句话："我同意张姐的说法。"

"我也同意。"欧阳春花也跟着说。

之前在大可时，科班出身的黄献芬和欧阳春花玩的也是技术流派。不幸的是，他们加盟没多久，大可就发生了变故。现在，摆在张成铭面前的难题是，如何打理好团队的同时，尽可能地发掘他们两个人的潜力，让他们尽快融入团队。张成铭需要的，是 3 加 2 大于 5 的局面。但凡事都有个过程，人和人相处也是，操之过急只会适得其反。

团队有了，业务也明确了，总算是在北京扎根下来。晚上回到住处，张成铭再次跟张晨蕊提及搬出去住一事。

"张哥，你就这么讨厌和我住在一起吗？"张晨蕊一脸不悦地问。

"晨蕊，现在各方面都定下来了，我也该搬出去住了。一来，老是麻烦你不好。二来，怕别人说闲话。我倒没什么，怕给你带来负面影响。"

"这有什么啊，咱们身正不怕影子斜，我才不在乎那些唾沫星子呢。"

"晨蕊，我已经下定决心了！"

张晨蕊知道张成铭骨子里倔强得很，只好同意。同意之余，她又提了个条件，搬出去住可以，但不能搬得太远。万一发生什么事，彼此也有个照应。张成铭想了想，点头答应。中午，他和黄献芬与欧阳春花坐在一起吃饭时，无意间得知他们住在一起，租的三室一厅。正巧，前些日子有个租客走了，而且他们租的房子离国贸也不远，且租金他也能接受。回到房间，张成铭即刻给黄献芬打了个电话，让他和房东说一声，空留出来的房间有人要了，明天就签合同。北京的出租房一向抢手，供不应求。你不要，有的是人排着队要，稍微有些迟疑，也许别人就住进去了。

次日一大早，张成铭来到公司，打过卡，直奔周钧韬的办公室。到了门口，他隐约听到里面传出交谈声。于是，他停下脚步，轻轻地敲了几下门。周钧韬说了句“请进”，他才推门而入，发现史虹翎也在。再细看，他们两个人皆是一脸的疲态。史虹翎的眼睛里还带着细微的血丝。莫非，他们两个人昨晚熬通宵了？在张成铭眼里，周钧韬是个不折不扣的工作狂，一旦进入工作状态，就如同打了鸡血般亢奋。在大可那几年，加班甚至通宵是家常便饭。最疯狂的是，有时候大晚上的，周钧韬突然有什么灵感，会一一打电话给员工，到公司开会。一开，就是好几个小时。夏天还好，大冬天的就难受了，难得躲在被窝里，又要钻出来，冒着零下十几摄氏度的严寒，一路狂奔去开会。

“周总，史总，你们这么早就到公司了啊？”张成铭毕恭毕敬道。

“成铭，我是奇迹的首席技术官，可不是什么‘总’。我看过你的履历，你比我小几岁。这以后啊，直接叫我史姐就可以了。”史虹翎淡淡一笑，“我可是凌晨 3 点就被周总叫到办公室了。”

张成铭张了张嘴巴：“周总，史姐，是不是发生什么事情了？”

史虹翎给张成铭的第一印象还算不错，至少，平易近人，没任何架子。不像高强，总觉得自己高人一等，在下属面前，拿鼻孔说话；当着老周的面，他又使出浑身解数，尽显拍马溜须的嘴脸。

“之前，周总给公司定下调子，搜索是主营业务之一，但搜索也包含了很多垂直领域。凌晨的时候，周总给我打了个电话，说是已经有确定的构想了，所以，我也就不敢怠慢，赶到了公司和周总见面。接下来，我们的第一步棋是做论坛搜索。同时，推出属于奇迹的浏览器。此外，年关将至，我们还会尝试着在网站上做火车票搜索。还有，无线业务方面，我已经和一个 SP 团队取得联系，准备把这个团队也纳入我们的阵营。等各方面的业务都成熟了，我们将打包进行捆绑式营销。按照我们的预期，不出一年的时间，奇迹就能在搜索领域和万众以及智源科技抗衡，形成三足鼎立之势。至于其他的业务，也会慢慢展开，步入轨道，包括你负责的安全卫士。”

“周总，史姐，恕我直言，公司一下子把摊子铺得这么大，会不会……”

“成铭，互联网公司间的战争，拼到最后，拼的是布局、是构架。只要布局合理、构架完善，势必会所向披靡。我相信，我在这方面的判断，绝不亚于业界的任何一个人。”

周钧韬表现得如此自信，容不得别人质疑，张成铭也就只好作罢，话到嘴边又咽了回去。

“成铭，说了这么久，差点忘了问你，你这么早来找周总，有什么事吗？”

张成铭理了理头绪，将自己对安全卫士这个平台的一些想法和构思，向周钧韬和史虹翎做了详细的汇报。

“成铭，互联网是一个讲究方法论和思维的行业。你的执行力有多强，靠的是以方法论和思维为指导。打个比方，方法论和思维就是战略和战术，而执行力，就是实打实的排兵布阵。不过，也有一种情况，有些人只会纸上谈兵，光知道吹嘘方法论和思维。”周钧韬一下变得严肃起来，“成铭，不管是在之前的大可，还是现在的奇迹，你在这方面的悟性和造诣都是顶尖的，这要得益于你对这个行业历史的研究，善于总结。眼下，互联网行业的竞争已进入白热化状态，光靠闭门研究技术，是难成大器的。”

“周总，受教了。”张成铭欠了欠身道。

“成铭，谦逊也是你最大的优点之一。”周钧韬赞许一笑，“成铭，你一大早特意跑到我的办公室，不是单单为汇报工作那么简单吧？”

心思被周钧韬一眼看穿，张成铭反倒觉得有些尴尬：“周总，我们现在最大的瓶颈是，行业内几乎没有做杀毒软件的模板可参照。做得好的，无非就是肯巴网络的肯巴卫士。但换个角度看，这对于我们的团队也是好事，如果能把这个空白区做好，也就有了影响力。”

“肯巴卫士的负责人我认识，也算是我的老朋友了。最近几天，肯巴的高层正在北京开会。”史虹翎接过话茬说，“这样，成铭，我帮你们牵牵线。”

“史姐，太谢谢你了。”

固然，周钧韬的主要心思在搜索上，安全卫士的地位很尴尬，如同庶出，张成铭可利用的资源也几乎没有。但没有是一码事，努力争取是另一码事。

“成铭，你先别急着感谢，我也正好有件事想请你帮忙。”

“史姐，你说，我一定尽力而为。”

“听周总说，很早之前，你就在大可的内部例会上提出过产品经理的概念？”

“是的，是有这么一回事。即便到现在，我还是坚持这个观点。”

“周总刚刚还跟我说了，你对产品经理的理解很透彻。成铭，在这一点上，我们两个人可是不谋而合啊。现在奇迹的摊子大了，建立产品经理负责制更是大势所趋。所以，我决定建立一个类似于委员会的机构来推动这一改革。而且，周总已经拍板同意了。”说完，史虹翎又问，“成铭，加入委员会，做我的左右手如何？”

张成铭沉思良久才回答道：“史姐，我现在最大的心愿，就是把所有的精力都放在安全卫士的开发上。尽管这是一个不被公司看好的项目，但我还是会全心全意地投入。”

史虹翎对张成铭的回答极为诧异：“成铭，这可是锻炼的好机会，你真的选择放弃？”

诚然，这的确是锻炼的好机会，张成铭心里也很清楚。锻炼的同时，还可以和公司高层频繁接触，往后升迁的机会也大了许多。但任何事都有两面性，站得高了，面临的人事纷争也就多了。人事纷争多了，就很难沉下心来去研发产品。搞不好，还会成为内部派系斗争的牺牲品。他真正想要的，是通过安全卫士这个平台去完成自我创业的救赎。

况且，避其锋芒是他一开始就定下来的处事原则。高调做事、低调做人，懂得隐忍，才能踏踏实实地走好每一步。

“史姐，我选择放弃！”张成铭斩钉截铁道。

“那好，我尊重你的决定。不过，你可以不加入委员会，但有关产品经理的一些问题，我还是会找你沟通的。”

“史姐，我一定知无不言，言无不尽。”

“成铭，据说你身边的徐泽丰对产品经理制也有比较深的理解。”

“是的，史姐，泽丰这方面的造诣不比我差。”

“那好，我先跟你打个招呼，我会竭力游说徐泽丰加入委员会。”

张成铭本想说，做安全卫士的团队本就五个人，如果徐泽丰还要兼顾委员会的工作，那安全卫士就更不好做了。仔细一想，还是没说出口。毕竟，自己不是徐泽丰，不能替他拿主意。况且，加入委员会，也是一次机会，自己就更不能替他拒绝了。

“成铭，坦白告诉你，虹翎这么做，也是用心良苦啊。你和泽丰的能力，在伯仲之间。在大可时，你们的合作也很愉快，可一山难容二虎啊。试想一下，如果我现在让你和泽丰去管理100个人的团队，你能保证你们之间就没有任何的冲突吗？一个人，归根到底是欲望性很强的动物。之前，也有公司的高层提议，让泽丰主抓安全卫士项目，被我否决了。我个人觉得，这个项目还是由你来扛大旗比较妥当。但也不能亏待了泽丰，一个公司或者一个团队，不管大小，如何讲究平衡是一门艺术。”

“周总，我明白。如果泽丰愿意加入委员会，我绝无二话。没什么事的话，我就先出去干活了。”

张成铭刚起身，又被周钧韬叫住了：“成铭，等等，《三国演义》看得如何了？”

“正在看，已经看到第十四回了，‘曹孟德移驾幸许都，吕奉先乘夜袭徐郡。’”张成铭如实回答。

“成铭，你觉得我最像三国里的哪个人物呢？”

“周总，这个……我……”

“不急，等你看完了，咱们再来讨论这个问题。”

其实，张成铭对这个问题是有答案的，那就是周钧韬像曹操。至于为什么像，哪里像，一时半会儿他还说不上来，只是直觉。也许等读完了《三国演义》，读懂了曹操，也就琢磨透了周钧韬。

出了门，他开始揣摩周钧韬刚才说过的话，公司的高层到底是谁？如果没猜错的话，十有八九就是高强。他是借此挑拨自己和徐泽丰之间的关系。但周钧韬的话也不无道理。从大可到奇迹，自己一直压着徐泽丰，站在徐泽丰的角度考虑，或多或少都会有想法。往后团队做大了、做强了，矛盾也会随之出现。

真要是出了矛盾，甚至闹得兄弟反目，又该如何处理呢？越往坏处想，张成铭越觉得头大。越是头大，越不敢往下想。

4

志同道合

三天后的中午，经史虹翎牵线，张成铭来到了中关村。

中关村，对于互联网从业者而言，是他们心目中的圣地。这里，聚集了一大批国内知名的互联网企业，以及国际巨头在中国的分公司。也因此，中关村有了“东方硅谷”的美誉。

读大学时，每逢周末，张成铭都会约上几个互联网“发烧友”来中关村转转，淘一下感兴趣的软件，认识几个志同道合的“发烧友”。即便逛一逛，呼吸一下中关村的空气，也是人生一大快事。

甚至于离开智源中国的那段时间，张成铭还有过在中关村租个铺子，开个卖软件的小店的打算。后来，因为种种原因，他还是选择了暂时回江西老家，待重整旗鼓，再杀回北京。

根据史虹翎给出的地址，张成铭轻车熟路地来到一幢老式写字楼的门口。肯巴网络的北京分公司，位于写字楼的第十、十一层。说起来，在业界，肯巴网络的创始人黎卫国也是个传奇人物。黎卫国读大学时，中国的互联网才刚刚萌发。那时候，他就鼓捣过盗版软件，赚取了人生的第一桶金。毕业后，黎卫国和几个大学同学合伙，创办了一家互联网公司，研发过一款专门针对汉字输入的驱动程序。结果好景不长，当公司刚刚步入正轨时，就被一家实力更为强劲的公司用盗版他们开发的软件的手段干掉了。黎卫国的第一次创业，以破产而告终。随后，黎卫国加盟了尚未改制的肯巴网络，从基层干起，一步一步做到公司的总经理。随着互联网第一次浪潮的到来，肯巴网络也迎来了股份改制。黎卫国的身份，也从总经理变为董事长，成为公司的第一大股东。

正式掌舵肯巴，黎卫国又做了个决定：将肯巴的主体迁往广东珠海安营扎寨，北京则设立分公司。当时，许多业界的大佬都很纳闷，北京才是中国互联网的热土，黎卫国为何要做此决定？在一次媒体采访中，黎卫国给出了答案，此举是在学习宏远的创始人李星河：偏居一隅，韬光养晦。

张成铭进了写字楼，先拨了肯巴卫士负责人顾长青的电话号码。电话响了许久也没人接。张成铭只好先挂断，进了电梯，按下“10”。等他到了十楼，却被一个陌生的妙龄女郎拦了下来。

“先生，你找谁？”妙龄女郎用警惕的眼神看着他，问道。

“你好，我找顾长青。”

妙龄女郎继续盘问：“你有预约吗？你和顾总监是什么关系？你叫什么名字？”

“我叫张成铭，劳烦你通知顾总监，我和他约了中午 1 点见面。”

妙龄女郎不依不饶，如同审讯犯人。直到和张成铭核对完顾长青的电话号码之后，她才冷冷道：“你先在这里等着，我进去通知顾总监。”

张成铭心中虽有火，但还是克制住了，无奈地摇头一笑，就近坐下。他仔细一想，妙龄女郎的一系列行为也很正常。或者说，是称职的表现。眼下，各大互联网公司正在搞“军备竞赛”，大战一触即发。大战在即，情报先行。冷不丁冒出一个来路不明的陌生人，别人自然会有所防范。换位思考，自己也会这么做。

约两分钟后，妙龄女郎折回到张成铭的身边。

“顾总监正在开会，让你先等着。”

“他大概什么时候开完会呢？”

“这我就不好说了，有可能一个小时，有可能开到下午，也有可能开到晚上。”紧接着，妙龄女郎又看了张成铭一眼，好像在说，“如果你不想等的话，就先请回吧”。

张成铭本想继续往下问，想了想，又重新坐了回去。平日里，他最痛恨两种人，一是爽约，二是不守时。不过，这次不同，他是来请教顾长青的，应该等，也值得等。

来见顾长青之前，其实张成铭是有顾虑的。

顾长青是肯巴的人，自己是奇迹的人，两个人各为其主。虽说周钧韬和黎卫国从未擦枪走火过，可现在没有，并不代表将来没有。两家公司的关系不是敌人，但也不是朋友。现在，奇迹要玩安全卫士，这不明摆着抢肯巴的地盘嘛。抢也就罢了，还大摇大摆地去请教对方的负责人，弄不好人家还以为你是上门挑衅呢。当着史虹翎的面，张成铭也道出过这层忧虑。史虹翎淡然一笑，回复道：“成铭，你现在去考虑这个问题太早了。第一，这个圈子中有这么一部分人，他们的奋斗源泉来自梦想和对互联网的热爱，而非某个人，或者某家公司。在遵守职业操守和不泄露公司机密的前提下，他们非常愿意和志同道合之人坐下来谈一谈。据我了解，顾长青就是这样的人。第二，肯巴做的杀毒软件是行业内的老大，你的安全卫士算什么？至少从目前来看，什么都算不上。也就是说，你暂时对顾长青构不成任何威胁。如此一来，就更没必要有这么多的顾虑了。”

听了史虹翎一番话，张成铭心中的顾虑也就消除了。

这一等，就是整整三个小时。其间，尽管饿着肚子，张成铭也不敢下楼吃饭。生怕一下楼，顾长青正好开完会，两个人错过了见面的时机。

等妙龄女郎再次走到他跟前，告诉他顾长青已开完会，正在办公室等他时，张成铭已经饿得眼冒金星。但他还是强忍着饥饿，跟着妙龄女郎到了顾长青的办公室门口。妙龄女郎敲了敲门，得到顾长青的回应便离开了。

张成铭稍作顿足才推门而入。办公室里坐着两个人，张成铭扫了一眼，如果没猜错的话，坐在办公桌前的，应是顾长青，另一个坐在沙发上的中年男人应是他的下属。

“顾总监你好，是史虹翎介绍我过来的。”

“张成铭对吧，请坐。”顾长青也没向张成铭介绍中年男人，继续说，“虹翎是我的老朋友了，大学同班同学。”

张成铭有些纳闷，前些天，史虹翎提及顾长青时，只说彼此关系不错，可没说大学同学这层关系。

张成铭“哦”了一声，又说：“史姐现在是我的顶头上司，奇迹网络的首席技术官。”

“这个我知道，我料到虹翎会跳槽，只是加盟奇迹网络，跟着周钧韬干，完全出乎我的意料。要知道，周钧韬最近大挖智源中国墙脚一事，让他成为行业的众矢之的。许多人都在背后骂他不按规矩办事，尤其是蔡崇云和郭腾义，直呼他为‘流氓大师’。”

“顾总监，这些人愿意跟着周总干，也是周总的个人魅力。”张成铭出于本能地维护着周钧韬。

“成铭，不谈这个。咱们哪，还是谈谈和安全卫士有关的话题吧。”

进入正题，张成铭自然不敢怠慢。稍作沉思，又将之前向周钧韬和史虹翎汇报工作时的话重新说了一遍。

“成铭，对于一个刚刚涉足安全领域的人来说，你对这个领域的认识，比一般人，甚至许多从业者，都要深得多。”

“顾总监，你过奖了。我这些只不过是纸上谈兵而已。”

“成铭，做互联网行业是需要纸上谈兵的。纸上谈兵谈的是什么？是方法论，是思维。只有方法论和思维正确了，往后的路才不会偏离轨道。当然，方法论也有很多，有些方法论适合肯巴，未必适合奇迹，反之亦然。打个比方，我听说，现在奇迹上上下下都在学习周钧韬推荐的一本书——《三国演义》，学历史、学兵法、学阳谋阴谋。显而易见，这些对员工的成长是非常有益的。而且，老周已经意识到，眼下的互联网格局和《三国演义》是极其相似的。和奇迹不同，我们肯巴的员工则是读《硅谷之火》。”

“《硅谷之火》？”

上大学时，张成铭曾熟读过这本书。这是一本以一个个生动的故事，介绍互联网创业者如何把计算机技术包装在小巧玲珑的机壳里，实现梦想的读物。直到现在，他还清晰地记得这本书开篇的第一句话：我们应该如何来描绘新的一天黎明时分的美丽景色呢？

“没错，我们要学习历史，以史为鉴，更要学习当下，活在当下。硅谷可是全世界互联网的圣地，汇集了一大批国际顶尖的互联网企业。相比之下，中关村和硅谷的差距，还有很远很远。互联网取代传统行业是大势所趋。同样，与国际接轨、与国际巨头交战，也是将来的趋势。”顾长青目光如炬，转而又说，“一家互联网企业能否成功，格局和构架是第一位的。格局和构架之下，是拿得出手的项目和产品。决定项目和产品成败的，是每一个环节。因此，细节决定了你的成败。你想要做好安全卫士，也要遵循这个规律，尤其是一些你意想不到的细节。比如说，你的界面是否做得美观，将直接影响到软件的受欢迎程度。很简单，同质（同等质量）的软件多了，顾客的选择也多了。再比如，杀毒软件绝非一个枯燥而又单调的软件，而是和其他软件捆绑的整体。或者说，你将用这一个软件衍生出其他关联软件，创造尽可能多的利润，是重中之重。”

“顾总监，受教了。”

“成铭，咱们是在探讨。你有什么不同的意见也可以提出来，千万不要一味地恭维，我不喜欢那一套。”

“一定，一定。”

两个人渐入佳境，又围绕着杀毒软件和眼下互联网的形势做了深入讨论，竟有种相见恨晚的感觉。谈完时已近下午 5 点，外面天色已暗。出了写字楼的大门，寒风如刀子般割在张成铭的脸上，他裹紧身上的羽绒服，往地铁站跑去。

此次和顾长青的会面，效果比预期的要好。在他面前，顾长青并没有摆出竞争对手的姿态，有所保留，而是扮演起了志同道合的师长的角色。教他如何做好安全卫士的同时，还传授给他不少和互联网有关的方法论和思维。

如果把互联网行业比喻成一个大江湖的话，方法论和思维就是武功秘籍。只有熟练掌握方法论和思维，才有可能成为武林高手。

不过，令张成铭纳闷的是，坐在顾长青办公室那个其貌不扬的中年男人，仿佛空气一般，自始至终都没说什么话。也罢，这个圈子里的怪人多了去了。

张成铭刚下地铁站，就接到张晨蕊打来的电话，问他在哪儿。张成铭如是说，刚刚拜过顾长青的码头，正在消化顾长青说过的话呢。张晨蕊调侃道："张哥，你先别急着消化，来我家吃火锅。等吃完了，再一起消化。"末了，张晨蕊又说，"我姐姐也在哦。"

张成铭这才想起，刚才太投入，居然连午饭还没吃都忘了，再摸摸肚子，整个都干瘪了下去。刚才，张晨蕊一提火锅，他的味蕾和食欲彻底被激发了。这么冷的天气，能吃上一顿火锅，必定大快朵颐。况且，张莹也在，就更有必要去了。

正值晚高峰，张成铭紧赶慢赶，整整花了一个小时，才到张晨蕊的家。刚到门口，屋内就传出阵阵香味。进了门，他顿觉暖和了许多。张晨蕊不仅把张莹请来了，安全卫士部门的其他团队成员也都在场。

"张哥，外面挺冷的吧？"张晨蕊上前关切地问，随后拿出一双厚厚的棉拖鞋，放在张成铭的脚下。

张成铭穿上拖鞋，急忙走到张莹的跟前，叫了声"张总"。

张莹梨窝浅笑道："成铭，公事上，你可以称呼我为'张总'。但现在已经下班了，属于私人生活。我的角色是晨蕊的姐姐，除此无他。所以，你跟着晨蕊叫我一声'姐姐'就行了，要不然总觉得怪怪的。"

“好的，张姐。”

张成铭刚坐下，徐泽丰就问：“成铭，我听晨蕊说，你今天去见肯巴卫士的负责人，受益匪浅吧。”

“是的，人外有人，山外有山。见过他们的负责人顾长青之后，我才发现，我们想要做好安全卫士，还有许多东西要向他们学习。另外，肯巴上上下下都很注重互联网方法论的熏陶。赫赫有名的《硅谷之火》，他们是人手一本。”张成铭侃侃而谈。

张莹漫不经心地插话道：“这和黎卫国的经历和个性有关。当初，黎卫国第一次创业失败后，曾有过一段隐退江湖的经历。那段时间，他把大部分的精力都花在了看书上，构建了属于他自己的互联网方法论体系。而且，在个性方面，黎卫国和你们老周是迥然不同的。老周好进攻，爱憎分明，喜欢用兵家和法家的思想去解决问题。至于黎卫国，玩的是道家和儒家。乍看之下，无所作为，实则是攻守兼备。你稍不留神，还会给你来个四两拨千斤。”

谈起两位大佬，张莹是如数家珍，好像分别跟他们共事过多年似的，只听得在座的人，个个都面露惊讶之色。

徐泽丰恭维道：“张姐，你这水平，都可以写一本有关互联网大佬和历史的书了，一定畅销！”

“这方面，还是由成铭来操刀比较好，他是这方面的专家。”张莹谦虚一笑，“不过，玩笑归玩笑，但我这个局外人对互联网行业的了解，并不亚于任何一个局内人。我加盟久一资本时，正赶上互联网第一次浪潮的元年。几年下来，我们久一资本在接触互联网的同时，也投资了不少互联网公司，见证了这个行业由盛而衰、从兴盛到泡沫的全过程。正所谓‘当局者迷，旁观者清’。许多事情，当你站在局外去看时，也许会看得更透、更深。可光站在局外，又难免以偏概全，了解不到足够多的对称信息。而我们久一资本，既是局外人，又是局内人。我们对这个行业的判断，有着自身独特的视角。”

徐泽丰开玩笑地问：“张姐，要不你给个机会，让我们进久一资本锻炼锻炼？”

“看缘分，一切都看缘分吧。”张莹又说，“我们这些投资人，投资一家公司时，看的是这家公司的未来。但私底下，却一般不对将来尚未发生的事情做评价。简单来说，任何事情，过于超前了，未必是好事。在创新经验中，有一条著名的‘半步理论’，创新不等于创造商业价值。太多先进的科技创新，有可能会在商业上输得一塌糊涂。考虑一个产品的先进性，一定要结合市场的兼容性。你可以领先于别人，不过，最好是半步。领先的步数太多，也许你就是输家。用我们中国人的思想来分析，就是一个‘度’的问题。举个例子，就像华鼎的创始人陈启锐一样。陈启锐跑得太快了，快到四周没有了敌人，也没有了路。眼下的环境，根本就承载不了他的雄心，这也未必是好事。”

张成铭听得出来，张莹是在提醒自己：做人做事，需要循序渐进，切勿操之过急。

“但是张姐，互联网行业的局势变化得太快太快，几乎每一天都在变。如何做到只领先于别人‘半步’，太难太难了。”

“成铭，等你真到了那个境界，咱们再讨论这个问题。”

一顿火锅吃下来，张成铭又学到了不少东西。

离开时，徐泽丰叫住了他，告知他已决定加入史虹翎牵头的改革委员会，并拍着胸膛保证，绝不会因此而耽搁了安全卫士方面的工作。张成铭心里早有准备，淡然一笑，回复说：“泽丰，人各有志，我尊重你的决定。”徐泽丰借着酒劲问他：“成铭，什么叫人各有志？你不会是以为我有其他什么想法吧？”张成铭拍了拍他的肩膀说：“泽丰，你想多了，我没别的想法，我相信你也没有别的想法。”

周一一大早，雪过天晴。

张成铭刚刚起床，手机就响起了，一看，竟是顾长青的号码。他先是一惊，随后一愣，心想，顾长青这么早给自己打电话，到底有什么事情呢？

“成铭，方便说话吧？”

“顾总监，方便，你有事？”

“成铭，我诚心诚意地邀请你，加入我们肯巴卫士的团队，成为我的搭档。”顾长青开门见山道。

张成铭一下子蒙了，许久，才问：“顾总监，我……我何德何能啊……”

“就凭你对杀毒软件的认识，以及某些互联网方法论的理解。”顾长青顿了顿，又说，“我们肯巴在招人时，看技术，更看想法。理由很简单：技术可以慢慢学，可思维方式就未必了，靠的是悟性，是参透力。你在这方面的造诣让我很欣赏。”

“顾总监，谢谢你的抬举，可……”张成铭陷入了纠结。

肯巴卫士是肯巴网络的“王牌军”，是旗下有着几百号人的精英部队，是业内的翘楚。相比之下，奇迹安全卫士要寒酸许多，五名员工，项目尚未起步，在整个奇迹系中，更是无足轻重。如果加盟肯巴卫士，平台要更大，机会要更多。可问题在于，肯巴卫士的司令员只有一个，那就是顾长青，自己再怎么努力，也只能充当他副手的角色。并且，肯巴卫士的体系趋于完善，有的只是小修小补，即便去那边，也难有大作为。奇迹的安全卫士板块业务则不同，虽是小打小闹，但一切由自己说了算，老周也没给任何压力，只让他放手去做。做好了，从无做到有，从有做到强，势必会在业界引起比较大的轰动。退一万步讲，即便做砸了，船小好掉头，也有重新来过的机会。

再者，做事先做人。自己能有今天，全凭周钧韬一手栽培，绝不能因此而背负忘恩负义的罪名，更不能辜负一起闯荡的团队成员。尽管行业内的跳槽是稀松平常之事，可自己也不能这么做。

拿定主意后，张成铭说：“顾总监，你的好意我心领了，我觉得还是奇迹的平台适合我。”

“好，成铭，那我也不勉强你。不过，肯巴的大门会一直向你打开。你什么时候想过来，给我打个电话就行。”

“明白。”

5

阴险小人

张成铭原以为拒绝了顾长青，就可以一门心思地做奇迹安全卫士了，可现实很快就给了他一巴掌。他刚到公司，就被高强叫到了办公室。进了门，高强也没请他坐下，一脸的冷漠。

在张成铭的记忆中，他和高强之间并无深仇大恨，工作上的摩擦也很少。如果硬说有，那就是在公司的例会上，自己曾多次反驳过他的论调。印象中，也不会超过五次。之所以反驳，只是就事论事，而非刻意针对高强。哪知道，高强竟为此怀恨在心。平日里，他一逮住机会，就给自己小鞋穿。可见，他是心胸极为狭窄之人。为了公司的大局着想，张成铭选择了容忍。

他依稀记得，当初刚进大可时，周钧韬曾说过，一个人想要成功，需要“三个人”的帮助，一是高人指点，二是贵人相助，三是小人监督。换个角度来想，把高强当成小人，也算是对自己的一种激励吧。

“有件事我觉得还是有必要跟你打个招呼。”高强语气依然冷冷地道。

“高总，你说。”

“根据周总的部署，年关的时候会在搜索领域打响第一炮。也就是说，年前、年后，公司会集中所有的人力、物力、财力进攻搜索领域。”

“这个我知道。”

“据统计，搜索部门的员工，有 285 个，但即便如此，还是人手不够。许多员工为完成指标不得不 24 小时连轴转。所以，公司决定，暂时抽调其他部门的成员加入搜索这个团队。你们部门的话，将抽调两个，一个徐泽丰，一个欧阳春花。”

张成铭急了：“高总，我们部门总共就五个人，人手本就不够，现在你一下子抽调走两个。接下来，你让我们怎么开展工作啊？”

“别一口一个‘你、你、你’的，这不是我一个人的想法，而是公司的决定，你必须服从安排。”高强的话丝毫没有商量的余地。

“问题是我对安全卫士刚刚有点想法，正准备实施。公司如此安排，岂不是把我的手脚都捆绑住了吗？”

“我再声明一次，这是公司为全局着想，做出的决定，不是你们部门，而是其他各个部门的成员，都被抽调了一些。”

“不行，我要去找周总。”

“可以，你爱找谁找谁去。”高强鄙夷道，“这么多年了，你做事还是这么毛毛躁躁的。”

“我只是就事论事。”

“很好，我差点忘了，你一向是个很有原则的人。”

张成铭憋了一肚子的火气，摔门而出，转身大步往周钧韬的办公室走去。敲门声响了良久，也不见里面有人回应。于是，他掏出手机准备直接给周钧韬打电话，一是求证，二是申诉。

他刚把手机贴到耳边，就看见史虹翎出现在了拐角处。史虹翎冲着他做了个手势，示意他把手机放下，随后走上前问：“成铭，你是在找周总吧？”

张成铭收好手机，用惊诧的眼神看着她，询问道：“史姐，你怎么知道？”

“进我办公室再说。”

史虹翎的办公室就在斜对面，张成铭尽量平复着情绪，跟着她进了门。

史虹翎冲上一杯咖啡放到张成铭的跟前：“成铭，昨天下午，周总和齐总去广东出差了。之前，我不是跟你提过，公司打算收购一个SP团队的业务，这个团队的大本营就在广东。洽谈完此事，周总还要去趟杭州，参加一年一度的互联网大会。有什么事你就直接跟我说吧。”

“史姐，公司怎么可以这么做呢？安全卫士刚刚起步，就要抽调人员到搜索领域。”因过于激动，张成铭的声音略显颤抖，“其他的部门我管不了，可我们部门总共就五个人，一下子就抽调走两个。两个也就算了，还直接把徐泽丰都抽调走。这么大的事情，好歹也要跟我商量一下啊。况且，之前徐泽丰已同意加入改革委员会，现在又要兼顾那边，一个人干三个人的事情，他还能有多少心思放在做安全卫士上啊。”

“成铭，冷静，冷静。我想，该说的理由高总都应该跟你说了吧，我也就不多说了。”

“是的，我觉得高总是趁着周总和齐总不在，故意给我穿小鞋。”

“成铭，无端猜测之事可不能想说就说。”史虹翎制止道，“为了公司的大局，部门和个人的利益都该做出相应的让步。你再想想，公司在搜索领域做大、做强，对你做安全卫士来说只有好处，没有坏处。做大、做强了，吸引的投资就更多了，奇迹的平台也就更大，整个体系能利用的资源自然就更丰富了。”

“史姐，道理我懂，可是……”

“可是心里就是不舒坦，对吧？”史虹翎反问。

“算了史姐，这件事到此为止吧。”张成铭无奈地耸了耸肩，“我服从公司的安排。”

回到昏暗的办公室，见张成铭一脸愁容，张晨蕊上前问道：“张哥，怎么啦？整个人都跟霜打的茄子似的，不会是生病了吧？”

张成铭没心思跟她开玩笑，扫了一眼问：“泽丰呢？”

“张哥，真不巧，老徐前脚刚走，你后脚就回来了。”张晨蕊指了指对面的会议室，“他正在对面开会呢。张哥，你找老徐有事？”

“根据公司的全局部署，将抽调老徐和春花暂时到搜索部门帮忙，备战年关。”

“张哥，有没有搞错啊！”张晨蕊叫嚷道，“我们部门总共就五个人，一下子就被抽调走两个，到底还让不让我们活啊！”

“这是公司的最终决定，我们必须服从。”

当着史虹翎的面，张成铭可以选择抱怨、选择发泄，但当着团队成员的面，却不行。作为领头羊，不管身处何种境地，都要给其他四人信心，绝不能轻易表露出消极情绪。

一旁的欧阳春花也跟着不快道：“老大，我刚刚爱上我们这个团队，你就忍心把我拱手送人吗？”

黄献芬和欧阳春花习惯性地称呼张成铭为“老大”，听着挺顺耳，也挺亲切的。

“春花，暂时的，只是暂时的。等过了年，我会用八抬大轿把你接回来的。”

“说话算数？”

“一定。”

等徐泽丰开完会，回到办公室，已近下班。当张成铭告诉他公司人员调动一事时，徐泽丰很平静，说是开完会时，史虹翎已经告诉他了。对于是否能够兼顾安全卫士这边的工作，他只字未提。

“泽丰，你一个人干三个人的活，够累的。”张成铭拐弯抹角地说。

“成铭，我倒不这么觉得。三个不同的平台，是三次不同的锻炼机会，我认为蛮好。更何况，我还年轻，扛得住。”

“扛得住就好，注意身体。”

既然徐泽丰不愿多谈，张成铭也就不好继续往下问。他隐约感觉到，自从徐泽丰被史虹翎抽调到改革委员会，两个人之间仿佛有了一层无形的隔阂，说话、做事也不像以前那么有默契了。

也许是自己太敏感，过于多虑了。

想罢，张成铭又问：“哦，对了泽丰，叔叔阿姨还在北京吧？”

“还在的，这个周六回湖北。”徐泽丰苦笑着回应，“成铭，我呀，是巴不得他们早点回老家。你不知道，我妈是天天逼着我早日成家。你说说看，我现在哪有这个时间去处对象啊。”

“泽丰，你我都老大不小了，过完年，就29岁了。要放在老家，再不结婚，可就真成王老五了。”说完，张成铭又给徐泽丰使了个眼色，轻声道，“我觉得春花挺适合你的。”

“春花？！”徐泽丰张大嘴巴，“我可从来没打过她的主意。”

欧阳春花毕业于北京的一所名校，老家在浙江温州。据说，她家境颇为殷实，留在北京，不是为了生存，而是为了梦想。论长相，欧阳春花也不差，至少处于中等偏上的水准。但处对象这档子事情，看的是感觉。徐泽丰对欧阳春花，有的只是兄妹之情、同事之谊，其他的东西还真是没有。

在感情方面，徐泽丰一直是个迟钝之人，但这并不妨碍他有意中人。他的意中人，不是别人，正是朝夕相处的张晨蕊。可问题是，张晨蕊一直把他当成“哥们儿”来看待。也正因此，他一直没有，也不敢向张晨蕊表白。一来，怕被拒绝；二来，怕搞僵了彼此的关系。

另外，徐泽丰也从未在张成铭面前提及过他对张晨蕊有意一事。其一，这是他内心的秘密，除非有百分之百的把握，否则，他不会公开此事，哪怕他和张成铭的关系再铁；其二，怕勾起张成铭的伤心往事。

上大学时，张成铭曾谈过一次恋爱，女朋友叫陈雅琳，地道的北京人。张成铭刚进大可那会儿，陈雅琳经常会开着一辆红色的奔驰跑车来看他。一毕业，就能开奔驰跑车，不难看出，这个陈雅琳是含着金汤匙出生的。不过，陈雅琳为人还算和善，也不会摆架子、炫富。来得多了，徐泽丰也渐渐和她熟络了，三个人还在一起吃过好几顿饭。有一天晚上，下着暴雨，张成铭约他喝酒，说是心里堵得慌。见了面，张成铭也不说话，只是闷头喝酒，酒后才吐了真言，说是陈雅琳打算去美国留学，希望张成铭也跟着一起去，费用方面她家里出。结果，被张成铭拒绝了。两个人大吵了一架。

徐泽丰了解张成铭的个性，他绝不会允许自己被别人扣上“吃软饭”的帽子。一个月后，陈雅琳远赴美国，张成铭则继续留在北京。

那段记忆，对张成铭而言，是美好的，也是苦涩的。徐泽丰也知道，几年的时间过去了，张成铭对陈雅琳依然念念不忘。

“泽丰，处对象就好比是买鞋。鞋子还没穿，你怎么知道合不合适呢？”

“成铭，第一，我觉得合适，人家未必；第二，我穿多少码，自己心里清楚。”

正说着，欧阳春花站了起来，两个人也就打住了话题。

“泽丰，周五吧。周五晚上，我请叔叔阿姨吃个饭，就当为他们饯行。”

“好，我提前跟他们说一声。”

四天后，周五，周钧韬和齐文东回到了北京。上午到公司，中午周钧韬就召集了公司的高层，以及各部门的负责人开内部会议。

“各位，这次我和齐总去广东，洽谈收购之前提到的那个 SP 业务团队事宜。过程和结果都令我非常满意。下个星期，这个团队的所有成员将开赴北京，和我们并肩作战，共享互联网这场盛宴。”周钧韬意气风发道，“谈完并购案，我和齐总又特意去鹏城，拜访了宏远网络的创始人李星河，聊了有关公司团队建设和职能转变的命题。从今年年初开始，在李星河的主抓下，宏远推动了一次变革——从职能制到业务制，完成了一次战略与业务的大调整：业务上，调整旗下的八大系统，所有业务合并进四个业务单元；组织上，分为三层管理体系，保证了组织的扁平化，提高了决策的效率。简单来说，工业时代等级森严的垂直化团队管理模式，已经不适应互联网发展的需求了。等到我们奇迹在搜索领域站稳脚跟，我们也将推动一系列的改革。凡事预则立，不预则废，为此，我已经授意公司首席技术官史虹翎，由她牵头成立改革委员会。而且，大家也应该知道，这个委员会已经挂牌成立。另外，李星河还提出了一个观点，团队是公司最大的资产，我很赞同。对奇迹来说，最大的资产，不是某个业务板块，而是打造业务板块的团队，是你们！回北京前，我和齐总还绕道去了趟杭州，参加一年一度的互联网大会。据可靠消息，蔡崇云和郭腾义的矛盾，正越闹越大。蔡崇云也公开承认，出让股权用以并购智源的中国区业务，是他创办极光以来最大的败笔。他们闹得越凶，我们的机会和赢面就越大。”

随后，周钧韬又给搜索领域做了重新部署。按他的部署，200多人的团队，要做的垂直搜索多达十个，包括火车票、衣食住行、BBS、博客等多个业务。

听着，张成铭有些纳闷。

200多个人听上去很多，可分摊一下，每个搜索的人就很少。人少了，就不能深入去做。他记得，周钧韬曾提出一条互联网方法论：一个点，不管多小，不管多么不起眼，只要集中火力去猛攻，也能取得巨大的成功。而且，这么多年以来，老周都在用事实证明他的理论。从中文实名到上网助手，大可之所以能声名鹊起，靠的就是这条方法论。

显而易见，他现在的排兵布阵和这条方法论是相悖的。可当着这么多人的面，他又不好反驳。心高气傲之人，往往都极好面子、自尊心极强。这一点，周钧韬和高强倒有几分相似。所不同的是，周钧韬是宰相肚里能撑船，高强则是小肚鸡肠。

开完会，周钧韬又把张成铭和徐泽丰叫到了办公室。

“成铭，泽丰，你们俩跟随我多年，是我最信任，也是最倚重的干将。说句掏心窝子的话，我挺感谢你们的。奇迹成立之初，你们能选择安全卫士这一最冷门的业务板块挑战自我，令我很欣慰。前几天，你们又服从公司的人员调动，又令我很感动。正所谓‘天降大任于斯人也，必先苦其心志，劳其筋骨，饿其体肤’。我相信，你们在奇迹会有一番大作为。”周钧韬先扬后抑道，“你们也知道，眼下公司的战略要塞是搜索领域。尽管公司在该领域囤积了大量的兵力，但人手还是捉襟见肘。此次抽调泽丰去搜索部门的真正用意，是为了做一个插件，用来推广搜索。”

作为一方诸侯，周钧韬往往会被贴上霸气凌人和战争狂的标签。在别人眼里，周钧韬喜欢直来直去，硬碰硬地和对手较量，心思并不细腻。但实际上，周钧韬是粗中有细，玩起软硬兼施这一套，绝对是个高手。什么时候该软，什么时候该硬，又该用什么样的方式去笼络人心，他心里比谁都有谱。

既然周钧韬把话说到这个份儿上了，张成铭也就没什么好说的了，挤出笑容道：“周总，我听从你的安排，但我也有个要求。”

周钧韬点了点头，示意他往下说。

“我希望公司在搜索领域站稳脚跟后，能尽快让泽丰和春花归队。否则，安全卫士这边的产品研发，不好往下做。”

“成铭，放心吧，人员调动只是暂时的。”周钧韬转而又问，“安全卫士那边的近况如何？”

“上次经史姐介绍，向肯巴卫士的负责人顾长青取经之后，我学到了不少东西。杀毒软件的开发是一方面，另一方面，我们将围绕着杀毒软件，开发其他的衍生产品，比如，漏洞修复、装机必备、查杀木马和自我体检等功能，这是近期的计划。远期的，我们还会开发和杀毒软件关联的浏览器等业务。”

“好，很好。成铭，要是安全卫士板块能做成体系，成为公司的一个关键支撑点，那就牛了。”

“周总，八字还没一撇呢。”

“我相信你！”

“周总，谢谢你的信任。没什么事的话，我和泽丰就先走了，正好他爸爸、妈妈这段时间在北京，明天就回湖北老家了。我打算晚上带上部门里的所有人，给叔叔阿姨饯行。”

“好事，好事，值得推崇。”说着，周钧韬掏出两千块钱，递给张成铭，“我晚上正好有事冲突，要不然，我也去凑凑热闹。这样，成铭，这两千块钱，就算是我的份子钱。一家公司，要给员工归属感，一种家的感觉，这才是最大的企业文化。”

“周总……这……太多了……”张成铭收也不是，不收也不是。

“成铭，收下，请叔叔阿姨吃顿好的，这是命令。”

“好，周总，那我就收下了。”

“对了，成铭，我听说，肯巴卫士的负责人顾长青向你抛出过诱饵，邀请你加盟他们的团队。”

“是的，是有这么回事，但被我拒绝了。”

“好了，没事了。时间不早了，你们赶快走吧。”

出门时，张成铭不禁琢磨开了：周钧韬为何会问及此事，且似蜻蜓点水般带过，并未深入？

最近，张成铭一如既往地在读《三国演义》。越往下读，他越觉得周钧韬像曹操：雄才大略、粗中有细、生性多疑。特别是生性多疑这一点，是出奇地像。

说起来，这和周钧韬的经历也有关。当初，他原以为能借助智源科技成为一方霸主，结果却被蔡崇云和郭腾义联手摆了一道。带着这份深深的恨意，他才做出了大挖智源中国墙脚的决定。所以，当肯巴卫士邀请张成铭加盟时，周钧韬完全有理由怀疑张成铭会像自己对待蔡崇云和郭腾义那样，带着团队投奔肯巴网络。不过，他却忽略了一点，他是他，张成铭是张成铭。他和张成铭，无论在个性还是气质上，都是不同的两个人。

另外，顾长青招募张成铭一事，张成铭并没有向任何人透露，包括徐泽丰和张晨蕊。在张成铭看来，既已拒绝顾长青，就没说的必要了。说了，还会引起不必要的猜疑和慌乱。因此，不说要比说好。那么，公司内部唯一有可能知情的只有史虹翎。毕竟，史虹翎和顾长青间的关系不简单。史虹翎是周钧韬麾下的大将，她向周钧韬汇报实情，更是正常之事。

张成铭的猜测和事实相差无几。事实上，的确是史虹翎将消息告知周钧韬的，但史虹翎只不过是随口提及罢了。召开公司中高层内部会议之前，周钧韬曾和几个高层碰过头，问起他出差期间公司的运转状况。史虹翎着重提到了安全卫士部门，并简单描述了张成铭拜访顾长青一事。在她看来，此举能增加安全卫士在周钧韬心目中的分量。

虽说和张成铭接触的时间很短，但她对这个小自己几岁的男人却有着莫名的好感。这种好感，源于张成铭对互联网的热爱，让她感动；也源于张成铭的性格——心胸宽阔，懂得隐忍。她还发现，长相并不出众的张成铭，身上却有着强大的磁场，公司的不少女性员工都喜欢和他相处。

不过，史虹翎的好意却被高强拿来做文章。当史虹翎提到顾长青招募张成铭时，高强当即就提出：为避免张成铭日后“叛变”，甚至带着团队出走，公司应该削弱他在安全卫士领域的权力，让老实本分的徐泽丰取而代之。最终，高强的提议被周钧韬否决了。

作为奇迹网络这个王国里的国王，高高在上的周钧韬，几乎了解底下每个人的秉性。他也清楚，高强是个势利小人，可他需要这种势利小人帮自己盯着下面的一举一动。这就好比乾隆明知和珅贪，又离不开和珅一样。况且，高强的忠诚度是极为可靠的。

出了门，张成铭未免有些失落。

安全卫士本就是个不被看好的业务板块，现在倒好，还成了搜索的“备胎”。要是前几天答应顾长青，跟随他南下，加盟肯巴卫士，也许境地会截然不同，将来的人生轨迹也会迥异。最起码，不必过得如此压抑。但愿这种压抑是一时的。更何况，只有留在奇迹，才能为将来创业做更好的铺垫。一路上，张成铭都在不停地做自我激励，自己给自己打着鸡血。

对于身处逆境之人，打鸡血是必要的手段。打鸡血，可以让你变得自信；打鸡血，可以对未来充满希望。

而周钧韬并未在张成铭面前如实相告高强的论调，是为了平衡。周钧韬熟读史书，自然明白平衡的重要性。甚至于，他是希望下面的人有矛盾、有争斗的。不管是明争还是暗斗，都需要耗费时间和精力。如此，他们才不会成为一丘之貉，有事没事就把矛盾指向自己这个掌舵者。但是，这需要一个前提，再怎么闹、再怎么斗，场面必须要在他的掌控之中，绝不能失控。

走到拐角处时，徐泽丰问：“成铭，怎么从未听你提及肯巴卫士招你入伙一事？”

“说了怕影响你们的情绪。”

“成铭，你不说，更会影响我们的情绪。这个世界上，本就没有不透风的墙。”

张成铭本就烦恼，见徐泽丰话里话外透着不信任自己的意思，便问：“泽丰，你这话是什么意思？”

“我没别的意思，就事论事，我觉得你的这种做法有欠妥当。毕竟，我们是并肩作战多年的‘战友’。”

“泽丰，我……”

张成铭的“我”字刚说出口，两个人已到了办公室门口，张晨蕊、黄献芬和欧阳春花正在里面等着。晚上，张成铭在南锣鼓巷的一家餐厅订了包厢，带上团队成员，为徐泽丰的父母饯行。

“张哥，老徐，你们再不来，我就要去门口买个包子啃啃，然后回家钻被窝里得了。”张晨蕊边说着边把两个人往外推。

“晨蕊，刚才老周自掏腰包两千块钱，给我们这次活动当赞助。一个包子，你也太容易满足了吧。”张成铭大手一挥，“我们现在就杀向南锣鼓巷。”

6

本性难移

徐泽丰接手做插件方面的工作后，并不顺利。

按徐泽丰的预想，插件虽是搜索的分支，但也是个相对独立的领域，他好歹也扮演着领头羊的角色。不像在安全卫士，他和张成铭并没有明确的职务高低之分。两个人在各方面的待遇也是一致的。但明眼人一看便知，安全卫士是张成铭手上的项目，他徐泽丰只是个副手罢了。既然是副手，就算是有朝一日安全卫士做得风生水起，头功肯定是属于张成铭的。

张成铭有他的理想，徐泽丰也有。

张成铭的理想是创业，奇迹网络只不过是他过渡的平台而已。一旦羽翼丰满，他肯定会选择自立门户。相比之下，徐泽丰的理想要简单得多，也要渺小得多。他只希望有个相对不错的平台，让他去潜心研究技术、开发产品。不过，令他不解的是，周钧韬给张成铭机会选择，张成铭却选择了安全卫士这个领域。

显而易见，张成铭选择安全卫士，努力从无做到有，从有做到强，完全是在为将来的创业铺路。可他考虑过自己的感受吗？在一个如同鸡肋的部门，各方面的资源不到位，如何去搞产品开发？就算开发出来，也未必能撑得起门面。

张成铭可以等，自己却等不起。再怎么样，张成铭的父亲在老家都有一家不大不小的企业。实在不行，他还有退路——回老家接班，照样衣食无忧。自己呢？父母是面朝黄土地的农民，如果回去，只能继承父母的衣钵，接受“农二代”的宿命。张成铭再次来北京，是为了折腾，为了理想折腾。自己留在北京，抛开理想，是为了生存。除了生存，作为家中的独子，他还要尽量让父母过上高质量的生活。

起初，张成铭挑中安全卫士时，徐泽丰心中虽有气，但生气归生气，他还是义无反顾地选择了支持张成铭，做他的后盾。

但是，近段时间，徐泽丰的心理却起了变化。一来，安全卫士项目开发的进展极为缓慢，有起色却不明显。再加上被公司抽调人手，徐泽丰的心里开始由生气变为愤懑。二来，顾长青赏识张成铭，并邀请他加盟肯巴卫士。也就是说，张成铭又多了一条退路。徐泽丰愤懑之余，又多了一点失落。三来，张成铭去拜访顾长青的当天，高强特地把徐泽丰叫到了办公室，两个人谈了一个多小时。大部分的时间都是高强在说，徐泽丰在听。听着听着，徐泽丰就察觉到了异样，高强虽没有明说，但话里话外的潜台词也很明显，希望徐泽丰别再跟在张成铭的屁股后面转，应和张成铭保持一定的距离。只要他愿意，高强会在暗中相助，帮他开路，坐上更高的位置。位置高了，等将来奇迹一上市，分配到股权自然也就多了。股权一到手，别说是千万富翁，亿万富翁都不在话下。

坦白说，高强给出如此大的诱惑，要说徐泽丰一点都不动心那是假的。可真要为了高强开出的空头支票而选择和张成铭决裂，就是愚蠢之举了。其一，徐泽丰虽不谙于人事斗争，但最起码，高强的为人他还是清楚的。公司内部，论玩权谋的技术，他绝对是数一数二的。而且，高强此举的真正用意并非扶持他，而是通过他去打击张成铭。说白了，自己只不过是他手上的一颗棋子。其二，他和张成铭共事多年，在工作上，两个人培养了极佳的默契；生活上，更是有着很深的感情。

因此，不管是在理性上，还是感性上，徐泽丰都不愿和张成铭分道扬镳，至少目前不会。

按周钧韬之前的规划，让徐泽丰接手插件工作，是希望通过做插件来推广搜索。可问题在于，当时的各种浏览器，已经插满了五花八门的插件，你再去开发一个新产品，不但没有优势，而且起不到推广搜索的作用。一时间，徐泽丰思绪全无，找不到应对之策。

细想过后，他决定去找张成铭商议。

办公室的门敞开着。徐泽丰进门时，张成铭、张晨蕊和黄献芬正围在一台电脑前。三个人的脸上皆浮现着喜悦而又激动的表情，根本没察觉到他进来。徐泽丰有意轻咳了一声，张成铭这才抬起头。见是徐泽丰，张成铭也不说话，先是上前拥抱了一下他，随后才说："泽丰，告诉你一个好消息。"

"好消息？什么好消息？"徐泽丰一脸好奇地走到电脑前。

"我们在安全领域小试牛刀，就取得了开门红。"张成铭也靠了过去，指着电脑屏幕说，"这是我们刚刚开发的杀毒软件。你看，用户量和访问量每天都在倍增。当然，我们和行业老大——肯巴卫士间的差距还很大。但我相信，只要继续深入去做，再配合上衍生产品的开发，这种差距会越变越小。终究有一天，我们会超过肯巴卫士，坐上行业第一把交椅的位置。"

张成铭一口一个"我们"，听得徐泽丰怪难为情的。自从被暂时抽调，徐泽丰绝大部分的时间都花在搜索领域和改革委员会上，根本就无法顾及安全卫士这边的工作。眼前这款杀毒软件的开发，他自始至终都没有参与过。

"成铭，看来你不仅有了思路，还找到切入点了。"

"泽丰，我的目标是把安全卫士做成奇迹网络的王牌项目。"一旁的张晨蕊模仿着张成铭的腔调道，直逗得办公室传出一阵阵欢乐的笑声。

片刻，张成铭做了个手势，提醒张晨蕊尽量小点声。

徐泽丰心里替张成铭高兴的同时，又不免有些气馁。他原以为能同时兼顾安全卫士、搜索领域和改革委员会的工作，同时做出成绩，受到周钧韬的赏识，赢得晋升的机会。可现实却是：杀毒软件的开发，他没参与；做插件，又举步维艰；就算是改革委员会，他也并非是史虹翎最为器重的干将之一。而且，通过与史虹翎的接触和交谈，他能感觉到，相比之下，史虹翎更为欣赏张成铭。好人缘、好机会、好运气怎么都让那个张成铭一个人占了呢？

张成铭想要把安全卫士做成奇迹的王牌项目，这口气未免有点太大了。众所周知，奇迹的战略要地是搜索。抛开搜索，即便是口碑营销和无线业务的地位，也要比安全卫士高。如果换成徐泽丰来负责安全卫士，他的目标不可能订得这么高，安全卫士能够活下来，实现盈利就好。这也是他和张成铭个性上本质的区别：一个敢闯敢冒险，一个安分守己。

徐泽丰暗自叹了口气，看来，自己还是高估了自己的能力啊。

“成铭，你这理想还真够大的。”

“老徐，张哥说了，做人还是应该有梦想的，万一实现了呢。”

张成铭插话笑着问：“泽丰，你来找我有事？”

见进入正题，徐泽丰先是起身关上门，又坐下来诉苦道：“成铭，插件不好做啊！”

“不好做？”张成铭身子往前探了探问。

近段时间，张成铭和徐泽丰是各忙各的。张成铭两耳不闻窗外事，潜心研发杀毒软件。而徐泽丰则是连轴转，比张成铭更忙。两个人几乎没什么见面的机会，即便见到，也是简单地打个招呼，稍稍聊上几句。

“现在在浏览器上做插件的公司太多了，我们的插件一面世，就被淹没了，根本起不到推广搜索的作用。这是一个结，如果这个结打不开，插件就没办法去做。”

张成铭沉思许久道：“泽丰，你看，咱们能不能换个思路来做插件？”

徐泽丰一头雾水地问：“换个思路？怎么换？”

“先做一个‘克星’软件，把其他的插件干掉，然后再去做插件，用以推广搜索。”

“成铭，我怎么就没想到呢！”说着，徐泽丰差点没从椅子上跳起来。

经张成铭一点拨，徐泽丰的思路豁然开朗。看来，公司高层器重张成铭的程度远高于自己，的确是有原因的。无论是在个人抱负还是产品理念上，张成铭都要胜过自己一大截，让人心服口服。自己呢，只不过是精于技术而已。想要把一个项目做好，单有技术是不行的。技术之外，还需要理念和思维作为支撑。

“泽丰，这也只不过是个思路。具体该怎么做，还是要靠你们做插件团队的执行力。”

有了正确的思路，徐泽丰做起插件来，也轻松了许多。

不过，“克星”软件推出的同时，奇迹网络遭遇了一拨又一拨的骂名。业内人士不知软件的开发者是徐泽丰带领的团队，只知奇迹是周钧韬的公司。所以，几乎所有的矛头都对准了周钧韬。对此，周钧韬早就有了免疫力，压根儿就没放在心上。奇迹创办之初，周钧韬就玩过大挖智源中国的技术骨干墙脚这一招。当时，谩骂声也不少。蔡崇云甚至在公开场合，当着媒体记者的面大骂他是流氓、是行业公敌。

周钧韬毫不在乎！

正所谓“成王败寇”，周钧韬一向不看重过程，他要的是结果，是速胜，是再次崛起，是成为业界的一方诸侯。况且，蔡崇云也好，郭腾义也罢，包括前些年风头很盛的三大门户网站，有哪家的发迹史不是充斥着腥风血雨和阴谋诡计呢？既然是战争，就要讲究兵法。“兵者，诡道也。”是再简单不过的道理。

无疑，“克星”软件的开发，进一步增加了周钧韬的信心，激发了他的进攻性和求胜欲。

两天后的晚上，周钧韬特意把各大部门的主管留了下来，召开内部会议。会议刚开始，他就亮明对“克星”软件的态度，先是表扬了徐泽丰的团队，随后又说：“这个软件的面世，就等于是在业界扔下了一颗重磅炸弹。我也知道，有不少业内人士，包括某些大咖，又在背后戳我的脊梁骨，骂我是业界的一颗老鼠屎，搞臭了行业的名声。另外，他们还给这款软件贴上了‘流氓软件’的标签，说是专门为我定制的。‘流氓’又如何？我觉得‘流氓’挺好的。刘邦发家之前，不也是个地痞流氓嘛。结果呢，他成了大汉王朝的开创者。做‘流氓’没什么不好，关键要做一个有智商、有思想的‘流氓’。所以，我希望奇迹的每一个员工，都能做一个‘流氓’，搅乱业界局势的‘流氓’。”

发表过“流氓”论调之后，周钧韬又宣布了三件事。第一，今年过年只放一天假——大年三十。其他时间，所有人都应各就各位，做好本职工作。第二，有了“克星”软件做辅助，公司将继续加大对搜索领域的投入，每个月的投入量会增加一倍。第三，公司已经在搜索领域站稳脚跟，接下来，会即刻上马浏览器项目。归根到底，做浏览器的目的也是为了推广搜索。

与以往不同，周钧韬并未长篇阔论，更没有大谈他的互联网方法论和思维。宣布完这三件事之后，他就打住了话题，而后，又佯装漫不经心地问：“大家有什么意见和建议，都可以提出来，探讨探讨。”

与会者，绝大多数和张成铭一样，是大可时期就跟着周钧韬打江山的老臣子，有几个还是开国元勋。这些人对周钧韬的个性可谓知根知底。即便是从智源中国挖来的技术骨干，经过这段时间的接触，对其脾性也应该摸透了七八分。但凡是他做出的决定，极少有人能更改得了。哪怕是错误的，他也会坚持做到底，并最终把错误的做成正确的。你可以认为他不民主，大搞一言堂，可这就是周钧韬的枭雄本色，他有这个魄力和能耐。

底下一片寂静！

为防冷场，高强笑着问：“周总，你让我们留下来加班，我们没有怨言。毕竟，这是为了公司，也是为了我们个人的利益。我们也盼望着奇迹能够早日上市，实现造富神话，我们也跟着成为百万富翁，甚至千万富翁。不过，你也知道，在座的同事基本上都是‘北漂’一族。春节回家过年又是咱们的优良传统。大过年的回不了家，你总归也要表示表示吧。大家说，对吗？”

高强看似起哄的举动，既为周钧韬解了围，又很好地调节了气氛，这也正是周钧韬需要他的原因之一。

“高总的意见提得很好，奇迹在扩张版图的同时，也要注重企业文化的培育。换个角度，企业文化也是一种方法论。关于这个问题，我现在就能给出答案。大年三十的那天，我会陪着大家去九华山庄，先开年会，再泡温泉。泡完温泉，大家尽管放开玩。所有的开销，都由公司埋单。”周钧韬随机应变道，“另外，我纠正高总的一个观点。等待公司上市，百万富翁根本不在我们的讨论范围之内。只要大家同心协力，保底千万富翁。做得好，亿万富翁也不在话下！”

“大家还有没有其他意见？”继续问完，周钧韬将目光落在了张成铭的身上，“成铭，你来谈谈你的看法。”

“周总，对于年前、年后加班的决议，我没有意见。反正我也是单身一人，在哪儿过年都行。”

张成铭砸掉铁饭碗，从江西老家再次回到北京时，父亲曾扬言要和他断绝父子关系。从那以后，父子俩从未有过联系。家里的一些情况，他也是从母亲那里得知的。据说，家里厂子的经营出了点问题。张成铭原打算过年时回去看看，和父亲坐下来谈谈。父子总归是父子，哪来那么多的深仇大恨。但现在看来是回不去了。

“成铭，我说的不是这件事，是刚刚宣布的另外两件事。”周钧韬不依不饶地问，“而且，是内心的真实想法。”

“周总，那我就说实话了。”

“说，尽管说，有什么说什么。”周钧韬微微一笑，点头示意道。

“第一，我虽在安全卫士部门，但对公司在搜索领域的大致投入还是了解的。现在，公司每个月花在搜索上的钱大概在 50 万元。如果增长一倍的话，就是 100 万元。再加上其他部门的开销费用，A 轮融资的 2000 万美元很快就会用完。所以，我个人认为，不应把所有的筹码和赌注都押在搜索业务上。第二，公司的摊子已经够大了，再去开发‘浏览器’，各方面的资源都会吃紧。再者，用‘浏览器’去推广搜索，就等于把矛头指向了万众，与万众树敌。公司目前的状况不宜多线作战、多方树敌。更何况，不管是万众，还是极光和智源科技，实力都不容小觑。”

张成铭在说的时候，一旁的徐泽丰一直揪他的衣角，提醒他不该发出不和谐的声音，冒犯周钧韬。周钧韬是极好面子之人，当着公司所有中高层的面，去提反对意见，而且如此赤裸裸，这不是明摆着自己给自己找不痛快嘛。对于徐泽丰的这一举动，张成铭没有理会。他心里也清楚，这番话极有可能会惹怒周钧韬，仔细一掂量，还是选择了去说。他不想一味地取悦周钧韬。一来，这不符合他直言的个性；二来，张成铭自认为自己只不过是在就事论事，为奇迹的大局着想。倘若周钧韬真的连这么点意见都听不进去，因此而心生嫌隙，给自己小鞋穿，他也认了。当然，这也是最坏的打算。正所谓“成大事者不拘小节”，雄韬大略如周钧韬者，不应该为此等小事而记恨在心，加以报复。

事实证明，张成铭的担心是多余的。

他刚坐下，周钧韬就第一个鼓起了掌。见周钧韬鼓掌，下面的人也跟着鼓起了掌。

“很好，成铭的观点很尖锐，提得很好。”周钧韬竖起大拇指道，“一个团队中，是需要有人扮演泼冷水的角色的。况且，成铭不是在给我们泼冷水，而是降温，值得表扬。但是，箭在弦上，不得不发。我宣布加大搜索领域的投入和开发浏览器，绝非一时脑热做出的决定，而是基于对整个互联网局势的判断。”

当周钧韬有意把问题抛给张成铭时，他就料到有此局面。或者说，他是希望有这种结果的。第一，他想借用此事，向与会者，尤其是刚被他纳入麾下的原智源中国的技术骨干释放一种信号，他周钧韬是讲民主的，而非传闻中的独断专权。第二，一家公司，不管大小，都需要不同的声音。奇迹离不开高强这类人，同样也需要张成铭。

如果说高强是和珅的话，张成铭就是大名鼎鼎的刘罗锅刘墉。

但不管是高强还是张成铭，都只不过是周钧韬手上的一颗棋子。

坦白说，周钧韬心里是有气的，他没想到张成铭会如此直言不讳，毫不留情，公开指责公司的决策出了问题。也罢，区区小事而已，大可不必放在心上。

周钧韬宣布会议结束后，与会者相继离开，张成铭却依然在原地坐着。他在琢磨周钧韬刚才那番话的同时，也在做着自我反省。当初，他主动请缨，从周钧韬手上接过安全卫士这个鸡肋项目时，曾给自己定下规矩，或者说，是在奇迹的处世之道：两耳不闻窗外事，一心只搞产品研究。可到了关键时刻，怎么又犯老毛病了呢？当年，正是因为敢于直言，才和高强结下了梁子，为此还穿过不少小鞋。冲动是魔鬼啊，许多时候，说是一回事，做是另外一回事，看来自己还是不够成熟。可换个角度，江山易改，本性难移，真要刻意去隐藏自己的某些个性，谈何容易。

直到身旁的张晨蕊用手捅了他一下，张成铭才停止遐想，缓过神来。

张晨蕊轻声说："张哥，老周在向你招手呢。"

张成铭定睛一看，果真，周钧韬正微笑着朝他招手。张成铭愣了愣，赶忙走上前，惶恐地问："周总，你找我？"

"成铭，时间还早，我送你回去。"

"周总，不用了，真不用了，我和泽丰他们一起回去就行了。"

"你去跟他们说，让他们先回去，我送你。"周钧韬重复道，语气不容置疑。

张成铭迟疑片刻："好，那……那我让他们先回去。"

和徐泽丰等人打过招呼，张成铭又跟着周钧韬出了门，下了楼，进了地下停车场。一路上，他连大气都不敢喘，只是默默地跟在周钧韬身后。同时，他心中暗想，诚然，在公司内部，周钧韬是比较器重自己，但整个奇迹有三百余人，自己所负责的，又是个小部门。也就是说，职位比自己高、能力比自己强的人多得是。

跟随周钧韬多年，据张成铭的观察，老周甚少送员工回家，大多数员工也不愿坐老周的车，哪怕是顺路。更何况，张成铭住的地方完全不顺路。越往下琢磨，张成铭心里头越是忐忑。难不成，老周还在为刚才的事情耿耿于怀？没直接在会场上发飙，一是碍于场合，二是碍于身份？

周钧韬的座驾是一辆老式的丰田凯美瑞，开了不少个年头了。按说，以周钧韬的身价，开什么车都陪衬得起，但他对这方面似乎不感冒。这也正常，玩互联网这一行的，怪人多得是，国际巨头亚马逊的某位创始人，身价百亿，不也只开一辆本田雅阁嘛。

张成铭抿了抿嘴，刚上车，就主动道起了歉："周总，我刚才提的意见，过于直白了，你是不是……是不是觉得我还不够成熟？"

"成铭，我刚才在会上已经说了，公司需要不同的声音。要是每个人都哄着我、捧着我，一旦被捧上天，万一摔下来，会很惨的。"周钧韬笑着回应，"至于成熟不成熟嘛，我觉得是这么回事，一个人是否成熟，和个人为人处世的悟性有关，但最为关键的还是阅历。而阅历，靠的是岁月的积淀。因此，从某种意义上而言，成熟是可以和年龄画上等号的。你别看有些农村的老者，一辈子都面对黄土地，可人家心里却通透得很。另外，单就某件事而言，是否成熟看的是结果。比如说，我当初把大可作价 1.2 亿美元卖给智源科技时，我自认为是非常成熟、非常英明的决定，结果呢？被蔡崇云和郭腾义联合摆了一道。更深层次的，没有绝对的成熟，也没有绝对的不成熟。再成熟的人，也会有不成熟的行为。"

"周总，我懂了。"

"成铭，跟我在一起就这么别扭吗？"周钧韬又笑道，"别那么拘谨，放轻松点，放轻松点。"

"周总，没有……没有的事。只是……只是重新回到你身边，加盟奇迹，压力挺大的。"

"成铭，公司这么多员工，你对整个业界的了解是最深刻的……"

张成铭诚惶诚恐道："周总，实在是不敢当。你过誉了，过誉了。跟你相比，我了解的只能算是皮毛。"

“成铭，我周钧韬一向是奖罚分明，不会随意夸奖一个人，更不会随意贬低一个人。”说着，周钧韬的神情一下子变得严肃而又认真，“成铭，言归正传。你认为，我们和极光、智源中国还有万众间的战争胜算几何？还有，奇迹的将来，又能在业界扮演什么样的角色？或者说，分量有多重？”

张成铭这才真正明白周钧韬专程送他的真正用意。周钧韬刚才的问题，绝非随口一问。

不过问题是，他为什么要找自己，而非其他人呢？

相比之下，齐文东和高强才是周钧韬真正的心腹。但齐文东一向谨慎，就算是周钧韬问了，也未必能问出什么来。高强则是马屁高手，只会一味地恭维周钧韬。除了齐文东和高强，类似的问题，周钧韬也可以和史虹翎探讨。在业界，史虹翎也算是老江湖了。可周钧韬生性多疑，史虹翎刚加盟奇迹不久，之前又在宏远网络待过好些年，并非他的嫡系。况且，眼下情报战愈演愈烈，谁又能保证史虹翎不是宏远安插到奇迹，来刺探军情的呢？尽管宏远和奇迹在业务上并无冲突，但现在没有，并不代表以后没有。同理，周钧韬和宏远的创始人李星河素无交恶，且私交还算不错。上次，周钧韬去广东时还专门抽空去拜访过李星河。但是，这也并不代表他们是朋友，盟友就更谈不上了。只要彼此存在着利益纠葛，朋友和敌人的身份是可以相互转化的。再者，即便是敌人，也可以达成某个项目的合作。

生意是生意，感情归感情，这是两码事。

因此，对周钧韬而言，找张成铭聊聊天，谈谈时局，是最为合适的选择。

见张成铭有些走神，周钧韬又问：“成铭，你没事吧？”

“没事，没事，周总，我在思考，在思考。”张成铭又将思绪跳到周钧韬刚才的问题上，“周总，坦白说，胜算几何，是个很难回答、短时间内也是找不到答案的问题。关键在于，蔡崇云、郭腾义还有张问天打算部署多少兵力与奇迹交战。对蔡崇云来说，极光的主业并非搜索和中国供应商，而是 B2B 和 B2C 等业务。况且，极光也正处于发展期，这个时候选择战争不是明智之举。但考虑到极光和智源中国的关系，这里面的关系有两层，一是他们之间存在着合作，二是合作之外也存在着矛盾。所以，精明如蔡崇云者，也许会选择参战，但绝不会派重兵。智源科技方面的话，虽然智源科技在全球的互联网生态圈都算得上是顶级企业，是名副其实的‘洋巨头’，但来到中国市场后却出现了水土不服的状况，日子过得并不好。要不是和极光有合作，也许早就陷入泥潭，退出中国市场了。换言之，即便郭腾义想和我们交战，也未必深谙排兵布阵之道。除非，蔡崇云和郭腾义能真正地达成深度合作。这种可能性，还要打一个大大的问号。最后谈谈万众。几年前，万众各方面的实力都不如大可。现在的事实是，万众的市值，已达数十亿美元，且坐稳了搜索第一把交椅的位置。张问天是科班出身，为人又比较低调、沉稳。想要攻克万众这座堡垒，还是有很大的难度的。”

张成铭边分析，边不停地做着自我暗示，千万要注意说话的方式。他的分析听起来也算有理有据，但却没有给出明确的答案。更何况，战争才刚刚开始，变数太多。别说是他，即便是周钧韬和前面提到的几位大佬，也未必能猜到最终的结果，有的只是预判和针对预判的布局、谋局。

周钧韬专注地听着，偶尔点下头。听罢，他又咀嚼片刻，才问：“成铭，听你的意思，你还是反对多线作战？”

“周总，我……”

“成铭，你不必多做解释。我说过，一个团队需要不同的声音。”周钧韬稍作停顿，又笃定道，“但我认为，只要集中火力去进攻一个点，就会有所收获，这也是我一直以来的观点。”

这些年，张成铭跟着周钧韬学到了不少和互联网有关的方法论和思维。对于周钧韬的绝大部分观点他是赞成的，甚至是深信不疑的。但此刻，周钧韬再次抛出这番论调时，他却本能地想去质疑。集中火力去进攻一个点，万一一开始方向就错了，该怎么办？

“周总，我能保证的，就是安全卫士部门不给公司添乱。”

“成铭，很好，要是公司内部每个人都有你这番觉悟，我可以省心不少。”

周钧韬苦笑了一下，继续说，“既然你提到了安全卫士，咱们就聊聊这个话题。虽说公司的核心业务是搜索，但这并不代表我对你和安全卫士不重视。我反倒觉得，这个项目挺磨炼人的。”

“周总，我也是这么认为的。”

周钧韬又问：“成铭，我心里也清楚，你是个非常有能力的人。要不然，肯巴卫士的负责人顾长青也不会在见过你一面之后，就招募你加盟他们的团队……”

周钧韬再次提到此事，张成铭心中又是一阵发慌：“周总，这件事我已经……”

“成铭，水往低处流，人往高处走，是自然规律。再者，在这个行业内，跳槽已经是见怪不怪之事。不说别的，史虹翎不就是从宏远跳到奇迹的嘛。但我认为，这需要一个前提，自身的内功要足够强。内功强了，在哪里都能发光发热。反之，就是块废铜烂铁。”

“周总，我明白。”

周钧韬亲自相送，出于礼貌，到达时，张成铭主动提出要请他吃饭。周钧韬也不推辞，两个人就近找了一家驴肉火锅店。吃完饭，已近晚上 9 点。

临别前，周钧韬意味深长地说：“等奇迹上市了，你就不用再住这里了。”

张成铭点了点头，呆立在原地，直到周钧韬的丰田凯美瑞消失在转弯处，才裹紧身上的羽绒服，大步往住处走去。

路上，他揣摩起了周钧韬送他回家的真正用意，一是和他探讨眼下的局势，二是考验他的忠诚度。时局方面，张成铭在不激怒周钧韬的前提下，尽可能地做了深入分析。至于忠诚度，最起码，张成铭现在是没有任何非分之想的。再者，近段时间，他和顾长青没有任何的联系，顾长青更没有主动联系过他。

7

初恋女友

说曹操，曹操就到。

张成铭到家冲了个热水澡，打算躲进被窝里继续啃《三国演义》。正准备往下读，手机却响了。抓起一看，居然是顾长青的来电。

张成铭稍加犹豫才接起了电话："顾总监，你好。"

"成铭，不打扰你吧？"

"顾总监，不打扰，我正在看《三国演义》呢！"

顾长青笑着问："怎么，又悟出什么来了？"

"顾总监，要说有，还真有一些，觉得刘备挺不容易的。"

"怎么个不容易？"

"刘备以卖草鞋起家，四处颠沛流离，被人撵得满地跑。好不容易借得了荆州，准备大干一番。可诸葛亮却告诉他，不要急着打曹操，要入蜀，要有稳固的一席之地。蜀地凶险，易守难攻，虽比不上中原发达，却是个生存和韬光养晦的好地方。"

"成铭，是龙得盘着，是虎得卧着。我没看走眼，你果然是个有理想、有抱负之人。大多数人看《三国演义》都是为了图个过瘾或者为了追风，更不会站在刘备的高度去看问题，且看得如此透彻。”

“顾总监，你过奖了。《三国演义》蕴含的哲学博大精深，我悟到的连皮毛都算不上。”

顾长青笑了几下，转而说：“成铭，说正事。我现在正式向你发出邀请，年底放假的时候，来肯巴网络走一遭。所有的费用，肯巴报销。”

“顾总监，年底奇迹这边只放大年三十这一天。其他的时间，所有人都要严阵待命，待在公司加班。”

“这周钧韬还真是个十足的资本家，可以改名叫周扒皮了。”顾长青轻蔑一笑，“成铭，年前不行，那就年后。我想，来肯巴坐坐，你一定会有新的收获。”

听罢，张成铭拒绝也不是，接受也不是。

顾长青力邀他加盟肯巴卫士之后，张成铭原以为他们之间的关系暂时画上了句号。殊不知，这才没过多长时间，顾长青又再次发出邀请，请他去肯巴网络的大本营见面。如果拒绝，张成铭实在是找不出拒绝的理由。礼尚往来而已，拒绝了，也太不给顾长青情面了。况且，顾长青不仅是自己的前辈，从某种角度而言，还是导师。没有他的指导，自己做起安全卫士来，也不可能如此顺手。倘若接受，多次和肯巴网络的人眉来眼去，周钧韬势必会更加怀疑自己的忠心。尽管这只是顾长青一厢情愿之事，但那又如何？老周本就生性多疑，再加上高强等人在旁煽风点火，自己往后在奇迹的日子就更难过了。

于情，张成铭想去；于理，又不能去。

迟疑许久，张成铭回复说：“顾总监，年后什么时候能腾出空来，现在还真不知道。这样，等时间确定了我再和你联系，怎么样？”

“可以，成铭，我等你。”

顾长青一句“我等你”，又让张成铭多了一份遐想。也许，将来某一天，自己和肯巴网络真会产生什么交集。想着，张成铭摇头一笑，还是先做好眼前的事情吧。踏踏实实地走好每一步，机会和好运自然会来临。随后，他又捧起了《三国演义》。刚要看，敲门声就响起了。张成铭询问之后，才知道是黄献芬。于是，张成铭放下书，边套上睡衣，边走过去开门。站在门口的，除了黄献芬，还有欧阳春花。

三个人不仅是同事，还同住一个屋檐下，这本就是缘分。再加上黄献芬和欧阳春花小张成铭几岁。因此，他一向把他们两个当弟弟、妹妹来看待。到了周末，或者是平时有空，张成铭会经常请他们下个馆子，吃个饭。而且，一向是张成铭主动掏腰包，尽管他手头也不宽裕。

一个男人，35 岁是道分水岭。35 岁之前，不要想着如何去赚钱，而应尽可能地去积累资源——那些将来能为自己所用的资源。35 岁之后，等有了资源，钱自然也就来了。

这是张成铭一直以来的观点。

“献芬，春花，有事？”

“老大，是春花找你有事。她一个人又不好意思找你，所以就让我陪着过来。”

“好，那我们客厅谈。”说完，张成铭看了一眼欧阳春花。欧阳春花则避开了他的眼神。

在客厅的沙发上坐定后，张成铭问：“春花，是不是遇到了什么难处？”

“老大，也没有……”欧阳春花低着头，面露难色道，“张哥，我想辞职。”

“辞职？为什么？”张成铭诧异地问。

之前，他可从未听欧阳春花提过辞职一事，哪怕是抱怨这份工作或者找到新工作的苗头都没有。

“老大，那我就实话实说了。我虽然是计算机科班出身，但奇迹这么大的团队，不管是论能力还是论技术，比我强的大有人在。即便是奇迹能实现周总定下的目标，两到三年内能够上市，员工们能分到股权，可我只是个基层小员工，根本就不敢去奢望这些。所以，我觉得继续在奇迹待着，挺没盼头的……”

“春花，任何事都不可能一蹴而就，任何人也不可能一步登天。一个人的成功，都是一步一个脚印走出来的。只要你愿意花心思去钻研，我相信凭你的聪明才智，不可能只是原地踏步。”

“老大，关键是，我一点存在感都没有，总觉得没着没落的。”

张成铭想了想，又问：“那你有什么打算？”

“我打算做两手准备，一边去考研，一边尝试着去考公务员。我想过了，女人还是不要折腾的好，踏踏实实地捧个铁饭碗就好。”

欧阳春花一走，就算徐泽丰做完插件方面的工作，将来归位，团队的人数，也从5个变成4个，更为捉襟见肘。而且，听欧阳春花的语气，她应是深思熟虑后才做出的决定。张成铭本想挽留，可又找不出适当的理由。

他认为能把安全卫士做好，但那也只是他这么认为，其他人就未必了。现实是，至今为止，安全卫士虽有起色，但在奇迹网络整体构架中仍然是边缘化项目。既然如此，那又何必拿黄献芬和欧阳春花等人当“小白鼠”呢？另外，欧阳春花的职业生涯才刚刚开始，她要什么，想走什么样的路，只有她自己有选择权。

“春花，我尊重你的选择。”张成铭郑重其事道，“我只说一点，如果有一天，觉得外面风雨太大的话，就回来吧。”

“老大，你这么说，我就更过意不去了。哪怕你训斥我一顿、骂我一顿，我心里都会好受一些。”欧阳春花轻声抽泣着，“说句掏心窝子的话，我对公司真没什么好留恋的，但真舍不得离开我们这个团队里的每一个人。在这个团队，我找到了家的感觉。”

“春花，既然选择了，就要向前看。再说了，就算你辞职了，咱们三个人不还是住在一起，还是一家人嘛。大家在北京生存都挺不容易的，要珍惜这段缘分。”

“老大，谢谢，谢谢。”欧阳春花抬起头，尽量不让眼泪流下来。

“好啦，不要想太多，你们俩都早点休息吧。”

年关将至。

腊月二十六那天的中午，张成铭和张晨蕊忙完手头上的事情就出了门。自从他们开发的杀毒软件正式上线之后，用户量每天都在增加，并且大部分用户对这款软件的评论都相当不错。为此，张成铭还专门建了个论坛，既可以和用户沟通，又可以听取一些用户的意见和建议。一段时间下来，他发现，用户中不乏“发烧友”。有几个还是网络高手，且都在北京。于是，张成铭便发出邀请，大家见个面，吃个饭，交流交流，地点定在中关村附近的一家羊蝎子店。

北京城，有着数以千万计的“北漂”，为各自的生活和理想打拼着。一年下来，即便过得再苦，活得再累，但到了年关，大部分的人都会选择跋山涉水、千里迢迢地回家过年。此时，原本喧嚣的大街小巷，就会变得格外冷清。原本拥挤的地铁和公交车，也会变得极为宽敞。北京的地铁，几乎贯穿了整个城市，甚至是郊区的某些角落。

不过，张成铭平时出行，更愿意坐公交车。坐公交车，虽拥挤，但可以欣赏北京城的景色，也算是一种消遣。不像坐地铁，老是在地底下穿梭，压抑得很。

此刻，张成铭正坐在公交车上，望着眼前这座既熟悉又陌生的城市。熟悉在于，他在北京生活了近七年，即使闭着眼睛也能分辨出东南西北；陌生在于，除了一份看似稳定的工作，他什么都没有，一无是处。说到底，他对北京尚无强烈的归属感，除非——有属于自己的小窝，在这里娶妻生子。

想到小窝，他又回忆起上次周钧韬亲自送他回家，道别时说过的话：“成铭，只要你安心在奇迹待着，开发好安全卫士这个项目。等到奇迹一上市，你就不用再住在这里了。”

张成铭做互联网，一直是有理想的。可光有理想又有何用？尽管他颇受周钧韬的器重，尽管他的家境还算殷实，但自己都快进入而立之年了，总不至于再伸手问家里要钱吧。看来，短时间内想要在北京拥有一套属于自己的房子，简直就是天方夜谭。就凭自己现在手上的积蓄，别说一套房子，某些豪华地段的一平方米都买不起。的确，只要继续跟着周钧韬，将来奇迹一上市，赚套房子问题肯定不大。不仅如此，往后在北京城还可以过上衣食无忧的生活。但真要这么做，又背离了自己的初衷——创业。

望着窗外灰蒙蒙的天空，张成铭眉头紧锁，暗自叹了口气。

“张哥，你这表情可有点像林黛玉林小姐哦。”坐在身旁的张晨蕊打趣道。

“晨蕊，你说我再次选择来北京，究竟是对还是错？”

“张哥，这种事，我可替你回答不了，关键还是要看你自己到底是怎么想的。再说了，你来都来了，想这么多还有用吗？”张晨蕊反问道。

张成铭心想，张晨蕊说得没错，既来之，则安之。想太多了，人就容易浮躁。一浮躁，就会迷失方向。

“晨蕊，听你的，不去想，不去想了。”张成铭微微一笑，“说正事，这北京城还真是藏龙卧虎之地，我们的论坛刚建没多长时间，就碰到了这么多高手。”

“张哥，这也正常，有些人有抱负，却缺少平台；有些人有平台，却又是扶不起的阿斗。哪像你，既有抱负又深得老周的赏识。我反倒觉得，你的运气比大部分人都要好上许多，所以你就更不必自怨自艾了。”

“晨蕊，春花辞职，泽丰暂时又回不来，我们的人手明显不够。我想能不能从论坛上挖几个人才过来，加入我们的团队？”

“张哥，这不失为一个好办法。但问题是，我们有想法，公司未必会同意。毕竟，公司的主要兵力，都囤积在搜索领域。而且，老周一开始就定下调子，其他部门可支配的人数不能过多。”

“办法总比问题多，我先尝试着找史虹翎和齐总谈谈。有他们的支持，我想，老周那边，也不至于反对。实在不行，我直接去找老周谈。大年三十那天，公司不是要在九华山庄组织活动嘛，是个好机会。”

张成铭总共请了五个人，到场的却只有三个人，一个临时有事，另一个出差去了。细聊过后，张成铭越发觉得自己刚才的想法是正确的。单论能力以及对互联网的了解，这三个人比奇迹的许多人都要强，只是苦于没有平台，又没有经验，一直处于英雄无用武之地的尴尬境地。最难能可贵的是，三个人还是一个团队，租了郊区的一个地下室，正在开发浏览器，这就更加增强了张成铭招揽他们入伙的意愿。是团队，就省去了磨合期这个环节。许多时候，对一个团队而言，磨合期就是阵痛期，磨合得好，能产生一加一大于二的效果。反之，就小于二。另一方面，浏览器的开发，对杀毒软件而言，是一种极好的补充。

谈完事，张成铭叫来服务员，打算埋单。服务员指了指张晨蕊，说是这位小姐刚刚已经埋过单了。张成铭愣了愣，心想，张晨蕊一直坐在自己的身边，什么时候去结的账呢？难道，是刚刚上洗手间的时候，绕到前台给了钱？

出了门，张成铭掏出 300 块钱，塞给张晨蕊："晨蕊，刚才吃饭的钱怎么可以叫你给呢？这里是 300 块钱，多了少了，你都收着。"

见状，张晨蕊急忙推开他的手："张哥，你太见外了，你付我付，不都一样嘛。再说了，你一个月下来，就那么点死工资，既要付房租，还经常自掏腰包埋单，从不拿到公司报销。我好歹是个地道的北京人，没有房子方面的压力。作为女人，也没有生活上的压力。我看，你还是把这钱收起来吧。你要是真觉得过意不去的话，改天请我看个电影就行，马上《碟中谍》第三部就要上映了，我正愁着没人陪我去看呢。"

"《碟中谍》这种电影有什么好看的，不就是看汤姆·克鲁斯耍帅吗。"

"对呀，我就是把《碟中谍》当成偶像剧来看。"

"好，那就找个晚上，我陪你去看。"

要说张晨蕊找不到人一起陪她看电影，那是假的。她是土生土长的北京人，生活中肯定有几个要好的闺密，找个有空的又追星的并非难事。就算找不到闺密，好歹还有个姐姐张莹。一想到张莹，张成铭心中竟有种莫名的悸动。仔细想想，他和张莹才见过两次面，这种悸动到底源于什么，就连张成铭自己都想不明白。按理说，张莹大他几岁，又是个女强人，彼此根本就不是一路人。

"这两天肯定没时间了，公司那边一大堆的事情。等大年三十老周请我们去九华山庄泡完温泉再说吧，也许年后会稍稍有空闲些。"

“大年三十？你不陪家里人一起过？”

“我爸、我妈前几天说了，他们要在美国过年，就不回来了，让我也飞过去跟他们一起过。”

“就算叔叔阿姨不在，不是还有你姐姐吗？”

“跟她一起过？我看还是算了吧，像个老妈子似的，只会问我明年的目标是什么，有什么样的职业规划……反正一句话，只谈工作，不谈生活，没有任何的情调可言，太枯燥了。”说着，张晨蕊一脸的不爽，“张哥，我们不谈她了。有件事，我正好想跟你沟通沟通。”

“你说。”

“我有个闺密，高中同学，在一家国企上班，一直单着。我想做回红娘，把她介绍给老徐，你看怎么样？”

“挺好的啊。晨蕊，你要是把这件事办成了，可真算得上是功德圆满了。”张成铭开玩笑道。

“那好，等年后，我安排个局，让他们见个面。”

“好，我找机会跟泽丰说说。你做红娘，我做月老。”

张成铭刚说完，手机就响了，掏出一看，是母亲从江西老家打来的。母亲在电话里问他什么时候回家过年，张成铭如实回复说，公司今年年底要加班，就不回去了，等过完年再抽空回去。老母亲不禁埋怨道：“你待的那是什么公司啊，年底还加班，旧社会的资本家才会这么干。你说你，当初在老家上班不是蛮好的嘛，非要跑到北京去折腾，搞什么互联网。”张成铭清楚，母亲的埋怨实则是一种关心。于是便笑笑说：“妈，等我哪天折腾出名堂了，飞黄腾达了，就把你和我爸接到北京来住。”母亲没好气道：“我呀，这辈子哪儿都不去，就在老家待着，踏实，舒坦。成铭，不是妈催你，你也老大不小了，过完年就 29 了。你这婚姻大事一天悬着，妈就一天睡不安宁。等过完年，尽早回来一趟，妈给你物色了几个姑娘，模样和家庭都还不错。到时候，要是你们想去北京发展，妈也支持。要不然你一个人在北京，身边没个人照应，我心里总是放心不下。”

见母亲打开了话匣子，张成铭急忙说：“妈，公交车进站了，我要上车了。先这样，回头再联系。”

说完，张成铭挂断了电话，大大地出了口气。

张晨蕊似乎看出了端倪，坏笑着问：“张哥，阿姨不会是逼着你回老家相亲吧？”

“你怎么知道？”

“张哥，这个世界上有种东西非常灵验，那就是女人的第六感。”

张成铭饶有兴致地问：“晨蕊，那凭你的第六感，我会接受家里的安排吗？”

张成铭这一问，张晨蕊反倒不好回答了。打心眼里，她是不愿张成铭回去的，但嘴上又不能直接去说。的确，她对张成铭是有好感的，可女人该有的矜持，还是应该有的。

“张哥，第六感归第六感。不过，这种事情还是应该由你自己来做决定。”

“晨蕊，坦率说，近两年，我真没这方面的打算。至于原因，有两个：第一，我自己尚未在北京扎下根，要什么没什么，怎么去给另一半幸福；第二，我的主要心思还是放在创业上，等哪天成功创业了，再去解决这个问题吧。”

正式加盟奇迹网络之后，张成铭一心扑在安全卫士这个项目上，几乎不再提创业一事。张晨蕊原以为他已经放弃了这个念头，所谓的创业，也只是一时的心血来潮。看来，自己还是不够了解张成铭。而张成铭所说的先立业后成家的计划，对她而言，是好消息，也是坏消息。好消息在于，张成铭不会轻易接受父母之命，媒妁之言的安排，更不会轻易打退堂鼓，离开北京，这就增加了彼此进一步接触和相处的机会。坏消息在于，结婚生子根本不在他的计划之内。他是男人，就算再过个三五年，只要事业有成，想找个伴是轻而易举之事。自己就不同了，女人到了 30 岁左右，成了“剩女”，许多方面可就要大打折扣了。

张晨蕊笑笑，言不由衷道：“张哥，不管怎么样，结婚别忘了请我就行。”

“那是肯定的。”

大年三十，难得的大晴天。

为兑现之前的承诺，周钧韬特意租了十辆大巴车，专程送员工到九华山庄泡温泉。论资排辈，张成铭是没资格和周钧韬坐同一辆车的，那是公司高层以及搜索部门主要负责人才享受的权利。其实，张成铭自己也没往那方面去想，今天的目的是放松，和高层们坐在一起，反而会觉得不自在，生怕说错话、表错态，不说话又闷得慌。他刚打算上车和安全卫士团队的人坐在一起，却被不远处的齐文东叫住了。

按说，公司内部，张成铭最信得过的高层，就是齐文东，且彼此有着不错的私交。不过，奇迹网络成立之后，齐文东很忙，忙着全国各地地去跑，都快成“空中飞人”了，因此极少和张成铭见面，更别提坐下来谈谈了。

张成铭稍作迟疑，走上前问：“齐总，有事？”

“成铭，我旁边留了个位置，你就和我坐一起吧。”

张成铭面露难色道：“齐总，这恐怕不妥吧，坐这辆车的，可都是……”

“成铭，这不仅是我的意思，也是周总的意思。”

既然是周钧韬的命令，也就不好违背，张成铭只好跟着齐文东上了车，往大巴车的后方走去。从上大巴车到坐下不到半分钟的时间，张成铭却觉得格外漫长，仿佛每个人都在用异样的眼神看着他。

自从周钧韬上次亲自送他回家后，公司内部便议论纷纷。大体上，有两个版本。第一个版本，是周钧韬让他主动放弃安全卫士这个项目，加入搜索领域，并担任比较高的职务。第二个版本，张成铭开发的杀毒软件有所斩获，引起了周钧韬的高度重视。周钧韬私下给出承诺，等公司在搜索领域站稳脚跟后，会大力支持安全卫士。传言能把一个人捧上天，也可以把一个人毁掉，问题的关键在于你对传言有多在乎。

对于这些传言，张成铭没放在心上，也根本不想去理会。

在齐文东的身旁坐定后，张成铭借着抬头的空隙观察了一下周围。他的正前面，坐着周钧韬和史虹翎。周钧韬和他打过招呼，又继续回头和史虹翎聊天了。两个人的声音很轻，像是在讨论和公司有关的事情。再仔细一看，公司的高层，以周钧韬为圆心画了个圆，呈众星拱月之势。

扫了一圈，张成铭刚打算收回眼神，却又不偏不倚地和高强撞在了一起。让他意想不到的是，高强竟对着他微微一笑。张成铭愣了愣，也礼貌性地跟着一笑。与此同时，暗想道，高强是个势利小人，而且，对自己一向怀有敌意，为何会有此举动呢？难道，也是因为周钧韬亲自开车送自己回家一事？真要是如此，也太令人啼笑皆非了。反之一想，这也未尝不是一件好事。最起码，有了周钧韬这张“虎皮”的存在，往后有些事办起来就方便了。尽管这张“虎皮”是不存在的，但只要高强等人以为存在就行。

“成铭，我们两个可是好长时间没坐下来谈谈了。也怪我，太忙了，忙得一个月下来在公司的时间都没几天。”齐文东的话，打断了他的思绪，“我听说，你在安全卫士领域搞出了不小的动静。”

“齐总，算不上有什么动静，只是小打小闹而已，开发了一款杀毒软件，网友和客户的反馈都还不错。”

“成铭，万事开头难，之所以开头难，是大部分的人都找不到切入点。只要找到了，也就不难了。很显然，杀毒软件的开发，对整个安全卫士业务板块的运作是一个极佳的切入点。这个点可以带动一条线，再由线衍生成一个面。这个面，就是我们平时所说的体系。只要安全卫士部门有了自身的体系，将来的可塑性就强了。”

“齐总，路漫漫其修远兮，吾将上下而求索。”张成铭喟叹道。

“有没有什么难处？”齐文东又问。

难处？张成铭的确是有难处，并且有着很多很多的难处。眼下，扩充部门人数一事就是一大难题。那三个人，个个都是人才。真要是错过，就太可惜了。一家公司的竞争力，归根到底，是人才的竞争，谁占据了人才的制高点，谁就具备了独霸一方的资本。这也就不难理解，业界招兵买马和抢夺人才的局面为何会愈演愈烈。

不过，这是公共场合，人多口杂，而且周钧韬就坐在自己的前面，直接去说，似乎不太妥当。转念一想，张成铭又觉得这是个良机。他原打算找个合适的时间，和齐文东或者史虹翎商议扩充团队一事，再由他们去请示周钧韬。现在告诉齐文东，史虹翎和周钧韬都能听到，那么中间那道程序也就省去了。当然，也存在着另外一种可能性，周钧韬不同意他的提议，即便听见了，也佯装什么都不知道。反之，如果同意，就事半功倍了。

“齐总，要说难处，还真是有。”张成铭故意欲言又止道，“不过……不过我自己会想办法解决的……”

“成铭，在我面前就没必要藏着掖着了。有什么难处，但说无妨。”

张成铭先是看了一眼前面的周钧韬，尽管周钧韬没有转身，但他明显地感觉到，周钧韬的注意力，正在被他和齐文东的谈话所吸引。

“齐总，我们部门在开发杀毒软件之后，为了能够和用户及时交流、沟通，改进产品的缺点，我们几个人专门建了个论坛。经过一段时间的接触，我发现平时活跃在论坛上的有几个高手。前几天，我约了其中的三个见了面。这三个人不仅对互联网有着比较深的理解，而且也算是业内人士，三个人组建了一个团队，在郊区租了个房子，研究开发浏览器技术。于是，我就有个想法，把这三个人招募过来，纳入我们的团队。但问题是，安全卫士部门在全公司只是个……”

齐文东打断道：“成铭，你说的难处我心里有数了。好了，加了这么多天班，难得今天休息，不谈工作，不谈工作。”

说完，齐文东便扯开了话题，和张成铭有一搭没一搭地聊起了一些生活上的琐事。实在没话题聊了，张成铭就拿起行程单看着，齐文东则闭目养神。根据行程安排，到达九华山庄后，上午为自由活动时间，中午在酒店用过餐，休息一个小时，再去泡温泉；年夜饭则定在山庄附近的一家酒店；晚上住在九华山庄。次日，也就是大年初一，吃过中饭后返回公司总部，然后各自回家。

张成铭和徐泽丰被安排在了一个房间。到达后，两个人在前台领了房卡便回到房间放行李。放下行李，徐泽丰掏出“中南海”，抽出一支，递给张成铭：“成铭，要不要来一根？”

自从被抽调到搜索部门做插件，徐泽丰就开始抽烟。按他的原话，是压力太大，抽烟既有助于缓压，又有助于提神。

张成铭摆手道：“泽丰，我真不好这一口。”

徐泽丰自顾自地点上，惬意地抽了一口：“成铭，时间尚早，我们下去转转，这里的空气不错。”

“好，我也正好有这个想法。”

两个人出了门，拐了个弯，进了电梯。就在电梯门快关上时，突然传来了一个女人的声音，让他们等等，张成铭本能地按下了开门键。

但是，当这个女人出现在张成铭面前时，他彻底蒙了。随后，他脑子里一片空白。

“成铭，这么巧？”

“是的，什么时候回来的？”

这个女人，不是别人，正是张成铭朝思暮想的初恋女友陈雅琳。

“有段时间了。”

两个人对视着，仿佛时间在此刻凝固住了。

8

联手剿杀

陈雅琳的突然出现，勾起了张成铭的诸多回忆。

曾几何时，他们二人是大学校园里羡煞旁人的神仙伴侣。毕业后，张成铭留在北京打拼，陈雅琳则靠着家里的关系进了一家国企。没过多长时间，陈雅琳就有了出国继续深造的想法，并希望张成铭能跟他一道去美国，费用方面她父母来出。经过一番激烈的思想斗争后，张成铭拒绝了陈雅琳的好意。为此，两个人陷入冷战。最终，陈雅琳一气之下选择一个人漂洋过海，到美国留学。临走前，她没打任何招呼，只给张成铭留了一封信，大部分都是埋怨和气话。不过，陈雅琳也没有明确提出分手。之后，两个人便断了联系。而这封信，张成铭至今还保存着。

初恋是美好的，也是苦涩的。

陈雅琳不仅是张成铭的初恋，和她的恋爱也是他唯一的一段恋情。陈雅琳的不辞而别，对他而言是一种极大的打击。当初，他留在北京，很大程度上是为了陈雅琳，为了他们两个人的明天。可陈雅琳呢？别说是商量，连招呼都不跟他打一个就赌气去了美国，搞得他心灰意冷了很长一段时间。在那以后，不管在北京还是暂时回老家上班，张成铭都能接触到不少女生，且各方面的条件都不错，不过他却有种本能的排斥。为何排斥，只有张成铭自己清楚，他对陈雅琳依然念念不忘。

因此，他再次做出回北京的决定，有笃定创业的信念，也有憧憬重遇陈雅琳的夙愿。可是，当陈雅琳真真切切地站在他眼前时，他却茫然不知所措。

很快，电梯就到了一楼。

出门时，陈雅琳递上一张名片："成铭，我还有事，年后我们再找机会见面。这是我的名片，见面的时间和地点你来定。"

张成铭机械地接过名片，木然地望着陈雅琳往远处小跑去。

"成铭，成铭……"

徐泽丰一连叫了他好几声，张成铭才回过神。

"成铭，这不是你上大学时的女朋友吗？我记得我们跟着老周在大可干时，她会经常开着一辆红色的跑车来看你，后来……后来她不是去美国了吗……"

"我也不知道她什么时候回来的。"张成铭耸了耸肩，笑着摇了摇头。

随后，张成铭抓起陈雅琳的名片一看，上面赫然写着"万众网络董事局主席私人助理"的字样。自从上市之后，万众稳坐搜索领域的头把交椅，掌门人张问天更是成为业界的领军人物之一，地位略高于周钧韬。陈雅琳只在美国喝了几年的洋墨水，回来后竟能成为张问天的私人助理，实在令人刮目相看。

"成铭，看来你们可以再续前缘了。"

"谁知道呢！"张成铭又是一笑，收好名片。

"成铭，天知地知，她知你知。"

说着，两个人出了大堂的门，往山庄后方的花园走去。

"泽丰，我们两个可是有好长时间没单独说说话，聊聊天了。"

"没办法，你忙着开发杀毒软件。我呢，一个人被掰成三个人用，别说是聊天，平时恨不得连上厕所的时间都挤出来，放到工作上去。"

"泽丰，多多保重身体，我看你最近瘦了不少。而且，抽烟抽得也越来越凶了。"

"成铭，我现在最大的愿望就是在北京拥有一套属于自己的房子。要不然，总觉得自己的根不在北京。"

"泽丰，会有的，房子会有的，面包会有的，一切都会有的。"

"成铭，我可没你这么乐观。北京的房价这么高，凭我现在的工资，就算是不吃不喝，最起码也得攒上个十几年才能买套房子。而且，还是郊区的小居室。最要命的是，房价比我的工资涨得还要快。"徐泽丰感慨道，"除非，除非公司能实现老周制定的目标，两到三年内上市，而我们都能从中分一杯羹。要不然，一切都将遥遥无期。"

"泽丰，慢慢来。"

"成铭，都说三十而立。过完年，我就 29 了。说实在的，危机感挺强烈的。"

一时间，张成铭无言以对。

徐泽丰所面临的困境，他同样也有。他唯一的优势就是家境还算殷实，不用拿钱去照料父母的生活。但父亲干的是传统行业，近几年，传统行业受到互联网的强烈冲击，日子一天比一天难过，家里的厂子也有不少问题。这方面的消息，平时跟母亲通电话时，张成铭也有所耳闻。

"成铭，这个话题太沉重，我们还是换个轻松点的话题来聊聊吧。"徐泽丰苦笑了一下，转而说，"成铭，自从老周亲自送你回家后，你可是成了公司的大红人了。为此，公司里还流传着各种版本，猜测老周和你到底谈了什么。坦白说，我也挺好奇的。"

"也没说什么……"

"成铭，没说什么，那到底是说了什么呢？"徐泽丰追问道。

"一是让我谈谈对眼下业界局势的看法，二是试探我的忠诚度。"

"试探你的忠诚度？"

"没错，还是肯巴卫士负责人顾长青招揽我加盟一事。"说着，张成铭先是环顾四周，随后压低嗓门道，“巧的是，前些天，顾长青又给我打了个电话，邀请我年后有空南下广东，去他那边看看。”

“你同意了？”

“泽丰，不瞒你说，我是真想去。毕竟肯巴卫士是业界的老大，有许多地方值得我们去学习。再者，顾长青其人，在互联网思维和方法论方面，也能给我带来不少崭新的东西。可考虑到老周的暗示，我是真的不敢去，去了就怕他有想法。”

“成铭，你就真的没有任何想法？”

“没有，真没有。最起码，暂时没有。泽丰，你是知道的，我的人生目标很明确，那就是自己创业。奇迹也好，即便加盟肯巴卫士也罢，对我而言，只是个积累经验和资源的平台。”

“我知道，我知道。”说完，徐泽丰又问，“成铭，老周就跟你说了这两点？”

“怎么，泽丰，你不相信我？”

“不是不是，成铭，你误会了。只是……只是你所说的，和公司流传的版本出入太大。”

“泽丰，公司流传的那些版本我也听过。正因为版本太多、出入太大，我索性就不去解释了。解释得越多，反而越解释不清楚。”

“也对。”

中午，按事先的安排，周钧韬包下了山庄最大的宴会厅，席开 30 桌。不过，考虑到下午要泡温泉，晚上才是重头戏——真正的年夜饭，所以，中午的饭菜比较简单，大家也一律没有喝酒。不到一个小时，绝大部分的人就离开，回房间休息了。张成铭要离开时，被齐文东叫住了。齐文东告诉他，等会儿泡温泉的话，要和周钧韬一个池子，并说这是老周的意思。张成铭心中一紧，立马问：“齐总，是不是我们在大巴上的谈话，被周总听到了。周总心里有想法，想跟我谈一谈？”齐文东笑着回复：“成铭，心急吃不了热豆腐，下午一泡温泉，你不就知道了嘛。”

张成铭心怀忐忑地回到房间，徐泽丰正站在窗户边抽着烟。见他进门，徐泽丰立马问：“成铭，不会是发生什么事情了吧，我看老齐刚才一副神秘兮兮的样子。”

“没什么，老齐说下午泡温泉的时候，让我跟老周一个池子。”张成铭如实回复。

“跟老周一个池子？为什么？”

周钧韬先是亲自送张成铭回家，虽说张成铭已告知实情，可徐泽丰依然将信将疑，他总觉得此事不简单，张成铭有所保留。但更多的是心里不痛快。自己和张成铭，几乎是同一时间跟随周钧韬，论资历，两个人是旗鼓相当，凭什么他有这么高的待遇？再加上今天来九华山庄时，张成铭竟和公司的高层同坐一辆大巴车。现在，齐文东又让他下午泡温泉时和周钧韬一个池子。说者无心，听者有意，徐泽丰这心里头，就更堵得慌了。

但当着张成铭的面，他又不好发作。不管如何，在公司内部，张成铭都是他关系最铁、最为信任的人，没有之一。

“我也不知道，可能是老周有事找我谈吧，也有可能没什么事。你也知道，老周这个人一向想法很多，让人捉摸不透。”

“也是，可能大人物都是如此吧。”说着，徐泽丰掐灭烟，“好了，不说这些了。先打个盹儿，下午好好地泡温泉放松放松。来北京这么多年，我还是头一次泡温泉呢。”

躺下不到 3 分钟，徐泽丰便睡着了。而且，还睡得很沉，鼾声很重。这也可以理解，连续的加班，是个人都会累。另外，徐泽丰的睡眠质量一向不错。张成铭依稀记得，当初在大可时，有一次两个人去上海出差，晚上喝了不少酒。张成铭兴致盎然，本想和徐泽丰来个彻夜长谈，哪知道没聊上几句，他就上个厕所的工夫，回来时，徐泽丰已经呼呼大睡了。相比之下，张成铭的睡眠质量要差上许多，躺下去最起码也得个把小时才能睡着，满肚子的心事在转。并且，他一直没有午睡的习惯。

为免打扰徐泽丰休息，张成铭索性开了门来到阳台上。此刻，他的脑海里想的并非是周钧韬，而是初恋女友陈雅琳。不知道这几年她在美国过得如何，什么时候回的北京。还有最重要的一个问题，她到底结婚了没有?

扪心自问，张成铭心里从未忘记过陈雅琳，这也是他重新来北京打拼的动力之一。之前，他只是憧憬，憧憬着能重遇陈雅琳。但现在不同了，就在刚刚，陈雅琳就活生生地站在他的眼前。这种感觉，就像一场梦。

想着，张成铭掏出手机。他的手机里一直保存着陈雅琳的照片。时隔多年，陈雅琳看上去似乎成熟了许多，也更加有女人味了：化着淡妆，一身职业装打扮，身材高挑，凹凸有致。再者，她又有着如此体面的工作。想必，身后的追求者肯定很多。张成铭心中，顿生危机感。随后，他又小心翼翼地拿出陈雅琳的名片，反复端详着。同时，他有股冲动，想给陈雅琳打个电话，或者发条信息，尽快约定年后见面的时间，但稍一琢磨，又放弃了。年后什么时候有空，他心里没底，现在就定，万一届时有事冲突爽约了，就更不好了。再者，刚才看陈雅琳一副匆匆忙忙的样子，应该是在九华山庄有要事，不便打扰。

下午 2 点，张成铭换好泳装，和徐泽丰一道去往山庄的温泉区。找了许久，他才找到正泡在红酒池子里的周钧韬。与老周一个池子的还有齐文东、高强和史虹翎。泡温泉，不分男女。不过，史虹翎和三个男人同泡一个池子，没有任何的异样表情，谈笑风生，也算是一种境界。

张成铭笑着进了池子，尽量向齐文东靠拢。

“成铭，这九华山庄的温泉还不错吧？”

“蛮好的。我去年在江西老家上班时，单位曾组织去南京的汤山泡过一次温泉。我记得泡过之后，整个人都轻松了不少。”

“成铭，那是你的心理作用，哪来那么多真正的温泉。”周钧韬惬意地靠在墙角，“等明年，公司真正步入正轨，完成第二轮甚至第三轮和第四轮融资后，我再请你们去日本泡正宗的温泉。”

高强谄媚道：“周总，据我所知，其他的互联网公司可没这么好的待遇。你真要这么做，估计还会有不少人跳槽到我们奇迹。”

“只要是有能力的，我来者不拒。不过，话又说回来了，正所谓‘铁打的营盘，流水的兵’，别的公司的人跳槽来我们这里很正常。同样，奇迹的人跳槽到其他公司，也很正常。”周钧韬笑了笑，突然又反问张成铭，“成铭，你说对吧？”

“周总，对，也不对。如果一家公司的模式和构架足够吸引人，再加上一个或者几个有魅力的掌舵者，员工都会死心塌地地跟着你干。”

“成铭，你分析得在理，在理。”说着，周钧韬往张成铭的方向靠近，“我听老齐说，你看中了几个人才，想把他们纳入你的团队。”

张成铭诚惶诚恐道：“是的周总，我是有这个想法。至少在我看来，这几个人才是挺难得的。”

“成铭，你是知道的，我老周一向是惜才的。最重要的是，我相信你的判断，具体的你张罗着就行。不过有一点，尽量保持低调，免得其他部门的人有意见。”

听着，张成铭心中的石头总算是落地了：“周总，我明白。”

次日，大年初一的下午，张成铭回到了住处。回家前，他特意和黄献芬来到附近的书店买了几本书，大多是历史和经济类的读物，打算年后放假的几天里好好在家充充电。此外，他还抽空和张晨蕊一起，再次约那三个论坛上的高手见了面，并敲定了他们加入安全卫士团队事宜。之前，因人手不足，做起事来总是捉襟见肘。现在一下子多了三个人，且个个都是精英，整个团队的效率也就高了不少。

元宵过后，正当张成铭带着团队高歌猛进时，奇迹的重头戏搜索领域却遭受到了前所未有的危机。

元宵节当天，智源科技联合极光和万众正式向奇迹宣战。郭腾义扬言，要在一年的时间内，将奇迹彻底赶出搜索领域。郭腾义此举，是可以理解的。虽说智源科技是世界型的巨头，但他的战略要塞一直在美国总部。几年前，在郭腾义的带领下，智源科技漂洋过海，杀入了中国市场这片热土，但是，没过多久就陷入了水土不服的困境。诚然，全资收购大可网络是一步好棋，可收购之后，将大可转卖给极光，又把周钧韬赶出局，好棋则变成了臭棋。但凡是收购，就需要有一定的过渡期和磨合期。再者，中国的互联网公司有着极强的个人英雄主义，蔡崇云之于极光，李星河之于宏远，张问天之于万众……这些创始人就好比是企业的招牌，没有他们掌舵，企业随时会出现崩塌的局面。周钧韬也不例外，他是大可的一面旗帜。事实证明，周钧韬负气出走后，整个智源中国顿时陷入泥潭，沦为鸡肋，食之无味，弃之不舍。想要打破这种局面，战争是手段之一。通过战争，不仅可以稳住局面，还可以提振士气、给员工信心，更关键的是给幕后的投资者信心。

蔡崇云和郭腾义联手，在周钧韬的意料之内。张问天也来横插一杠，则在他的意料之外。据他了解，张问天的性格和李星河有几分相似——深谙韬光养晦之道。不到万不得已，不会选择和竞争对手开战。两年前，他率领万众大军和某“洋巨头”交战，抢滩搜索市场，也是被逼之下的应战。那次战争，整整持续了一年半的时间，万众成了最终的赢家。但杀敌一千自损八百,万众也是元气大伤。按理说，万众所做的应该是休养生息，而非卷入下一场战争。更何况，即便是奇迹押注搜索领域，短时间内，也对万众构不成威胁，除非蔡崇云和郭腾义给了张问天什么好处。

周钧韬意识到了事态的严重性，立马召开了紧急会议。与会的，有公司的高层、搜索领域的中高层，以及各部门的负责人，张成铭和徐泽丰都在列。

“各位，想必大家都知道了。今天上午，有人向我们下了战书，想置奇迹的搜索业务于死地。三家巨头公司联手剿杀我们，这从侧面说明一个问题，我们足够强大，才会成为众矢之的。不过，这没什么好怕的。在我看来，他们都是纸老虎。极光的蔡崇云和智源科技的郭腾义本就结怨很深，而万众的张问天，依我看，是被蔡崇云和郭腾义拉下水的。换言之，他们的结盟并非牢不可破。对此，我会采取三大措施：第一，借机挑拨他们三个人的关系，打破他们的同盟，这是下策；第二，他们结盟，咱们也结盟，而且我已经想好了结盟方，实力绝不亚于这三家公司，这是上策；第三，尽快寻找资金，落实B轮融资。但是，这并不代表这三家公司一无是处，我们要做的是战略上藐视敌人，战术上重视敌人。”

张成铭虽不是搜索业务板块的人，但事关公司大局，他还是认真地聆听着。聆听之余，也揣摩起了周钧韬话里话外的意思。

窥一斑而知全豹。

能在如此短的时间内想出应对之策，且句句切中要害，抛开周钧韬的雄韬伟略，单是他这么淡定，就着实让人钦佩。张成铭暗想，如果自己是周钧韬的话，遇到这么大的事情，指不定整个人早就乱了，更别提如此有序地排兵布阵了。看来，自己和周钧韬之间的差距，还很大很大。

此外，周钧韬的弦外之音也很明显：面对三巨头的联手剿杀，他绝不轻言退缩，他们要玩就奉陪到底。这是由他的个性决定的。周钧韬好战，别人越是激他，他越要和你较量一番。“人生嘛，要的就是大开大合，大不了从头再来。”以前在大可时，周钧韬会经常把这句话挂在嘴边。并且，周钧韬从未质疑过自己的互联网方法论，只要坚持一个点去做，不管这个点是大是小，总归会做出名堂的。而搜索领域，就是他布局的一个支点。以点带线，以线带面，完善奇迹的构架，这才是周钧韬的真正用意。有时候，张成铭也在想，周钧韬几乎把所有的家当都押在了搜索领域，万一败了怎么办？私底下，老周到底有没有给自己留后路？如果有，又是什么呢？

还有，也是最重要的一点，倘若有朝一日奇迹真的被三巨头联手剿杀掉了，自己的退路又在哪里？固然，南下广东，加盟肯巴卫士是退路之一。可这真的是最好的退路吗？显然不是。当初，他义无反顾地再次回到北京，是为了创业，是为了互联网这场饕餮盛宴。的确，广东有着几家非常有实力的互联网公司，比如肯巴，再比如宏远。但相比之下，北京和杭州才是中国互联网的重镇。在这两座城市，有着其他地方无法比拟的优势。他不想，也不愿轻易离开北京。再者，陈雅琳的出现再次点燃了他心中的那团火，张成铭就更要留在北京了。

9

B 轮融资

四天后，恰逢周末，张成铭终于约了陈雅琳见面。

出门前，张成铭特意将自己好好地打扮了一番，换上了新买的西装。到达见面的地点附近时，他还买了九朵红玫瑰捧在手上。张成铭对感情一向敏感，却并非懂得浪漫之人。印象中，大学和陈雅琳交往时，他只送过一次花。那一次，还是两个人情人节逛街时正好路过一家花店，陈雅琳主动索要的。张成铭不喜欢送花，并不代表他不爱陈雅琳，他不仅爱陈雅琳，而且爱得很深。不送的原因，只是觉得一个大老爷们儿捧上一束花招摇过市，挺别扭的。好在陈雅琳不是无理取闹的女人，慢慢地，也就习惯了。

见面的地点，定在学院路上的一家烤鸭店，离他们的母校很近。选择这家烤鸭店，张成铭也算是煞费苦心。当初上大学时，两个人没少来烤鸭店下馆子。他希望陈雅琳能够睹物思人，勾起那些美好的回忆。到了门口，他给陈雅琳打了个电话，问她到了没有。陈雅琳回复说："我马上就到。"张成铭笑道："那好，我也刚到，在门口等你。"

张成铭刚挂电话，就见一辆红色的奔驰跑车朝他的方向驶来。到酒店门口时，一个漂亮的甩尾，不偏不倚地停在停车位上。

下车后，陈雅琳对着张成铭莞尔一笑，随后，捋了一下头发，摘下墨镜道：“成铭，你这玫瑰花，不会是送给我的吧？”

张成铭本就有些不自然，陈雅琳如此一问，他更为手足无措了。刚刚伸出的手，如同被电击一样，僵持在了半空中，待缓过神来，才递上玫瑰花，可又不知该说些什么。

“成铭，你还是和当年一样，一点都没有变，总觉得送花给女生是件麻烦的事情。殊不知，送花的本质，不是花，而是惊喜。我想，没有哪个女生不喜欢惊喜吧。”

“雅琳，不是……是……”张成铭连忙解释着，可越想解释，舌头却越像打了结似的，越解释不清。

“好了成铭，外面怪冷的，咱们进去再说吧。”

两个人进了烤鸭店，在靠窗的位置坐下。

“成铭，这么多年过去了，人在变，事在变，这家烤鸭店几乎没有任何的变化。我记得上大学那会儿，每到周末，来烤鸭店下馆子，是我们最大的梦想之一。那时候的梦想是简单的，也是可爱的。”谈起往事，陈雅琳淡然一笑，“我还记得，你每次都必点一盘鸭杂，而且口味必须是重辣的。”

“雅琳，这些……这些你都还记得？”说着，张成铭用炽热的眼神看着陈雅琳。此刻，他的心也是炽热的。

陈雅琳则避开他的眼神，看着窗外道：“记得，当然记得。四年大学，校园生活是美好的，也是值得回忆的。我在美国那几年，会经常想起那时候的事，甚至做梦都会梦到。不过，再美好也都过去了。”

张成铭发现，和几年前相比，陈雅琳不仅变得成熟、有女人味了，脸上更是徒增了淡淡的沧桑感。一个人，尤其是一个女人，独自在异国他乡闯荡，肯定会遇到许多难处，或许夜深人静时还会偷偷躲在被窝里抹眼泪。想到这些，张成铭心中挺不是滋味的。如果当初选择和陈雅琳一道出国留学，也许他们早就结婚了，说不定还有了属于他们的家庭和孩子。最重要的是，自己能一直陪着她。可那毕竟是如果，现实是，陈雅琳留下一封信，不辞而别。两个人再度重遇时，已物是人非。

“雅琳，前些年，你在美国过得还好吧？”

“谈不上好，也谈不上坏吧，好与坏都过去了。”

陈雅琳侧过身，简单地介绍了她在美国的经历。在美国，她就读的是加州的一所顶尖学校，学的是工商管理专业。美国的大学，执行的是“宽进严出”的政策。因此，她大部分的时间都花在了学业上。毕业后，她又只身到华尔街闯荡，加入了一家风投公司。在风投公司锻炼了两年，又重新回到加州的硅谷，成为国际互联网巨头智源科技的一分子。前几年，智源科技加入“洋巨头”开发中国市场的大军，她跟着郭腾义回到了中国。但因和某些高层意见不合，她离开了智源科技。离开没多久，陈雅琳就被猎头公司盯上，经过慎重选择，加入了张问天的万众。

张成铭认真地倾听着，努力地从陈雅琳的话中寻找有用的信息——与她的生活和感情有关的信息，但陈雅琳谈到的，基本上是她的学业和工作。

“成铭，说说你吧，为什么选择了回老家，后来又再次来到了北京？”

张成铭诧异地问：“你怎么知道？”

“回到北京后，我见过几个大学里的同班同学，听他们提到过你的一些事情。”

“雅琳，你是知道的，创业一直是我的梦想，回老家是无奈之举。那时候，正逢我所在的大可网络被你的老东家——智源科技收购。之后，周钧韬和郭腾义闹了些不愉快。周钧韬出走，原大可的团队也被扫地出门。很不幸，我也下岗了。”

陈雅琳接话道：“再之后，周钧韬重整旗鼓，招揽老部下的同时，又大挖智源中国的墙脚，成立了奇迹网络，主攻搜索领域。而你却主动请缨，负责安全卫士的开发。眼下，奇迹的搜索业务板块正遭受‘三巨头’联手剿杀。你的安全卫士部门，因为不起眼，并没有受到牵累，反而迎来更上一层楼的时间和空间。”

“雅琳，你了解得够透彻的！”

“成铭，这个行业，拿得出手的大公司，也就那么几家。再者，各家的情报战在三大门户网站时代，就已经打得不可开交了。因此，行业内几乎没有什么秘密可言。况且，如今的万众也是联手剿杀奇迹的巨头之一。从某个角度来说，咱们是敌对关系。”

“雅琳，要说敌对，那也是张问天和周钧韬之间，你和我谈不上。”张成铭想了想问，“雅琳，有个问题我一直想不通，万众刚刚经历过一次大战。而且，张问天并非好战之人。这一次，怎么就选择与极光和智源科技联手呢？”

“成铭，你这是在套我的话？”

话题涉及万众和奇迹间的较量，谈话的气氛也就变了。陈雅琳收起了轻松的神情，变得咄咄逼人。

“雅琳，真不是，只是觉得好奇罢了。”

如果陈雅琳只是万众的普通员工，有此一问，张成铭会觉得彼此隔阂很大，但陈雅琳如今的身份是张问天的私人助理，那倒可以理解。位置高了，站的点也就高了；站的点高了，考虑的格局也就大了。

“成铭，就算你套我的话也不要紧。什么该说，什么不该说，我心里有数。”陈雅琳也不深究，“成铭，万众之所以决定参战，有很多原因。其一，周钧韬过于张狂，已经引起业界的公愤。这个时候，万众自然要选择站好队伍。其二，周钧韬千不该万不该，就是不该多线作战，把万众当成假想敌，威胁万众在搜索领域的地位。诚然，放在五年前，大可的实力不亚于万众，甚至比万众还要强。我也知道，周钧韬也一直在私下拿大可和万众做比较。当初，周钧韬将大可作价 1.2 亿美元卖给智源科技。可没过多久，万众就在美国上市，股价一路看涨，市值飙升到了几十亿美元。对此，周钧韬一直耿耿于怀。成铭，这两点原因是我能说的，至于其他的，就不能多说了，还希望你能理解。”

“理解，完全理解。”张成铭就事论事道，“雅琳，据我所知，万众搜索板块的员工，有几百人之众，而奇迹，却只有万众的三分之一左右。另外，万众的构架非常完善，而奇迹则是刚刚起步，你认为奇迹能威胁到万众的地位吗？”

“成铭，别忘了，在业界，周钧韬可是出了名的流氓大师，万一哪天要起阴招来，我们又没有应对之策，容易吃大亏。”陈雅琳据理力争着，说完，又缓和了语气，“成铭，你今天约我吃饭，难道就为了谈这些吗？”

经陈雅琳这么一说，张成铭才发现自己违背了此次见面的初衷——是为了叙旧，为了重拾旧缘，而不是谈工作上的事情。

“雅琳，我……”

“成铭，你真是一点都没有变，还是那么喜欢较劲。在职场上混，这未必是好事。”

张成铭尴尬一笑，微微点了点头，良久，才鼓起勇气问：“雅琳，你现在还是一个人吗？”

“什么？”

陈雅琳并非听不懂张成铭话里面的意思，而是张成铭突然的发问，让陈雅琳不知所措。

张成铭更为明确地问：“雅琳，你现在有男朋友吗？”

“成铭，你是希望我有，还是没有呢？”

“雅琳，你说呢？”

“我又不是你肚子里的蛔虫，怎么知道。”陈雅琳含羞一笑，如实说，“这些年，我不是忙学业就是忙工作，真是没时间去谈恋爱。”

张成铭本想说：“那我是不是还有机会？”稍稍一想，又把话忍了回去。的确，自己和陈雅琳，曾有过近四年的恋情，可那毕竟是过去的事情。两个人分开的这些年是一段真空期。陈雅琳虽口口声声说她没时间谈恋爱，但到底是真还是假，还要打一个大大的问号。倘若为假，那就棘手了；倘若为真，最好不过，两个人还有重新开始的机会。不过，即便如此，也不能操之过急，分开这么多年，彼此需要重新接触和适应的过程。

“我也是的，不过，我和你的情况不一样，你是没时间谈恋爱，我是没条件谈恋爱。”张成铭自嘲一笑，“在北京混了这么多年，我现在还是名副其实的‘三无人员’呢。”

“三无人员？”

“没有车，没有房，没有老婆。”

听罢，陈雅琳“扑哧”一声笑了出来：“成铭，你还真是挺幽默的。但据我了解，周钧韬在奇迹的誓师大会上说过，两到三年内奇迹必定能够上市，而且老周还决定拿出一部分股权来激励员工。你是安全卫士部门的负责人，又受老周的重视，一定能拿到不少的股权。到时候，车子和房子就有了。在北京，只要有了车子和房子，找老婆就容易许多了。”

“远着呢，一切都还是未知数。”

正说着，陈雅琳的手机发出了柔和的铃声，是一首陈奕迅的《好久不见》。陈雅琳接起电话，连着说了几个“好”，随后起身道：“成铭，公司那边有事，我先走一步了，不能送你回去了。”

张成铭也跟着起身，先叫过服务员埋单，又说：“雅琳，有事你先走，我等会儿坐公交车回去就行，咱们下次再约。”

农历二月初的某一天，张成铭刚进办公室，张晨蕊就告诉他，说是周钧韬来找过他，让他到了之后立马过去一趟。张成铭不敢怠慢，放下公文包，正欲出门，却被张晨蕊叫住了。

“张哥！”

“晨蕊，有事？”

张晨蕊腼腆一笑，变戏法似的从身后掏出两张电影票：“张哥，电影票我已经买好了，今晚 8 点陪我去看电影呗。你可不能爽约，之前你可是答应过我的。”

“这个……”张成铭愣了愣，想起年前和张晨蕊有过约定，答应陪她一起去看《碟中谍》第三部，年后一忙，竟把这事给忘了。等想明白了，他即刻做了个“OK”的手势说：“没问题，晚上不见不散。”

到了周钧韬办公室门口，张成铭先是喘了几口气，等调整好呼吸才敲了敲门。听到周钧韬说“请进”，他才推门而入。除了周钧韬，齐文东和史虹翎也在，三个人围着沙发而坐，像是在商量什么似的。

说起来，张成铭已经有近半个月没见过周钧韬了。据说，近半个月的时间，老周主要在干两件事。第一件，暗中拜访圈内熟悉的大佬。此举是为了寻求盟友，和“三巨头”形成抗衡之势。他不仅跑了上海，还去了杭州和广州。第二件，找钱。奇迹创立之初，周钧韬融到2000万美元的资金。但互联网本就烧钱，再加上周钧韬不停地招兵买马，重金押注搜索领域。如果不出所料，2000万美元将撑不过今年。

巧妇难为无米之炊。

因此，对周钧韬而言，当务之急是尽快找到钱、完成B轮融资，且数目不能低于A轮融资的2000万美元。只有找到了钱，公司才能继续支撑下去。只要撑到略有盈利，或者公司上市，届时，钱的问题自然而然就解决了。可周钧韬拿什么去融资呢？不必多说，搜索是他的重要筹码之一。但这么长时间干下来，奇迹在搜索板块也只是雷声大雨点小，并未形成自身的竞争力，且存在摊子过大、模仿抄袭他人的弊端。除去搜索，周钧韬手上可出的牌，几乎没有了。当初之所以选择涉足多个领域，一是做给投资方看的，也是为将来上市打下基础；二是给自己留后路。万一搜索败了该怎么办？灰溜溜地退出互联网行业显然不符合周钧韬的性格。此次东山再起，老周绝非是来玩票的，而是打算搅乱互联网江湖，成为一方霸主。所以，挖掘搜索之外的第二点支撑点同样很重要。按目前的趋势来看，和搜索相比，其他的领域，绝大多数都拿不出手，扮演着“陪太子读书”的角色。如果说有，张成铭负责的安全卫士部门算一个。不过，安全卫士毕竟是冷门业务板块，并且尚未实现真正意义上的盈利。换言之，安全卫士是一张牌，至于到底是好牌还是差牌，现在还不好下结论。

“成铭来啦，坐。”周钧韬指了指齐文东身旁的位置道。

张成铭刚坐下就问："周总，你找我有事？"

周钧韬反问："成铭，你认识久一资本的负责人张莹？"

张成铭稍一愣神，又说："是的，我……"

"成铭，实不相瞒，最近一段时间，我都在忙着跑公司的B轮融资。昨天下午，经一位朋友牵线认识了张莹，无意中得知你们之间有着不错的交情。当时，我心里挺纳闷的。按说，你在北京的圈子无外乎两个，一是公司的同事，二是大学同学。张莹既不是你的同事，又比你大上几岁，同学就更不是了。难不成她是你的学姐之类的？"

周钧韬纳闷，张成铭更为纳闷。诚然，自己和张莹的确是见过两面，可真要说有什么交情，还真谈不上。就算有，那也是因为张晨蕊，但周钧韬为何没有提到张莹和张晨蕊的姐妹关系呢？也许，只有一种可能性：张莹刻意做了隐瞒，不想让周钧韬知道这层关系。倘若真是如此的话，自己就更没必要去说了。

"周总，张莹并非我的学姐。"说着，张成铭玩了把小心思，"是这么回事，离开大可那段时间，我有过自己创业的打算，为此四处找过投资。一次机缘巧合，见过张莹一面，聊过和互联网有关的一些事情。不过，当时我是空有想法，也没什么具体的计划来说服她。所以，创业一事就搁置了。之后，我和张莹，就再也没见过面。"

张成铭一向不善于撒谎，说话时，声音竟不自觉地颤抖着。

"成铭，你们真只见过一面？我听张莹的语气，她似乎很赏识你。"周钧韬一脸狐疑地看着他，转而说，"成铭，先不管这些了，下午你陪我去趟久一资本，会一会张莹，这是张莹的意思。"

"什么？张莹要见我？"

"没错，至于具体的原因，我也不清楚，下午去了就知道了。"

"好，周总，下午我在办公室等你，随叫随到。"

"那就先这样吧，你出去做事吧。"

出了门，张成铭越发地忐忑，一时间，也难以猜透张莹的心思。奇迹 B 轮融资，那是她和周钧韬之间的事情，自己只不过是个小角色罢了，张莹为何非要点名见自己呢？这葫芦里，到底卖的是什么药？

回到办公室，张成铭走到张晨蕊跟前，也不说话，只是给她递了个眼神，示意她出来一趟。张晨蕊心领神会一笑，跟着他出了门，下了楼。

“张哥，你特意把我叫出来，不会是告诉我你晚上有事，想爽约吧！”张晨蕊嘟嘴问。

“不是的，晨蕊，是这么回事。”

见张成铭一脸惆怅，张晨蕊也就收起了俏皮的表情。紧接着，张成铭理了理思绪，将刚刚发生的事情，简单地描述了一遍。

“什么？”听罢，张晨蕊有些不相信自己的耳朵，“我姐姐指名道姓要见你！”

“是的，我也不知道张总到底是怎么想的。最令人匪夷所思的是，她竟没有提到你们亲姐妹这层关系，却偏偏提到了我。”

“这有什么奇怪的。我刚毕业时，我姐姐希望我能进入久一资本，跟着她学习，将来做一名投资人。你也知道，我对投资一向不感冒。于是，私下就去大可面试，加入了互联网行业。我姐姐那个人，一向很强势。为此，我和她还大吵了一架。吵架之后，我撂下过一句话，要靠自己闯荡，不需要她帮忙。所以，她没在老周面前提到我很正常。”

“原来如此。”

“张哥，你不用去想那么多。我姐姐那个人，就是喜欢装高深莫测。放心，她真要找你的碴儿，我替你出头，找她算账去。”

“晨蕊，你们姐妹俩，还真是欢喜冤家。”

张成铭暗想，自己算哪根葱啊？张莹身为久一资本的掌门人，根本就没必要大费周章，通过周钧韬，来找自己的碴儿。况且，前两次见面，自己对张莹，皆是以礼相待，言语上从未有过得罪。

“对了张哥，有件事我正想问问你呢。”

“什么事？”

“算了，还是晚上看电影的时候再问吧。”

下午2点，张成铭跟着周钧韬前往西直门久一资本总部，齐文东开车。一路上，周钧韬几乎不怎么说话，只是闭目养神，偶尔过问一下安全卫士方面的情况。近距离观察，张成铭发现周钧韬老了许多，一脸的倦容，鬓角处也添了不少的白发。

两军交战，粮草先行。

面对“三巨头”的联手剿杀，周钧韬空有自信是不够的。空有自信，与自负无异。他首先要解决的，是粮草问题，粮草是他的底气。缺少粮草，一切将无从谈起，包括拉拢盟友。简单来说，眼下奇迹的局势如同多米诺骨牌，而粮草是最为关键的第一张牌。这张牌倒了，其他的牌也会跟着轰然倒下。

等到了久一资本总部，周钧韬像换了个人似的，重新焕发了精神，眼中多了份凌厉的气势，身上的气场也随之陡增。

刚进张莹办公室的门，还没坐下，他便笑道：“张总，你想见的人我已经带来了。这下，我们可以坐下来好好地谈融资方面的事情了吧！”

“周总，齐总，还有成铭，坐，坐，先请坐。”张莹梨窝浅笑，也不急，慢悠悠地泡上三杯咖啡，一一放到三个人的跟前，才道，“周总，自从互联网泡沫之后，不管是国内的风投机构还是国际上的投资大鳄，态度都变得谨慎了不少。奇迹在搜索领域，也没有多大的起色。所以，你一开口就要4000万美元的资金，我实在是找不出任何投资奇迹的理由。再说了，我只是个职业经理人，这么大一笔投资需要公司几位大股东做最后的拍板。”

周钧韬的B轮融资竟开口要4000万美元，是A轮融资的整整两倍，别说是张莹，这也大大出乎张成铭的意料。奇迹的首轮融资之所以很顺利，一是数目并不大，二是因为周钧韬曾经在业界的地位——他一手创办了大可网络，且短短几年之内把大可做成一家盈利的公司，实为罕见。但今时不同往日，至少从目前的情况来看，周钧韬的第二次创业虽不能算是失败，但也谈不上有多成功。或者说，几乎拿不出什么像模像样的产品，去吸引投资。

另外，张成铭还发现，再次见到张莹，总觉得她举手投足间的神态，像极了熟悉的某个人。他细想过后，最终对号入座，张莹的身上有着陈雅琳的影子，两个人太神似了。难怪自己见到张莹的第一面，就有种似曾相识的感觉。

“张总，据我所知，前些年，久一资本投资某门户网站和宏远时，资金都不在 4000 万美元之下。而且，都是你做的主、拍的板。”

“周总，你调查得够仔细的。”

“张总，并非我刻意去调查，只是前段时间我去鹏城拜访宏远的创始人李星河时，无意间聊起过这件事。”

“你去拜访过李星河？”张莹身子往前探了探，瞪大着眼睛问。

圈内人都知道，宏远网络对于久一资本来说，是永远抹不去的一道痛。

与绝大多数的互联网创业者一样，李星河在创立宏远之初，也曾因为缺钱而伤透了脑筋。被逼无奈之下，李星河到处求爷爷告奶奶，甚至做出了卖掉旗下一款聊天软件的决定，但因出价过高，一直无人问津。事实证明，李星河除了有个好脑子，还有着好运气。日后，这款聊天软件成为宏远的王牌产品。在李星河穷困潦倒之时，久一资本成为为数不多投资宏远的机构。原本，这是一段好姻缘，一笔回报率极高的投资。但因为久一资本几个高层的错误决定，在收到一定的回报后就启动了退出机制。之后，宏远的市值一路飙升，包括张莹在内的众多高层，尤其是幕后的那些股东，简直连肠子都悔青了。不仅如此，还让南非的一家公司捡了便宜。时至今日，南非的那家传媒公司，依然是宏远的第一股东，持有近 35% 的股权，从中赚了个盆满钵溢。

“是的，张总，眼下奇迹所面临的局势，想必不用我多说，你也知道。”

张莹接话道：“没错，年后互联网行业最大的新闻有两条，一是趁着新浪高层不和，陈启锐的华鼎在二级市场‘偷袭’新浪，暗中收购十个点左右的股份，一跃坐上新浪单一大股东的宝座。这表明，业内各大佬为抢占版图的战争将愈演愈烈。如果说，三大门户网站以及本土企业和‘洋巨头’间的战争为互联网江湖的第一次世界大战的话，那么，接下来的第二次大战亦是一触即发，现在缺的就是导火线。第二条，极光、智源科技和万众‘三巨头’联手围剿奇迹。其实，在我看来，这两条新闻是一码事。近几年，业界的格局会基本形成，同时出现几家巨头公司。为了各自的利益，彼此间的结盟和战争，将成为常态。”

“张总，我举双手赞成你的观点，这也正是我南下拜访李星河的真正用意。我希望奇迹能和宏远结盟，共同对抗所谓的‘三巨头’。只要我和李星河建立同盟关系，拿下什么‘三巨头’，根本就不是问题。”

“那李星河的态度呢？”张莹追问。

如果李星河同意和奇迹联手对抗“三巨头”，无疑为周钧韬的 B 轮融资增添了重重的筹码。这一点，不仅是张莹，周钧韬自己心里也很清楚。他有意提到南下拜访李星河一事，用意也正在于此。

“基本上没什么问题。”

“周总，倘若奇迹能够和宏远联手的话，我想，我们的谈判会顺利许多。不过，在没有确定的答案前，这件事先放一放。眼下，奇迹拿什么融资，或者说奇迹的手上是否还有好牌，这很关键。”

齐文东见缝插针道：“张总，就凭一点——奇迹搜索每天的浏览量近两亿。”

齐文东的话虽简单，却是一语中的。一直以来，浏览量都是风投考核是否投资互联网企业的标准之一。周钧韬和齐文东一唱一和，场面也发生了微妙的变化，从被动变为主动。张莹虽和不少的互联网大佬打过交道，但毕竟是圈外人。有些事，知其然，未必知其所以然。

不过，张成铭心里很清楚，所谓“两个亿的浏览量”，其实是通过大量推广买来的流量。打个比方，网站上一些奇奇怪怪的图片库会让用户一张张不停地点击，制造一种假象，人均浏览量过百。两个亿除以十，也就是说，真实的独立访客量，只有两千万左右。

两千万和两个亿，可是有着天壤之别的。

周钧韬在拉拢李星河的同时，又能亮出如此漂亮的数据，要说张莹对投资奇迹一点都不动心那是假的。但就算要投资，也是个复杂的过程。投资的额度只是其中的一方面，此外还涉及占股比例、优先购股权、对赌条约和退出机制等多个问题。

“周总，齐总，既然两位相继亮出了好牌，我们久一资本自然不会放过如此好的机会。”

情况虽有变化，但张莹依然摆出泰山崩于前而不乱的姿态。一来，这是在职场闯荡多年修炼而成的气场。二来，源于她的预判，周钧韬的城府之深在业内是出了名的，张莹也早有耳闻。因此，首次见面，周钧韬不可能把手上的牌全部出完，必定会有所保留。还有一点，也是最重要的，久一资本十有八九会投资奇迹。这不是张莹一个人的意见，而是公司的高层，包括幕后的几个大佬的意见。一二分的偏差，在于双方在投资额度上能不能谈拢。张莹有意刁难周钧韬，主要原因还是挫挫他的锐气。

周钧韬像是看到了希望，眼睛一亮：“张总，听你的意思，咱们合作的机会很大。”

10

屌丝逆袭

“周总，上次见面时，我好像也没说咱们没有合作的机会吧？”张莹反问道。

“那是，那是。企业和投资方之间的联姻，本就需要一个过程。”

“周总，具体的投资金额、占股比例和对赌细则等诸多方面的问题，咱们都先放一放。办法总比问题多，只要咱们双方是诚心诚意合作的，总归会找到双方都能接受的合作模式。”张莹顿了顿，又说，“不过，在谈这些之前，我有个条件。”

“什么条件？”问完，周钧韬又添话道，“张总，只要在我的能力范围之内，我一定尽力而为。”

“周总，那我就直说了。如果久一资本投资奇迹网络，我希望能让张成铭来负责整个搜索业务板块。”

周钧韬猜到张莹的条件会比较苛刻，但怎么也没想到会是这样的要求。上次见面时，张莹无意间提到了张成铭，可也没说太多，只说曾见过张成铭，很欣赏他的才华。当时，周钧韬急于谈融资一事，并未太过于放在心上。对于张莹不经意间的一句“下次有机会把张成铭也带上”的话，也只是顺水推舟，爽快答应。昨天晚上，他收到了张莹发来的短信，内容很简单：“周总，明天见面，请一定记得带上张成铭。”

张成铭只是奇迹网络不起眼的一个部门的负责人，按眼下时髦的话来说，是个不折不扣的屌丝，张莹却连续两次提到了他，这让周钧韬不得不在心中画上一个大大的问号。即便如张莹所说，她曾和张成铭见过面，且颇为赏识他的才气，但这和奇迹的B轮融资又有什么关系呢？难道，他们二人早就相识？换言之，张成铭是张莹手上的一颗棋子，是派到奇迹来刺探“军情”的？久一资本玩的是风投，奇迹玩的是互联网，两者看似风马牛不相及，实则关系微妙。互联网正值泡沫期，不管是个人投资者还是风投机构，或态度变得谨慎，或处于观望状态。可事实是，按投资比重来衡量，互联网依然占据了绝对的大头。

商人是逐利的，只要有足够的利润，只要能把某个概念炒热、炒上市，他们自然愿意去冒这个风险。

作为业界久负盛名的风投机构，久一资本和互联网行业的关系，可谓盘根错节。近几年，在张莹的率领下，久一资本投资了不少互联网企业。并且，这一直是他们的核心业务。也就是说，久一资本有投资奇迹的可能性，也有投资其他公司的可能性，甚至是竞争对手。那么，她完全可以布下一个局，佯装久一资本和奇迹要联姻的可能性，再利用张成铭这颗棋子来个借刀杀人，帮某个竞争对手干掉奇迹。

兵不厌诈！

所以，不得不有所提防。

为此，周钧韬还专门试探过张成铭。根据他的判断，张成铭并非他想象的那样。不过，又有谁能保证张成铭不是在演戏呢？

“张总，你有所不知，奇迹创立之初，成铭就主动请缨，负责安全卫士部门。而且，经过这段时间的研发，安全卫士业务有了很大的起色，这要归功于成铭的努力。所以，安全卫士是离不开成铭的。另外，术业有专攻，成铭对搜索业务并不熟悉，不熟悉就容易犯错误。再者，搜索板块既是奇迹的生命线，又在经历最危难的时刻。我个人觉得，临阵换将是大忌。”

“周总，我倒不这么认为。第一，从创办至今，搜索一直是奇迹的绝对核心业务。可这么长时间过去了，除了浏览量，几乎拿不出像模像样的成绩来，更别提和万众等巨头相抗衡了。周总，你有没有想过，也许奇迹选择搜索是正确的，只是做的人有问题。既然如此，何不把将帅统统换掉呢？第二，据我所知，张成铭对互联网行业有着很深的了解。做互联网这一行，有兴趣、有感情是非常重要的。至于技术，可以慢慢学，慢慢琢磨。就拿极光的创始人蔡崇云来说，他也并非科班出身，却能在短短几年时间内，把极光做得如此有声有色。”

投资一家企业，必须要控制一家企业，这是张莹一直以来的观点。为了控制某家企业，有些机构会选择派管理团队直接入驻。同时，这也会衍生一个矛盾，创始人和资方的内斗愈演愈烈，形成内耗。长久以往，对企业的发展只有坏处，没有好处，除非资方有绝对的实力把创始团队踢出局。

不过，有了张成铭这颗棋子就不同了。久一资本可以通过他，间接地控制奇迹网络，但这也需要承担风险——如果张成铭对周钧韬忠心耿耿，这招就失灵了，甚至于会适得其反。好在张莹有所预判，并不是在打无准备之仗。经过前两次的接触，她觉得张成铭是个极佳人选。其一，张成铭不可能会选择在奇迹这棵树上吊死，他的最终目标，是为了创业。互联网创业，需要大量的资金，那么，她就可以和张成铭私下达成协议，张成铭充当久一资本在奇迹的眼线，久一资本为他将来创业铺桥搭路、提供资金支持。其二，张成铭是有能力的，只要给他一个平台，必定能大显身手。如果他能做好搜索，成为奇迹上市的关键一环，何乐而不为呢？

两位大佬的谈话，只听得张成铭一愣一愣的，脑子也随之一片空白，许久才缓过神来。原先他以为张莹要求周钧韬带上自己，是让自己谈谈对奇迹网络的一些看法，为此，张成铭还仔细衡量过，哪些话该说，哪些话不该说，绝不能因为自己的某句话，而破坏了奇迹 B 轮融资的大局。

周钧韬惊讶，张成铭更为惊讶。张莹提出的条件，完全不在他的预料之内。自己何德何能，去掌舵搜索业务板块呢？诚然，搜索板块的平台要更大，可安全卫士刚刚步入正轨，自己一走，极有可能陷入前功尽弃的境地。但最终去哪里，负责什么，不是自己能做得了主的。在这盘大棋局中，自己只不过是颗小小的棋子，随时要准备冲锋陷阵，充当马前卒的角色。其实，在群雄争霸的时代，摆正自己的位置很重要，有机会做一颗棋子，也未必是一件坏事。关键在于，要做一颗有用的、能牵制各方势力的棋子。

“张总，我看咱们还是来听听成铭这个当事人的意见吧？”

随后，三个人的目光都聚焦到了张成铭的身上。

“我服从大局。”半晌，他才挤出一句话。

“周总，眼下的大局，就是奇迹和久一资本联姻，共同对抗‘三巨头’的围剿，我分析得没错吧？”张莹借机反问道。

周钧韬强颜欢笑道：“没错，那这件事就这么定下来吧。其他的事情，我们下次再聊。”

说完，周钧韬和齐文东起身告辞，张成铭木然地跟了上去。出门时，他又回头看了一眼张莹。张莹对着他点了点头，微微一笑。

三个人一路上没有任何的交流。到了地下停车场，刚上车，齐文东就愤愤道：“周总，这个张莹也太把自己当回事了！”

“老齐，大部分的VC都是这副嘴脸，习惯了就好了。更何况她有这个资本，我们现在的的确确是缺钱。并且，现在融资比前几年要难上许多。”周钧韬无奈一笑，又说，“这也没什么大不了的，有些条件我们可以答应他们。合同是一回事，该怎么做是另外一回事。不管她张莹想怎么玩，奇迹都依然在我的掌控之中。”

“周总，前车之鉴，后车之师，新浪正是因为股权过于分散，才让华鼎钻了空子，成为新浪的第一大股东。”

“老齐，奇迹不是新浪，我也不是新浪那帮高层。”周钧韬厉声制止道，转而说，“成铭，真没看出来，张莹不仅是欣赏你，还挺器重你的。”

“周总，我……我真不知道……真不知道张总会让我……让我去负责业务板块。”张成铭紧张到了极点，连声音都不自觉地变得颤抖。

“成铭，没什么，这说明你的确是个难得的人才。”周钧韬的话只说了一半，另一半留给张成铭琢磨。

张成铭也像是悟出了什么，立马表态道：“周总，你放心，就算让我负责搜索业务板块，我还是听你和齐总的。”

周钧韬没有回话，只是哈哈大笑了几声。

这是张成铭平生第一次参与商业谈判，尽管他并非主角，但也深刻体会到商业谈判的艰辛和各种尔虞我诈。许多事，只有经历了，才会有所感悟；不经历，一切都是纸上谈兵。

回到公司，已近下班时间。张成铭给张晨蕊打了个电话说：“晨蕊，我到公司楼下了，就不上去了，在下面等你。”张晨蕊回复道：“张哥，你稍等，我收拾收拾就下来。”

不到 5 分钟，张晨蕊就出现在了他的面前，冲着他做了个鬼脸。

“张哥，我姐姐没刁难你吧。”

“没有的事，只是……只是……”

“只是什么？”

“这里来来往往的人太多了，上车再说。”

因时间紧迫，又怕遭遇晚高峰，两个人选择了打车去看电影。上了车，张成铭将事情的来龙去脉详细地向张晨蕊描述了一遍。只听得张晨蕊眼睛一眨一眨的，脸上挂满了吃惊的表情。

“张哥，这么说，你还得感谢我姐姐，帮你走上了屌丝逆袭的道路。”

无论遇到什么事情，张晨蕊都能保持乐观的态度，这也是张成铭喜欢和她相处的重要原因之一。即便有坏的情绪，也不会互相传染。

“晨蕊，我到现在都想不通，张总为何会向老周提出这样的条件，把我也卷入其中。”

“张哥，我姐姐那个人就这样，神秘兮兮的。放心吧，等她什么时候想说了，自然会告诉你的。再说了，这么好的机会摆在面前，你要牢牢把握住才是。”

“晨蕊，张总那边我倒不担心，我最担心的是老周这边。你也知道，老周这个人一向多疑，我怕他误以为这是我和张总联手布的局。事实上，我也是被蒙在鼓里。”

“张哥，人生的路长着呢，走一步算一步吧。更何况，你的终极目标不是创业嘛。我反倒认为，在不同的平台上锻炼，能给你将来创业加不少分呢。”

“晨蕊，搜索板块这么大的盘子，想要掌控好，谈何容易？况且，搜索板块一直由高强兼管，如此安排，他对我的成见会更深。另外，就算让我去负责，最终的拍板权还是在老周手上。我呀，只能算是个傀儡，倒不如在安全卫士那么有拼劲。”

“张哥，从现在起，咱们就不要讨论这个话题了，接下来的主旋律是看电影。你这样每天神经紧绷着就不累吗？磨刀不误砍柴工，适当的时候，要放松放松。你放心，我姐姐那边，我会找机会打探打探的。”

“好，那就去放松放松。”

“对了张哥，有件事我得向你汇报下。年前，我不是说要介绍个闺密给老徐认识嘛。本来今天约好了一起看电影的，结果我那闺密临时有事，下个星期吧。下个星期抽时间让他们见见面，指不定就是一段好姻缘呢。”

“晨蕊，别光顾着给别人当红娘。你也老大不小了，该考虑考虑自己的终身大事了。”

“我觉得目前的生活状态挺好的，一个人自由自在多好啊。”

张晨蕊选择的电影院在秀水街附近的富力城。一来，这里吃饭的地方比较多，吃完饭时间尚早的话，还可以去秀水街逛逛，淘点喜欢的东西。二来，这里离两个人的住处都不远，回家方便。

两个人在一家泰国餐厅吃过饭，见时间还充裕，又到秀水街逛了逛。随后，提前一刻钟到了富力城。

就在张成铭准备进检票口时，却看到了一个熟悉的身影正从电影院里走了出来。这个人不是别人，正是陈雅琳。而且，陈雅琳的身边还站着一个男人，身材高大，西装革履，一看，便知身份不俗。两个人正有说有笑着，尤其是陈雅琳的脸上，洋溢着幸福的笑容，令张成铭顿感醋意。他们二人到底是什么关系呢？三种可能性：一是正处于热恋期，二是这男的正在追求陈雅琳，三是单纯的朋友关系。不过，看情形最后一种可能性微乎其微。可问题是，万一他们真的只是朋友关系，又让陈雅琳撞见自己和张晨蕊约会看电影，岂不是跳进黄河也洗不清？于是，张成铭低着头，尽量避开陈雅琳的眼神，打算小跑着进电影院。但正当他迈开步子时，陈雅琳的目光却不偏不倚地落在了他的身上。她看见张成铭的同时，也看到了他身后的张晨蕊。

“成铭，这么巧，你也来看电影。”

张成铭只好收住了脚步，尴尬一笑：“是的，晚上正好有空，出来看个电影，放松放松。”

陈雅琳指了指张晨蕊问：“这位是？”

“张晨蕊，北京人，和我在一个部门的同事。”

尽管不知道这位让人眼前一亮的美女是何方神圣，但出于礼貌，张晨蕊还是对着她微微一笑。此外，女人的第六感告诉她，四目相对时，这位美女的眼神中带着明显的敌意。

“挺好，有空是该出来放松放松。要不然你就真成技术宅了。”陈雅琳也跟着一笑，“对了，忘了给你介绍了，这位也是我的同事，是万众搜索领域的负责人之一翟永波。永波，奇迹安全卫士的掌门人张成铭。”

“翟总，你好。”张成铭主动伸出手。

“张总是吧，你在奇迹负责的安全卫士，最近可搞出了不少动作，都快成奇迹的王牌部队了。”

翟永波的话带着潜台词，夸奖张成铭是一方面，更重要的，是借此贬低奇迹的搜索板块，竟连安全卫士都不如。碍于场面，张成铭不好计较。况且，万众和奇迹现在搜索领域是敌对状态。作为万众搜索的主要负责人，翟永波借机挑衅也很正常。

道过别，待陈雅琳和翟永波走远，张晨蕊带着满脸的疑问道：“张哥，这美女是谁啊？怎么之前从没听过你在万众认识人啊？该不会和你有什么特殊关系吧？”

“我在大学时的同班同学。刚才忘了给你介绍了，她叫陈雅琳，现在是张问天的私人助理。”张成铭不愿多谈，“晨蕊，时间不早了，咱们赶快进去看电影吧。”

谁知，张晨蕊竟不依不饶道：“张哥，我总觉得这个陈雅琳和你的关系不那么简单。”

“有多不简单？”张成铭反问。

“那我可就不知道了，我又不是你肚子里的蛔虫。”

张成铭也不回答，催着张晨蕊进了放映厅。

张成铭本就不是汤姆·克鲁斯的粉丝，再加上刚才偶遇陈雅琳，全然没有了看电影的心思，整个人都变得魂不守舍。张晨蕊偶尔和他交流几句，他只好硬着头皮应付一下。即便是应付，也是牛头不对马嘴。张晨蕊也不在意，她知道张成铭有心事，并且，十有八九和那个陈雅琳有关。

看完电影，张成铭把张晨蕊送回家，回到住处时，已近10点，刚进屋，就撞见从房间里出来的黄献芬。

“老大，你手机是不是关机了啊？”

“怎么啦？”张成铭忙掏出手机一看，“献芬，不是关机了，是没电自动关机了，你找我有事？”

“不是我找你，是老徐找你。他找不到你了，就给我打电话了。”

“哦哦哦，知道了，你早点休息吧。”

说完，张成铭急忙回到房间，从抽屉掏出手机充电器，插上电源。趁着充电的工夫，又去冲了个热水澡。等回到房间，钻进被窝，打开手机，果真，有三个未接电话，皆是徐泽丰打来的，时间分别是7点，8点和8点半。此外，还有一条来自陈雅琳的短信。

事有轻重缓急。

徐泽丰连续三次给自己打电话，肯定有什么急事，不是急事也肯定是大事。容不得张成铭多想，电话就拨了过去。

“成铭，你跑哪里去了？打你电话一直不接。”徐泽丰焦急地问。

“泽丰，刚和晨蕊去看电影了。”张成铭的语调也变得紧张起来，“是不是发生什么事情了？”

“你下午陪老周还有老齐去久一资本拜访张莹张总了？”

“是有这么回事。前些天，你一直陪着高强在外面跑市场，所以我也就没机会和你提这件事。”

“那你人呢，老周和老齐都回来了，你去哪里了？”

“我看差不多已经到下班节点了，晨蕊买的电影票又比较早，我就没上去，直接在公司楼下等晨蕊了。”张成铭越发地着急，“泽丰，到底发生了什么事情？”

“老周和老齐回来后，就召集了公司中层级别以上的员工和各部门的负责人开会。会上，老周主要说了三件事情……”

“哪三件？”

“第一件，公司的B轮融资很顺利，不出意外，奇迹将和鼎鼎大名的久一资本联姻。第二件，开展B轮融资的同时，公司相关部门的负责人也要做相应的调整。往后，搜索业务板块将由你来掌控，而安全卫士部门则由高强来兼管。

第三件，公司的主营业务仍然是搜索。另外，三年之内上市的目标，绝不会因为时局变得复杂而有所动摇。”徐泽丰一口气说完，又添话道，“成铭，下班后，我一直在思考，老周怎么会突然让你去负责搜索？毕竟，搜索一直是老周手上的王牌。既然是王牌，按老周的个性，自然应该由他的亲信高强来主抓。让你来负责搜索也就罢了，我更想不通的是，居然让高强来兼管安全卫士。你也知道，高强这个人只懂得驭人之术，对于技术几乎是一窍不通。安全卫士刚刚步入正轨，他来插一脚，岂不是添乱嘛。搞不好，安全卫士这个项目都会被他搞砸掉。”

张成铭听得出来，徐泽丰的心中更多的不是疑问，而是怨气。在奇迹内部，尽管周钧韬更为赏识张成铭，但最起码在表面上，两个人无论在资历还是级别上，都处于同一水平线。周钧韬让张成铭去负责搜索领域，他虽有不快，可考虑到彼此这么多年的交情，也认了。不过，让高强来兼管安全卫士，他实在是不能接受。按照他原先的设想，张成铭去掌管搜索，安全卫士理应让他负责。预期和现实截然不同，徐泽丰是堵了一晚上的气。

“泽丰，让我去负责搜索业务，并非老周的安排，而是张莹的意思。”

“什么？张莹的意思？”

“没错，这也是作为久一资本和奇迹合作的条件之一。坦白说，你想不通，我也感到非常意外。”

徐泽丰暗想，又是周钧韬的赏识，又是张莹的青睐，怎么好事都让张成铭一个人占尽了？同样的屌丝，张成铭触底反弹，实现了逆袭。而自己呢，仍旧生活在谷底，差别怎么就这么大呢？

恍惚了一下，他又说：“成铭，你去负责搜索，我不会有任何的想法。但高强来掌管安全卫士，简直太荒唐了。我也想过了，此处不留爷，自有留爷处。如果在奇迹干得实在闹心的话，大不了走人。互联网公司多得是，平台比奇迹好的也多得是。”

“别别别，泽丰，你可千万别冲动。”张成铭连忙道，“这样，我抽机会找老齐谈谈这件事，听听他的想法。如果合适的话，再让他给老周递话。再者，你要这么想，老周这个人一向控制欲极强，就算让我来负责搜索，我也只不过是个傀儡，路该怎么走，棋该怎么下，最终的拍板权还是在老周手上。同样，随着安全卫士的慢慢壮大，最终也是老周说了算。你现在要是去其他的公司，顶多只能做个中层。等到奇迹上市了，或者安全卫士真做好了，那就不同了。更何况，我还期盼着和你一起创业呢。”

“成铭，你现在是步步高升，这么好的平台摆在面前，你还想着创业？！”徐泽丰纳闷道，“只要奇迹一上市，你分到的股权势必不会少，何必呢？”

“泽丰，不忘初心，方得始终。我之所以辞职再次杀到北京，就是奔着创业来的，只是时机未到罢了。”张成铭无比坚定道，“最近，我准备请几天假，一来是回江西老家看看，二来打算去趟广东肯巴网络的大本营拜访顾长青，亲身体验一下肯巴的氛围。我个人觉得，肯巴这家公司有很多东西值得我们去学习。而这些东西，我相信对将来创业也是有帮助的。”

“成铭，你是集万千宠爱于一身。我呀，什么都没有，什么都不算。”

“泽丰，现在史虹翎如此器重你，对你来说不也是好机会嘛。”

“得了吧，史虹翎虽贵为公司的首席技术官，可她毕竟跟了李星河那么多年，并非老周的嫡系。老周这个人又生性多疑，要说真正的嫡系，也就老齐和高强两个人。我也想透了，想要在一家公司立足，站好队很重要。”

“泽丰……”张成铭不知该如何继续去劝慰徐泽丰，“等我放完假回来，咱们兄弟俩再好好地坐下来谈谈吧。”

挂了电话，张成铭暗叹道，站好队，站好队就真的那么重要吗？再次跟随周钧韬创业，相比于之前的大可，奇迹的人员要多很多，盘子也要大很多。渐渐地，张成铭发觉，公司内部充斥着一种不良的气氛，仿佛每个人都喜欢琢磨人、提防人那一套。凡事都有源头，要说这源头，还是周钧韬。周钧韬精读史书和兵法，深谙权术之道，潜移默化之下，这也就成了奇迹的企业文化。

诚然，林子大了什么鸟都有，但领头鸟很重要。有什么样的领头鸟，决定了队伍能飞多高、多远。

有时候，张成铭也在琢磨“做人”和“做事”间的微妙关系。或许，绝大多数的观点是，只要把人做好了，做到极致，事情也就成了。历史上的许多枭雄，皆是把“做人”发挥到了极致，不仅懂得识人，还会用人，更重要的是要笼络人心。归根到底，阳谋和阴谋，缺一不可。不过，张成铭的观点却恰恰相反，在他看来，只要一个人把事情做好了，用心去做，尽量做到完美，就会形成磁场效应。那些优秀的人，自然会向你靠拢。

因此，懂得做人只是“术”，学会做事方为“道”。

张成铭边琢磨着边翻出陈雅琳刚才发来的短消息：“成铭，刚才你旁边那个北京姑娘挺不错的。”张成铭脑子一蒙，快速回复道：“雅琳，我们只是普通的同事关系，真没什么。”等消息发出后，他又后悔了，总觉得这番话有“此地无银三百两”的嫌疑，值得斟酌。可说出去的话，泼出去的水，陈雅琳的误会会不会更深，就要看她怎么去想了。

换个角度，张成铭是希望陈雅琳心中有误会的。有误会，说明她还在乎彼此的关系。如果连误会都没有了，那可就没戏了。从某种意义上而言，这种误会即是醋意。

张成铭等了良久，等的同时，心里更是七上八下。不知过了多久，陈雅琳才发了个微笑的表情过来，让人捉摸不透。

11

南下取经

正式上岗，负责搜索业务板块的三天后，张成铭向周钧韬请了一个星期的长假，理由是回趟江西老家。周钧韬也没多问，爽快批准，并说："偶尔跳出局外去思考问题，也未尝不是好事。在老家不忙的话，就多琢磨琢磨奇迹搜索往后的路该怎么走。等你从老家回来，咱们再好好地谈一谈，议一议。"

张成铭暗想，搜索领域的大方向在哪里，最终还得周钧韬去掌舵。他的任务，是去扬帆，是去划桨，给老周打下手。这一点，他还是有自知之明的。诚然，搜索领域和安全卫士皆是奇迹独立的部门之一，但明眼人一看便知，安全卫士和搜索是不能同日而语的。换言之，张成铭是朝前跨了一大步。尽管这是张莹和周钧韬博弈的结果，可总归是种进步。

"低调做人，高调做事"一向是张成铭为人处世的原则。越是往上走，越是不能有轻飘飘的感觉。更何况，此番调动，到底是福是祸，现在还不好下结论。

他顶替了高强的位置，彼此的成见肯定会更深。另外，一下子管理几百号人，如此庞大的团队，难免会力不从心。最关键的是，他对搜索了解的只是皮毛，本就束手束脚，想要干番事业，简直就难于上青天。

至于南下广东，拜访顾长青一事，张成铭不敢在老周面前提及，怕他的疑心更重。

飞机转火车，再转大巴，奔波了一天，张成铭才到达江西老家。到达时，已经是深夜 10 点，母亲早已为他准备了他平时最爱吃的凉拌面。三下五除二，一番狼吞虎咽，张成铭几乎是一口气吃掉了三碗凉拌面。吃的时候，母亲照例在一旁絮絮叨叨。说来说去，无非就是一个意思，希望他早日找个心仪的伴儿，把终身大事给办了。类似的话，张成铭不知听了多少遍了，听得耳朵都快生出茧来了。刚开始，他会觉得不耐烦，事业未成，又加上心里依然记挂着陈雅琳，令他本能地去排斥谈婚论嫁之事。不过，他越是不耐烦，老母亲越是唠叨。时间一长，张成铭也就有了应对之策，不管母亲说什么，他不去争，也不去吵，只是一个劲儿地点头。

这次回来，情况又不同了。

陈雅琳的出现，彻底点燃了张成铭憋在心中的那团熊熊烈火。他对将来的生活又有了崭新的憧憬。尽管，他和陈雅琳之间八字还没一撇，但生活有盼头总归是好的。于是，张成铭便对母亲说：“妈，今年年底，我肯定带个媳妇回来陪你过年。”他的这番话，是说给母亲听的，更是给自己打气：一年之内，必须再次攻克陈雅琳这座堡垒。

因父亲在上海出差，张成铭又计划去广东，父子俩便错过了见面的机会。关于父亲的食品加工厂，母亲说得并不多，但通过母亲的只言片语，张成铭能感觉得到，受到互联网的冲击，传统行业的日子并不好过。母亲不说，只是不想让他过于担心罢了。

在家做了短暂的逗留，两天后的一大早，张成铭由南昌飞往珠海——肯巴网络的大本营。

到达珠海，已近中午。外面艳阳高照，张成铭下了飞机，只觉得一股热浪迎面扑来，他连忙脱掉外套，只穿一件白衬衫。从北京到江西老家，再从江西老家到珠海，温差足有十摄氏度之多。张成铭的行头也跟着换了好几身：在北京时，早上出来还得穿羽绒服；到了江西老家，换上了夹克衫；到了珠海，只穿白衬衫都觉得热。

登机前，张成铭联系过顾长青，告知具体的到达时间，并询问到珠海后，去哪里和他碰面。顾长青回复说："成铭，客随主便，到了珠海就听我的安排，一切等我先去接上你再说。"张成铭急忙摇头道："顾总监，怎么好意思让你亲自来接机呢？"顾长青笑着反问："成铭，换作是我去北京找你谈事，你又正好有空，我想你也应该会来接我吧。"

顾长青的话，既问得张成铭哑口无言，又拉近了彼此的距离。

收好思绪，张成铭朝前望去，在人群中寻找着顾长青。不远处，顾长青正在向他招手。张成铭加快脚步走上前，顾长青则是热情地伸出手："成铭，欢迎来特区珠海做客。上次北京一别，可有些日子了。"

"是的，顾总监。上次在北京见面，我可是从你身上学到了不少东西，特别是和互联网有关的方法论和思维。"

"成铭，方法论和思维的确重要，但那些总归是纸上谈兵。想要玩转互联网这一行，关键还是要看悟性。打个比方，极光网络的蔡崇云并非科班出身，对互联网几乎是一窍不通，却能把极光带到如此高的境界，靠的是什么？就是悟性。也有人评价，蔡崇云能有今天，靠的是忽悠。但在我看来，忽悠也是一种本事。如果把互联网行业比成一个江湖的话，大部分的英雄豪杰都是靠忽悠起家的。说白了，忽悠是一种个人魅力。这方面的造诣，蔡崇云在互联网江湖是首屈一指的。再往深处说，一家互联网公司能走多远，掌门人是关键因素之一。就拿智源中国来说，周钧韬掌舵时，一切都顺风顺水；周钧韬负气出走后，智源中国的各方面业绩随之一落千丈，跌入低谷。"

话题涉及周钧韬，张成铭也就不好妄加评论，笑道："顾总监，你又给我上了一课。"

“成铭，你还是那么谦虚。和上次见面相比，你的进步也不小啊。”顾长青称赞道，“上次见面时，你只是负责奇迹的安全卫士部门。现在掌管的却是奇迹最大的搜索部门。士别三日，当刮目相看啊。”

张成铭惊讶于顾长青消息如此灵通的同时，又苦笑了一下：“顾总监，实不相瞒，对于这样的安排，我很无奈，也很被动。说句心里话，我更愿意待在安全卫士那一亩三分地，毕竟杀毒软件这颗种子眼看着就要发芽了。我一走，不知道会陷入何等境地。如果让我潜心去开发，我相信这颗种子不仅可以发芽，还可以开花结果，枝叶茂盛。再者，我对搜索板块的了解也不够透彻，怕做不好。”

“成铭，正所谓‘人往高处走，水往低处流’。依我看，其他的都不重要，重要的是，奇迹搜索的平台要比安全卫士大得多。平台大了，不仅是锻炼的机会，而且和公司高层直接对话的机会也多了。只要能做出成绩，进入决策核心圈也并非不可能。到时候，只要奇迹一上市，你手上分到的股权肯定不会少。”

“顾总监，话虽如此，可高处不胜寒哪。固然，站得越高，能看得越远。但万一从高处摔下来，也只会更疼。不瞒你说，我是真心想做事，把安全卫士做到极致，而非卷入无休止的人事斗争中去。”

“成铭，一个真正成功的人，既要学会做事，也要学会做人，关键在于如何在二者中找寻平衡。这句话不是我说的，而是我们黎总的至理名言。”顾长青边说着边打开车门，“成铭，先上车，咱们找个吃饭的地方再慢慢聊。”

顾长青的座驾是一辆崭新的墨绿色的大众“宝来”。路上聊天时，张成铭得知，这辆“宝来”，是去年年底顾长青因业绩突出，肯巴创始人黎卫国给他的奖励。张成铭本想说：“顾总监，如果这次有机会的话，还希望你能帮我引荐一下黎总。”仔细一想，又觉得不妥当。黎卫国是国内第一拨把互联网玩转的人，早在第一次浪潮时，就是个风云人物，只是后来选择了退隐，渐渐淡出了人们的视线。不过，要论江湖地位的话，黎卫国最起码也和周钧韬旗鼓相当，只会高，不会低。反之，自己算什么？一个小小的奇迹网络的部门负责人、任人摆布的棋子，资历又尚浅，有什么资格去拜访黎卫国。就算自己有这个意愿，黎卫国也未必会见自己。除非，自己真的在业界混出了一定的名堂，成为各方招募的炙手可热的人才。否则，还不如不见。

一个圈子里的人，大体是处在同一条水平线上的人。换言之，只有彼此的地位和身份对等，才会坐下来聊天、谈事。再往深处说，一个人想要进入某个圈子，别人的引荐固然很重要，但更重要的是，自身的能耐和实力。远的不说，张成铭的屌丝逆袭就是个活生生的例子。从表面上看，他跨入了更高的平台，进入了更为核心的圈子，但这里面，有张莹推波助澜的成分。实际上，他只不过是颗棋子罢了。

两个人在珠海市中心的一家海味馆吃过饭后，顾长青提议，先帮张成铭找家酒店安顿下来，休息休息，下午再带他去肯巴网络的大本营探访。一大早从江西老家赶到南昌昌北国际机场，又从南昌飞到珠海，再加上珠海略显闷热的天气，张成铭的确是有些累了。不过，当顾长青主动说要带他去肯巴网络总部时，张成铭瞬间睡意全无，浑身上下都来了精神。此番南下取经的目的地，不正是肯巴网络的大本营嘛。

“顾总监，还是先去肯巴网络总部吧。要不然，你让我躺在床上都睡不着。”

“成铭，你身上有种特质，做事一根筋，用北京话来说，就是‘拧巴’。”顾长青笑道，“那好，就先了结了你的心愿。正好，有个人想见见你。”

“有人想见我？”张成铭一头雾水地问，与此同时，脑子也飞快地运转着。按说，自己在珠海根本就没有朋友，这个人到底会是谁呢？听顾长青的口气，这个人应该是他的同事，也是肯巴网络的人。如此一来，张成铭就更没法对号入座了。

“去了你就知道了。”

肯巴网络的大本营位于珠海市中心的一条小巷子里。当初，黎卫国南下珠海创业时，买了这座大厦，作为东山再起的根据地。珠海是特区、改革开放的前沿阵地，城市变化日新月异，因此，和旁边的高楼相比，这座大厦显得有些灰头土脸、格格不入。

张成铭刚跟着顾长青进了电梯，手机就响起了，是张晨蕊的来电。他看了一眼顾长青，尴尬一笑。顾长青冲着他做了个手势，示意他先接电话，别那么拘谨。

“晨蕊，有事？”张成铭尽量压低嗓门问，可声音还是在电梯里回荡着。

“张哥，你一走，这边出大事了！”

“出什么事了？”

“高强准备把老徐踢出安全卫士部门。”

“什么？”张成铭控制不住情绪，叫了出来，又问，“他的理由是什么？周总他们又是什么意见？”

“高强给出的理由是，老徐除了是安全卫士部门的人，又跟着史虹翎史总参与改革委员会事宜，一心不能两用，老徐的能力又有限。既然如此，索性就一门心思地跟着史总混就好了。至于安全卫士这边，摊子本就不大，他来掌管就可以了。据我所知，消息已经传到周总和齐总的耳中。不过，他们并未发表任何言论，只是抱着睁一只眼闭一只眼的态度。你也知道，虽说有史虹翎这个首席技术官的存在，但公司的搜索领域一直是由高强负责。你倒好，突然来个鸠占鹊巢，你说他心里能痛快吗，所以……”

“晨蕊，事情我已经知道了，我会尽快回北京处理的。”说完，张成铭又补了一句，“还有，晨蕊，一定要稳住老徐，等我回北京。”

挂了电话，张成铭眉头聚拢。显而易见，高强的这出戏针对的是自己，徐泽丰只是无辜地充当替罪羊罢了。而且，时机选择得恰到好处，趁着自己不在北京时下手。联想到前段时间，徐泽丰曾有过离开奇迹，另谋高就的想法，张成铭心中暗自捏了一把汗。想必此事发生之后，他的这种想法会更深，甚至于失去理智，做出即刻辞职的冲动决定。张成铭是希望继续和徐泽丰搭档，不仅是因为他是不可或缺的帮手之一，而且将来彼此还能成为创业的伙伴。张成铭对创业伙伴的理解，并非纯粹的商业伙伴。倘若只是单纯的商业伙伴，稍有利益纠葛，就极有可能一拍两散，分道扬镳。真正的创业伙伴，商业上的合作是一方面，更重要的是，彼此不仅要志同道合，并且需要长期而又深厚的友谊。这种伙伴关系是可遇而不可求的。不过，张成铭相信，如果他能和徐泽丰合作下去，一定能达到这种境界。

另外，周钧韬为何会坐视不理，张成铭也能猜中个八九分。平衡，一切都是为了平衡。平衡，是周钧韬的人生哲学之一。为了融资，为了和“三巨头”对抗，周钧韬放下身段，同意了张莹的苛刻条件，用他来替代高强，负责搜索板块。高强鞍前马后地跟随老周多年，是他的心腹大臣之一。平日里，高强本就对张成铭有敌意。为缓和矛盾，一解高强心中的怨气，周钧韬对他的所作所为也就默认了。但问题是，临阵换将是兵家大忌。更何况，高强根本就不懂安全卫士。

刚才在电话里，张成铭对张晨蕊说，让她先稳住徐泽丰，然后等他回到北京再处理此事。可就凭他一个人，能处理此事吗？显然不能，除非有史虹翎和齐文东的支持。归根到底，要看老周的态度。

“成铭，是不是遇到了什么事情？”电梯门打开，顾长青问。

“没有，没有……”张成铭也不知道到了几楼，平复好情绪道，“顾总监，没什么，北京那边发生了点小事而已。”

“那就好，那就好。”顾长青也不深入问。

根据张成铭刚才的语气和表情变化，顾长青大致能猜到，张成铭在奇迹遇到了麻烦，不小的麻烦。不过，张成铭不愿透露，他也就不便多问。

为转移话题，张成铭问：“顾总监，你到底要带我去见谁啊？”

“成铭，不要急，马上到，马上到。”

顾长青话刚说完，脚步就停在了一个办公室门口。张成铭定睛一看，办公室的门上赫然贴着“总经理”的金字名牌。肯巴网络的总经理？不就是传说中的互联网大佬之一黎卫国嘛。张成铭不由自主地心中小鹿乱撞，既兴奋，又紧张，但更多的却是茫然。自己和黎卫国从未照过面，彼此压根儿就不认识，黎卫国为何会主动要见自己呢？这到底演的是哪一出呢？

待进了门，见到黎卫国的庐山真面目后，张成铭不禁张大着嘴巴，简直不敢相信自己的眼睛——自己的的确确是见过黎卫国。去年经史虹翎牵线，赴肯巴北京分公司拜访顾长青时，他的办公室里坐着一个其貌不扬的中年男人。当时，这个中年男人只是在吃便当，自始至终都没有插话。因此，张成铭并未放在心上，以为他只不过是顾长青的下属而已。

万万没想到，眼前的黎卫国，就是当初那位中年男人。黎卫国正在办公室里打着太极，即便是顾长青和张成铭进门，他也是一副旁若无人的姿态。

“成铭，我们又见面了。”等一套太极动作打完，黎卫国微微一笑，主动打起了招呼。

“黎总，你好，你好。”张成铭像是自言自语道，“是的，我们又见面了。只是……”

“只是没想到，上次见面时，坐在长青办公室的那个人就是我，对吧？”黎卫国一眼就看穿了他的心思。

张成铭尴尬一笑：“是的是的，黎总，有眼不识泰山，我的确是没想到。”

“成铭，不瞒你说，上次还真是凑巧。当时，我和长青正在交流一些想法，你正好来了。我本想吃完便当就走的，不过，当你开口谈自己对互联网的认识时，我被深深地吸引住了，只好赖着不走了。”

黎卫国的普通话并不标准，带着浓浓的港台腔，略显生硬，张成铭不得不竖起耳朵认真聆听。

“黎总，你过奖了。在你面前谈互联网，实为班门弄斧。”

“成铭，话可不能这么说。正所谓‘长江后浪推前浪，前浪死在沙滩上’，我们这批人势必会被你们淘汰的，这是历史发展的趋势。”黎卫国的话锋一转，从宏观变成了微观，“坦白说，你对互联网的认知，对安全卫士的研发，比绝大部分人都要高明，这也是长青希望你加盟肯巴的关键因素之一。近些年，肯巴卫士一直稳坐业内头把交椅的位置。但老大当得久了，容易缺乏危机感。没了危机感，整个团队就会变得没有生命力，这是非常可怕的。所以，眼下的肯巴卫士，急需像你这样的创新型人才的加入。”

“成铭，我们黎总可是非常看好你的。只要你愿意加盟，肯巴卫士将由你来挑大梁。”一旁的顾长青添话道。

“黎总，顾总监，这个……”张成铭面露难色，“周总一向待我不薄，我又刚刚掌管奇迹的搜索业务板块。现在离开，于情于理都说不过……”

“成铭，我明白你的顾虑。但你仔细想想，奇迹真的适合你吗？或者说，你真的愿意跟着周钧韬这个‘带头大哥’吗？诚然，周钧韬称得上是一方诸侯，有着不俗的能力。但弱点也很明显，喜欢耍阴谋诡计。这个世界上，没有谁比谁聪明，也没有谁比谁愚蠢。有些事，业内人都看在眼里，只是不去说，不去评头论足罢了。更致命的是，老周一直在透支自己的信用。”

“透支信用，此话怎讲？”

“成铭，也许你只知道老周非常后悔将大可卖给智源科技。更让他懊恼的是，智源科技完成收购后，又将大可转卖给了极光网络。到头来，蔡崇云和郭腾义又联手将他踢出局。此外，本来实力逊于大可的万众一上市，市值就飙升到了几十亿美元，要说老周悔青了肠子，也不为过。但你不知道的是，老周原本就打算把大可卖给蔡崇云的。并且，双方已经谈妥了价格，就差签约了。最终，是老周出尔反尔，让郭腾义得逞。当然，成铭，你可以把它理解成纯粹的商业行为，但问题是不能过于赤裸裸。过于赤裸裸了，就容易丧失信用。再者，从在智源科技中国区的第一天起，老周就已经预判到与郭、蔡二人翻脸的结果。因此，暗中不仅转移了公司的核心技术，还拉拢核心人员。这并非是他二次创业之后才有的举动。此等伎俩，在我看来，是可耻的。简单来说，过于狂妄的老周，是在把自己树立成行业公敌的角色。”

黎卫国的一番话，张成铭听得一愣一愣的。上述两件事，他皆有所了解。但黎卫国所说的，和自己了解的事实却存在着较大的偏差。这有两种可能性：第一种，自己对周钧韬了解得不够深，只了解了他的某个方面；第二种，黎卫国有意诋毁周钧韬，目的是诱导自己加盟肯巴网络。从感性上而言，张成铭更倾向于第二种。不过，理性分析之后，又加以否定。按目前的实力，肯巴是强于奇迹的。而且，肯巴的构架比较完善，除了杀毒软件这张王牌，还开发了游戏、浏览器、在线翻译等多个领域。公司对每个领域的侧重点不同，发展得都还算不错。尤其是肯巴卫士这个项目，由顾长青掌舵，汇集了大量的业内精英。换言之，如果自己愿意加盟，也许会给肯巴网络带来改变。但这种改变到底是好是坏，不好判断。如果自己不愿加盟，肯巴卫士依然是业内的老大哥。那么，黎卫国就没必要煞费苦心地往周钧韬身上“泼墨”。另外，顾长青刚才说了，结盟后，将由自己来掌控肯巴卫士。这足以说明黎卫国和顾长青的诚心。

不知为何，尽管和黎卫国从未打过交道，与顾长青也只是见过两面，通过几次电话，但张成铭对他们二人，却有种莫名的信任。

“黎总，也许周总这么做也是逼不得已。”他还是尽量维护着周钧韬。

“成铭，当你还是一只猫的时候，记住你的目标是要成为一只虎。当你成为一只虎的时候，别忘了你曾经是一只猫。做人也好，做事也罢，心态要高，姿态要低，不要看轻别人，也不要高估自己。对于那些实力比自己强劲的人，我们目前唯一的选择，就是隐忍，就是韬光养晦。”黎卫国也不继续说服张成铭，“这也是我为何曾经选择隐退，之后再次创业时，把公司总部从北京迁到珠海的重要原因之一。或者说，我是在学习宏远的创始人李星河。隐忍不代表懦弱，而是寻找契机，顺势而为。”

说到“顺势而为”时，黎卫国随手拿起办公桌上的一本书，递给张成铭。

“成铭，这本《异类》，你可以拿去看看。看完你会发现，时势造英雄，顺势而为是多么的重要。想要在变幻莫测的互联网时代成功，关键在于寻找风口，而非盲目地跟风。”

这是张成铭第一次听到“风口”一词，感触颇深。至于《异类》这本书，他只听说过，只知道是一本极受美国互联网大佬们追捧的好书，却从未看过。

“黎总，受教了。”

黎卫国向员工推荐的是《硅谷之火》和《异类》，既符合时代的潮流，又能与国际接轨，非常务实。相比之下，周钧韬推荐的则是《三国演义》。的确，精读《三国演义》，你能学到不少的兵法，而这些兵法，也能运用到实战中去。但是，从本质上而言，《三国演义》是一本权谋小说，充斥厚黑学和鬼蜮伎俩，处处可见人与人之间的斗争。

单就这一点，黎卫国似乎要比周钧韬高明许多。

“成铭，现如今，万众、智源科技和极光网络已联手围剿奇迹的搜索业务板块，局部战争在所难免。另外，巨头间的结盟和对抗也会愈演愈烈，互联网行业的第二次世界大战不远喽。”黎卫国顿了顿，又说，“谁能在战争中立于不败之地，或者能够保持中立，免遭战事，谁就能活得越久，活得越好。老周不是推荐你们读《三国演义》吗，我反倒觉得多读读春秋战国时期的史书，学习合纵和连横之道更为实用。眼下业界的攻城略地和版图扩张，可比三国时期更为复杂。”

12

分道扬镳

张成铭原打算在珠海多待几天：一来，作为同行，肯巴网络的确有许多地方值得他去学习、去取经、去钻研；二来，借此机会散散心，思考回到北京后如何掌舵奇迹搜索领域这一命题。

但计划赶不上变化。

徐泽丰被“架空”一事，在周钧韬看来也许只是小事，但对张成铭来说，却是大事，且是天大之事。因此，他不得不改签了机票，准备乘坐次日上午9点的航班返回北京。

次日一大早，天公不作美。张成铭刚起床，就听到了外面的雨声。打开窗户一看，雨下得还不小。他拍了下有些发胀的脑袋，折回到床头柜前，抓起手机拨通了顾长青的号码。

“顾总监，外面正下着大雨呢，你就不用来送我了，我自己打车去机场就行了。”

昨晚，在一家靠海的夜市排档，张成铭和顾长青，还有顾长青手下的几员大将，喝了个酩酊大醉。席间的话题自然离不开互联网，大有煮酒论英雄的感觉。说实在的，肯巴卫士的团队确实不错，而且，肯巴网络也是值得加盟的公司。此外，相比于北京，珠海的生活节奏没那么快，竞争也没那么激烈，或许换作别人早就心动了。要说张成铭一点都不心动，那是假的，但自己留下了，北京的摊子怎么办？直觉告诉张成铭，暂时回到北京，在奇迹网络安营扎寨，才是最为明智的选择。

尽管并未选择留下，但此次南下取经之行，张成铭也收益颇丰。顾长青接二连三的感情牌，黎卫国的人格魅力，还有肯巴卫士团队的凝聚力，都让他有种别样的感觉——不同于奇迹的感觉。

“成铭，我已经在来的路上了，10分钟后就到你住的酒店。这个点你未必能打得上车。珠海的早高峰，虽比不上北京那般拥堵，但珠海毕竟也是四大特区之一，真要堵起来也是要命的。所以，还是我送你去机场比较稳妥。”

“顾总监，那我收拾收拾就下来。”

张成铭快速拾掇了一番，下了楼。刚出酒店大堂的门，就看到了顾长青的车。

“顾总监，太麻烦你了。”

“成铭，你这么见外，我下次去北京，可都不敢找你了。”顾长青调侃道。

“顾总监，欢迎，欢迎随时来北京。”

“成铭，这个时候正堵车，早饭只能你自己到机场对付了。要不然，我还可以请你尝尝正宗的广式早茶。”顾长青扶好方向盘，又道，“下次，下次再请你。”

说到“下次”时，顾长青的语气分明加重了，似乎在提醒张成铭，他们还会有在珠海见面，甚至共事的机会。张成铭听出了他的弦外之音，心领神会一笑，也不多做争辩。或许，冥冥中注定自己和珠海这座城市，和肯巴网络这家公司，真有着不浅的缘分呢。既然如此，又何必把话说得太绝呢。

张成铭住的酒店离机场不远也不近，不堵车的情况下需45分钟左右。一路上，大部分的时间都是顾长青在说，张成铭侧耳倾听着。实在没有话题了，顾长青就专注开车，张成铭则看着窗外的景色。这是他多年以来的习惯之一，每到一个不同的城市，喜欢观察这座城市的风景和建筑，尤其是路上的行人。

人，才是一座城市的真正地标。

东北人的爽朗，江南人的柔情，西北人的粗犷……不同个性的人，是不同城市的名片，形成了属于他们自己的生态圈。往大了说，这是一座城市的特征。往小了说，一个行业也是如此：互联网行业有蔡崇云、李星河、黎卫国和张问天等大佬，每个大佬个性迥异，并占据不同的疆域，每个疆域都有着自身的独特性。

想到疆域，张成铭又琢磨起了黎卫国昨天提到的互联网第二次世界大战的论调。这种论调并非黎卫国的创新，张成铭也不止一次听到过，之前也没什么多大的感觉。战争嘛，那是大佬们的事情，自己只不过是个小兵小卒，能在战争中保住饭碗、不被舍弃，就算是幸运的了。但这次，他总觉得有种莫名的紧张。究其原因，其一，这话是从黎卫国的口中说出的，分量很重，预见性也很强。一旦开战，正处于“三巨头”包围圈的奇迹，处境就更加危险了。就算智源科技、极光和万众是光明正大地向奇迹宣战，万一有人再在背后捅老周一刀，就凭奇迹现在的实力，是很难招架得住的。其二，老周本就是好战之人，他的取胜之道，和“二战”时期美国的战神巴顿如出一辙，那就是进攻，进攻，再进攻，并不像黎卫国和李星河那样懂得韬光养晦之道。但愿老周的下场不要像巴顿那么凄凉。

当张成铭的脑海里闪过李星河的名字时，他又想起了周钧韬和李星河结盟一事，不知两位大佬谈得如何了。如果有了李星河这种级别的盟友，奇迹的处境也会相对好些。但问题是，李星河凭什么冒着和“三巨头”为敌的风险与老周结盟呢？

张成铭边思忖着，边目不转睛地盯着窗外。顾长青似乎也察觉到他有心事，也不打扰。不远处的公园里正有一对情侣在躲雨，两个人躲在凉棚下，男的正脱下外套盖在爱人的头上，为她挡风遮雨，场面极为温馨。此情此景，张成铭的脑海里，又出现了陈雅琳的倩影。

不知不觉中，车子已到了珠江口的西岸。珠海三灶国际机场就位于西岸的金湾区。张成铭收起混杂的思绪，望着脚下的珠江道："顾总监，还是珠海好啊，偏居一隅，远离战火。"

"成铭，既然觉得珠海好，何不留下来呢？"

"顾总监，人在江湖，身不由己呀。"

"成铭，一话两说吧。宏远和肯巴现在选择了韬光养晦，并不代表将来不会参与任何的战争。即便你不愿参加，也有人会逼着你去参战。打个比方，从'一战'到'二战'的前期，美国人一直是免于战祸，闷声发财。结果呢？在毫无防备的情况下，日本人偷袭了珍珠港，美国人不得不参战。美国人还算是好的，毕竟他们是大赢家。可悲的是英国和法国，为了不招惹纳粹德国，私下和希特勒签订协议，采取绥靖政策。但没过多久，希特勒便撕毁了条约，宣布对英、法作战，并呈破竹之势。换句话说，宏远和肯巴参战是必然的。原因之一我刚才已经说了。至于第二个原因嘛，一句话，源于野心。偏居一隅固然是好事，但长时间偏居一隅，难免会故步自封，甚至成为井底之蛙。所以，作为一方诸侯，等到实力足够强劲了，不论是宏远的李星河还是我们肯巴的黎总，为了开疆拓土，都会选择杀出去，在全国各地，乃至全世界各地建立根据地。杀出去，是为了更好的未来。"

"顾总监，现在最令我头大的是，回到奇迹后该如何盘活搜索板块这盘大棋。"

"成铭，盘活搜索板块，那是周钧韬的事情。我个人认为，你迟早会回去执掌安全卫士的。要不咱们来个赌约，如果一年之内你回安全卫士，就算我赢。反之，就算你赢。咱们呢，就赌一块钱，如何？"

"顾总监，我接受你的挑战。"张成铭耸肩一笑，"不过，我更愿听听你的高见！"

“成铭，高见算不上，纯粹是自己的一些预判而已。要说有多靠谱，我可不敢保证。”正说着，车子已到了航站楼，顾长青有意放慢了速度，“第一，在智源科技、极光和万众三方围剿下，本就缺乏核心竞争力的奇迹搜索，首战告败只是时间问题。第二，奇迹的安全卫士潜力很大，但如果不是由你来带队伍，前景也并非很乐观。综合这两点，为避免两条战线皆陷入泥潭，周钧韬十有八九会让你重掌安全卫士。假以时日，安全卫士会成为奇迹的王牌项目，这将是你的功劳。”

张成铭仔细品味了一番，顾长青的话确有道理。因航站楼门口车多拥堵，猛然间身后传来刺耳的喇叭声。张成铭匆匆和顾长青道过别，说了句“后会有期”，便进了国内出发的 4 号门。

登机前，张成铭给张晨蕊打了个电话，告知具体的到达时间，并询问起了徐泽丰的状况。张晨蕊告诉他，今天早上徐泽丰没有来上班，打探之后才知道，他请了三天的假，理由是身体不适。张成铭心中暗叫道：泽丰啊泽丰，你怎么就这么沉不住气呢，就不能等我回北京好好谈谈吗？身体不适这个理由太牵强，也太假了。万一遭来老周的猜疑，误以为是自己在背后出的主意，一明一暗，联手对抗高强，事态就严重了。诚然，老周这个人是喜欢斗争。某种意义上而言，下面的人有斗争，对他来说，也是好事。这样，就不会把矛头对向他这个掌舵者。但问题是，下面的人斗得很凶，斗得很频繁，斗得暗无天日，可就触碰了他的底线了。一旦涉及底线，老周可是“零容忍”的。

此次见过黎卫国，听他讲述起了周钧韬的另一副嘴脸时，张成铭发觉自己对老周的了解并没有想象中那么深。在这之前，自以为七八分是有的。现在看来，估计三四分都够呛。另外，张晨蕊还告诉他，说是张莹让她转告张成铭，等他回到北京，抽时间见个面。

张莹想见张成铭，同样，张成铭也正想会会张莹。无疑，张莹是他的贵人。彼此非亲非故，张莹却能把他扶上更高的平台，对此，张成铭是心存感激的。尽管他也清楚，张莹是利用他，他只不过是张莹手上的一颗棋子罢了。对，没错，就是“棋子”。但如果能成为一颗好“棋子”，何乐而不为呢？

张成铭到达北京时，天空也飘着雨。不同于珠海的细雨连绵，北京的雨要更加干脆、有力道。而且，徒增了几分凉意。坐上机场大巴后，张成铭给徐泽丰打了个电话，问他在哪里。徐泽丰的声音听起来很消沉，说是正在家里睡觉。张成铭愣了愣说：“泽丰，那你在家里等着，我现在过去一趟。”徐泽丰回了句：“你来吧。”随后，就挂了电话。

之前，张成铭所担心的，是徐泽丰一时头脑发热，做出辞职的冲动决定。现在所担忧的是他的状态，是否会因此一蹶不振。要真是如此的话，比辞职还可怕。

赶到徐泽丰所租住的小区，张成铭匆匆忙忙地在楼下吃了碗炸酱面便上了楼。

敲门声响了良久，徐泽丰才过来开门。头发蓬松，睡眼迷离，一个星期不见，徐泽丰仿佛变了个人似的，苍老了许多，也颓废了许多，没有了先前的精气神。

“成铭，你回来啦。”徐泽丰勉强挤出笑容道。

“刚下飞机，就往你这里赶了。”

张成铭进了门，刚想开口说话，就被呛着了。出租房本就不大，里面弥漫着刺鼻的烟味和酒味。再一看，茶几上的烟灰缸里堆满了烟蒂，客厅的地板上，四处散落着灌装的啤酒瓶。可以想象，徐泽丰这几天的日子是怎么熬过来的。

“泽丰，你现在不仅烟瘾大，酒瘾也变大了。”

“成铭，烟酒不分家嘛。”徐泽丰苦笑了一下，又顺手抓过烟点上，“这几天，我算是悟出了一个道理。在北京摸爬滚打了这么多年，只有烟和酒，才是我最忠实的伴侣。”

“泽丰，你这是哪门子的歪理啊。”说完，张成铭在徐泽丰的对面坐下，一向不抽烟的他也拿起了一支烟点上。刚抽了一口，就被呛得直咳嗽。

徐泽丰顺手倒上一杯凉白开，放在他的面前：“喝口水，第一次都这样。我第一次抽烟的时候，都快把肺咳出来了。”

张成铭也不接话，继续埋头抽着烟，等到一支烟抽完了，才抬头道：“泽丰，事情我都知道了。我也知道，你心里肯定是有气的，但就算有气，也不能不去上班啊。高强现在正盯着你，要是被他抓住大做文章，不等于是在没事找事嘛。”

“成铭，我不是心里有气，而是对自己失望，失望透顶。”徐泽丰狠狠地掐灭烟头，随后，咬紧着嘴唇，“成铭，从大可到奇迹，你我几乎是同一时间跟随的老周。坦率说，我自认为自己的能力并不比你差。就算有差距，也不明显。可到头来呢？你成为奇迹要害部门的掌门人，我却到处被人撵来撵去。撵着撵着，就变得什么都不是了。成铭，你别误会，我这话并不是在针对你，也没有心理不平衡。你能有今天，作为兄弟，我打心里替你高兴。可再这么下去，我自己的未来在哪里？我真的是越来越迷茫了。”

听罢，张成铭内心极为愧疚。徐泽丰之所以会被撵来撵去，很大程度上是充当了自己的替罪羊。在高强眼里，徐泽丰和自己是一伙的。但毕竟周钧韬还算是器重自己，高强不敢贸然对自己下手，所以就将枪口对准了徐泽丰。

张成铭伸出手，拍了拍徐泽丰的肩膀：“泽丰，明天我去找老周谈谈。”

“成铭，不用了，我决定了，决定离开奇迹。”

“泽丰，冲动是魔鬼。离开了奇迹，你的将来怎么办？更何况，我需要你和我一起并肩作战，不仅是现在，将来也需要。相信我，眼前的不快和压抑都会过去的，我们终究会迎来拨开云雾见天明的那一天的。”

“成铭，我已经决定了。”徐泽丰仰头看着天花板，“而且……而且下家基本上已经找好了。”

“下家？什么下家？”

“万众网络。”

“什么？你要去万众？”

“没错，如果快的话，七八天后就入职。”

张成铭只觉得脑子一阵阵“嗡嗡”作响。他原以为徐泽丰扬言辞职，只是为了泄愤，没想到，他不仅真的辞了职，就连下家都找好了。这也就算了，但他居然选择了奇迹的死对头万众。

张问天掌舵的万众网络是近几年才崛起的巨头之一，并且崛起的势头很快。论实力，要胜于奇迹和肯巴，与极光以及宏远在伯仲之间。更难能可贵的是，万众能稳住阵脚，一直保持稳步上升的态势。特别是在美国上市之后，张问天坐上了国内搜索领域一哥的位置，而非昙花一现。这个行业，昙花一现的公司太多太多了，因各种原因，落入低谷的公司更是不胜枚举。原因有很多种：创始人间的意见分歧、投资方和创始团队的对立、股权过于分散，或者干脆被大公司并购……

大鱼吃小鱼，小鱼连虾米都吃不着，将是这个行业的常态。

第一次浪潮之后，随之而来的是泡沫。泡沫固然残酷，但更是一次洗牌。能经受得住洗牌的，皆是生命力旺盛的公司，万众网络就是其中的典型。

据张成铭的了解，万众网络的构架中，并没有安全卫士这一板块。那么，徐泽丰去了万众之后做什么呢？莫非万众也想在这个领域分一杯羹？

当张成铭抛出自己的疑问时，徐泽丰道出了原委。被高强踢出局的当天，他就向各大互联网公司发了简历，并把总部位于北京的公司作为首选。晚上，徐泽丰就接到了一个电话约他见面，对方自称是万众网络的高层。徐泽丰也没多做顾虑，如约到了见面的地方，见到了一个年龄相仿的男人，名叫翟永波，是万众网络搜索领域的负责人。

“什么？翟永波？”张成铭面露惊讶之色。

徐泽丰反问：“成铭，你认识翟永波？”

“算不上是认识，只是见过一面。”张成铭简单地描述了上次在电影院遇到陈雅琳和翟永波的场景，又说，“泽丰，你接着往下说。”

“刚开始，我也挺纳闷的，翟永波是万众搜索领域的负责人之一，而我对搜索不了解，也不感兴趣。深入交谈后才明白，万众的安全卫士项目也已经筹划了很长一段时间，只是一直作为公司的核心机密，从未对外公布。年后，张问天在召开的内部中高层会议上，正式拍了板，决定进军网络安全圈。在尚未找到合适的人选前，安全卫士部门暂时由翟永波代为管理。私下里，他们也在招募这方面的人才。正巧，我发去的简历被万众人事部门的负责人第一时间看到，所以翟永波就约我见面了。而且，我们达成了口头协议，如果我愿意加盟，万众的安全卫士部门将由我来负责。具体的，翟永波会找张问天谈。”

平心而论，张成铭是不希望徐泽丰离开的，但如果徐泽丰真能负责万众的安全卫士板块，迈向更高的平台，他也不好阻拦。毕竟，那是徐泽丰的人生，是徐泽丰的前程。况且，他也明白，彼此搭档这么多年，徐泽丰心里一直都挺憋屈。从某种意义上而言，是自己压制了徐泽丰的发展。

“泽丰，你确定要走？”

“成铭，天下无不散之宴席。或许，对你我而言，彼此分开，未必是坏事。”

“泽丰，看你这话说的，感觉我们两个人是恋人似的。”

当“恋人”二字从嘴角流出时，张成铭唏嘘不已。他和徐泽丰的关系，不是恋人，胜似恋人。这几年，两个人在工作中培养起来的默契，不是一般恋人所能比拟的。往往从对方的一个动作、一个眼神，就能读懂对方的心思。

徐泽丰心有灵犀地反问：“成铭，难道不是吗？”

“泽丰，你真决定了，我支持你，也祝福你。但你再想想，我个人觉得，待到奇迹完成B轮融资，老周很有可能会论功行赏，给公司的员工以股权激励……”

“成铭，那又如何？我在奇迹算什么？什么都不算。既然什么都不算，又能分到多少股权呢。”

沉默片刻，张成铭给了徐泽丰胸口一拳，抿了抿嘴道：“兄弟，祝你好运。一路奔波，从珠海赶回北京，也挺累的，我先回去休息休息。明天去公司，还有硬仗呢。说实话，搜索业务这出戏该怎么唱，我心里一点底儿都没有。”

徐泽丰起身相送："成铭，这次去肯巴网络考察，有什么收获？"

"受益匪浅，这次去珠海的一些情况，我们改天再坐下来好好地聊聊吧。"出门前，张成铭又收住了脚步，"这样，泽丰，这几天抽个空，叫上老齐、晨蕊，还有部门的其他同事一起吃个饭，就算是为你饯行吧。"

"没问题，时间你来定，我随叫随到。"

回去的路上，张成铭一直在琢磨，是否该给陈雅琳打个电话。一是询问万众成立安全卫士部门一事，二是探听翟永波对徐泽丰许诺的真伪。

在这之前，张成铭和翟永波只见过一面，但不知道为何，他对翟永波却有种莫名的厌恶感，总觉得翟永波那个人有些虚伪，爱虚张声势，甚至带些狗眼看人低的嘴脸。仔细寻思，一方面，是上次偶遇时，翟永波故意冷嘲热讽造成的；另一方面，源于嫉妒，一个男人本能的嫉妒。虽说陈雅琳已做过解释，她和翟永波之间只是普通的同事关系，可现在是普通的同事关系，不代表以后也是，日久是会生情的。因此，从那次之后，张成铭的心中一直有根刺。

最终，张成铭还是放弃了这个念头。他要问的问题，都是万众的核心机密。陈雅琳作为张问天的私人助理，就算了解得一清二楚，也不可能告诉他实情。既然如此，还不如不问。问多了，反而显得尴尬。

到了住处，张成铭匆匆洗了个澡，又在客厅给黄献芬留了张纸条，提醒黄献芬下班回来后叫他一声，一起吃晚饭，随后回到房间，倒头大睡。

一个星期左右的假期，张成铭基本上没怎么休息，反而是一路奔波，从未消停。再加上高强在背后捅他一刀，徐泽丰决意离去，他真是感到累了，身体累，心更累，躺下没多久便鼾声如雷。

熟睡中，张成铭做了个梦，梦见自己一个人站在丛林里。丛林里正下着滂沱大雨，周遭一片漆黑。猛然间，前方有绿光闪动。仔细一看，竟是饥饿的狼群。见状，张成铭拔腿就跑。他在前面拼命地跑，狼群在后面穷追不舍。跑着跑着，前方竟是死路——一处突兀的悬崖。再往前，就会坠入万丈深渊，粉身碎骨。就在狼群要扑上来时，张成铭被惊醒了。醒来，张成铭心有余悸地坐起身，才发觉浑身已被汗水浸湿了。幸好，这只不过是一场梦。

正所谓“日有所思，夜有所梦”，仔细回想，此梦境和现实，还真是有几成相似。现实中的张成铭，最佳搭档的离开、接了公司搜索领域这块烫手的山芋、与高强的矛盾越演越烈……说是站在悬崖边上，一点都不为过。

张成铭有气无力地抓过床头柜上的手机，时间定格在晚上 6 点半。也许是真的太累了，这一睡竟然是四个多小时。毕竟，一向睡得很浅的他，竟丝毫没有听到三个未接电话的铃声。这三个未接电话，分别来自陈雅琳、张莹和张晨蕊。相比之下，张莹和张晨蕊的来电时间要早于陈雅琳，但他还是先拨打了陈雅琳的号码。

“成铭，怎么这么久才回我的电话？刚刚新官上任，事情一定挺多的吧。”电话那头的声音听起来有些嘈杂，能听得出来，陈雅琳的身边，有不少人。

“雅琳，前几天……”张成铭本想说前几天请假了，今天刚刚回到北京，话到嘴边，才发现在陈雅琳面前应该有所保留。好在他反应快，转而说，“前几天刚接手搜索业务板块，事情确实挺多的。对了，你找我有事？”

“嗯，是有事，两件事。第一件，就在刚刚，我听永波说，你原先的搭档，那个叫什么的……对，叫徐泽丰。之前你们在大可时，我见过这个人，听说他要跳槽到我们万众网络了，就差签合同了。第二件，昨天‘老猫’约我吃饭，说是想策划一场大学同学会。时间的话，会在下个月，具体哪一天还没定下来。”

“老猫”是张成铭读大学时的班长，名叫毛飞跃，因酷爱美国流行天王猫王，便给自己取了个“老猫”的外号。大学毕业后，张成铭和同学的联系甚少，几乎没什么联系。一是因为忙，确实忙。忙，是每个互联网从业者所必须接受的现实。24 小时连轴转、连续加班，没有假期，这些都是常态。二是暂时不想有过多的联系。或者说，没有脸面和他们联系。他的大学同学中有不少北京人，打小就在皇城根下长大。这批人身上本就有着一股与生俱来的优越感，且个个都有着深厚的家庭背景，刚毕业就有人混得风生水起，不像张成铭，一切都要靠自己去努力、去奋斗、去打拼。所以，张成铭打算稍稍混出点名堂，彼此能融入一个圈子了，再和他们联系也不迟。当然，张成铭心里也明白，有此想法，或多或少是自尊心在作祟。但他也看穿了，社会就是这么现实，你不如别人，别人就不会把你放在眼里。关于“老猫”，他也略知道一些情况，毕业后，去美国留了几年学。至于回来后具体做什么，他并不清楚。

“泽丰有机会加盟更大、更好的平台，我也替他高兴。开同学会的话，只要我在北京，随时都可以。”

“成铭，你这话，是真心的？”

“雅琳，你指的是第一句还是第二句？”张成铭反问。

“成铭，你心里清楚我指的是什么。”陈雅琳也不做正面回答，“好啦，我还有个临时会议要开，快进会议室了。先这样，改天再聊。”

打完第一个电话，张成铭已彻底清醒了过来。紧接着，又拨通了张莹的手机。张莹先是问他回家探亲的情况如何，张成铭心虚地回复说：“一切都挺好的。在家休养生息了一番，打算回北京继续拼搏奋斗。”之所以心虚，是出于张莹和黎卫国关系的顾虑。这次在珠海，他偶然间听顾长青提及过张莹，并说张莹和黎卫国的私交很不简单。至于不简单到什么程度，顾长青并未点透。换言之，凭黎卫国和张莹的关系，此次他秘密南下取经一事，张莹极有可能早已知情。她问了，张成铭反而会更自然；她不问，或者有意试探，反倒觉得怪怪的。好在张莹没继续往下问，只说：“成铭，你现在肩上的担子更重了。既然回来了，就要竭尽全力做好奇迹的搜索板块，做到极致。我也相信你会做好。这两天有空的话，我们见个面，吃个饭或者喝个咖啡，聊一聊。”张成铭连忙点头道：“好的张姐，时间、地点你来定，我都没问题。”张莹拍板道：“你刚回来一定很忙。这样，等你不忙了给我打电话。”

最后，张成铭才想到张晨蕊。刚打通，就听到张晨蕊的抱怨声，问他怎么这么久才回电话，还说，她正和黄献芬在一起，已经到小区楼下了。张成铭狐疑地拉开窗帘，在人群中找寻张晨蕊和黄献芬的影子。正值下班的高峰期，小区附近的公交站台非常拥挤，有着形形色色的人。好不容易，他才算发现了他们二人，这还是因为张晨蕊穿了一件红色的风衣，极为亮眼。张成铭推开窗户，喊了一声张晨蕊的名字。

张晨蕊抬起头，噘着嘴，故作生气状："张哥，我大老远从公司赶到这里来看你，你总该有所表示吧。我听献芬说，楼下刚开了家烤串吧，味道不错，要不你下来请我撮一顿呗。"

"好，没问题，我换个衣服就下去。你和献芬先去点东西，管饱。"

13

“傀儡”棋子

张成铭换上宽松的运动套装下了楼，小区里的大妈、大爷们正用浓浓的京腔聊着天。张成铭在北京也待了不少年头，对于京腔，他早已习惯。不过，要是让他开口说地道的北京话，还真有些不自在。尤其是南方人不太谙熟的“儿化音”，即便开口去说，别人一听，也能知道你并非地道的北京人。

张成铭习惯了京腔，也习惯了北京的气息，更习惯了这座城市的人。

路上，和几个熟识的邻居打过招呼，他便加快脚步出了小区的门，往拐角处的烤串吧走去。烤串，是北京的一大地方特色。北京人的日常生活，离不开三样东西，一是炸酱面，二是烤鸭，三是烤串。炸酱面和烤鸭皆可以设宴开席，烤串则不同，“居庙堂之远”，几乎北京城的每一条大街小巷都可以看到烤串的影子。渐渐地，张成铭也就入乡随俗了。不管上大学时还是工作之后，空闲时，他都会约上三五好友，喝点啤酒，撸上几串，也算是人生一大快事。

别看张晨蕊身材偏瘦弱，食量却一向惊人，且不挑食。十来串羊肉串下肚，她直呼过瘾，又让老板加了二十串，直看得邻桌的人目瞪口呆。她也不在乎，埋头继续啃起了羊排。张成铭喜欢和张晨蕊一起吃饭的感觉，简单、纯粹、有乐趣，不用怕说错话，更不用怕得罪她。不像和某些人吃饭，每说一句话，哪怕是一个字，都得思前顾后、小心翼翼的，生怕一不留神就得罪了某人。更悲剧的是，你明明得罪了某人，却丝毫察觉不到。和那种饭局相比，此时此刻，简单就是一种享受。

“张哥，献芬，你们两个人别光顾着看我吃，你们也吃啊。”

“晨蕊姐，人挺多的，上菜的速度又比较慢。看你这狼吞虎咽的样子，我和张哥都下不了手啊。”黄献芬倒上一杯啤酒，开玩笑道，“女士优先，还是女士优先。”

张晨蕊顺势给了黄献芬一拳：“献芬，你这可是故意在张哥面前拆我的台。”

黄献芬也不躲闪，抱拳道：“晨蕊姐，不敢不敢。”

待啃完羊排，张晨蕊抬头问张成铭：“张哥，光顾着吃了，还没来得及问老徐那边情况怎么样了呢？”

“老徐已经铁了心辞职了，我怎么劝都没用。另外，他的下家也已经找好了，张问天的万众网络。”张成铭一脸淡然道，“万众方面，也比较看好安全卫士这个领域，正筹划着分一杯羹。而且，这是张问天亲自定下来的调子。泽丰去那边，应该会负责这个项目。”

“什么？老徐就这么把我们抛弃了？”张晨蕊边掏出手机边说道，“不行，我得打个电话问问他。”

张成铭连忙制止道：“晨蕊，算了。既然泽丰心意已决，作为朋友，我们应该支持他才对。更何况，万众那边的平台，要比奇迹更有优势。对泽丰而言，这也是职业生涯中难得的一次机会。如果做得好，是一次足以改变命运的机会。”

“张哥，可问题是，老徐去万众负责的是安全卫士板块。并且，老徐对安全卫士又颇有研究，再加上有万众做后盾，假以时日，一定会有所作为。换句话说，他将成为咱们潜在的竞争对手之一。老周又是好战之人，现在业内的大佬们又在鼓吹互联网第二次世界大战的阴谋论。到时候，彼此厮杀一番是免不了的。这一点，难道老徐就没想到过吗？他这么做，不是明摆着跟我们过不去，没有顾及我们这么多年的感情嘛！”

“晨蕊，互联网这个行业很大，分支也很多。从某种意义上来说，选择什么样的分支，直接决定了这家公司的命运。这里的分支，指的就是构架。业界第一次浪潮时，三大门户网站的掌门人张军、张朝阳、王志东，还有华鼎的陈启锐等大佬，都是赫赫有名的构架大师。但近几年，他们的地位正慢慢被李星河、蔡崇云和张问天等新贵所替代。这说明什么？构架并非一成不变的，时代在变，构架也要跟着变。你不变，就会被时代所淘汰。”张成铭把话题带到了更高的层次，“肯巴是做安全卫士的先驱，奇迹正在做安全卫士，万众也跟着在做。我相信，以后涉足这个领域的公司会越来越多。不过，大浪淘沙，能真正活下来的无外乎那么几家。也就是说，行业有行业的丛林法则，弱肉强食是常态，弱肉强食的表现方式就是战争。在这个时代，谁想要一家独大，成为寡头，几乎是不可能的事情。老徐也好，我也罢，终究是别人手上的一颗棋子。我们所能做的，就是各为其主。况且，奇迹的安全卫士部门现在不是由高强来掌舵嘛？！”

张成铭的话，带着无尽的悲凉感。这种悲凉感，既来自对这个时代的认知，也来自身不由己的无奈。

“张哥，我看高强就是个搅屎棍，没什么能力，只知道整天把公司搞得乌烟瘴气的。我真想不通，老周怎么会如此器重他。”

提到高强，张晨蕊一脸的不屑，深恶而痛绝之，仿佛两个人有深仇大恨似的。

“晨蕊，位置高了，顾虑也就多了。老周器重高强，自有他的盘算。”

“老齐呢？他不是一向把你和老徐视为门生吗？怎么也跟着打起了马虎眼呢？”

“晨蕊，不管是之前的大可，还是现在的奇迹，我们都要明白一点，它们是姓‘周’的，并带有很强的个人英雄主义。老齐说与不说，结果依然不会有任何的改变。我想，这一点，老齐也心知肚明。既然如此，又何必去说呢？”

如果把奇迹网络比喻成水泊梁山的话，毋庸置疑，周钧韬则是占山为王的宋江，而齐文东，就是他身边的军师吴用。吴用此人，虽说有着诸葛亮般的智慧，却缺乏过人的胆识和韬略。本质上，他只是个唯唯诺诺之人。

“张哥，来的路上，我和献芬商量过了，大不了咱们就都撂挑子走人，重起炉灶，专攻安全卫士。我就不相信，我们这帮人，还不如他一个高强。”

“万万不可！晨蕊，你这不是添乱嘛！”张成铭厉声呵斥道，“咱们不能遇到一点点的小挫折就灰溜溜地逃跑。要是抱这种心态的话，就算是重起炉灶，也做不出什么名堂来。这件事到此为止，以后都不许再提了。”

见张成铭动了火气，张晨蕊极不情愿地点了点头：“张哥，我知道了。”

“晨蕊，你现在要做的，就是稳住安全卫士部门同事的情绪。”

“张哥，我们几个人倒没什么情绪。我怕时间久了，王成顺、葛明辉和赵一风三个人会有情绪。毕竟，他们当初是奔着你来的，可刚刚才融入我们的团队，就发生了这么大的变故。换作是我，心里面也会有情绪。”

王成顺、葛明辉和赵一风，是张成铭从论坛上挖来的“三剑客”。为了把“三剑客”招入麾下，他也是在周钧韬面前费了不少口舌的。人往高处走，水往低处流，互联网公司的人才流动性很频繁，能用得了人才是一方面，另一方面，留住人才才是重中之重。但是，怎么去留住人才呢？古往今来，这是个难题，也是个妙题。历史上的战乱时期，谋士跳槽，将军反水，也是常有之事。就拿眼下活生生的例子来说，史虹翎本是宏远网络的人，李星河手下的一员，却跳到了奇迹来做首席技术官，图什么呢？

没错，图什么，是问题的关键。

一个人，总归有七情六欲，有些人跳槽是为了平台，有些人跳槽是为了机会，有些人跳槽是出于感情。不过，跳来跳去，有一点是不变的，多少有利益的成分。史虹翎有，徐泽丰也有。相比之下，宏远的平台要比奇迹大上许多。在宏远，位置高于史虹翎的人少说也有十几个，但来奇迹就不同了，前五把交椅绝对有她史虹翎一把。并且，奇迹尚未上市，周钧韬又喊出了“三年内必上市”的口号。一旦奇迹上市，史虹翎就能分到不少股权，想必这就是她的如意算盘。至于徐泽丰，说一千道一万，还是那句话，一山不能容二虎，因为张成铭的存在，阻碍了他的发展。只要在奇迹，只要有张成铭在，就算将来论功行赏，那也是张成铭占八，他占二。哪怕是张成铭出于感情，再让一步，顶多七三分。说白了，张成铭吃肉，他只能喝汤。

张成铭和王成顺、葛明辉、赵一风三人相识的时间并不长，可对他们三人的秉性还是有所了解的。三人皆科班出身，理科生，认死理，脑子不懂得转弯，也懒得去应付那些人情世故。他们当初选择加盟奇迹，不是因为看重奇迹这个平台，也不是因为想追随周钧韬，而是他们和张成铭“情投意合”。换句话说，这三个人在奇迹网络只认一个人，那就是张成铭。现在，张成铭不再负责安全卫士领域，他们心里有情绪也是难免的。

“他们三个人那边，我会去安抚。”张成铭摘下眼镜擦了擦，又说，“对了，泽丰走之前，我们部门的人聚一聚，一起吃个饭，也算是给泽丰送行。到时候，把老齐也叫来。”

“张哥，我发现你这个人还真是宰相肚里能撑船。要换作是其他人，遇到这种人，也许早就和老徐闹翻了。”

“这又何必呢？泽丰现在离开奇迹，不代表我和他以后没有合作的机会。许多时候，给别人留退路，就是给自己留退路。再说了，我心里真没责怪泽丰，即便分道扬镳，我们依然还是好兄弟。”

“也好，年前我跟你提到过，要介绍我一闺密给老徐。要不下次吃饭的时候，把我那闺密也带上。这件事，也拖了不少时间了。”

张成铭拍了下脑袋道：“哎，年后一忙，还真把这件事给忘了。晨蕊，要不是你提醒，我早抛到九霄云外去了。是我的疏忽，是我的疏忽。隔日不如撞日，那就带过来见见呗。”

次日，张成铭回到公司的第一件事，就是去找周钧韬。刚到老周的办公室门口，就撞见了正出门的齐文东。

“成铭，什么时候回来的？回老家待了几天，这气色可都好了不少！”

“齐总，昨天下午到的北京。”张成铭又问，“周总在里面吧？”

“在，刚才周总还跟我念叨你呢，说你怎么还没回来。人无头不走，鸟无头不飞。你现在是公司搜索业务的掌门人，你不在，工作不好开展啊。”

“齐总，不是还有你和周总在嘛。”

“两码事，两码事。要是公司大大小小的事情，都要我和周总出面处理，奇迹还怎么能够在竞争残酷的互联网江湖存活呢。该放权的时候要放权，这是一门大学问。好了，不说了，周总正在等着你呢。”

“齐总，那个……”

“怎么，还有事？”

张成铭本想告诉齐文东，再过几天，一起吃个饭，为徐泽丰饯行。稍作一想，又觉得在这个场合，说这番话，不太合适。为徐泽丰饯行，那是私事，但这里面又涉及徐泽丰辞职，这是公事。公事和私事混为一谈，从来就不是什么好事。眼下的场合，还是不要说这件事为好。

“没有……没有了……”

“成铭，你什么时候也变得神神道道的了。”

“齐总，真没什么事。”张成铭找了个理由搪塞道，“只是马上要到搜索部门上任了，一时间，我这角色还转变不过来，心里面，也没多大的底，所以……”

“成铭，边做边学嘛。干我们这一行的，大家都在摸着石头过河。你悟性这么高，我相信你能做好的。”

进了周钧韬的办公室，老周正埋头在纸上写着什么。见他进门，周钧韬一句话都没说，只是挥了挥手，示意他坐下，随后，又自顾自地在纸上写写停停。

约 10 分钟后，他才抬起头，神情像是制订了一项大计划似的，推了一下眼镜道：“成铭，公司上上下下都在等着你归位呢。现在不仅是智源科技、极光和万众对我们的搜索业务进行封杀围剿，就连一些做搜索的小公司也都冒了出来，加入了他们的阵营。咱们的处境哪，是更加危险了。”

“周总，和宏远结盟方面事宜……”

周钧韬冷笑了一下：“哼，李星河是何等聪明之人，一向善于审时度势，怎么可能会轻易选择和咱们合作呢？眼下的局势，天平是向蔡崇云和郭腾义那帮人倾斜的。因此，他李星河就更要考虑周全了。诚然，和咱们结盟，李星河能从中获取一定的利益。但与此同时，也得罪了‘三巨头’。这对尚处于韬光养晦阶段的宏远网络而言，显然不是明智之举。不过，李星河也不会一直选择韬光养晦，待到宏远羽翼丰满，肯定会开疆拓土，但不是现在。换个角度，我们和宏远结盟，最终的结盟是为了得到久一资本的 B 轮融资，现在这个目的达成了，久一资本愿意投资 3000 万美元给咱们。虽说也是磕磕碰碰，可最终还是解决了公司现金流这个燃眉之急。至于最终能否和李星河合作，边走边看吧。公司和公司之间的博弈，和两国间的外交有着异曲同工之妙。好比是鸭子浮水，表面上看是风和日丽，私底下大家都在拼了命划拉着呢。好了，不谈这个。眼下，咱们的重中之重是掌舵好搜索领域这艘大船。成铭，谈谈你的看法？”

关于奇迹搜索存在的问题，或者说，奇迹搜索一直找不到出路的症结到底在哪里，近些日子，张成铭也仔细分析过。毕竟，执掌这么大的项目绝非儿戏，不能仓促上阵。

“周总，恕我直言，从创立之初，公司的搜索领域就存在着一大问题。一直到现在，这个问题都没有解决掉。并且，是越来越严重。”

“哦，什么问题，说说看。”周钧韬故作漫不经心地问，但张成铭隐约感觉到了老周表情和眼神的微妙变化。

奇迹搜索最大的问题，是战线拉得过长，导致出现什么都想做、什么都做不好的局面。可这是老周当初亲自制订的规划，否定这项规划，就是在否定老周。否定老周，公司上上下下，没人敢去这么做。

“怎么，成铭，有顾虑？”周钧韬又问，“有什么话，但说无妨，我老周不会记你的仇的。”

“周总，奇迹搜索最大的问题，是心态浮躁和精力分散。我记得之前我在你面前提及过，公司搜索部门的员工大概有300个，300个人却要做十来个垂直项目，比如火车票、博客、BBS、衣食住行等诸多领域。相比之下，万众做搜索的人数几乎是我们的两到三倍，但他们却在集中火力做网页搜索，把网页搜索做到了极致。此外，精力分散还会导致另一种后果，做的细分领域多了，树敌也就多了。刚才你也说了，除了极光、万众和智源科技三家，其他的小公司也揭竿而起，将矛头对向咱们，这就是症结所在。”张成铭硬着头皮，道出了自己的想法。

周钧韬站起身，在办公室转了几圈，随后，突然停下脚步道：“成铭，当初我选择二次创业，进军搜索领域之时，就为奇迹定下了目标，那就是赶超万众，成为国内搜索领域的老大。换句话说，那些揭竿而起的小喽啰不足为惧，我们盯紧万众就可以了。这一点，只要奇迹在，只要搜索这个阵地在，任何时候都不会变。我反倒觉得所谓的‘三巨头’围剿，对奇迹搜索来说未必是坏事。打个比方，在一个大草原里，如果缺乏狼，羊群就会变得懒洋洋的，没有了生命力。反之，有了狼的存在，羊群会更加健康、有适应力，整个生态圈也更加完善。物竞天择，适者生存，说的就是这个道理。更何况，在这场战争中，谁是狼谁是羊还说不准呢。最近，市面上有一本非常畅销的书，叫《狼图腾》。据我所知，有不少公司都团购了这本书，学习狼群的作战之术。有空的话，你也去买本看看，非常值得一读。”

周钧韬说了一番大道理，但对张成铭刚刚发表的意见却不予评价。言外之意，他从未质疑过自己当初制订的规划是否符合奇迹搜索的现状。即便有所怀疑，他也不会说出口，更不会因此而做改变。这就是老周的本性，但凡是他做出的决定，尤其是制定的大方向，从不更改。胜，要速胜，还要大胜；输，就算是输得彻头彻尾也不打紧，大不了东山再起，从头再来。

另外，周钧韬虽没有否定之前的规划，可奇迹搜索现在面临的境地，与之前又大有不同。想必，老周的心中已经有了自己的盘算——针对“三巨头”围剿的盘算。这种盘算，极有可能是“变”，但这种“变”，是在原有规划之上的“变”，万变不离其宗。他刚才的询问，只不过是在试探张成铭罢了。倘若张成铭的建议和他的想法不谋而合，最好不过；倘若没有共同点，甚至是相悖的，那也没关系，反正最终的拍板权，还是在他手上。

张成铭掂量了一下道：“周总，有空我会买来读的。”

“成铭，多读书还是有好处的。”转了几圈之后，周钧韬又坐了下来，“局势在变，咱们的策略也要跟着变，这是我从《三国演义》中学到的。特别是B轮融资到位后，我仔细琢磨过这个问题，我决定缩减奇迹搜索的推广投入，砍流量。”

砍流量？老周玩的到底是哪一出？奇迹搜索虽深陷泥潭，更谈不上合适的盈利模式，可每天近一个亿的流量，一直是周钧韬引以为豪的，这也是他之所以能从久一资本获取B轮融资的重要筹码之一。尽管流量是虚的、是有水分的，但正如周钧韬所说，过程不重要，目的达到就行。现在砍了流量，往后，奇迹搜索靠什么存活？

难道，老周也意识到了当初决策的错误性，又不能当着公司中高层的面去承认错误，所以通过砍流量的手段，来重整这个大项目的方向？真要是如此，也并非完全是坏事。

网页搜索用70人对抗万众的近千人，火车票搜索仅仅几个人，就敢对垒酷讯，连同抗衡极光网络的中国供应商，每个领域都想染指，但每个领域都缺乏竞争力，更缺乏独当一面的领军人物。每次例会，老周不痛快了就骂人，一骂人，产品就开始改变方向，却又达不到老周的要求。下次例会，老周再骂人，就再变。但再怎么变，老周把大方向又把控得死死的。这就是奇迹搜索最大的病根，已病入膏肓。也许，老周真切地意识到了这一点。

不过，周钧韬一向城府很深，他心里头的如意算盘到底是怎么打的，不是一般人能彻底看透的。当然，张成铭对自己的定位也很明确，执掌奇迹搜索也许是次机会，但首先要学会做一颗棋子，做周钧韬手上的傀儡棋子。

“周总，我会按你的思路去执行的。”

“成铭，做互联网这一行，最主要的，是要有自己的思维，现在不都流行互联网思维这个概念嘛。所以，不能什么事情都按我的思路去办，我又不是圣人，也会有出错的时候。”

好话歹话都让周钧韬一个人说了，且说得滴水不漏，张成铭只好点了点头说：“周总，明白。”

“明白就好，明白就好。我打个电话，让史总带你去搜索部门那边熟悉熟悉情况。放手去干，大胆去干。出了什么事，我给你担着。”

“周总，谢谢你的支持。”

张成铭刚欲出门，又被周钧韬叫住了：“成铭，我听说泽丰已经决定加入万众网络，而且还要在万众负责安全卫士项目，调转枪口，对准我们。”

周钧韬终究还是提到了徐泽丰跳槽一事，尽管提得漫不经心，但远远的，张成铭却能察觉到他眼神中的冷意和杀气。

“周总，泽丰辞职一事，我放假期间就听说了。他决定加入万众的情况，我也略有所闻。”张成铭显然是被周钧韬的杀气惊住了，战战兢兢道，“至于……至于他去万众具体做什么，我也不太清楚。真的要做安全卫士，这个……”

“成铭，徐泽丰有几斤几两，我心里还是有数的。他呀，只适合给你打个下手。想要独当一面，勉为其难了。因此，不管他去万众做什么，都不足为惧。但有一点，对于那些背叛我的人，一定不会有什么好下场。迟早有一天，我会让他在这个行业待不下去。”

“周总，我看泽丰……”

周钧韬根本不让张成铭有插话的机会，继续说：“而且，我现在就让他后悔。B 轮融资到位后，我打算论功行赏，兑现创业之初的诺言，分给下面的人股权。具体的方案已经出来了。你作为公司中层的佼佼者，将分到 60 000 股。原本，我是准备给徐泽丰 40 000 股的。现在他一走，别说是 40 000 股，就连一股我都不会给他。”

60 000股意味着什么，或者说，能换取多少真金白银，一时间，张成铭还算不过来，但老周能兑现诺言，终究是好事。

与此同时，张成铭内心“咯噔”了一下，恍惚过后，深深地吸了口气。他明白，周钧韬的最后一句话，针对的是徐泽丰，更是说给他张成铭听的。毕竟，徐泽丰跳槽已成事实，并且，他在老周心中的分量远不及张成铭。张成铭就不同了，不管他是否有过跳槽的想法，又或者，徐泽丰辞职时，有没有说服过他一起跳槽，给他打个预防针，还是有必要的。再者，之前顾长青拉拢过张成铭，老周又怀疑过他是张莹的眼线一事，这个预防针就更该打了。

跳槽这回事，往往就是如此，一个人跳了，他身边的人也会跟着跳。更严重的是，一个团队都跟着走了。当初，周钧韬负气离开智源中国时，不仅带走了核心员工，还带走了核心技术，导致智源中国的业务，一直到现在都毫无起色，老周可是把这一招玩绝了。也就是说，老周是这方面的鼻祖。他现在倒好，大有置徐泽丰于死地的意思，也未免太自我了。不过，这也没什么错，作为一方诸侯，又有哪个不是自信心膨胀，自以为老子天下第一呢？老周是，极光网络的蔡崇云也是，华鼎的陈启锐就更是了。所不同的是，大佬们的表现手法和出牌方式不一样。

做棋子，还是好好地做一颗傀儡棋子吧。

14

一意孤行

“周总，有句话，不知道该不该讲……”张成铭半吞半吐道。

“成铭，有什么话，但说无妨。”

“就事论事，我个人觉得，我去负责搜索部门，让徐泽丰来掌管安全卫士是最合适的。毕竟，徐泽丰是这方面的专家，对这个项目也有着很深的感情。”

“成铭，你是觉得高强的能力还不如徐泽丰？”老周反问了一句。

反问的同时，还有潜台词。如果高强的能力有问题，那就是他老周的眼光有问题，把一个没有能力的人提到了公司副总裁的位置上。想到这一点，张成铭打住了话题。

“周总，我不是这个意思，我……”

“成铭，我看这件事就此翻篇吧。”周钧韬不悦道，“另外，还有件事，我要找你沟通沟通。有关股权分配，是件非常棘手的工作，我要照顾方方面面的情绪，争取做到一碗水端平。所以，安全卫士那几个人，你要适当地安抚情绪。你要让他们明白，公司现在的核心项目是搜索。他们分到的股权，自然比不过搜索部门的同事。”

搜索部门员工分到股权的数额要高于其他部门的员工，这在张成铭的预料之内，老周有此安排，也是合情合理，毕竟搜索是奇迹的核心业务。

“周总，我有个要求！”

“什么要求？”

“安全卫士部门的员工，该分到多少股份，我来做主。但我保证，会在你制定的框架内论功行赏。”

张成铭说这番话的本意，是出于对安全卫士部门员工的感情，是希望能帮他们争取到尽可能多的利益。就在他说的同时，周钧韬的脸上闪过一丝异样的表情，稍纵即逝，张成铭并未察觉到。他让张成铭安抚好其他人的情绪，是怕高强控制不住局面，公司内部出现混乱。谁知，张成铭竟闹这一出，股权由他说了算，传出去岂不成了笑话？

说到底，奇迹是姓“周”的，而非姓“张”。

“成铭，我看这件事，就按公司的统筹规划来吧。”周钧韬克制住情绪，声音略显生硬地回应。

“可是周总，我这么做……”

“好啦，成铭。”周钧韬加重了语气，“我给你讲个故事吧，秦始皇和白起的故事。白起是秦国的一员猛将，所向披靡。秦国一统天下时，一一灭了其他的国家，最后只剩下最难攻破的楚国。因为不赞成秦始皇的战略部署，白起抱病不出。结果呢？秦始皇杀了白起。的确，杀功臣是有错，但是，难道只有秦始皇一个人有错吗？白起就没有错吗？”

张成铭点了点头，不再言语。再愚钝的人，也能听得出来，老周是把自己比成秦始皇，把张成铭比成白起，以此暗示张成铭：不要有点功劳就沾沾自喜；真要是惹毛了他老周，后果自负。

周日晚上，徐泽丰正式加盟万众网络的前一天，由张成铭做东，邀请齐文东和安全卫士部门的原班人马吃饭，为徐泽丰饯行，地点定在金蝉南里附近的一家羊蝎子店。

张晨蕊把她的闺密也带来了，闺密名叫何佳俐。据张晨蕊介绍，何佳俐打小和她在一个四合院长大，从幼儿园到高中都在一个学校，小学和初中还同在一个班。到了大学，张晨蕊留在北京，何佳俐则去了武汉。大学毕业后，学师范出身的何佳俐去了西藏支教，一待就是一年半的时间。随后，她回到北京，经人牵线，在一家国企上班，生活和收入都相对比较稳定。论相貌的话，虽谈不上有多出众，却颇为顺眼，让人看着舒服。家境方面，父亲是一家国企的高管，母亲是一所知名大学的文学教授。

张晨蕊和何佳俐是最后到的。见有陌生人进门，徐泽丰贴到张成铭的耳根前问："成铭？这谁啊？"

"你猜！"

"安全卫士那边的新同事？"

张成铭只摇了摇头，也不做正面回应，吊住徐泽丰的胃口。

徐泽丰想了许久，又问："那到底是谁啊？"

"晨蕊的闺密。"

"晨蕊的闺密？"

徐泽丰一头雾水地盯着张成铭，像是在询问，今天的主题是在为他饯行，怎么平白无故地冒出个张晨蕊的闺密来？张成铭和他对视了一眼，微微一笑，没做任何回复，急得徐泽丰干瞪眼。

"泽丰，既然你决定辞职，万众网络这个平台也不错。其他的话，我也就不多讲了。唯有祝福你，才是最好的表达方式。"

见齐文东起身举杯，徐泽丰不敢怠慢，也跟着起身举杯。随后，两个人都将杯中酒一饮而尽。平心而论，自从跟随周钧韬征战互联网江湖那天起，作为老周的左右手，齐文东一直都挺照顾张成铭和徐泽丰的。此次变动，据史虹翎私下透露，在老周面前，齐文东也为徐泽丰争取过，只是老周主意已定，他也无能为力。因此，徐泽丰从未责怪过齐文东，即便离开，齐文东也是他值得尊重的师长和前辈。

坐定后，齐文东又感慨道：“成铭，泽丰，时间过得真快。想想上次我们坐在一起吃饭，我游说你们继续跟着周总创业，仿佛就是昨天刚刚发生的事情。一晃眼，你们两个协力把公司的安全卫士项目做得有声有色，有了今时今日成熟而又稳健的团队。只可惜，风云突变，成铭被调到搜索部门做掌门人了，泽丰跳槽到万众负责安全卫士项目了。庆幸的是，你们两个人都是去了更高、更好的平台。”

“齐总，放心，我和泽丰都不会让你失望的。”

“成铭，泽丰倒好，毕竟是去万众负责安全卫士，熟门熟路。而且，相对而言，万众的氛围要好些。我现在最担心的反倒是你。一方面，一直以来，搜索都是公司的王牌项目、拳头产品。但另一方面，奇迹搜索又是块烫手的山芋，玩了这么长时间，一直没有找到合理的定位，也没有实现盈利。产品换了一个又一个，却又转变不成实力，前景堪忧哪。”

“齐总，周总对搜索还是挺有信心的，而且思路也挺明确的。”

“我知道。成铭，你上次和周总的谈话内容，我基本上都清楚。可是，周总这个人……”齐文东的话戛然而止，转而说，“好啦好啦，今天的主旋律是为泽丰饯行。咱们哪，还是聊点儿开心的事情。指不定下次再见面，彼此就要兵戎相见了。”

齐文东的话听起来虽残酷，却是事实。既然各为其主，就要忠于各自的主子。同为互联网公司，同是一方诸侯，往后在某个领域，甚至全面开战，是在所难免的。

“齐总，商场如战场，这话不假。不过，战场归战场，该顾及的感情我还是会顾及的。”徐泽丰借着酒劲，拍着胸膛道，“齐总，要不是你和成铭，我指不定还住在六环以外阴暗潮湿的地下室呢。饮水思源，这个道理我懂。”

“泽丰，你能说这番话，我很欣慰。但是，人在江湖，身不由己。你和成铭也好，我也罢，说到底，都是别人手上的一颗棋子。许多事，我们是做不了主，或者是无力做主的。除非，咱们自己能成为一方诸侯。”

张成铭意味深长道：“齐总，等我们三个人真有谁将来成了一方诸侯了，再合作也不迟。”

“成铭，看来你是雄心勃勃啊。”

“齐总，生存，一切都是为了生存。”

从下午 6 点到 9 点半，一顿饭足足吃了三个半小时。一帮人的话题，除了互联网，就是彼此共事时发生的一些趣事。其中，就数张晨蕊最活跃了，谈笑风生，很好地把大家串联在一起。不过，何佳俐初来乍到，平日里无论在生活上还是工作上，和其他人都没有任何的交集，对互联网又是一窍不通，看样子，也并非健谈之人，成了彻头彻尾的局外人，从头到尾甚少说话。但张成铭也观察到，何佳俐的脸上一直挂着笑容，即便是不感兴趣的话题，也保持着认真聆听的状态。可见，是个极有修养的女子。

散席后，酒喝得恰到好处，每个人皆是微醺，却没有大醉。王成顺、葛明辉和赵一风三人先行离开，之后，齐文东和徐泽丰简单地寒暄了几句，又说了几句祝福的话，也告辞了。待一一道过别，只剩下张成铭、徐泽丰、张晨蕊和何佳俐四人。张晨蕊和何佳俐在前，张成铭和徐泽丰在后，四个人向地铁走去。

等到前后有了一定的距离，张成铭掏出“中南海”，递给徐泽丰，并帮他点上。

徐泽丰大为吃惊地问：“成铭，你什么时候也抽上了？”

“知道你好这一口，专门为你准备的。”

“成铭，一个人抽烟太寂寞，要不你陪陪哥们儿。”

“那我就舍命陪君子了，反正我不抽，也要被你的二手烟污染。据说，这二手烟的危害比抽烟还要厉害，那还不如我也抽，咱们互相污染。”说着，随着清脆的打火机声响，张成铭也点上烟，“泽丰，咱们都是大老爷们儿，老是你陪我，我陪你的，总归不像那么一回事。咱们哪，都该找个伴了。”

“怎么，这次请长假回家，家里又催婚了？”

“能不催嘛，你呢？”

“我也差不多，皇帝不急太监急，我妈几乎是三天两头一个电话，过问我的终身大事。你说说看，我这还没在北京城站稳脚跟呢，哪有心思谈婚论嫁啊。就算有这个想法，哪个姑娘愿意跟着我一起吃苦，一起住出租房，一起攒钱买房子，一起还房贷呢？现在的姑娘，都现实得很。”

“泽丰，你可不能一棍子打死一大片。再说了，你现在的事业正蒸蒸日上，是只不折不扣的潜力股。”

“成铭，得了吧。股票这东西太扯淡了。”

“好啦泽丰，我也不跟你兜圈子了，前面那姑娘怎么样？”张成铭打了个冷嗝，轻声问。

“你说晨蕊带过来的这个闺密何佳俐？”

张成铭点了点头，并用眼神询问着徐泽丰。

“挺好的，温文尔雅，一看就是个有教养的姑娘。”

“那就是感觉还不错喽！”

“什么……什么感觉还不错？”徐泽丰像是明白了张成铭的真正意图，连忙摆手道，“这……这完全是两码事，感觉这东西，不是说有就有的。”

“泽丰，实不相瞒，何佳俐是晨蕊特地带过来的。去年年底，晨蕊跟我提及过，打算把她的一个闺密介绍给你。年前、年后一大堆的事情，一直抽不出时间给你们两个搭桥牵线。所以，就趁着给你饯行的机会，把何佳俐也请来了，先让你们俩打个照面，彼此有个印象。”

固然，徐泽丰是到了该谈婚论嫁的年龄了，但在张成铭面前，他从未承认过这一点。一来，正如他一直所强调的事实，“北漂”尚未成功，同志仍需努力。婚姻是什么？婚姻和爱情不同，爱情可以义无反顾、海枯石烂，可婚姻的本质，是两个人一起实实在在地过日子。过日子的前提是需要“面包”。没有了“面包”，即便双方的感情再好，那也是空谈。根据目前的收入状况，徐泽丰尚不能为“另一半”提供“面包”，或者说，足够多的“面包”。另外，作为一个理想主义者，徐泽丰心目中的婚姻，是寻求和爱情的平衡点。换言之，就是先有爱情，再有婚姻。并且，他心中是有人的。这个人，不是别人，正是朝夕相处的张晨蕊。他喜欢张晨蕊身上的那股子气息，喜欢她的一举一动、一言一行、一颦一笑。在这之前，张晨蕊对他是否有意，徐泽丰心里是没底的。因为，张晨蕊对身边的每个男人都差不多，当成哥们儿来看待。可何佳俐是张晨蕊介绍给他的，间接地表明，张晨蕊心里是没有他的。当然，也存在着另外一种可能性：张晨蕊是以此来刺激他。转念一想，这种可能性又是微乎其微的。毕竟，生活不是电视剧，一向愿为朋友两肋插刀的张晨蕊，不可能会这么做。

想罢，徐泽丰的心中又平添了几分惆怅和失落，整个人也一下子清醒了过来。

“成铭，你和晨蕊的好意我心领了。但感觉这东西，不是说有就有的。而且，我之前就说过很多次，近几年，结婚还不在我的人生规划之中。”

“泽丰，你是不是心里有人了？”

张成铭看似无意的问题，让徐泽丰的心中再次泛起了涟漪。迎面吹来一阵风，他越发地清醒，再次点上烟，琢磨是否应该将内心的真实想法告知张成铭。

约半支烟的工夫，他郑重地点了点头：“是的，成铭，我心中是有人了。而且，是早已经有人了。”

“什么？”张成铭张大着嘴巴，半晌才问，“谁啊？怎么从未听你提到过？”

徐泽丰也不说话，用手指头指了指张晨蕊的背影。张成铭循着他的手势望去，差点没叫出来。

他正想接着问徐泽丰，正巧，到达地铁入口处的张晨蕊转过身：“张哥，老徐，那我和佳俐就先走了，改天再见。”

说完，她身旁的何佳俐冲着张成铭和徐泽丰腼腆一笑，算是道别。

张成铭在背后推了一把徐泽丰，示意他不管将来成不成，好歹也要送送何佳俐。

徐泽丰愣了愣，跟着张成铭走上前，打了个招呼，目送着张晨蕊和何佳俐进了地铁站。

等她们二人的背影远去，张成铭长舒了口气："泽丰，看来你的终身大事不用哥们儿我担心了。只是我个人觉得，这个何佳俐是真心不错。"

"成铭，既然你觉得不错，那你就收下吧。"

"泽丰，你以为这是在农贸市场买菜啊。况且你也知道，我心里是有人的。"

"知道，当然知道。这样，成铭，我们做笔买卖怎么样？"

"买卖？什么买卖？"

"你替我保守秘密，我充当你在万众网络的眼线，随时向你汇报陈雅琳的情况。"

"成交！"

提到陈雅琳，张成铭心中五味杂陈。之前，她在美国，自己在北京，隔着整整一个太平洋，即便想见面，也是空想。现在，两个人同在一座城市，但那又如何呢？彼此关系不明确，不清不楚，又各忙各的事业，想见上一面都难，就更别提谈情说爱了。而且，就算见面，陈雅琳似乎也是在有意回避感情一事，让他心里直抓狂。

想着，他暗自一笑，自己比徐泽丰也好不到哪里去，同病相怜啊。甚至于，自己的处境比徐泽丰还要尴尬：人家徐泽丰是暗恋，在没有表白前，该怎么和张晨蕊相处就怎么相处；自己呢，是明恋，陈雅琳心里也清楚，可就是不捅破那层窗户纸。

再过一段时间就要大学同学聚会了。同学会的主旋律是叙旧，是忆往昔峥嵘岁月稠。叙旧，就免不了会伤感一番。这是契机，那种气氛，也不是其他场合所能比拟的，应该抓住机会，当面向陈雅琳来一次深情告白。

离别前，张成铭又说："泽丰，有件事，我想有必要跟你说一声。B 轮融资到位后，老周已经在公司内部进行股权分配了，我拿到了 60 000 股，你本来也可以拿到不少，只是你正巧跳槽到了万众。所以，就错过了这次机会。"

“成铭，有失必有得，我挺喜欢万众这家公司的，也挺喜欢现在的生活状态的。”

“好，你喜欢就好。”

张成铭回到住处，冲了个澡，已近晚上 11 点。回到卧室，他从书柜里抽出《硅谷之火》，拿掉书签，打算继续往下研读。《硅谷之火》是黎卫国介绍给他的互联网从业者的经典读物，为从业者详细介绍并分析了硅谷互联网巨头公司的故事，极具国际视野。从珠海回来后，张成铭又买了一本《异类》，学习该如何寻找互联网风口，顺势而为。反倒是周钧韬之前极力推荐的《三国演义》，被他遗落到书柜的角落。张成铭才刚翻几页，就接到了张晨蕊的来电。

“张哥，还没睡吧？”

“没呢，正在看《硅谷之火》呢。”

“哎哟，张哥，级别高了，境界也跟着高了，都看《硅谷之火》了。你不怕让老周知道你不看《三国演义》，而去看《硅谷之火》，给你穿小鞋啊。”

“不至于，老周的心胸不至于这么狭窄。”张成铭换了个姿势，“晨蕊，有什么话，你尽管问吧？”

“张哥，我想问什么，你心里应该清楚。”

“总体来说，泽丰对你那闺密的印象还可以。不过，泽丰说没眼缘，没感觉。”

“张哥，你的意思是说，接下来还有戏。感觉这东西，可以慢慢培养的呀。我那闺密对老徐还是挺上心的。我相信，只要老徐稍微下点功夫，两个人就能走到一起。这种事，你总不能让一个女生主动去开口吧。”

“接下来有没有戏，我可不敢打包票，一切都看缘分。有些人注定有缘无分，有些人注定是彼此生命中的过客。夫妻这回事，我信天命，冥冥中早就注定好的。是你的总归是你的，不是你的强求也没用。”

“张哥，你这是什么歪理啊。要真是命中注定的，世界上哪来这么多感人至深的爱情故事呢？”

“晨蕊……”张成铭的语气一下子变得严肃起来，“也许……也许……”

关于徐泽丰对张晨蕊有意一事，张成铭差点脱口而出，但最终还是克制住了：一来，他答应过徐泽丰要严守秘密；二来，就算是试探，现在也不是机会。万一说出了口，或者说漏了嘴，张晨蕊有所察觉，怕搞僵了她和徐泽丰的关系。

“张哥，你到底想说什么啊，吞吞吐吐的。”

“没什么，没什么，能不能成，最终还是要看泽丰和你那闺密。我们能做的，就是在一旁帮衬着。”

“那是当然，现在又不是封建社会，咱们又不是他们两个人的家长，总不能包办他们的婚姻吧。”张晨蕊自顾自笑道，“对了，张哥，刚才我和我姐姐通电话了。她问我了，说张成铭在新的岗位上适应不适应？奇迹搜索最近有没有什么新的动静？”

不愧是姐妹俩，张晨蕊模仿起张莹的腔调，还真是惟妙惟肖，直逗得张成铭忍俊不禁。

“张哥，你是知道的，我最讨厌我姐姐说话时的口吻了，颐指气使，整个一个慈禧太后。”

很快，张成铭的脸上就恢复了平静。他在珠海时，曾和张晨蕊通过电话。张晨蕊告诉他，等他放完假回来，张莹想见他一面。截止到现在，张成铭的生命中有两个贵人，一是周钧韬，二是张莹。周钧韬给了他重新进军互联网行业的平台，张莹则把他扶上更高的平台。周钧韬给了他一个点，张莹则为他提供了跳板。回想彼此第一次见面时，张成铭正站在人生的十字路口，要么继续跟着周钧韬东山再起，要么自己创业，迷茫得很。正是张莹的指点迷津才让张成铭豁然开朗，才笃定了将来的路该怎么走。之后，久一资本成了奇迹网络 B 轮融资的合作方，张成铭又成了她极为器重的一颗棋子。作为合作条件之一，张成铭开始执掌奇迹搜索。

放假回到北京，张成铭既要处理徐泽丰辞职造成的余波，又要稳住安全卫士原班人马的军心，另外还要适应崭新的角色。单就这几项工作就已经让他分身乏术，实在是挤不出时间去拜访张莹。等再过上几天吧，奇迹搜索这边的工作稍稍顺手了，再去约张莹也不迟。

四天后，周五下午，张成铭尚未联系张莹，张莹反倒主动给他打来了电话。收到张莹的来电时，张成铭正在开会——公司的内部会议，与会者皆是奇迹的中高层。周钧韬喜欢开会，三天一小会，五天一大会；偶尔灵光一现时，也不管是什么时候、什么天气，都会召集麾下的将士们开会。张成铭跟随周钧韬也不是一天两天了，对于这种情况早已习惯。

这次会议，老周主要定下了四件事。第一，奇迹搜索调整方向，主打减少推广费用和砍流量这两张牌。因之前老周和他通过气，张成铭也没觉得惊讶，更没有任何的异议。

第二，调整部分员工的工资，尤其是张成铭的工资，从原先的八千块钱涨到了一万二千块钱。从表面上看只上涨了四千块钱，并不多。实际上，却是天壤之别，另有玄机，绝非枯燥的数字那么简单。八千块钱，是奇迹中层员工的工资线。中层往上，就是高层，高层的工资大多在一万五千块钱到一万八千块钱之间。也就是说，多年的资历，再加上执掌奇迹搜索，张成铭在周钧韬心目中的地位，比中层要高，比高层要略低。奇迹网络这个王国，周钧韬是当之无愧的国王。周钧韬之后，便是齐文东和高强，他们二人是老周的左膀右臂。相比之下，齐文东的地位要略高于高强。这就好比金庸笔下的《倚天屠龙记》中的杨逍和范遥，杨逍为光明左使，范遥为光明右使，是教主阳顶天的左右护法，杨逍的地位要稍高于范遥。齐文东和高强之下，是 CTO，也就是公司的首席技术官史虹翎。再往下，便是张成铭了。如此论资排辈，张成铭坐上了奇迹网络第五把交椅的位置。调整工资之外，老周还公布了股权分配的方案。股权具体的分配，也是按照每个人的职务和级别来定位，也算是公平。唯一不公平的，是搜索部门员工分到的股权，是其他部门员工的近两倍。可当着老周的面，谁也不敢发作。一发作，到手的股权，都有可能被老周收回。既然如此，还不如不说。

第三，鉴于业界其他公司也在开拓安全卫士项目，奇迹在这个领域要保住优势的同时，应继续加大各方面的投入。在尚未物色到合适的带头大哥时，安全卫士领域依然由高强负责。奇迹成立之初，在庞大的构架之中，安全卫士是鸡肋项目，搜索才是王牌。现在，安全卫士在相对比较宽松的环境下生根发芽、开花结果，而搜索却陷入了泥潭。即便如此，老周也从未在公开场合表扬过安全卫士的团队，给这个项目点过赞、加过分。如果没记错的话，这应该是第一次。不管如何，这是好事，说明老周开始重视安全卫士这个项目。不过，老周的话也说得很巧妙。按理说，错估了安全卫士的前途、低估了团队的实力，是他决策上的错误，但他却说，是出于竞争和危机感，才决定把安全卫士项目提到更高的高度。老周这出戏，演得无声无息，是在给自己找台阶下。

第四，面对极光、智源科技和万众的围剿，绝不能退缩，该硬碰硬的，就和他们硬碰硬。同时，要学会避实就虚，兵不厌诈。只要熬过了这一关，奇迹离上市也就不远了。

一场会开下来，周钧韬给公司的中高层打足了鸡血。再次提到上市，是为稳住军心。上市意味着股权能够兑现成真正意义上的真金白银，意味着千万富翁，甚至亿万富翁。老周总是在适当的时候，时不时地抛出这个诱饵，吊住麾下大将们的胃口，不仅抛得开，更是抛得妙。

既然老周选择了一意孤行，下面的人也只好抱着不撞南墙不回头的勇气，与他并肩作战。

开完会，张成铭回到办公室，锁上门，拨通了张莹的电话。与先前负责安全卫士部门不同，掌舵搜索领域后，张成铭有了属于自己的办公室。这是公司高层才有的待遇，也是老周亲自拍的板，算是给张成铭破了例了。

说是办公室，其实就是一个小隔间，面积不过五平方米左右。但麻雀虽小，却五脏俱全，且被张成铭收拾得极为精致。红木色的办公桌、黑色的办公椅，再配上白色的简易书柜。书柜旁边，还放着一张茶几和一个小沙发。

张成铭喝了口茶，屁股刚贴上沙发，电话那头就传来了声音。

“成铭，我还以为你把我忘了呢。”

“张姐，抱歉抱歉，放假回到北京后一直挺忙的，忙着接手搜索业务板块，忙着开各种会议，忙着处理各种关系。所以，别说是抽时间去拜访你，就连现在给你打电话的时间，都是硬挤出来的。就在刚刚，公司内部还在开中高层会议。”

“成铭，我了解，我了解。刚刚接手这么大的部门，鱼龙混杂的，单是人际关系这一项，就够你喝一壶的了，忙是正常的。我约你见面，也没什么重要的事情，就是聊一聊。我看就明天吧，我查过天气预报了，明天天气不错，是个大晴天。明天晚上，咱们见个面，具体的地点和时间，我晚上发短信给你。”

张莹的语气虽客套又柔和，却又柔中带刚，带着一贯的强势。她只通知张成铭明天晚上见面，也不问他是否有事冲突。张成铭眼珠子转了转，确定没有其他事情冲突后，才道：“好，张姐，明天见。”

15

暗中做局

次日下午，因张莹约的时间是晚上 6 点半，地点距离住处又比较远，张成铭特意提前两个小时出了门。刚到公交站台，天气预报就和他开了个不大不小的玩笑。老天爷说变脸就变脸，原本的艳阳天突然变得阴云密布，乌云滚滚。伴随着几声闷雷，电光石火之间，天空倾倒下了滂沱大雨。好在公交站上方有个遮雨的帐篷，要不然，张成铭早就被淋成落汤鸡了。

为了去见张莹，昨天下班之后，张成铭可是专门去西单买了身衣服。他原本是打算穿西装的，可仔细一考量，又觉得不合适：其一，西装过于正式，张莹说了，只是找他聊聊，没必要潜意识地把气氛营造得这么紧张；其二，现在是春天了，穿西装既太热，又不合时宜。所以，经过一番挑选，张成铭买了一件格子 POLO 衫和蓝色的夹克衫，总计 300 块钱。

从负责安全卫士到掌舵搜索领域，张成铭的收入增加了不少，跻身高级白领之列，但即便是月收入过万，想要在北京生存，还远未到随意出入高级购物广场的层次。于是乎，西单便成了他添置新衣的首选之地。

周末，又逢暴雨，公交站台人满为患。张成铭好不容易挤上了车，在后排有了立足之地。他刚站稳，手机就响起了，摇摇晃晃地拿出手机一看，是徐泽丰的来电。

“泽丰，我正在挤公交呢，有事？”

“成铭，向你透露个情况，我在万众待了几天，发现你的梦中情人陈雅琳和万众负责搜索业务的翟永波走得挺近的。而且，公司上上下下都在传，他们两个人的关系不简单。”

张成铭的脸色犹如天气一般，瞬间晴转多云，整个人仿佛一下子被掏空了，大脑一片空白。

“成铭，成铭，你没事吧？”徐泽丰连续在电话中叫了几声他的名字。

“没事，公交车上人多，先挂了。”

陈雅琳和翟永波的关系不简单。张成铭上次在电影院和他们偶遇时，就已经看穿了，尽管陈雅琳只说他们是普通的同事关系。理性上，张成铭不想自欺欺人。可感性上，他更愿意相信那是误会，相信陈雅琳对自己依然是有感情的。问题是，人家公司上上下下都在传，那就更不简单了。一个是张问天的私人助理，一个是万众王牌项目的掌门人，真要是什么事情都没有，下面的人敢私下议论吗？

许多时候，传言和事实，只有一步之遥哪。

张成铭越往下想，心里越是堵得慌，如同憋了气的蛤蟆一样，又想蹦又想叫。直到到了海淀香山附近，下了拥挤的公交车，他才长长地出了口气。此时，天空的雨也变小了。

昨晚，张莹给他发来了见面的时间和地点，时间是“明晚6点半”，地点并未明确给出，只有门牌号，却没有具体的名称。张成铭一通好找，再打电话询问张莹，在周围兜兜转转了一大圈，才在一条胡同尽头看到了张莹的影子。眼前，是一幢不起眼的四合院，躲在树荫下，平添了几分神秘感。更令张成铭感到诧异的是，门口竟站了四个安保人员。他们一律穿着黑色的西装，个个身材彪悍，如同美国电影里的保镖似的。不远处，张莹正在朝他挥手，张成铭急匆匆地走上前，叫了声张姐。

与平时的职业装打扮不同，张莹今天的穿着也比较随意，藏青色的小西装，配上黑色的跨裤，时尚而又不失端庄。简单地打过招呼后，张成铭跟着张莹进了四合院。院子里有一座假山，假山周围是仿造江南风格的小桥流水，里面更是别有洞天，且装修得极为精致。张成铭的心情，则如同刘姥姥进了大观园一般，拘谨而又好奇。四合院的内部构造像是个迷宫，要不是张莹在前面带路，没准就找不着北了。

估摸着 5 分钟后，两个人进了一个小包厢。包厢的装修是藏式风格。服务员倒上茶之后，也不说话，知趣地退了出去。

张莹做了个请的动作，微笑道："成铭，尝尝这里的酥油茶，地道的西藏口味。"

张成铭对茶一向不讲究，或者说，他还没到讲究茶的层次，那是有钱人玩的品位。不过，酥油茶是西藏的特产，他还是知道的。品过一口后，他只觉得味道怪怪的，谈不上好喝，也不能说不好喝。

"怎么，不喜欢酥油茶的味道？要不让服务员给你换换？"

"张姐，不用了，喝几口就习惯了。"

"成铭，你有个优点，那就是适应能力强。"

"张姐，人贵在有自知之明。许多时候，不是我的适应能力强，而是没得选择。"

"成铭，人在江湖，身不由己嘛，你我都一样。"张莹知道张成铭想说什么，却并未顺着他的话往下说，转而问，"成铭，你一定很好奇，这是什么地方吧？"

"是的，张姐，从进门到现在，我满脑子都是问号。你再不说，我都快憋死了。"

张成铭发现，张莹的身份和地位虽高出他好几个级别，但与张莹对话，却让人感觉舒适得很，不紧张，偶尔还能开个玩笑，调节气氛。不像在周钧韬面前，别说是放个响屁，就连喘口大气都战战兢兢的。

“成铭，这是个私人会所，我是发起人之一，大概有 40 个会员。这些会员，绝大部分是北京城风投界的精英。此外，还有不少互联网公司的掌门人。”

“私人会所”，这还是张成铭第一次听到这个名词。当张莹报出几个人名时，他更是张大着嘴巴，两眼发光。这些人可都是圈内的显赫人物。与此同时，张成铭也琢磨起了组建这个会所的原因，无非就是提供一个平台，实现极少数人的资源和信息共享。另外，还可以加强生意上的合作和利益捆绑。

资源和信息共享，听起来很空泛，实则却极为关键。互联网时代的战争，信息战的地位将变得越来越高。从某种意义上而言，谁能掌握第一手信息，谁就能赢得战局。两个例子。第一例，当初，万众把某国际巨头扫地出门，靠的就是信息战。之后，万众才迎来真正的春天，成为国内搜索领域的老大，并在美国上市，市值高达几十亿美元。第二例，一向有“独裁者”之称的陈启锐，在华鼎上市之后，趁着新浪内乱在二级市场突袭新浪，成为新浪的第一大股东。关于信息战的重要性，张成铭早有意识。

“张姐，这里的会员都是大咖，入会费应该不低吧？”

“每年 50 万元。不过，并不是你每年拿出 50 万元就能入会的，会所对会员的审批制度极为苛刻。今年年初，有个在北京经商的温州人，做的是不锈钢生意，身价怎么着也得上亿吧，可还是被会所挡在门外了。”

“张姐，能进入这样高级别的会所，看来我今天是大赚一笔了。”

“成铭，言归正传。你接管奇迹搜索之后，大大小小的事情我也都听说了，包括你们昨天开会的内容，周钧韬为奇迹搜索制定的大方向。我听说，你对此是有异议的？”

“张姐，也谈不上有什么异议。周总是老江湖了，对大局的把控在业内又是有口皆碑的。既然他已经拍了板了，我所能做的，就只剩下拥护和支持了。”

“成铭，你变成熟了。一个人，能意识到自己所处的位置，也就是所说的自知之明很重要。”

"张姐，你说得没错，我要做一颗好棋子。"

"成铭，你是周钧韬手中的一颗棋子。在周钧韬尚不能独当一面，奇迹网络尚未上市之前，周钧韬又何尝不是别人手上的一颗棋子呢。即便是将来上了市，面对股权纷争，他也未必能控制得了局面。门口的野蛮人和创始人之间的内斗，是一门大学问。"

"张姐，这些我都明白。只是……只是……让高强来负责安全卫士，我有些接受不了。"

"理由呢？"

"第一，高强对安全卫士不了解。这种不了解，有技术上的，也有运作上的。安全卫士刚刚步入正轨，却来个临阵换将，我怕这个项目会黄掉。第二，高强是个工于心计之人。这一招，放在搜索领域，或者整个公司，是可以的，但安全卫士却不行。这是个极为纯粹的团队，万一有人不愿听从高强的使唤，愤然出走，损失将是惨重的。这个团队的成员虽不多，却个个都是精英啊。"

"成铭，也包括你多年的好搭档徐泽丰吗？"张莹又问。

用设问和反问引出问题，或者把问题抛给对方，这是张莹一贯的说话方式。尽管有些问题的答案，她早已了然于胸，甚至比对方还要清楚。此种火候，是浸淫职场多年才练就的境界。

张成铭点了点头："是的，徐泽丰的出走，就等于安全卫士折损了一员大将，我怕会因此产生多米诺骨牌效应。"

"成铭，那我再问你，在你看来，周钧韬让高强这个副总裁去负责安全卫士，用意是什么？"

"平衡，一切都是为了平衡。高强是老周的左膀右臂，是嫡系老臣。我抢走了高强的位置，老周自然会拿出相应的东西来弥补他。还有，高强将徐泽丰踢出局，也并非工作上的原因，而是报私怨。"

两个人聊着，菜也一道一道地上来了，皆是地道的藏族菜，虽谈不上精致，却极具特色。有几道，是在北京花钱都未必能买得到的。另外，张成铭还发现，每次服务员进门，上过菜、简单地介绍过菜名后，便快速地退了出去，在门口听候吩咐。稍一琢磨，他似乎悟出了其中的道道。如此高档的会所，会员皆是有头有脸的大人物，彼此的谈话，要么是高度机密之事，要么是大宗生意。所以，隐秘性很重要。

“成铭，徐泽丰辞职去万众一事，木已成舟，咱们就不去做评论了。”张莹又倒上一杯热气腾腾的酥油茶道，“咱们哪，还是来谈谈高强负责安全卫士一事吧。刚才你已经说了你的观点，不过，我却不这么看。如你所说，高强是周钧韬身边的元老，又是公司的副总裁，让身份如此显赫之人来掌舵本不被看好的项目，不恰恰说明周钧韬对安全卫士的重视吗？你再想想看，昨天的会议，周钧韬可是明确提出要大力发展安全卫士的。”

张成铭仔细一咀嚼，觉得张莹的话确有几分道理，而且也合乎周钧韬的个性。老周是处心积虑之人，又不愿承认误判了安全卫士的形势，所以早早就做了安排。而自己之前的判断，主要是受到了徐泽丰辞职一事的影响。说白了，是感情用事。妙哉，妙哉！他每次和张莹谈话，总有醍醐灌顶的感觉。最微妙的是，许多话张莹不会直说，而是点拨你，让你自己去思考、去领悟。

“张姐，你这么一说，许多事我还真是想通了。”

“想通了就好，想通了就好。成铭，那咱们就来谈谈另外一件事情。我记得你在加盟奇迹之前，内心有过挣扎，是继续跟着周钧韬混迹互联网江湖，还是自己去创业。为此，当初你还来找过我融资。我想要了解的是，你现在是否还有这样的想法。我希望这个问题你能慎重回答，告诉我你内心的真实想法。”

张成铭本想尝尝刚上来的爆焖羊羔肉，张莹突然发问，他手中的筷子僵持在了半空中。思索许久，他笃定道：“张姐，待到时机成熟，我一定会选择创业的。”

“好，很好。”张莹不禁鼓起了掌，“成铭，说实话，我原以为你当初只是一时冲动，早已把创业一事抛之脑后了。不过，什么叫时机成熟呢？时机不是等来的，而是主动争取来的。”

张成铭听得出来张莹是话中有话，也不插嘴，继续盯着张莹的嘴唇。

“成铭，第一次咱们见面时，我曾说过，我的投资理念很简单，看项目，更看人。你对互联网的热爱以及品行人格，我都是非常看好的。互联网行业有许多个分支，这还不包括一些尚未被发掘出来的分支。单就现在的分支而言，安全卫士成为大热门是大势所趋。这个分支，肯巴网络是老大。不过，近些年，肯巴一直高高在上，缺乏危机感。没有了危机感，竞争力也就相应地被削弱了。也就是说，如今的肯巴卫士养尊处优，只是表面上看似强大罢了。除去肯巴卫士，奇迹因涉及安全卫士比较早，又有个不错的团队，因此实力不容小觑。但想要和肯巴卫士掰掰手腕，实为蚍蜉撼大树之举。此外，诸如万众和宏远等巨头，也筹划着在安全卫士领域大展拳脚。也就是说，奇迹安全卫士只是占得了时间上的先机，如果止步不前的话，极有可能被万众和宏远等巨头超越。”

张成铭依然有些不解：“张姐，你的意思是说……”

“成铭，你是这个领域的专家。如果将来选择创业的话，何不拿安全卫士作为切入点呢？”

“张姐，我一没有资金，二没有团队。现在谈创业，为时过早了。”

“人无远虑必有近忧，既然你决定创业，就该早早地布好局。资金方面，我一定会鼎力支持。至于团队，我相信凭你的人格魅力，身边一定能够聚拢不少的人才。”

“张姐，此话当真？！”

“成铭，我一向说一不二。但还是那句话，你必须要提前布好局。所谓的‘布局’，其实也是在给自己留后路。不仅要布局，而且要暗中布局，让尽可能少的人知道。等到你真决定离开奇迹那一天，再去找后路，就太迟了。”

“不知张姐有何高见？”

“你之前不是注册了一家互联网公司嘛。我想，现在可以拿出来做做文章了。最近，我得到一条消息，卡斯这款杀毒软件你应该知道吧？”

“知道，当然知道，国际上数一数二的杀毒软件。”

“为进军中国市场，卡斯俄罗斯总部正在寻求合适的大中华区代理公司。我和卡斯的高层有着不错的交情，所以我希望你能以这家公司的名义拿下卡斯中国区的代理权。资金和公关方面的问题，我会帮你解决。作为交换，我们久一资本将持有你名下这家公司的股份。至于是多少股份，咱们再议。当你学会高瞻远瞩时，眼前的这些蝇头小利都算不了什么。”

张莹的层层剥茧和因势利导，换来的是一块大大的馅饼。并且，馅饼如此之大，完全出乎张成铭的意料。可是，即便这么大的馅饼摆在面前，张成铭心里头还是有所顾虑。他的顾虑，很大程度上和周钧韬有关，总觉得背地里这么做，是对老周的不忠，是不光彩之举。毕竟，老周刚刚给了他奇迹 60 000 股的股权。

“成铭，生意场上是该谈感情，但过于重情重义，是成不了大事的。”张莹一眼就看穿了他的心思。

“张姐，容我考虑考虑，怎么样？”

“没问题，但凡事都该有个度。我给你半个月的时间，半个月之内，你必须给我一个明确的回复。否则，过期不候。”

“明白！”

离开时，已近晚上 9 点，张莹又饶有兴致地问：“成铭，你知道我为什么会喜欢藏式风格吗？”

张成铭摇了摇头，笑称不知。

“我喜欢西藏，我希望等我老了，能去西藏生活，无牵无挂，无忧无虑，心无旁骛。不过，是否真的有那么一天，现在还是个未知数。”说着，张莹嘶嘴一笑，“说白了，我既是个现实主义者，也是个理想主义者。想要在两者之间找寻平衡点，难哪。毕竟，绝大多数人都是凡夫俗子。”

出了会所的门，不知何时，雨已经停了。张成铭抬头一看，天空挂着皎洁的月亮，正对着他微笑，他顿时心情也舒畅了许多。在胡同口和张莹道过别，因过了末班车时间，张成铭选择了打车回家。一路上，他都在琢磨着张莹刚才的话。如果答应她，万一被老周察觉到不对劲的地方，后果可大可小。他的脑海里不自觉地迸出老周前几天针对徐泽丰跳槽一事说过的狠话：对于背叛我的人，绝不轻饶。倘若拒绝张莹，等于眼睁睁地看着千载难逢的机会从指尖溜走。

还有，张莹为何会再次选择自己呢？真的是所谓的人品和个性，以及对互联网的一腔热血吗？显然，这些是不够的。如果不够，还有什么呢？作为一名久负盛名的投资人，张莹的眼光确实有独到之处。投资人而非投资项目的策略，张成铭也是赞成的。但不管是投资人还是投资项目，归根到底，是这个项目或者人是否能够给你带来利益，尽可能多、尽可能大的利益。对此，无可厚非，张莹也已经说得很明确，这是一笔交易，交易完成后，久一资本将是这笔交易的幕后推手。

直白地说，这并非一道判断题，而是选择题：是选择继续充当周钧韬的棋子，还是改为做张莹的棋子。不同的选择，将决定张成铭不同的人生方向。

16

故伎重施

因有心事，张成铭一宿都没睡好。第二天早上，他又睡了个回笼觉，醒来差不多已经是中午10点。起床换上衣服后，隐约闻到一阵阵香味从门缝中钻入。打开房门一看，厨房的柜台上摆满了菜，海鲜、肉类和蔬菜，应有尽有，黄献芬正在里面张罗着。

“献芬，你准备了这么多菜，今天是什么日子啊？”

“老大，昨天下午，春花给我打了个电话，说是今天中午要过来吃饭。一来，是好久没和我们见面了，心里怪想念的。二来，她考上研究生了——北京大学的英语专业，想出来走走，放松放松。”

“春花够牛的啊，说考研还真的考上了，还是北大的研究生。只要好好地磨上几年，出来前途可比咱们都要光明。”张成铭惊叹道，随后，又露出狡黠的笑容，“献芬，需不需要我回避，给你们制造二人世界的浪漫气氛？”

黄献芬和欧阳春花曾在一个团队干过，又在一个屋檐下住过。黄献芬是个技术男，欧阳春花则是个才女，两个人也算是郎才女貌，彼此心生好感，在所难免。只是他们各自的年龄不大，工作不稳定，尚不到谈婚论嫁之时。再加上欧阳春花选择了一门心思去考研，彼此在一起的时间也就少了。因此，尽管心怀好感，但谁也没有将那层薄薄的窗户纸捅破。

张成铭暗叹，窗户纸，自己和陈雅琳之间，又何尝不是隔着一层窗户纸呢？有时候，窗户纸的存在，是美好的，让人有个念想，未尝不是好事。一旦捅破了，也许一切都将化成泡影。

张成铭的话，直问得黄献芬脸上红一阵白一阵。

“老大，不用，真不用，我……”

“献芬，咱们哪，一切尽在不言中。我洗漱完后，一个人去旁边的书店转转，中饭一个人在外面对付着就行。这个大大的电灯泡，我就不做了，免得大家都尴尬。”

“老大，那就……那就谢谢你了……”

“献芬，你和春花真要是成了，到时候记得请我喝喜酒就行。”

“一定，一定。”

北京城的四月，中午的太阳渐渐变得毒辣。北京城的春、秋两季是短暂的，短暂得如同一壶茶，当你回味时，它已经过去了。反之，冬、夏两季则格外漫长。刚入春，便有了夏日的气息。秋天前脚刚到，冬天后脚就跟来了。

张成铭租住的小区附近，有一家大型新华书店，是他周末主要的消遣场所之一。买几本轻松读物回家，泡一壶茶，坐在阳台上翻阅，亦是人生一大快事。不过，这样的机会并不多，周末的大部分时间，他都耗在了加班上。就算有时间看书，他看的也是一些枯燥的、与互联网有关的工具书。

正如张莹所说，一个人想要在现实主义和理想主义中找寻平衡，绝非易事。最起码，这需要一个大前提——能实现经济上的完全自由。只有经济上的独立，才能做你想做的事情。否则，一切都是扯淡。

每次来书店，张成铭的第一选择，是来到精美散文区转转。他希望通过美好的文字来激励自己、鞭策自己，时刻保持对生活的热情，以及对未来的憧憬。

其次，他会选择小说，以历史小说和官商类小说为主。读历史小说，可以以史为鉴，通过某些历史事件和现实相结合，规避某些风险。读官商类小说，学习为人处世之道的同时，还可以学到不少的商业理念，也就是所谓的“干货”。当然，书有好有坏、有优有次，关键要看如何去选择、去取舍。

张成铭正在翻阅一本《胡雪岩传》时，手机振动了一下。但凡来书店，为不打扰别人看书，他都会将手机调至振动模式，这是对别人的尊重，也是自身的修养。他拿出手机一看，屏幕上显示的是陈雅琳的名字。张成铭放好书，快速来到书店二楼安全通道的楼梯口，才按下接听键。

“成铭，在忙？”

“没有，在书店里呢。”

“成铭，看来你是立志要做一块海绵，尽可能地吸收各种养分了。”因楼道口的空间狭窄，陈雅琳的声音在他的耳边不停地回荡着。

这种声音，如同涓涓细流，流进张成铭的心田，极为美妙。退一万步讲，即便注定他和陈雅琳是有缘无分，偶尔能听到她的声音、见到她的人，也是心满意足之事。

“对了，成铭，同学会的时间定下来了，4 月 20 号晚上 6 点，国贸饭店。另外，所有的费用，由我们北京籍的同学平摊。”

在张成铭的记忆中，4 月 20 号是个特殊的日子，令他刻骨铭心的日子。八年前，正是这一天，他和陈雅琳确定了恋爱关系。那天晚上，是“老猫”毛飞跃生日，一众好友在学校南门附近的一家川菜馆吃饭。席间，大家喝了不少酒，一直喝到晚上 11 点。散席后，“老猫”和其他人去 K 歌了。陈雅琳身体不适，张成铭五音不全，于是，张成铭便扮演起了“护花使者”的角色。那一晚，互生情愫的两个人足足在学校里逛了一个多小时。最后，张成铭把陈雅琳送到女生宿舍楼下时，做了表白。陈雅琳因一直对他有好感，也没多做矜持，当场就答应了。第二天，因遭受风寒，陈雅琳发了高烧。那段时间，张成铭又是送药又是送饭的，风雨无阻。很快，两个人的感情就升了温，坠入爱河。

陈雅琳和“老猫”是此次同学会的共同发起人，她选择这一天开同学会，是巧合，还是有意而为之？如果是巧合，那就没什么可想的了。倘若是有意而为之，那就不同了，说明陈雅琳心里还是有自己的，她想通过这一敏感时间，向自己暗示什么。不过，也有另外一种可能性，陈雅琳只是借此缅怀青春罢了。毕竟，现在她身边，有了翟永波。

“成铭，你没事吧？”

“没事，楼道里信号不太好，我找个宽敞的地方。”说着，张成铭将手机从左手换到了右手，“雅琳，这恐怕不妥吧。我觉得还是参加同学会的所有同学AA制好了，因为包括我在内，我们班有不少同学毕业后都留在了北京打拼。我们这些人虽不是北京户口，但好歹也算是半个北京人。这么做，我怕有些同学会误会，误以为发起人在歧视他们。”

“成铭，你的心思还是这么缜密。这一点，是我和‘老猫’的疏忽，回头我和他再合计合计。要不，我把你也推荐进同学会的筹备委员会，多个人出谋划策总归是好事。况且，你一向主意就多。”

张成铭本来就忙，除了睡觉，一天几乎没有多余的时间。按说，实在是挤不出时间去加入筹备委员会，可一想到能增加和陈雅琳见面的次数，他还是点头答应了。

“没问题，我愿意略尽绵薄之力。”

“好，周三晚上，筹备委员会会开个碰头会，在‘老猫’的家里。到时候，我把地址发给你。”

“好的。”张成铭刚想道别，话到嘴边，又改了口，“对了，雅琳，徐泽丰在万众还适应不？”

“成铭，安全卫士是万众的新进项目，我们张总的意思，是打算把它当成一个长期的项目来做的。不过，我们张总不急，不求马上就可以换来丰厚的回报。有搜索做后盾，我们耗得起。这个行业就是如此，只要耗得起，大方向又是正确的，或多或少都会熬出名堂来。所以，徐泽丰的处境，比你当初在奇迹做安全卫士要轻松许多。即便做最坏的打算，这个项目做黄了，对万众的冲击也不大。至于徐泽丰在万众能混到什么级别、担任什么样的职务，现在还不好判断。我和他接触过一两次，也拿他和你做过比较，发现和你相比，他身上缺了点什么。可真要让我去说缺什么，我也形容不来。”

“雅琳，日后还希望你能多多关照徐泽丰。”

“成铭，我们万众和你们奇迹不同，没那么多的人情世故，取而代之的是严格的奖罚制度。只要你有能力，就能升。反之，就会降。除了以张总为核心的创始团队，每个人屁股底下的位置都不保险，包括我。”

“明白。”

周三中午，张成铭正在办公室研究着刚刚出炉的数据。执掌奇迹搜索后，每天查看各方面的数据，成了他的必修课。庞大的数据库中，张成铭最为关心的还是流量。自从周钧韬的策略发生变化后，流量正呈现下滑的趋势。虽说这种趋势不明显，但在张成铭看来，这是一种不良的信号。在尚未形成核心竞争力之前，奇迹搜索是靠流量存活的。再者，有“三巨头”的围剿，奇迹搜索的处境更是险恶。如果流量直线下降，老周手上的王牌部队就有垮掉的危险。一旦奇迹搜索垮掉，整个奇迹网络都会跟着遭殃。三年之内上市的口号也会沦为空谈，甚至成为业内的笑柄。

另一个问题是，周钧韬在行业内的名声本就不太好，再加上群雄攻伐的局面，各路的媒体也一拥而上，将枪口对准奇迹网络，只唱衰，不唱好。

关于数据方面的隐患和媒体的口诛笔伐，张成铭向周钧韬汇报过，并提醒老周适当地进行危机公关。可老周的表现却极为淡定，并说：“古今中外，能成大事者，遭受非议，再正常不过。他们不是要‘围剿’咱们嘛，咱们就来个‘反围剿’，寻求突破口，杀出一条血路来。成铭，你想想看，当年毛主席万里长征时，不也是困难重重吗？结果呢，打破了蒋介石的多次围剿。最终，红一、红二和红四方面军胜利会师了嘛！”

危机公关，首先是要有危机感。如果没有危机感，就不需要去公关。此事在张成铭看来是危机，且是很大的危机，但在老周眼里，却不值得一提。老周主意已定，他也就不好多做辩论。

张成铭正看得入神，张晨蕊古灵精怪地闯了进来，一屁股在他的对面坐下。

“张总，您现在是日理万机啊！”

张成铭笑了笑，放下手头上的文件：“什么张总不张总的，你还是叫我张哥听着顺耳。”

“那可不一样，私底下我也乐意叫你张哥，可这是在公司啊，该怎么叫还是得怎么叫，不然就乱了规矩了。更何况，你现在的身份的确是变了，除去老周、齐总、史总，还有那个高强，公司上上下下就属你的地位最高了。名副其实的五把手，位高权重哪。”

“得了吧，晨蕊，你不要再给我戴高帽了。再戴高帽，我就真可以飘到天上去了。”而后，张成铭冲上一杯咖啡放在张晨蕊的面前，轻声问，“安全卫士那边的团队，最近没什么情绪吧。”

徐泽丰一走，高强亲自坐镇，张成铭对于安全卫士部门发生的一切，只能关注，不能发表任何的议论，更不能有非议和干预了。在周钧韬的眼皮子底下做事，手伸得太长是大忌。在他和徐泽丰的精心运作下，奇迹的安全卫士项目已渐入正轨，可以肯定的是，只要大方向不变，这个项目将大有可为。张成铭现在最担心的，是人心散了。人心散了，就没了凝聚力，沦为一盘散沙。别说是追赶肯巴卫士，稍不留神，就会被万众和宏远等巨头超过。

因此，张晨蕊很好地充当了他在安全卫士眼线的角色。

“张总，这人的情绪嘛，都有个过渡期。一旦这个过渡期过了，就会趋于平稳。”张晨蕊站起身，背着手，摆出一副心理学家的姿态，又说，“放心，张总，只要有我在，安全卫士内部就不会出什么大乱子。要真说有情绪，还是老周的股权分配，搜索部门的员工比我们多那么多，这不明摆着搞内部歧视嘛。”

还没等张成铭接话，张晨蕊又说：“张哥，不开玩笑了，差点把正事忘了。这个老徐到底是怎么回事啊？前几天，我把他的联系方式给了我那闺密何佳俐。佳俐放下了身段主动联系他，可他呢？不冷不热，爱答不理的。要么喜欢，要么不喜欢。喜欢就继续发展，不喜欢就到此为止，就当是朋友间吃了顿饭，也没什么。不管如何，总该拿出个态度来吧。”

俗话说得好：“男追女，隔层山；女追男，隔层纱。”何佳俐家境和自身条件都还算不错，却能主动联系各方面条件都不如她的徐泽丰，这说明她对徐泽丰是有意的，最起码是有好感的。

何佳俐和张晨蕊是发小兼闺密，何佳俐对徐泽丰有意，徐泽丰的意中人是张晨蕊。三个人的关系，还真是乱。

“晨蕊，泽丰刚到万众入职，又牵头负责一个新的项目。你也知道，他这个人事业心又强，做起事来经常是没日没夜的。所以，你要理解他。”

“张哥，我理不理解他是小事，关键在于，一而再，再而三如此，我那闺密怎么能理解他。忙归忙，回个信息、吃个饭的时间总归是有的。女人的第六感告诉我，老徐是有意在回避此事。”

“这个，改天……”

张成铭正欲往下说，敲门声响起了。他赶紧说了声“请进”，进来的是齐文东。

见到齐文东，张晨蕊收敛了不少，端端正正站着，微微一笑。张成铭则跨步上前问：“齐总，有事？”

“成铭，紧急会议，周总的意思。”

胜，不妄喜；败，不惶馁；胸有惊雷而面如平湖者，可拜上将军！在公司内部，齐文东一向是以稳健而著称，甚少出现慌乱的情况。在张成铭的记忆中，有且仅有一次，那就是当时的大可被智源科技收购后，整个公司都充斥着不良的情绪，齐文东也被感染了。今天却不同，张成铭分明看见齐文东的脸上挂着豆大的汗珠。按说，北京城虽有入夏的意思，但早晚温差依旧大，远未到炎炎夏日之时。

张成铭心头顿时一紧，跟着齐文东出了门，三步并作两步到了周钧韬的办公室。

他和齐文东进门时，高强和史虹翎也在沙发上坐着。

“欺人太甚，简直就是欺人太甚！他蔡崇云和郭腾义还真拿自己当个人物了！想一统江湖，没门！”老周重重地捶了下办公桌，愠色道，“我倒是想看看，他们两个有什么本事，能一棍子把我老周打死。他们还真拿我老周当傻子啊，我才不上他们鬼子的当呢！”

见周钧韬动了怒，张成铭也不敢坐下，战战兢兢地在一旁站着。聆听加消化，他大致猜测到了老周火气如此之大的缘由，想必是智源科技和极光联手出了什么招，打了老周一个措手不及。不过，令他疑惑的是，自从接手奇迹搜索之后，张成铭一直致力于两件事：一是紧跟周钧韬的步伐，扮演好一颗棋子的角色；二是知己知彼，百战不殆，了解极光、智源科技和万众的一举一动。蔡崇云和郭腾义有动作，而且看似动作不小，他怎么就没有察觉到呢？

周钧韬稍稍平复了一下情绪，见张成铭依然还站着，挥了挥手道：“成铭，你先坐下。大概的事情，老齐、高强和史总都知道了。现在，我再简单地跟你说说。”

张成铭选择半个屁股在齐文东的旁边坐下，然后，抬头用专注的眼神望着周钧韬。听罢，他才理清了事情的来龙去脉。

事情的起因，是一个电话——蔡崇云打给周钧韬一个电话。自打离开智源中国之后，老周和蔡、郭二人的关系就从盟友变为了敌人，彼此断绝了联系，还曾在网络上打过嘴仗。不过，三个人皆是行业内的大佬，平时参加各种互联网会议时，难免会撞见。最起码，在媒体面前，三个人依然是以朋友相称的。对于当时的分道扬镳，也只是用理想不同来解释。蔡崇云突然的来电，颇让老周惊讶。当蔡崇云说完他的意图，老周则是从惊讶变成了愤懑。蔡崇云的意思很明确，并未拐弯抹角，希望极光能够收购奇迹的部分股份，并成为奇迹的大股东。而且，出价还不低，8亿美元，占股51%。51%是一条线，代表着控股权。一旦交易完成，奇迹就该改朝换代了。

在周钧韬看来，蔡崇云并非诚心诚意来谈这笔生意，而是来挑衅的。弦外之音是，奇迹实力不济，根本比不上极光，极光也完全有实力和充足的现金流去吞并奇迹。老周是何等高傲之人，哪受得了如此带有羞辱性的挑衅！

更何况，对于蔡崇云的故伎重施，周钧韬不可能再去主动入套。当年，大可作价1.2亿美元卖给智源科技，智源科技又将大可转卖给极光一事，是永远刻在老周身上的一道伤疤。这道伤疤，与钱无关，更重要的，是关乎面子。

讲述完毕，周钧韬又问："成铭，说说你的想法？"

"周总，这个……"

跟随周钧韬闯荡的前期，张成铭是个直言不讳的愣头青。不管是大会还是小会，有什么想法就说什么。渐渐地，他发现这其实是极为愚蠢之举，一来容易得罪人，二来老周不喜欢这一套。

什么时候该说什么，不该说什么，该说到什么程度，都是一门大学问。当你拿捏不准火候时，要尽量少说，甚至不说话。

斟酌再三，张成铭道："周总，我个人认为，蔡崇云此举，是在扰乱我们的军心。其实，蔡崇云心里也清楚，即便他出价再高，你也不可能把控股权拱手让人，关键是这个人还是蔡崇云。所以，蔡崇云的目的，就是让我们急，急得乱了分寸，甚至为此改变战术。"

周钧韬边听着边若无其事地点了点头："成铭，你认为我们该如何应对？"

周钧韬的再次发问，可算是难倒了张成铭。所谓的难度，倒不是他不知该如何回答，刚才在深思熟虑时，他的心中已经有了大致的答案。真正的难度在于，任何事都该有个主次之分和尊卑之别。论职务，齐文东、史虹翎和高强都要高于自己。按理说，应是他们三个先发表看法。可眼下呢，只有自己和老周之间的对话。齐文东和史虹翎倒没什么，怕就怕高强有想法。

“成铭，你才是奇迹搜索的负责人，蔡崇云针对的是奇迹搜索，有什么想法尽管说。”

得到周钧韬的首肯后，张成铭才小心翼翼道：“周总，我的应对之策很简单，将计就计。既然蔡崇云要跟咱们谈收购，咱们就跟他谈……”

高强打断道：“什么什么？跟蔡崇云谈收购？成铭，我说你这出的是什么馊主意啊。”

“先让成铭把话说完！”周钧韬呵斥道，“成铭，你接着往下说。”

“跟极光谈收购，是表面功夫。实际上，我们私底下该怎么做还是怎么做，有条不紊，按部就班。蔡崇云不是要扰乱咱们的军心嘛，我们就来个反干扰。”

“明修栈道，暗度陈仓！”周钧韬不紧不慢吐字道，“成铭，你分析得在理，就这么办。”

听老周表扬起了张成铭，高强心中颇为不爽，涨红着脸，像憋足了气的气球，活脱脱的一个小丑。但当着周钧韬的面，他是万万不敢发作的。

张成铭诚惶诚恐地点了点头，不再多做言语。

“另外，还有两件事，我跟你们说道说道。”周钧韬往前迈了一大步，站在窗前，“第一件，之前，行业内都在流传，‘三巨头’围剿奇迹搜索。现在看来，万众是陪衬，极光和智源科技才是主角。蔡崇云和郭腾义本就是一条绳子上的蚂蚱，就不用我多说。至于万众，我猜张问天的心里，只是配合蔡崇云和郭腾义罢了，他本身是不愿意参战的。张问天更大的心思，是希望放在刚刚起步的安全卫士的项目上。第二件，安全卫士已成为兵家必争之地，虽谈不上是大领域，但只要做精、做细，还是大有前途的。万众已经搭建了安全卫士的框架，并挖了徐泽丰掌舵。此外，一直处于韬光养晦状态的宏远，也正准备着试水这个领域。万众做安全卫士，是为了辅助它自身的搜索业务。也就是说，不管怎么玩，张问天手上的王牌都是搜索。而且，就算是安全卫士做砸了，也影响不到万众的主业。相比之下，宏远比万众更有潜力，也更具优势。宏远的产品线中，有一款聊天软件。据目前检测到的数据，这款软件的用户量 2 个亿左右。

这是个非常庞大，也是非常恐怖的数据。一旦宏远涉足安全圈，完全可以和这款软件实现无缝对接，自然而然地融入宏远的整个大构架中。因此，除去坐稳头把交椅的肯巴卫士，作为后来者，宏远对奇迹安全卫士的威胁，要远大于万众，我们要随时做好双线作战的准备。”

“周总，宏远那边，我会盯着的。”史虹翎表态道。

“虹翎，我要的就是你这句话。在任何时候，即便是面临的处境再危急，我希望听到的，是下面的人的肯定回答，而不是疑问。好啦，你们都回去各忙各的吧，成铭一个人留下来就行。”

周钧韬竟然要单独留下自己谈话，张成铭不禁在心中捏了把汗，顿生如坐针毡的感觉。

待齐文东、史虹翎和高强出了门，周钧韬故作轻描淡写地问：“成铭，听说你前几天和张莹见过面？”

张成铭瞬间脑子一蒙，从沙发上站了起来。

“成铭，你别紧张，先坐下，有话慢慢说。我没其他的意思，只是问问而已。”

“是的，周总，我和张莹是见过一面。”张成铭连忙辩解道，“不过，是张莹主动约我见的面。刚开始，我是不想去的。可是，考虑到久一资本现在是奇迹的投资方之一，张莹本人又是奇迹 B 轮融资的幕后推手。贸然拒绝，总归不像那么回事。她找我，也没有特别重要的事情，只是照例询问了奇迹搜索的近况。”

虽心中慌乱，但张莹建议他买下卡斯中国区的代理权一事，张成铭是断然不敢说的。说了，就等于自己拿把刀，架到了自己的脖子上。

“成铭，这些投资人，别看你需要资金的时候，他们个个都是天使。一旦持股你所在的公司，他们中的绝大部分都会脱下天使的外衣，换上魔鬼的面具。并且，是吃肉不吐骨头的魔鬼。”

“周总，我明白，我明白。”

“你明白就好，好了，出去做事吧。”

17

郊外别墅

出了周钧韬的办公室，张成铭依然心有余悸，再摸了下额角，尽是汗珠。他不禁暗自兴叹，幸好刚才稳住了局面，没露出马脚，也没有说漏半句话。否则，后果可就严重了。

但即便如此，自己还是做不到临危不乱、处变不惊。看来，心理素质这东西，还真不是一朝一夕能练成的。换句话说，想要争霸一方，成为一方诸侯，好的心理素质是必备条件。张成铭接触过的业内大佬并不多，主要是没机会。没机会的深层次原因，是资质尚浅，不够格。要说有，无非就两个——周钧韬和黎卫国。相比之下，周钧韬的心理素质要次于黎卫国。周钧韬是火，看似凶猛，却过于刚烈，过了头，就容易引火自焚。黎卫国是水，看似平常无奇，却蕴含着无穷的力量。相对应的，黎卫国的成就也要略高于周钧韬。

张成铭之所以心有余悸，倒不是担心周钧韬知晓他和张莹见面一事。这种事，纸是包不住火的，唯一的区别，是时间上的迟早。这方面，他已有心理准备。令他惶恐的是，周钧韬明知此事，却只是如同蜻蜓点水般掠过，没去深入问，这可不是他老周的风格。如此一来，张成铭就多了几分遐想和忧虑，老周到底知道多少？其他的，都无关紧要，关键在于卡斯中国区的代理权的信息。要是老周真知道了，他又该如何应对？

对于徐泽丰的“叛变”，老周可是在张成铭面前放出过狠话的。如果将来自己也“背叛”了，老周势必会用同样，甚至更为毒辣的手段来对付自己这个他眼中的叛徒。依老周的能耐，想要干掉自己，那就如同大象碾死蚂蚁一般，分分钟的事情。

回到办公室，张成铭锁上门，把自己一个人关了起来。窗外，春意盎然，大街小巷上都充斥着生机勃勃的景象。春天，是播种的季节。春天的播种，是为了秋天有所收获。再次回到北京，张成铭的确收获了不少东西，加盟奇迹网络，在相对宽松的环境下，将安全卫士带入了正轨。与此同时，他又遇到事业上的贵人张莹。在张莹的运作下，他跻身奇迹网络高层，掌舵搜索部门，并有希望拿下卡斯中国区的代理权。接下来，只要不犯什么大错误，只要奇迹网络一上市，他就可以成为名副其实的千万，乃至亿万富翁。按徐泽丰的话来说，这可是光宗耀祖之事。

但是，扪心自问，这些真的是自己想要的吗？显然不是。自己回到北京的初衷，是为了创业。为了创业，也曾找张莹融过资，结果，被无情地拒绝。最终，他听从了张莹的建议，先加盟奇迹这个平台好好磨炼磨炼，待到时机成熟，再去谈创业一事。时机成熟，什么样的时机才叫成熟的时机呢？还有，自己现在所做的一切，到底是离创业越来越远，还是越来越近呢？唯一让自己看到希望的是，张莹愿意暗中资助，帮助自己拿下卡斯中国区的代理权，为将来创业铺路。不过，这真的是希望吗？说白了，自己的角色无非是从周钧韬的棋子，变成了张莹的棋子。

对的，棋子。

如何做好一颗“棋子”，是张成铭一直在探寻，一直在学习的功课。其实，从明确给自己定位的那天起，他就已经在试着磨去身上的一些棱角——那些容易扎到别人的枝枝蔓蔓，学会更圆滑、更世故。可江山易改，本性难移。在某些时候，枝枝蔓蔓总是会不自觉地冒出来，扎到别人的同时，也扎到了自己。戴着面具做人固然辛苦，可这也是个破茧成蝶的过程。熬过去了，你就成了蝴蝶；熬不过去，依然是个茧。

还有，做周钧韬的棋子与做张莹的棋子，还是不一样的。做周钧韬的棋子，如同傀儡，丝毫没有任何的主动权。做张莹的棋子则不同，她只负责为你搭桥牵线，剩下的绝大部分都由你来做主。

选择周钧韬是一条路，选择张莹是另外一条路。但人生要走的，无非就是一条路，并把这条路走稳了、走踏实了。所以，张成铭必须要在周钧韬和张莹之间做出选择，尽管艰难，也不得不做出选择。

所谓人生，又何尝不是一道选择题呢?

当初，陈雅琳赴美留学时，曾希望张成铭一道去，并且所有的费用都由她的父母来出。结果，张成铭拒绝了，留在了北京，这是一次选择。再后来，周钧韬决定东山再起时，他又放弃了家乡的稳定工作，和父亲闹翻，执意回到北京跟随老周。现在，他又一次站在了人生的十字路口，要么朝左，要么朝右。一次又一次的选择，决定着不同的人生方向。

但有一点，只要决定了，就要义无反顾地朝前走。

不知不觉中，张成铭已连续抽了两支烟。他一向没有烟瘾，不过最近一段时间，办公桌的抽屉里总是放着一包“中南海”。一是他现在的身份与以前不同了，尽管张成铭不以为然，但这却是事实。职务高了，下面管的人也多了，进出他办公室的人也就多了。搞互联网这一行，特别是那些技术男，一天下来，不知道要死多少脑细胞，且工作极为单调，面对的都是一堆枯燥的数据。时间久了，难免会压抑，需要发泄点。因此，不少人30岁不到，烟瘾就很重。当这些烟民来办公室汇报工作时，给他发根烟，也算是拉近距离的一种方式。男人之间就是如此，一根烟，一杯酒，关系就近了。二是，自己压力大或者苦恼的时候，张成铭也会点支烟抽抽。但这样的情况并不多，一个星期下来，也没几根。像今天这样，连续抽两根，还是头一回。

刚掐灭烟，张晨蕊又闯了进来。

她捂住鼻子，显然是被呛着了，连续咳嗽了几声，指了指办公桌上的烟灰缸问："张哥，你什么时候也抽上烟了？"

"偶尔，只是偶尔。"

张晨蕊再一看，发现张成铭表情阴沉，又问："刚才不会是被老齐叫过去，挨老周的批斗了吧？"

"没有，没有，谈了点事而已。"张成铭转移话题道，"晨蕊，你找我有事？"

"张哥，大概 5 分钟前，老徐总算是给我那闺密回了条短信。气人的是，他竟然很直白地说，他对我那闺密没有好感。"张晨蕊义愤填膺道，"张哥，你说说看，有他老徐这么说话的吗？就算是没好感，也要说得委婉些，佳俐毕竟是个女孩子。再说了，他真要是保持这种说话方式，往后我可不敢再给他牵线了。就算他打一辈子的光棍，我也不掺和了。你说佳俐多好的姑娘啊，正宗的北京人，有稳定的工作，家境又不错。他徐泽丰有什么啊，除了一份看似像模像样的工作，其他的什么都没有。他要是娶了佳俐，将来不知道要少奋斗多少年。这点他怎么就没想明白呢？简直就是鼠目寸光。非得要什么感觉，感觉能当饭吃吗？"

张成铭知道张晨蕊心里有气，因此，任凭她埋怨，也不打断，脸上始终挂着微笑。与此同时，他暗叹道，晨蕊啊晨蕊，你这番话真要是让泽丰听到，他该有多伤心啊。你心里有气，发泄出来，也就没什么了。泽丰呢，却是爱在心口难开，明明对你有意，你却把你的闺密介绍给他，他心里必定堵得慌。

待她撒完气，张成铭倒上一杯凉白开，放在她面前："晨蕊，先喝口水，解解渴。"

"张哥，你给评评理，有老徐这么办事的吗，气人不气人？"

"晨蕊，如果，我说的是如果，你的家人给你介绍了一个对象，各方面的条件都不错，但你对他就是没有感觉，你会嫁吗？”张成铭反问道。

“那……那当然不会……”

“这不结了嘛，换位思考，泽丰的做法也没错，只是说话方式上有欠妥当罢了。”

“那倒也是。”张晨蕊眼珠子转了转，“我也没责怪老徐的意思，只是站在我闺密的角度，替她打抱不平而已。”

张成铭笑了笑，话里有话道：“晨蕊，许多事，并不是你想的那样。在事情没有结果之前，存在着许多的变数。这些变数，就是我们平时所说的如果和也许。当你看到结果时，或许会大为诧异。”

“张哥，你什么时候说话也喜欢饶舌头了，让人听不明白。”

“晨蕊，佛曰：不可说，一说就错。”张成铭故作高深状。

“好了，打住。”张晨蕊做了个停止的手势，“你忙，我先走了。”

下午，离下班尚有一刻钟，张成铭接到了陈雅琳的电话，说是已经在来奇迹网络办公楼的路上，让他准备准备，下楼等着，然后一道去“老猫”毛飞跃的家里。

张成铭收拾好心情，下了楼。刚到楼梯口，就看见了陈雅琳的那辆红色奔驰跑车。再一看，陈雅琳正和一个少妇在院子里聊天。少妇背对着他，背影有些熟悉。张成铭快步走上前，有意咳嗽了几声。待少妇转过身，才发现原来是史虹翎。

“史姐，雅琳，你们……”

“成铭，我和雅琳是老朋友了。”史虹翎笑道，“好啦，不打扰你们老同学聚会了。雅琳，我们改天再约，一起吃个饭，或者一起去做个 SPA 放松放松。”

“史姐，现在可是敏感时期。咱们见面，你就不怕老周有意见？”

“雅琳，工作是工作，生活是生活。老周是我的老板不假，但也不能剥夺我的私人空间啊。我想去哪里，想和谁做朋友，想和朋友做些什么，那都是我自己的事情。”

“史姐，你这么想，恐怕老周不是这么想的吧。你是知道的，老周这个人，一向占有欲很强的。”陈雅琳的话，透着弦外之音。

“雅琳，你这张嘴巴，可是越来越刁了。”

史虹翎走后，张成铭依然一头雾水地呆立着。史虹翎和陈雅琳居然是老朋友，自己怎么就不知道呢？而且，看她们聊天的方式，彼此的交情应该不浅。史虹翎没在自己面前提及，也许是出于工作上的原因，很正常，但陈雅琳为何从来不提呢？

看来，现在的陈雅琳还真不是当初的那个陈雅琳了，越来越让人看不透了。

等他缓过神来，陈雅琳已经为他开了车门：“成铭，我想，你现在肯定是满脑子的问号。有什么问题，上车再问吧。”

张成铭“哦”了一声，稍作迟疑，上了车。陈雅琳熟练地发动跑车，挂好挡，踩下油门，驶出了院子。

上了高架桥，她才问：“成铭，你一定想知道我和史虹翎是怎么认识的吧？”

“是的。”张成铭点了点头，又说，“不过，我更想知道的是，你为什么从来没在我面前提及过史虹翎。毕竟，我在奇迹上班，她又是奇迹的首席技术官。我们见面，也不是一次两次了。”

“成铭，你不会是为这件事生气了吧？”陈雅琳不解地问，继续说，“刚才你也听史虹翎说了，工作是工作，生活是生活，何必把工作和生活混为一谈呢？我和史虹翎只是私下关系不错罢了，工作上没有冲突，也没有合作过。而我们俩几次见面，也几乎很少谈及工作。既然如此，又何必提到她呢？”

张成铭对陈雅琳的陌生，不仅在于彼此分别多年，更重要的是，彼此在许多事情上持有的理念不同。有些事，在张成铭看来是大事，在陈雅琳眼中却是小事，微不足道。也许，她在刻意保持彼此间的距离。又或许，这和她在国外生活多年养成的习惯有关。

“雅琳，我也没别的意思，只是觉得好奇而已。”

陈雅琳嘬了嘬嘴：“那好，我现在就为你解开这个谜题。”

原来，早在三年前史虹翎和陈雅琳就认识了。当时，陈雅琳刚从美国学成归来，通过激烈的竞争，加盟万众网络，成为张问天的私人助理。而史虹翎，则远在千里之外的广东，是宏远创始人李星河麾下的一名女将。那年春节前，在张问天和李星河两位大佬的推动下，万众和宏远组织过一次交流会，地点在北戴河。万众方面由陈雅琳负责，宏远方面则由史虹翎牵头。两家公司的精英，足足在北戴河待了十天。就是在那次交流会上，两个人建立了深厚的友谊。再后来，听闻史虹翎有离开宏远的打算时，陈雅琳曾多次飞到广东，三顾茅庐，游说史虹翎加盟万众。最终，史虹翎在万众和奇迹之间，选择了奇迹。

“成铭，我这么一说，你心里的谜底应该可以解开了吧。”

“嗯，还真是应了那句话，互联网这个行业，说小不小，说大也不大。”

“但有一点，我和史虹翎相处，忌讳谈工作，对方公司的一些事情就不会去谈了，这是我们彼此心中的一条线。”

“自从史姐加盟之后，奇迹的变化是挺大的。尤其是在她的推动下，奇迹迅速完成了产品经理制。而且，在公司内部，她是个互联网百晓生，既深谙构架的搭建，对于搜索和安全卫士等细节，也有着很深的认识。”

“那是当然，毕竟史姐是跟李星河混过的人。互联网的第一次浪潮过后，李星河是行业内真正的构架大师之一。能与李星河相提并论的，无非就是三个人，风头正盛的‘独裁者’陈启锐，外加极光的创始人蔡崇云和我们张总。即便是你们老周，在格局上也要略输一个档次。史姐颇受李星河的器重，又深得我们张总的赏识，必定有她的过人之处。”

“女人能做到史姐这个份儿上，实属不易啊。”张成铭称赞道。

陈雅琳唏嘘一笑：“成铭，做女人难，做女强人更难啊。表面上的光鲜亮丽，不知道背后要付出比男人多多少倍的艰辛和苦楚。”

张成铭随口一问：“雅琳，你想成为一名女强人吗？”

“成铭，野心无罪。人活着，就该有奔头。既然有机会成为女强人，又何妨一试呢？”

张成铭原以为，再次与陈雅琳相遇，只要给彼此的感情稍稍加加温，两个人就会越走越近。现在看来，自己和陈雅琳，仿佛在朝两个不同的人生方向走去。又或者，陈雅琳已经走得太快、太远，自己已追不上她的脚步了。

“是的，人各有志吧。”

沉默，长时间的沉默。

不知何时，陈雅琳打开了车载CD机，里面正播放着张国荣的《路过蜻蜓》。上大学时，陈雅琳是狂热的张国荣迷，张成铭本着爱屋及乌的原则，也看了不少张国荣的电影，听了不少张国荣的歌。《路过蜻蜓》是他们二人的最爱，即便是五音不全的张成铭此时也跟着哼了起来。

大约一个小时后，车子下了高架。张成铭定睛一看，已经是五环外，北京城的郊区。前方，是一片开阔地，一幢幢独栋别墅隐约可见。别墅的周边，是一个偌大的人工湖，如同天然屏障一般。车子接近别墅区时，陈雅琳放慢了车速，并说：“‘老猫’的家就在这里。”

毕业没几年，“老猫”住上了大别墅，名利双收，自己却仍然怀揣创业的梦想，为生计奔波着。这人和人之间的差距，还真是大。

别墅区的安保极为严格，车子到了门口，陈雅琳报上了“老猫”家的房号，待确认身份之后，保安才准予放行。

“成铭，住在这个别墅区的人，可都是大人物。”陈雅琳边轻车熟路地打着方向盘边介绍道，“有京城风投圈的大佬、各跨国公司中国区的负责人，还有就是互联网行业的巨头们。我们张总就住在这个小区，听说极光的蔡崇云和智源科技的郭腾义也在这里买了套房子。不过，他们的大本营在杭州，几乎很少在这里住。其实，我要说的是，从表面上看，住哪里不重要，但由此产生的圈子效应却很重要。这圈子效应可是一笔无形的财富。”

圈子效应的道理，张成铭岂能不知。前些天，张莹带他去的那个私人会所，就是圈子效应的典范。可一个人的圈子，其决定因素，还是自身的身份和地位。打肿脸充胖子的伎俩，迟早是会被揭穿的。

“雅琳，你呢，现在住在哪里？”

张成铭对陈雅琳大部分的记忆，停留在毕业前后那个时间区间。他记得陈雅琳一直是和她的父母同住的，住在某高档小区。他还记得，上大学时，有一次晚上送陈雅琳回家，陈雅琳又一向怕黑，于是，他打算把陈雅琳一直送到家门口。可到了门口，他却被保安拉住了，说是要等陈雅琳的家人确认身份后才能放他进去。那天晚上，他见到了陈雅琳的父母，还到她的家里坐了坐，是第一次，也是唯一的一次。

再次相逢，算上第一次的偶遇，两个人总共也就见过三四面，通过几次电话。关于对方的家事，谁也没提及过。追根溯源，现在两个人的关系不同了。上大学时，他们之间有爱情，爱情之外，还有一份浓浓的亲情。这份亲情，是彼此四年朝夕相处培养起来的。因此，情侣之间聊聊各自的家庭情况是很正常，也是很温馨的美妙之事。现在不一样，再去问，再去谈，反而会冷了场面。

“我呀，现在是四海为家，想住哪里就住哪里。”

“四海为家？”

“没错，四年前，我父母来美国看我，带我去黄石公园旅游时发生了车祸，他们两个人都离开了。回到北京后，为避免勾起伤心往事，我极少住在家里，在外面租了个单身公寓住。你也知道，我从小就怕黑，有时候在公司加班晚了，就直接住在附近的酒店，也挺方便的。”

陈雅琳的语气很平淡，仿佛是在叙述发生在别人身上的惨剧一般，但张成铭瞥见，她的眼角，分明泛着泪花。这种泪花，有对生命无常的喟叹，更有对亲人的思念。

此时此刻，张成铭真想张开双臂，紧紧地拥抱陈雅琳，最终，还是克制住了。

“雅琳，怎么从来没有听你提到过这件事呢？”

“过去了，都过去了。既然已经过去了，就没什么好提的。”车子停稳后，陈雅琳抬头看了下天窗，尽量不让眼泪流下来，“不说了，‘老猫’家到了。”

“老猫”毛飞跃的家，在别墅区的西北角，挨着人工湖。门铃声响起，来开门的是一名外籍女佣。陈雅琳用英语交流之后，带着张成铭来到了别墅的后花园。毛飞跃正站在花园里，身着宽松的运动服，打着太极，一招一式，绝非假把式，如同一个太极高手。见到陈雅琳和张成铭，他做了个吐纳动作，欢笑着迎上前：“成铭，欢迎，欢迎到舍下做客，我们可是好多年没见面了吧。”

“是的。”张成铭顿了顿，又说，“毕业之后，就没再见过。”

同学情，战友谊，是最真挚的。老同学见面，本是让人开心之事，可面对眼前的毛飞跃，张成铭却不知该如何称呼，像以前一般叫他“老猫”，似乎过于轻蔑。今时不同往日，如今的毛飞跃好歹也算是个有头有脸之人，再叫“老猫”，不合适，可如果称呼他为“毛总”，又觉得生分。

毛飞跃先是请张成铭和陈雅琳坐下，为他们泡上一壶茶，而后，挽上袖子道：“成铭，雅琳，一转眼，你们两个可都成了IT界的精英了。”

“‘老猫’，在你面前，我和成铭可不敢自称什么精英。在京城的风投圈，你‘老猫’可是大名鼎鼎的人物。”

陈雅琳和毛飞跃的重遇是在美国。当时，陈雅琳正在美国留学，突然有一天，接到了一个陌生电话，对方自称是毛飞跃，正在华尔街办事，约她见个面。那次见面之后，两个人一直保持着联系。不过，“老猫”行事极为低调，陈雅琳对他的了解，也仅限于“老猫”是某几家京城大型风投机构的幕后股东之一，具体是哪家，不得而知。并且，他和众多跨国投行都保持着紧密联系。这个圈子就是如此，越是牛的人，越低调。那些在前面冲锋陷阵的，挂着“董事长”和“总裁”名号的，只不过是这些人手中的棋子罢了。

“雅琳，你见笑了，什么大人物不大人物的，都是别人给的封号而已，没什么大不了的。既吓不了人，也不能当饭吃。”毛飞跃满不在乎道，“你和成铭就不同了，未来十到二十年，甚至更长时间，互联网行业都将是朝阳行业。而且，取代传统行业也是大势所趋。不过，一个行业格局的形成，都需要几场大战争来定下格局，互联网行业也是如此。当年，是三大门户网站斗和华鼎的一枝独秀。现在，是极光、宏远和万众等巨头公司来重新瓜分地盘，形成诸侯割据之势。”

毛飞跃的一言一行，所表现出的是同龄人少有的睿智和沉稳。这种睿智和沉稳不是装出来的，而是久经沙场千锤百炼出来的。尤其是分析起互联网行业的局势来，言语虽简单，却句句击中要害。

与人对话，是一门技术活，有些人尽管说了一大通的话，但绝大多数皆是客套话、废话，真正有用的就那么一两句，甚至一两个词语，甚至于通篇都是废话。有些人话不多，可每个字、每句话都是经过认真斟酌的，该说什么、不该说什么，用什么样的话表达什么样的意思，火候掌控得极妙。毛飞跃这方面的技术，虽谈不上炉火纯青，但比同龄人都要高出几个段位。

“‘老猫’，你再这么谦虚，我和成铭可真要走人了。”陈雅琳开玩笑地抬了下屁股，做出要走的姿势，“其他人呢，怎么还没过来？”

同学会筹备委员会的名单，张成铭了解过，大多都是当时在班级里担任一定职务的同学。据陈雅琳介绍，这几个人现在混得都不太如意。混得差的，经常换工作、经常换住处，是名副其实的“北漂”一族。即便混得不错的，也只不过是替别人打工，拿着一个月几千块钱的工资，在北京城勉强生存着。再往上，是公务员。即便是公务员，在陈雅琳和毛飞跃的眼里，也根本算不了什么。尤其是毛飞跃，一个好的投资项目，足以抵得过公务员几辈子的工资了。

毛飞跃看了下手表：“其他人差不多一刻钟后会到，我特意让他们晚点来。趁着这个时间，我们三个人聊一聊，聊聊与互联网有关的话题。我想，在这方面，我们三个人是有共同话题的。”

“‘老猫’，那我和成铭就认真聆听你的指教了。”

“雅琳，你呀你，还是像以前那么鬼灵精怪的，有点黄蓉的意思。想当初，我们系不知道有多少男生追在你的屁股后面跑。这里面，也包括我。到最后，你和成铭走到了一起，成了一对。不过，坦率说，那时候，我对成铭可是心悦诚服的，比我有才，长相又比我俊朗。你们在一起，那叫郎才女貌。雅琳，你真要是和我在一起了，那真叫一朵鲜花插到牛粪上了。”

毛飞跃提起往事，一副云淡风轻的神情。但是，作为当事人的张成铭和陈雅琳却尴尬得很。许多事，并非他们忘记了，只是安放在内心深处，不愿多去回忆罢了。

张成铭瞟了陈雅琳一眼，正巧，陈雅琳也望向他，四目相对，仿佛从对方的眼眸中看见了过去的自己。

“‘老猫’，你跑题了，咱们还是来侃侃互联网吧。”陈雅琳打断道。

“好，那就长话短说。宏观的我就不说了，真要说起来，几天几夜都说不完。咱们哪，还是聊聊微观方面的吧。”说着，毛飞跃抽出一支雪茄，递给张成铭，张成铭摆了摆手。毛飞跃点上雪茄，惬意地抽了一口道：“业界现在最大的新闻，是极光、智源科技和万众，也就是所谓的‘三巨头’围剿奇迹一事。成铭，雅琳，你们分别是周钧韬和张问天的部下，这件事跟你们两个都有关系。”

“‘老猫’，你是知道的，我们张总是不愿意掺和这件事的。只是蔡崇云和郭腾义硬要拉拢我们万众，张总跟着吆喝吆喝罢了。”

“雅琳，这个我当然知道。”说完，毛飞跃又转向张成铭，“成铭，你觉得老周能带着你们杀出重围吗？”

张成铭谨慎地回应道：“不好说。”

“的确是不好说，但有一点我敢肯定，奇迹想要在搜索和安全卫士领域双线作战的话，必然是失败的。周钧韬必须要在安全卫士和搜索中做出选择，集中发展某个领域。我个人认为，选择安全卫士，才是正道。”

“‘老猫’，你这可就不公平了。你是知道的，我们万众正在大力推进安全卫士融入公司的整个构架。为此，还挖来了成铭原先的得力助手徐泽丰。而奇迹方面，安全卫士已步入正轨，要是奇迹真选择了安全卫士的话，我们的安全卫士将来还怎么存活啊！”陈雅琳埋怨道。

“雅琳，互联网是一片大蓝海，市场无穷大。况且，有竞争未必是坏事。从三大门户网站，到华鼎，再到宏远、极光和万众，谁不是从竞争中走过来的？有哪家不是踩着别人的尸体活下来的？”毛飞跃指点江山道，“前几天，我在一次酒会上碰到了你们张总，提及万众是否有意愿买下卡斯中国区的代理权，与安全卫士形成互补一事。但你们张总似乎对此不以为然，这可是好机会。”

毛飞跃提到了卡斯，张成铭心头一怔。看来，要尽快和张莹取得联系，敲定此事。否则，就要让别人捷足先登了。

“张总有他自己的判断和大局观吧。”

毛飞跃又看了下手表：“时间差不多了，其他人也该到了，咱们去客厅等着。成铭，雅琳，我说这么多，其实就一个意思，互联网这块蛋糕如此之大，希望我们三位老同学将来有合作的契机，饕餮盛宴。我有资金，你们有技术和经验。这样的组合，可遇而不可求。搭配好了，将是所向披靡呀。”

18

鱼和熊掌

开完讨论会，商讨了同学会的各项细节，张成铭回到住处，已经是晚上 11 点半左右了。在楼下与陈雅琳道别时，他总归还是克制不住自己，上前紧紧地拥抱着陈雅琳——这个曾经让他爱得撕心裂肺的女人。此刻，张成铭没有任何的非分之想，在他看来，那是肮脏的，是对彼此感情的亵渎。他只想抱着她，紧紧地抱着，享受彼此的气息和温度。对于张成铭的这一突然举动，陈雅琳并没有反抗，而是配合着投入到他的怀里。这种配合，是他们多年以前就有的默契。

约 5 分钟后，陈雅琳推开张成铭道："成铭，时间不早了，我该回去了。"

"好，注意安全，下次再见。"

一直等到目送着陈雅琳的车子消失在拐角处，张成铭才怀着沉重的心情上了楼。洗完澡，回到房间，他满脑子都是陈雅琳的身影，挥之不去。于是，他掏出烟点上，打开窗户，对着夜空吐了个大大的烟圈。一支烟的工夫过后，他像是突然想起了什么事，快速回到床头柜前，拿起手机，尽管已是深夜，但还是给张莹发了条短信，内容为："张姐，我想通了，我答应你的条件，咱们尽快拿下卡斯中国区的代理权。"

张成铭原以为张莹已经睡下了，谁知，短信刚发出去，张莹就打来了电话。

“张姐，三更半夜的给你发短信，把你吵醒了吧。”张成铭满怀歉意道。

“成铭，做我们这一行的，哪有什么休息时间啊。对中国来说，现在是深夜。可我们久一资本在美国和欧洲，还有不少的大项目，那边还是白天呢。我呀，基本上是24小时连轴转。就算睡觉，一般也睡不踏实。”张莹自嘲一笑，又说，“成铭，怎么，想通了？”

“是的，当断不断，必受其乱。卡斯中国区的代理权是块香饽饽，我们不出手，兴许半路就会杀出个程咬金来，抢了先机。”

“成铭，你是不是听到什么风声了？”

“也不是什么风声……只是……”张成铭稍作犹豫，简单地道出“老猫”叙述的情况。

“你和毛飞跃是大学同班同学？”张莹说话的分贝分明加大了。

“是的，不过……”

“这样，成铭，这两天我们抽空见一面，尽快敲定合作事宜。凡事都有个先后，只有我们合作的细节敲定了，才能再去谈拿下卡斯中国区的代理权一事。”

“没问题，张姐，只要你腾得出时间，什么时候都可以，现在都行。”

“成铭，卡斯中国区的代理权是块香饽饽不假，但不必操之过急，好饭不怕晚嘛。咱们之间的合作，绝不仅限于拿下卡斯中国区的代理权，而是在互联网的众多领域进行全方位的深度合作。因此，眼光要放长远些。哪怕是错过了卡斯中国区的代理权这个机会，将来还是有其他机会的。一句话，我张莹看重的是你张成铭这个人，而不是某个项目。”张莹再次强调道，“明天，我要出差去趟香港，去两天，回来后再约你见面。”

“好的，张姐，我等你。”

张莹没有食言，回到北京的次日上午，就约张成铭见面了。这次见面的地点是她的办公室，相对比较正式。毕竟，两个人要谈的是工作，是合作。其实，要谈的细节也不多，无非就一条，张莹帮张成铭拿下卡斯中国区的代理权，该从他名下那家名为“猎鹰”的网络公司换取多少的股份。对此，来之前，张成铭就给自己打了预防针，哪怕是张莹提出持有猎鹰百分之百的股份，他也无条件接受。其一，猎鹰本就没什么资产可言，无非就是做了一些和图片处理有关的软件，而且做到一半就停止了，就更别提得到市场的认可了。其二，显而易见，网络安全市场要比图片处理大得多。诚然，只要拿下卡斯中国区的代理权，再配合上张成铭的能力，猎鹰将大有可为。但归根到底，拿下卡斯中国区的代理权，纯属张莹的功劳，没有卡斯代理权，没有张莹的运作，一切将无从谈起。

不过，据张成铭对张莹的了解，她绝不可能提出持有猎鹰百分之百股份的条件。股份，是捆绑创始人和投资人的利益绳索，谁多谁少的确重要，可更重要的是，恰到好处。既然如此，那就和张莹打打心理战，故意放下身段，看她到底会怎么出牌。

什么时候出牌，怎么出牌，用什么方式出牌，跟随周钧韬多年，被其熏陶多年，张成铭潜移默化地也学会了一些为人处世之道。

两个人的谈话时间并不长，半个小时左右，就一拍即合，敲定了合作协议。核心内容只有一条，久一资本出资 300 万美元，占有猎鹰 60% 的股份，并帮猎鹰拿下卡斯中国区的代理权。

张莹的大手笔，远远出乎张成铭的意料。他不禁暗自自责，就凭张莹的胸襟和眼光，自己还私下掂量着要打什么心理战，简直就是以小人之心度君子之腹了。自己一个大老爷们儿，有此想法，臊得慌。

300 万美元，换取 60% 的股份。也就是说，猎鹰的估值，在 500 万美元。一家注册之后几乎没有任何动静的空壳公司，竟有如此高的估值，张成铭如同做了一场梦一般，心中欣喜若狂。

签完协议，张莹还以开玩笑似的口吻告诉他，这笔生意，对久一资本来说是特例。特例的原因，不是高估了猎鹰的价值，互联网行业本就是如此。一家刚刚成立的公司，稍稍有些动作，别说几百万美元，估值上千万美元，那都是很正常的事情。特例在于，久一资本从不做低于千万美元以下的生意。有时候，投资额度低，未必是好事。额度低了，幕后的股东会以为你对这笔生意缺乏信心，反而会遭来更多的质疑和阻碍。为达成这笔交易，张莹费了不少口舌才说服了大老板们。

此外，张莹还说：“成铭，猎鹰拿下卡斯中国区的代理权之后，你也不要急着从奇迹辞职。等时机成熟，咱们再好好讨论这个问题。”

时机，再次回到北京，张成铭一直都在等待着时机——创业的时机，凤凰涅槃的时机。可到头来，他才发现，所谓的时机，主动权并非掌控在自己手上，而是由他们说了算。

能在各巨头之间游刃有余地生存，也是一件极为不容易之事。

4 月 20 号，晚 6 点，昆仑大饭店。

张成铭到达三楼的包厢时，陈雅琳和毛飞跃已站在门口，迎接来参加同学会的同学。陈雅琳穿着藏青色的旗袍，毛飞跃则是灰色的“阿玛尼”西装。走近时，张成铭竟有一种错觉，仿佛是来参加他们二人的婚礼似的。要说单论长相，陈雅琳和毛飞跃还真是不相配。上大学时，陈雅琳可是出了名的“系花”，而毛飞跃则恰恰相反，身高不足一米七，其貌不扬，脸上尽是皱褶。

但是，男人的相貌和他的婚姻是画不上等号的，甚至连半丁点关系都没有。像毛飞跃这类男人，虽说长相寒碜了点，可他住着大别墅、开着豪车、身价过亿，举手投足间，又彰显魅力，这些足以弥补长相上的缺陷。就算他和陈雅琳真的结婚了，那也是郎才女貌，天作之合。张成铭急忙收回了思绪，感觉这种想法出自自己的脑海，挺荒唐的。他们两个人要真是喜结良缘了，自己该怎么办呢？在他的潜意识里，他和陈雅琳依然是男女朋友关系，只是分隔多年，未曾联系罢了。尽管，在理性上他也清楚，这种潜意识是不存在的，可有时候即便是自欺欺人，也是挺美好的。

因各种缘由，参加同学会的同学并不多，只占了总人数的二分之一不到，勉勉强强凑齐了三桌。按原计划，张成铭是想借着同学会的机会向陈雅琳敞开心扉，倾诉感情的。可是，整个同学会开下来，陈雅琳大部分的时间都是站着的，与毛飞跃一道各桌转悠着，劝酒、聊天。张成铭发现，大学期间滴酒不沾的陈雅琳，酒量竟出奇地好，红酒一杯接着一杯，却是面不改色。

张成铭一度以为，陈雅琳选择4月20号这天开同学会，是有着特殊意义的，是为了怀念他们那段曾经羡煞旁人的爱情。现在看来，是他想多了，太单纯了。酒一直喝到晚上11点，临近饭店打烊。结束后，毛飞跃和陈雅琳又提议大家一起去K歌，位置已经订好了，在西直门大街上的钱柜首体店。

张成铭五音不全，KTV这种娱乐场所，他本就不喜欢去，再加上心情不佳，在饭店门口，选择了和其他人分道扬镳，独自打车回住处。因喝了不少酒，且是闷酒，回到住处，冲了个澡，张成铭便倒头大睡。

第二天一大早醒来时，张成铭伸手抓过床头柜上的手机。这是他每天的习惯之一，起床的第一件事，就是看手机，不过不是看时间。他的生活一直都比较规律，哪怕是假期，早上6点左右，基本上都已起床，一年下来，难得奢侈几回，睡个懒觉。所以，看时间是其次的，最关键的，是看有没有未接电话和未读短信。一般来说，张成铭的手机处于24小时开机状态，随时处理紧急情况和突发事件。另外，这也是周钧韬给公司中高层定下的规矩。不过，有时候睡得太死、太沉，难免会听不到，特别是短信。

一看，竟有条陈雅琳发来的短信 :“成铭，此时此刻，我多想你陪在我身边啊。”再一看，时间定格在凌晨2点。

张成铭愣了半晌，不知道该如何回复，编了又删，删了又编，仔细斟酌着文字，最终还是放弃了，没将编好的短信发出去。还是抽个时间给陈雅琳打个电话吧，许多话，许多事情，用文字是说不清楚的。或者说，文字在许多东西面前，是苍白的。

张成铭回到公司，一忙，就是一上午的时间。中午在食堂囫囵扒了几口饭，又被老周叫去开会。一开，就是两个半小时。因有心事，整个会议下来，张成铭时不时地会走神。老周让他发表意见时，他的思绪也比较紊乱，根本就不在状态。为此，还挨了老周的批。

不过，大概的会议内容他还是了解的，主要是两件事。第一件事，照例给麾下的大将们打鸡血，这是老周惯用的手段，“萝卜”和“大棒”并举的策略。打鸡血和上市股权兑现是“萝卜”，惩罚严明是“大棒”。就在前几天，老周才刚刚开掉了搜索部门的一个中层员工，原因只是这名中层员工在产品开发上犯了错误。在张成铭眼里，这个错误只是个小纰漏，是可以弥补的，老周此举有小题大做之嫌。并且，从头到尾，他都被蒙在鼓里，是老周直接给公司人事部下的命令。事后，张成铭才琢磨透，老周这么做，绝非小题大做。第一，奇迹正在打一场硬仗，并且要随时做好双线作战的准备。这个时候，细节很重要，军心更重要。老周此举是杀一儆百，提醒公司上上下下的员工，不管是高层还是普通员工，大战在即，绝不能有任何的松懈。他对任何的错误都将采取“零容忍”的态度。有时候，你犯下的一个小小的错误，往小了说，将成为竞争对手进攻你的机会；往大了说，将影响到整个战局。第二，老周是在释放一种信号，尽管现在张成铭是奇迹搜索的负责人，但最终的拍板权和决定权还是在他老周手上。第二件事，老周明天要飞趟杭州，会一会蔡崇云和郭腾义。既然蔡崇云口出狂言，要收购奇迹，老周也已经决定要将计就计，那就努力把戏演足、演真。同时，用以麻痹蔡崇云和郭腾义，实乃一箭双雕。

开完会，张成铭回到办公室，来不及缓口气，第一时间就拨通了陈雅琳的电话。

许久，陈雅琳才接起电话，而且她那边的声音比较嘈杂。

“雅琳，凌晨的短信，我早上才看到。”张成铭一口气解释道，“早上来到公司，一大堆的事情，中午又开了个会。所以，现在才给你打电话。”

“成铭，不要紧的，我昨晚喝高了，确实喝高了。”

张成铭没接话，等待着陈雅琳继续往下说，跟他说几句与感情有关的话。谁知，陈雅琳的话却到此为止。陈雅琳说她喝高了，言外之意，那句“我多么希望你陪在我身边”是醉话，当不了真的。但是，不是有酒后吐真言一说嘛。

陈雅琳不说，也不做任何的解释，只说喝高了，剩下来的，只能张成铭自己去猜、去琢磨。

“不多说了，成铭，我马上要登机了。”

“登机？”张成铭忍不住叫了出来。

“没错，公司安排我去美国学习，大概要大半年的时间。我下午飞日本，眼下正是赏樱花的季节，打算先在东京待几天，然后直飞纽约。”

“你要去出差，还要待这么长时间？”张成铭显然是乱了，“怎么……怎么我事先一点都不知情。”

眼看着两个人的感情，就要有所升温了，可现实却再一次无情地浇了一盆冷水。陈雅琳要去美国学习，居然还要学习大半年。大半年，大半年的变数太大、太多了。并且，陈雅琳又处于感情的空窗期，万一被人乘虚而入，自己又鞭长莫及，该怎么办呢？一想到这些，张成铭就急得直跺脚。这种滋味他尝过，那种思念如潮、整日惶惶不安的日子，实在是太难熬了。

“雅琳，必须要去吗？”

“成铭，这是我们张总的安排，由不得我选择。”登机前，陈雅琳又说，“成铭，多多保重，保持联系，半年后再见。不说了，我要关机了。”

张成铭用尽所有的力气，说了声“再见”，挂了电话。顿时，他整个人都变得空落落的，仿佛灵魂被抽干了一般。

生活依旧，一切依旧。

转眼，就到了深秋。

在张成铭的执掌下，奇迹搜索虽有起色，但依然找不到属于自身的模式。毕竟，周钧韬早早地就制定了大方向。大方向，是张成铭一直想改变的，却又是他无力改变的。与此同时，在“三巨头”的围剿之下，奇迹搜索的生存空间越来越小，就只差周钧韬举白旗投降了。但孤傲如周钧韬者，是不会轻易缴械投降的，即便是负隅顽抗，也要和“三巨头”较量到底。但周钧韬又不得不承认一个事实，从久一资本募集而来的3000万美元，快烧完了。奇迹想要上市，想要博得投资者的信心，必须要拿出有竞争性的产品。否则，就存在着被打回原形、万劫不复的危险。另外，高强掌舵的安全卫士部门正陷入停滞不前的尴尬境地，屁股后面的宏远卫士和万众卫士又迎头赶上。当初，周钧韬曾雄心勃勃，提出双线作战的策略。现在回头看，这一策略是错误的，也是盲目的。当你没有足够的实力时，选择双线作战，只会面临双线溃败的危机。

危机感，是的，危机感，一家没有危机感的企业，注定是存活不了多久的。对于奇迹网络的员工而言，不是他们没有危机感，而是他们的危机感被老周一味地打鸡血掩盖了。

立冬那天，正值周日，张成铭熬了个通宵，写了一篇《奇迹网络到了最危急关头》的文章。写完，已是凌晨4点。容不得多做顾虑，他就发到了周钧韬的私人邮箱。这篇文章，主线是奇迹网络的历史，通过回顾历史，尖锐地指出奇迹网络所存在的弊端和亟待纠正的方向。比如，他在文中提到，奇迹搜索应该暂时性地实行战略撤退。现在的撤退，是为了今后更好的进攻。再比如，他还借用了《孟子》中“鱼和熊掌不可兼得”的典故，直白地指出奇迹必须要在安全卫士和搜索领域做出二选一的抉择，重点发展安全卫士是一条路，继续押宝搜索领域是另一条路。另外，他还拿奇迹和新崛起的“三巨头”——极光、万众和宏远做了类比，分析了奇迹在整体构架上的不足。最后，他再次重申互联网第二次世界大战一触即发的概念。为避免周钧韬误会，误以为自己是将矛头对向他这个掌门人，对某些句子和文字，张成铭是斟酌再三，改了再改，尽量做到只对事不对人。

不过，同一篇文章，不同人品出的却是不同的味道。你自认为没有针对任何人，可别人未必这么看。观点过于尖锐，难免会有人说你在含沙射影，唯恐天下不乱。

次日早上，张成铭怀着忐忑的心情来到公司，生怕老周上门兴师问罪。果不其然，老周已经早早地在他的办公室门口候着他了。当老周朝他招手时，张成铭反倒觉得整个人都释然了。事已至此，去躲避、去后悔，乃至去辩解，根本就没有任何意义。既然如此，那就坦然面对吧。

凌晨，当邮件发出的那一刻，张成铭就已经做好了被踢出局和上“断头台”的打算。退一万步讲，即便被扫地出门，还有猎鹰网络在，有张莹在，大不了单干。这样，也算是给出来闯荡找一个合适的台阶下，而不用像徐泽丰那样背上叛徒的罪名。

进了周钧韬的办公室，老周笑盈盈地为他冲上一杯咖啡：“成铭，昨天晚上熬夜辛苦了吧，先喝杯咖啡提提神。”

周钧韬越是热情，张成铭越觉得不自在：“周总，我……”

“成铭，我觉得你那篇《奇迹网络到了最危急关头》的文章，写得非常好，非常到位。”

周钧韬一上来就夸自己，张成铭更觉诧异，总觉得老周是话里有话，心头又是一紧。

周钧韬见他神色慌乱，拍了一下他的肩膀，继续说：“早上5点，我打开邮件，几乎是一口气读完了你写的这篇文章，感触颇深哪。读完后，我就联系了老齐、虹翎和高强，我们四个人开了个电话会议，并达成一致意见，把你的这篇文章刊印出来，分发给公司的每个员工，让他们认真地去研读。研读之后，每个人再写一篇心得。”

“周总，你……你就没怪我……”

“成铭，我周钧韬的心胸没那么狭窄吧。更何况，做企业，绝不能有掩耳盗铃的心态，奇迹是该到扯下遮羞布的时候了。你在文中提到的观点，我绝大部分是赞同的。不过，也不是每个观点都赞同。鱼和熊掌不可兼得这个道理，我自然懂。但现在就要奇迹彻底地退出搜索市场，专注于安全卫士，也并非明智之举。做人做事，一下子步子跨得太大，是会栽跟头的。我反倒挺支持你提出的战略性撤退这个构想的，奇迹搜索不要过于张扬。同时，花大力气把安全卫士做起来。往后，咱们就朝这个大方向往前走。”

创立之初，搜索即奇迹；后来，搜索加安全卫士即奇迹；现在，天平又从搜索倾向于安全卫士。周钧韬口口声声说公司的大方向不能变，但老周是何等聪明之人，所谓的不变，只是嘴上说说。私下里，他一直在变，巧妙地变，变得不动声色。不过，依老周的个性，想要对奇迹搜索斩草除根，他是万万做不到的。就算是败了，他也要留下搜索这颗火种，日后再去点燃。

还有一点，张成铭是想不明白的，老周真是因为自己的这篇文章，而对公司的构架有这么大的改观吗？会不会有其他事件的刺激呢？这方面，还要打上一个大大的问号。

“周总，这真是你最终的决定？”

“成铭，君子一言，快马一鞭。大浪淘沙，任何人都必须顺应潮流去做事、去谋事。”说着，周钧韬从抽屉里掏出“软中华”，随后，坐到了他的身边，把烟递给张成铭，“来，成铭，抽一根。”

平日里，张成铭的兜里只揣着“中南海”，像“软中华”这类高档烟，只见过，没抽过。关键是，按他的收入，也消费不起。

见状，张成铭连忙摆了摆手：“周总，我不抽，我不抽……”

“成铭，我知道你抽的，没事，尽管抽。这抽烟，虽伤身体，但也未必是坏事。像毛主席他老人家，不也抽烟嘛。而且，烟瘾大得很。每次有重大决策或者陷入困局时，他老人家总是会一根接一根地抽烟，许多大的战略和思想，可都是这么产生的。运筹帷幄之中，决胜千里之外，不过如此。要说历史上的大军事家，我最敬仰的就是毛主席了。”

张成铭见不好推诿，便接过“软中华”点上。

“成铭，还有件事，也可以说是决定，我想和你通个气。”

一听周钧韬说有“决定”，张成铭坐直了身体，摆出洗耳恭听的姿态道：“周总，你说。”

“成铭，我寻思了好几天，还是觉得让你去执掌安全卫士这个项目是最为妥当的安排。”

重掌安全卫士部门！听罢，张成铭差点没从沙发上蹦起来。这是他一直在祈祷、一直在等待的转机。年初在珠海时，顾长青曾深入剖析过奇迹的构架，并做出断言，让张成铭不要过于浮躁，终有一天，他还是要回安全卫士部门的。为此，两个人还有过赌约，赌注为一块钱。如果一年之内，张成铭能回去，就算顾长青赢。反之，张成铭胜。

掐指一算，距离上次珠海之行，尚不到一年。张成铭输了，且输得心服口服。强将手下无弱兵，此话不假，长期在黎卫国面前熏陶，顾长青的道行比想象中还要深。

“那……那奇迹搜索呢……”

“奇迹搜索嘛，就让虹翎来负责吧。往后，虹翎这个首席技术官，将专门负责这一业务板块。”

张成铭又追问：“那高总呢？”

“至于高强，还是做他的副总裁，管管宏观上的事情吧。事情过于微观，他管不了，也管不好。”

张成铭本想继续问，如此安排，高强会不会有想法，话到嗓子眼，又硬生生地咽了回去。高强是奇迹的元老，是老周的宠臣。在这之前，老周肯定就此事和他打过招呼，做过他的思想工作，那自己又何必去担心这档子事情呢？怕就怕，自己和高强的梁子会因此越结越深。暂且不管了，能回到熟悉的战场大展拳脚，比任何事都重要。况且，上面有老周在，谅他高强也不敢过于放肆。

“周总，说实话，我一直挺想回安全卫士部门的。虽说那里的庙比较小，比不上搜索部门，可在那里我觉得要自在许多，舞台也要大许多。”

“打住，成铭。”周钧韬起身道，“从今天起，可不能再说安全卫士庙小了。

我们的目标，是把这个部门做成大庙，进一步抢滩安全市场。要真是做成了大庙，你张成铭可是这座大庙里的菩萨了，香火旺盛是肯定的事情。”

张成铭机灵地回应道：“周总，奇迹只有一尊菩萨，那就是你。”

周钧韬口中的“香火旺盛”，他也明白，指的是能分到更多的股权。

张成铭的话，虽有恭维之意，但周钧韬听着却极为受用。看来，张成铭是成熟了不少，圆滑了，学会说话了。这是好事，一个人身上的刺太多，往好了说，那叫个性，往差了说，那叫幼稚。

在研发产品方面，张成铭的悟性比一般的 IT 男都要高出好几个层次。唯一的欠缺，是处事待人。只要在这方面多下点功夫，将来必定能成大器。一个纯走技术流的互联网从业者，可以成为某个领域的王者，但归根到底还是别人手上的一颗棋子。想要更上一层楼，必须要学会为人处世之道。要学会和下面的人打交道，又要学会和竞争对手较量，还要学会和投资方过招。

顺势，做任何事都要学会顺势而为才是王道。

互联网战争是一场没有硝烟的战争，但比冷兵器时代要更加的残酷。一把大刀砍过来，你或者还能躲避、抵抗。可在这个领域，很多时候，生死富贵似乎随波逐流，由不得自己。因此，想要成大事，知“天命”很重要。

周钧韬本打算和张成铭说道说道这番道理的，一想，又觉得为时过早，就没再往下说了。况且，他还有更为重要之事要和张成铭谈。

“成铭，菩萨是不食人间烟火的，我老周可做不到这一点。”周钧韬又抽出“软中华”递给张成铭，“成铭，叫你来，还有一件事，也是最重要的事情。对于安全卫士的发展，我有个想法。”

“周总，你有什么想法尽管说，我一定配合。”

“成铭，这件事还真需要你的配合。据我所知，你和肯巴卫士的负责人顾长青有着不错的私交。”

“是的，我和顾总监算是朋友吧。”

“我的想法就是，奇迹和肯巴合作，一起来推广彼此的杀毒软件，共同开发安全市场。这方面，我亲自出面和黎卫国谈不方便，也不合适，由你直接去和顾长青交涉，则是最佳途径。”

“周总，恕我直言，史总和顾长青是大学同学，我看由史总出面比我更合适。”

“成铭，让虹翎出马，我不是没想过。但是，这是奇迹和肯巴在安全领域方面的合作，还是由你和顾长青直接交涉比较好。”

“周总，具体的合作模式呢？”

“奇迹安全卫士的页面，将内嵌肯巴的杀毒软件。与此同时，肯巴的杀毒软件也将在其官网上向用户推荐奇迹和肯巴定制版的安全浏览器。对于这个专用版浏览器，我们将进行收费。收益方面，两家公司进行分成。具体的定价和该如何分成，你去和顾长青谈就行。有了结果，再向我汇报。”

“明白！”

“还有，办公室你留着用。安全卫士的摊子大了，你这个当家人，也该有个像模像样的办公室。”

留着办公室，这说明，周钧韬确实是开始重视安全卫士这个项目了。但凡重视某个人或者某件事，老周一向不喜欢嘴上去说说，而是用具体的行动，或者某个决定去表现。这样，不容易引起纷争和招来非议，这也是老周的过人之处。

19

“蜀地”求生

听罢周钧韬的一席话，张成铭冒出来的第一个疑问是，肯巴凭什么要和奇迹合作？众所周知，肯巴卫士是行业内的老大，近些年的发展速度虽不快，不温不火，但人家有根基在，讲究的是四平八稳，一直稳坐头把交椅的宝座。反观奇迹安全卫士，高不成低不就，地位比较尴尬。正所谓“大树底下好乘凉”，奇迹主动寻求和肯巴合作，明眼人一看便知，周钧韬是打算抱一抱黎卫国的“大腿”。

不过，张成铭个人认为，老周的这一构想是非常到位的。眼下，互联网行业不都流行强强联合嘛，要不是极光、智源科技和万众“三巨头”的联手剿杀，奇迹搜索也不至于被逼到悬崖边上，迫使老周重点突破安全市场这个口子。如果奇迹安全卫士能够搭上肯巴的顺风车，而且，按周钧韬提出的方案合作，奇迹在这一领域更上一层楼，甚至几层楼，是可以预见的结果。但问题是，该如何去说服黎卫国和顾长青呢？

利益，关键还是利益。倘若肯巴卫士能从中看到利益，彼此联姻的可能性也就大大增加了。可是，利益点到底在哪里呢？

对于周钧韬扔来的这块烫手的山芋，张成铭只好硬着头皮先接下来。另一个层面，他心里又清楚得很，安全卫士才是自己真正的舞台。有了再次登上这个舞台的机会，就该使尽浑身解数，好好地表现表现。这种表现，是给老周看的，也是给张莹看的，更是为了丰满自己的羽翼。打个比方，这就好比三国时期的刘备，“蜀地”就是刘备的根据地。入了蜀地之后，刘备野心勃勃，计划着对外扩张。诸葛亮却谏言说，别急着扩张版图，蜀地易守难攻，先守住蜀地，好好地耕耘一番，再去等待合适的时机，谋求大局。

对张成铭而言，安全卫士就是他的“蜀地”，他必须要先牢牢地守住这块地盘。

“怎么，成铭，还有顾虑？”

“没有没有，周总，我会尽快和顾长青联系，商讨双方合作事宜。”

“好，尽快联系，我等你的好消息。”

出了门，张成铭在走廊上撞见了史虹翎。

“成铭，周总一道命令下来，你又要挪窝了吧。”

“史姐，挺好的，我喜欢回到那个阵地。”

“成铭，人这一辈子，能找到自己感兴趣，又能实现理想的一份事业去经营，不容易，好好把握机会吧。”史虹翎半开玩笑，“指不定周总哪天又改变主意了呢！”

“史姐，有个问题不知道该不该问？”

“你说！”

“周总突然决定改变公司的方向，真是因为我那篇文章？”

“成铭，你真想知道？”

问完，史虹翎示意张成铭退到角落里再说话。

“成铭，你的那篇《奇迹网络到了最危急关头》的文章，是其中的原因之一。不过，这篇文章更多的是扮演导火线的角色。这么说吧，‘一战’时期的萨拉热窝事件你总该知道吧。正是这起事件之后，触发了奥匈帝国向塞尔维亚宣战，拉开了‘一战’的序幕。但实际上，奥匈帝国一直是野心勃勃的，意图对外宣战。可发动战争总归需要一个合适的、正当的理由吧。”史虹翎环顾四周，又继续说道，“其实，周总早就调转公司的方向了。你还记不记得，大半年前，蔡崇云曾向周总提出，极光全面并购奇迹，惹得老周一肚子的火气。后来，周总将计就计，还跑到杭州与蔡崇云会面。除了蔡崇云，周总还见到了他的老朋友——空中网的 CEO 王雷雷。王雷雷向周总提议，快刀斩乱麻，把搜索业务直接从奇迹的业务板块中砍掉，全力发展安全卫士。从杭州回来后，周总召集了我们几个高层开会，谈到了王雷雷的提议。但他们之间具体谈了什么，周总并未多做透露。”

王雷雷和老周有私交，张成铭尚且不知，但空中网的名声，他还是听说过的。这家成立于 2002 年的互联网企业是互联网第一次浪潮的产物，创立之初，就得到了美国硅谷和中国香港某几家大型风投机构的支持。公司的主营业务为开发 2.5G 和 3G 等产品，并与中国移动、中国联通和中国电信等大国企成为合作伙伴。而且，这家公司只用了两年零两个月的时间，就在美国纳斯达克挂牌上市，创造了中国企业在纳斯达克上市最短时间的纪录。

张成铭不禁暗叹，到头来自己还是被老周利用了，逃脱不了“棋子”的命运。显而易见，老周直接决定改革、调整公司的大方向，势必会有不少的阻力，奇迹内部还是有不少顽固派存在的。尽管老周的魄力不小，可没必要与这些顽固派站在对立面上。万一彼此闹僵了关系，这些人卷铺盖走人怎么办？《奇迹网络到了最危急的关头》这一文章一出，公司上上下下人手一份。接下来，老周再去调方向，就等于把矛头转到了自己的身上。

姜，果然还是老的辣。

周钧韬的这一招，够辣，也够狠。相比之下，自己在老周面前，相形见绌，连三岁小孩都不如。

“史姐，看来周总是筹划已久了。”

“那是当然，要是没有点雄韬伟略，在业界，周总也不可能有今时今日的地位。”

回到办公室，张成铭的第一件事并非联系顾长青，而是给徐泽丰打去了电话，将重掌安全卫士的情况告知曾经的搭档，并希望徐泽丰能回炉奇迹网络，两个人再次合作。

“泽丰，机不可失，失不再来，回来帮我吧！”张成铭郑重地发出了邀请。

“成铭，不是我不想回去，也不是我不想跟你一起闯荡互联网江湖。只是，我不喜欢奇迹的氛围，也不喜欢在老周手下做事。再说了，我现在在万众过得挺好的，不仅环境相对宽松，也做出了一些成绩，开发了几个张问天都比较看好的、与安全卫士有关的产品。另外，这边的升迁空间也蛮多的。从年初开始，公司开始派遣一批中高层去世界各地学习，主要是美国。你也知道，陈雅琳就是去了美国。昨天我在张问天的办公室时，他就问我有没有这方面的意愿。如果有的话，也让我出去学习学习。具体去哪里，什么时候去，现在还不知道。但这是一种好的信号，说明张问天挺重视我的。这种学习的机会，可不是说有就有的。前些年，翟永波去美国镀了层金，待了大半年，回到万众，就被张问天委以重任，负责万众的搜索业务板块。所以，我还是想继续在万众扎根。最起码，在这里待着有盼头。人活着，不就讲究个盼头嘛。最关键的是，好马不吃回头草，我徐泽丰自认为还是一匹好马，只是一直没有遇到伯乐而已。”

张成铭本想说服徐泽丰，结果，当徐泽丰搬出一大堆的理由时，他竟无言以对。不得不承认，徐泽丰的话，句句在理，他在万众的发展空间的确比奇迹大得多。在万众，再干上几年，他可以有希望角逐高层，并分到相应的股权，或许分到的股权不比奇迹的少，且是实打实的股权，可以兑换成现金的股权。万众作为一家市值几十亿美元的巨头公司，只要分到股权，哪怕是一丁点的股份，都足以让徐泽丰一夜暴富。

与徐泽丰搭档多年，张成铭从未在他面前谈过钱，总觉得太俗，只谈理想。

可同样作为“北漂”一族，他们又需要钱，需要钱在北京存活，需要钱在北京扎根。人可以有理想，但不能过于幻想。

“泽丰，还是那句话，希望将来咱们还有合作的机会。”

“成铭，随缘吧。将来的事情，谁也不好说。”徐泽丰停顿了许久，又说，“不过成铭，眼下有件非常重要的事情，我正计划着做呢。”

“什么事？”

“差不多半个多月后，晨蕊就要生日了。按往年的习惯，晨蕊都会呼朋唤友，出去下个馆子，K个歌。我想，在她生日那天向她表白。”

张成铭张大着嘴巴问：“泽丰，你确定？”

“成铭，再憋着，我整个人都要快憋坏了、憋疯了。还不如直白点说了，是好是坏，听天由命。”

“需要我配合着做什么吗？”

“晨蕊生日当天，我看了时间，正好是周六。早上，我会预订一束玫瑰花送过去。你需要配合的就是，当成什么事情都不知道就行了。”

“泽丰，你这一招够浪漫的啊！”

“成铭，缘分这种事，错过了就错过了。所以，该争取的，还是要主动争取的。陈雅琳去美国学习都快大半年的时间了，你就不怕她被人抢走了？”

“怕，怕又有什么用呢？中间隔着一个偌大的太平洋呢。”

“成铭，引用一句很俗套的电视剧台词，只要你们两个的心在一起，又何必在乎距离呢？”

心在一起？陈雅琳的心真的和他在一起吗？如果放在几年前，彼此携手共度大学时光时，张成铭是笃定的。但现在，就连他自己心里都没谱。再次相遇，他变了，陈雅琳也变了。变，未必是坏事，但他又不得不承认，彼此间多了条鸿沟，仿佛逾越不了的鸿沟。

“泽丰，和你相比，我真是自惭形秽啊。”

徐泽丰能鼓起勇气向张晨蕊表白，反观自己，却一次次地等待机会，又一次次地让机会从指尖溜走。其实，想要表白，任何时候都是机会，难道不是吗？诚然，再次北上创业，自己是成熟了不少，但成熟也不尽然全是优点，人成熟，顾虑的东西也就多了。顾虑多了，做起事来就容易思前想后、束手束脚，少了年轻时那份冲劲和激情。

“成铭，祝我好运，也祝你好运吧。”

挂了电话，张成铭又无端地开始想念陈雅琳了，想念她的声音，想念她的一颦一笑。无数个夜里，陈雅琳出现在他的梦中。可那毕竟是梦，真真切切地给她打个电话，问声好、聊聊天才是最实在的。

道理再粗浅、再简单不过，可张成铭就是没去做，而是一味地等待着，等待着春来秋去，等待着花开花落，等待着陈雅琳回来。

想着，张成铭长长地吐了口气，掏出手机，翻出陈雅琳的号码，刚想拨过去，张晨蕊的电话却进来了。

“张哥，来趟我们这边，有急事找你。”

“什么急事？”

“来了你就知道了！”张晨蕊卖了个关子。

张成铭摸了摸脑袋，不明就里地来到了那块熟悉的阵地。刚推门而入，他就被吓了一跳。一帮原来的部下不知从何处冒了出来，手拿喷彩丝带的工具，朝他“攻击”着。张成铭下意识地用手挡着，等他们“攻击”完，他的身上已挂满了五颜六色的彩带。再一看，正对面的黑板上写着几个大字——“欢迎老大归位”。这块黑板，曾经是张成铭的战场之一，每次开会和研讨产品开发时，整个部门的人都会围在黑板前，认真地聆听他的分析，并提出不同的意见和建议。说实话，有时候搞IT产品的开发，比研究“哥德巴赫猜想”还要枯燥。可尽管枯燥、乏味，一帮人还是乐此不疲，因为互联网是他们的理想、是他们的信仰。

想到信仰，张成铭大为感慨。从踏入这个行业的那天起，他就一直把互联网作为心中的信仰——毕生的信仰。但这个行业的许多大佬真是把它作为信仰来做吗？未必。他们中的绝大部分，刚开始，的的确确是把互联网当成信仰，可一旦企业融到了大笔的资金、上了市，利欲熏心之下，人自然会变得贪婪、迷失方向。到头来，互联网在他们眼里只是一笔单纯的生意。

一个人能在一条路上保持初心，善始善终，是难能可贵之事。

看着眼前的这一幕，张成铭的眼眶湿润了。他抬起头，望着天花板，努力不让眼泪流下来。

“张哥，怎么样，感动吧？”张晨蕊跳到他的跟前，笑嘻嘻地问。

张成铭声音略带哽咽地问：“晨蕊，你们……你们怎么知道的？”

“张哥，整个公司就这么大的地方，别说是这么重磅的消息，就是谁放了个屁，稍一打听，都能知道。”张晨蕊又冲着他做了个鬼脸，“刚才老齐来我们这里了，消息是他透露的。”

“好，既然大家知道我回来了，那我就简单地说两句。”掌声过后，张成铭换上了认真的表情，“第一，我刚刚接手安全卫士时，这在公司是个鸡肋项目，可有可无。刚开始，整个部门也只有三个人，我、泽丰，还有晨蕊。不过，不管是周总还是外界，都给了我们相对宽松的环境，再加上我们三个人没日没夜地钻研和开发，我们推出的杀毒软件终于得到了市场的认可。后来，公司也渐渐地重视这个项目，又有不少的IT精英加入了这个大家庭。令人扼腕叹息的是，项目刚刚步入正轨，我就因为工作需要被周总调到了搜索部门。再后来，我的老搭档徐泽丰也离开，加盟了万众网络。但从今天起，之前发生的一切都翻篇了。我们要做的，就是重新扬帆起航，开辟市场，占领市场。都说‘万事俱备，只欠东风’，现在周总极为重视网络安全这个大市场，这就是我们的东风。第二，眼下对于互联网行业来说，是个硝烟四起的年代，也是个强强联合、合纵连横的年代。所以，我们在修炼‘内功’的同时，也要寻找适当的合作方，共享饕餮盛宴。根据周总的决定，我们的首选目标是肯巴网络旗下的肯巴卫士。近些日子，我会亲自去趟珠海，拜访肯巴卫士的掌门人顾长青。晨蕊，你到时候陪我一起去……”

“得令！”张晨蕊嗲声嗲气地对着张成铭作了个揖，惹得哄堂大笑。

坦白说，能和张成铭出差，并且，除了他们两个人，没有其他人，张晨蕊心里就如同喝了蜂蜜似的，甜得很。平日里，两个人虽说朝夕相对，却非独处。要说有独处的机会，次数也屈指可数。在外出差，又能独处，就好比是给两个人的感情添了一把烈火，瞬间升温了。稍微再加点油，也许就能跨过友情这道坎，直奔爱情而去呢。

爱情，张晨蕊一直希望能从张成铭身上得到爱情的。但她也明白，这是近乎奢望之事。张成铭和他前女友陈雅琳的故事，她早有耳闻。去年年初，他们在九华山庄再次邂逅，她也曾听徐泽丰提及过。之后，有关他们二人的一些事，她也会时不时地向徐泽丰打听。据说，因第三者的出现，他们尚未再次确立恋爱关系。恋爱这种事，靠的是趁热打铁。他们之间的海誓山盟，有可能很快就拉近彼此的距离，重燃爱火；也有可能成为阻碍，回不到过去。不过，只要他们没到手牵手的那一天，自己就有机会“乘虚而入”。更何况，陈雅琳正在美国学习呢，就更有机会了。

张晨蕊突然又想，自己这么做，手段会不会太卑鄙了？可主动去争取自己的幸福，难道有错吗？

“晨蕊，你先别打岔，我的话还没说完呢。再说了，我们是去出差、去谈判，又不是去旅游，别高兴得太早。”

张晨蕊吐了吐舌头：“张总，您说，您接着往下说，我们听着呢。”

“第三，从今晚后，安全卫士就是我张成铭的‘蜀地’，也是我们所有人的‘蜀地’，我们一定要好好地守住这个‘蜀地’。守住了、守好了，才能去开疆拓土、扩张版图。我相信，只要我们齐心协力，不出一年的时间，咱们这个部门一定会成为公司实力最强、最具盈利效益的部门，成为奇迹网络的金字招牌。并且，能在安全市场占有一席之地。”

张成铭再次重申了蜀地求生的观点，在他看来，这是一种价值观。一个团队想要把一件事干好、干得漂亮，大家首先要在价值观上保持一致，这很关键。

张晨蕊发现，从离开安全卫士到执掌奇迹搜索，再从执掌奇迹搜索到回安全卫士，张成铭变了，变得更有自信了，且是源于内心的自信。

掌声再次响起，张成铭也跟着拍了拍手："好啦，该庆祝的庆祝了，该说的我也说了，大家尽快进入工作状态吧。"

各自散去后，张成铭又给张晨蕊做了个手势，示意她往前靠一靠："刚刚我给泽丰打了个电话，希望他能回来，不过被他拒绝了。"

"张哥，这也正常。现在，老徐在万众那边称得上是独当一面，估计自信心膨胀了不少。你让他回来，搁哪个位置呢？一个部门就一个老大的位置，总不能你们两个人一起挤着坐吧。挤着挤着，万一挤出矛盾来怎么办？我看哪，现在的局面挺好。最起码，彼此还是好哥们儿。"

张晨蕊的一番话，道出了实情，也道出了症结。这个问题解决不好，就算自己将来创业，徐泽丰愿意跟随，两个人的关系也很难处理。一家创业公司，尤其是刚刚起步时，创始人可以有好几个，但最终的拍板权只能掌握在一个人手中，这样有助于政令通行。换言之，两个过于强势的人，几乎是很难共存的。除非，为了大局，其中的一个人能做出牺牲和妥协。待到公司成型、步入轨道，则一个是水，一个是火，才是最佳拍档，就好比周钧韬和齐文东的关系。

"晨蕊，你说得在理。"张成铭叹气道。

回办公室的路上，张莹的电话打了过来。

张莹开口就说："成铭，恭喜啊。恭喜回到安全卫士部门，回到熟悉的战场。"

张成铭进了办公室，关上门，才说："张姐，你这消息够灵通的啊。"

"成铭，别忘了，我们久一资本现在是奇迹网络的股东之一。虽然我不喜欢参与创业公司的决策，但奇迹发生的一切，我是有知情权的。"张莹的声音，听上去心情不错，"成铭，另外还要告诉你一个好消息。我们和卡斯总部的洽谈，已经八九不离十，只差签合同了。届时，签合同的时候，你来出席就可以了，其他的事情都交给我办。成铭，重回奇迹安全卫士，再加上拿下卡斯中国区的代理权，往后你就可以专攻安全市场了，离创业就更近了一步。”

“张姐，谢谢，非常感谢。”

“成铭，你感谢我，我也得感谢你。我还指着你的‘猎鹰’网络给我们久一资本带来丰厚的回报呢。创始公司和风投机构之间的联姻，只有互利互惠，才能共生共存。”

“张姐，恕我冒昧，你一直在说等待合适的时机，那到底什么才是合适的时机呢？”张成铭终于还是忍不住，抛出了憋在心里已久的问题。

张莹却依然打着太极：“成铭，不要急，慢慢来，我自有安排。”

20

定军令状

张晨蕊盼望和张成铭单独出差的计划泡汤了。

按原先的预定，她将跟随张成铭飞赴珠海，拜会肯巴卫士的掌门人顾长青。如果行程没有冲突的话，还可以见到肯巴帝国的大佬黎卫国。整个行程大概是三天的时间。三天的独处，这是平时盼都盼不来的机会。这两天，张晨蕊心情大好，没事就对着电脑屏幕乐呵呵地傻笑。私底下，她还偷偷地上网查找了珠海哪家饭馆好吃、哪个地方适合情侣去。

但是，现实却给她泼了一盆冷水。

一大早的，张成铭就告诉她，计划有变。明后天，顾长青将来北京出差，到时候直接在北京见面谈。听完，张晨蕊噘了噘嘴，整个人如同泄了气的皮球，无精打采。

张成铭笑着问："怎么，晨蕊，今天心情不好？"

"张哥，你又不是不知道，女人一个月总有那么几天。"

张晨蕊的话，直回得张成铭哑口无言。他只好尴尬一笑，说了句："注意休息。”

两天后，北京城迎来了入冬的第一场雪。

经过甄选，张成铭定了西绒线胡同里头的“东来顺”宴请远道而来的顾长青。为此，他还特意带上了张晨蕊、黄献芬和高明辉。带上张晨蕊，是计划之内的事情。徐泽丰离开后，张成铭需要找到替代他的人。不管是论资历还是论能力，张晨蕊都是最适合的。另外，张晨蕊和张莹间的姐妹关系是不能忽视的。这并非是在利用张晨蕊，而是尽可能地拉近他和张莹之间的距离。张成铭总有种感觉，张莹将是自己创业路上，乃至毕生的贵人。事实证明，他的这一预判，也是经得起推敲的。带上黄献芬和高明辉，是他经过一番斟酌后的决定。不知不觉中，安全卫士部门的员工，从起初的三个增加到了现在的二十几个。人多了，事情就多了。事情多了，就不好管理了。好在张成铭有过在搜索部门管理几百人团队的锻炼，因此，这并非大问题。他真正要做的，是在二十几个人的团队之上，发展一个只有五六个人的核心精英团队。张成铭的目标，是把这个精英团队打造成安全市场上的“王牌军”。黄献芬和高明辉，正在他的考核范围之内。他们两个人，一个精于产品开发，一个精于技术专研。张成铭在他们身上，仿佛看到了自己和徐泽丰当初的影子。

另外，黄献芬和高明辉还有一个共同点，那就是这两个人的酒量都不错。做任何一行，都难免有应酬。有应酬，就自然要和酒打交道。这不是庸俗，而是中国自古以来就有的酒文化。既然是老祖宗留下来的东西，并且一直流传着，就有它存在的道理。

按常人的理解，北方人酒量要比南方人好，张成铭却不这么看。北方人喝酒，喝的是豪爽，三下五除二，没多少时间，大家也就趴下了。南方人则不同，表面上看酒量一般，喜欢喝慢酒，可喝着喝着，你会发现，他们怎么都喝不醉，酒量深不可测。

在酒桌上打起持久战来，会喝的南方人绝不输于北方人，顾长青就是个典型。上次在珠海时，张成铭曾和他交过手，自认不是顾长青的对手，甘拜下风。

两天前和顾长青确定行程时，张成铭如实道出了奇迹安全卫士寻求和肯巴卫士合作的想法，探探顾长青的口风。顾长青没有回绝也没有答应，只说考虑考虑，向黎卫国汇报一下，等见了面，再做定夺。

点好菜，备好酒，顾长青也赶到了。简单地寒暄和介绍过后，五个人围着热气腾腾的火锅坐下。

“顾总监。”刚涮了几片牛肉，张成铭就端起酒杯说，“欢迎来北京做客。”

顾长青也不怵，倒上一小杯白酒道：“成铭，要论对北京城的了解，我可要比你熟悉。创业初期，我们肯巴的大本营可就是在中关村的。还有，玩我们互联网这一行的，都把整个地球变成一个小村庄了。我从珠海到北京，顶多也就是乡里乡亲地串个门。你我都是业内人士，可不能说行外话。”

“对对对，顾总监说得对。我改口，以后多来北京串门。”

“成铭，你是不是还欠我什么？”

张成铭会意一笑，从口袋里掏出一枚硬币，放在桌子上：“顾总监，我当然记得我们的赌约，大丈夫愿赌服输。”

这一块钱的硬币，从重回安全卫士部门的当天下午，张成铭就放到了口袋里，用作履行赌约。这里面，关键不在于一块钱，而是信用，更是他和顾长青间的惺惺相惜。

张晨蕊、黄献芬和高明辉面面相觑，不知张成铭和顾长青演的到底是哪一出戏。待张成铭做了解释，他们才了解了其中的原委。

听完，张晨蕊给黄献芬和高明辉递了个眼神。三个人一同站起身，由张晨蕊带头说话道：“顾总监，就凭你的料事如神，我们三个晚辈敬你一杯。”

“成铭，看来果真是强将手下无弱兵，你们这样轮番上阵，我过不了多久可就要趴下了。”

“顾总监，你的酒量我是知道的，就算我们四个人联手，也未必是你的对手。”

张晨蕊也跟着起哄：“顾总监，一码归一码，我一个女孩子敬你，你总不至于不喝吧。”

“好，喝！既然大家都是爽快人，咱们就痛痛快快地喝一场，不醉不归。”

“顾总监，那小女子就奉陪到底！”

张成铭看了一眼张晨蕊，惊住了。诚然，张晨蕊是个善于调节气氛之人，可在酒桌上放开喝酒，他还是头一次见到。张晨蕊能喝酒，他也知道，可酒量是深是浅，他从未摸透。平时，在酒桌上，张晨蕊几乎是不喝酒的。就算喝，也是少量的红酒。

坦率说，就连张晨蕊自己也不清楚，今天的酒兴为何会如此之好，想痛痛快快地喝一场，好好地醉一场。

酒过三巡，张成铭的头脑和四肢渐渐地有些不听使唤了，但顾长青依旧是面不改色，稳如泰山。

“顾总监，今时不同往日，奇迹的安全卫士部门，开始受到老周的重视，人员也多了，各方面的管理也难了。你在肯巴卫士，管着几百号人，这方面的经验，还希望你能多多赐教。”

“成铭，赐教谈不上，作为一个团队的管理者或者一家公司的掌门人，想要管理一个团队或者一家公司。我个人认为，要做好以下五点。”顾长青做了个“5”的手势，继续说，“第一，至少花 30% 的时间在人才培养上。第二，深度认识你的核心员工，这个区间，应在 10% 左右。第三，一流的人雇一流的人，二流的人只能雇三流的人。第四，你想怎么被管理，就怎么管理人。第五，财散人聚。”

张成铭边听边消化着。听完，他郑重地点了点头，竖起大拇指：“顾总监，妙，精辟！”

“成铭，我说这番话，可不是想让你给我戴高帽、吹捧我来着。这五点是我们黎总的管理秘诀，悟透了，你就可以成为真正的管理学大师。”

张成铭顺势问：“顾总监，不知黎总对我们双方的合作，持什么样的态度？”

“成铭，你终究还是把话说开了。”顾长青打趣道，“看来，这是场鸿门宴哪。”

“顾总监，不不不，你误会了。肯巴和奇迹之间，不是楚汉战争，我们要的是强强联合。”

“成铭，肯巴和奇迹并非楚汉战争，这话不假。不过，在强强联合这件事上，最关键的因素，是你我不是刘邦和项羽。能否强强联合，你用什么方式联合，联合到什么程度，最终还是要看老周和我们黎总的态度。”

“顾总监，寻求和肯巴卫士合作，本就是老周的决定。所以，你和你们黎总的态度才是重中之重。”

“成铭，要是我们黎总没有明确的态度，我也不会来赴宴了。”

张成铭放下手中的酒杯，心跳骤然加快，靠上前，两眼紧盯着顾长青问：“黎总是什么态度？”

“黎总非常乐意和奇迹合作。”顾长青回答得很简单，也很干脆。

“顾总监，太好了，这简直太好了！你可是给我带来了一条天大的好消息啊。”张成铭无比兴奋道，“来，我敬你一杯，先干为敬。”

“成铭，先不要急着喝酒。”顾长青示意张成铭不要过于激动，“难道你就不想听听黎总如此爽快的原因吗？”

“顾总监，我太激动，太激动了。你说，我洗耳恭听。”

“黎总做此决定，基于三点。其一，对你这个人，黎总一向是非常欣赏的。既然是双方联姻，好感很重要。其二，近些年，肯巴卫士在行业要是自称第二的话，就没人敢自称第一，这是好事，也是坏事。好事在于，我们开发的杀毒软件以及衍生产品，一直在安全市场占有非常大的份额。坏事在于，长期坐着第一把交椅的宝座，内部容易滋生惰性和自大等不良情绪。不知不觉中，我们的份额在渐渐地被竞争对手蚕食。尽管依然是老大，但是再这样继续下去的话，随时都会有丢掉王座的危险。通过与奇迹的合作、双方的多方位接触，我相信，能给肯巴卫士带来新鲜的血液和崭新的活力。这第三嘛……成铭，我们先干了这杯酒。”顾长青卖了个关子，突然打住了话题。

张成铭急忙吞了杯中酒，急迫地问："顾总监，第三是什么？"

"成铭，我刚才说了，在互联网的催动下，我们面临的是个地球村。也就是说，我们所面临的，不仅是同行业的、国内的互联网公司之间的交手和竞争，同时还要提防'洋巨头'的入侵。在互联网第一波浪潮时，本土企业和'洋巨头'间较量的例子就有不少。在安全市场领域，也有一个'洋巨头'的存在。这个'洋巨头'，不管是对肯巴还是奇迹，都是前行路上的拦路虎。"

"顾总监，你说的是来自俄罗斯的卡斯？"张成铭略显慌乱地问。

"没错。卡斯在欧美安全市场上占有大量的份额，而且这家神秘的俄罗斯公司在全球设有几十个实验室站点。他们对于中国市场这块大肥肉一直是垂涎三尺的。不过，中国特殊的市场决定了卡斯短时间内不可能抢滩成功，除非，它能在这片土地上找到合作方。"

张成铭不禁暗想，难不成，顾长青已知晓自己名下的猎鹰网络成功拿下卡斯中国区的代理权一事？按理说，这件事只有自己和包括张莹在内的久一资本高层知道。私底下，张成铭也知道，张莹和黎卫国有着极为不错的私交。但这是久一资本的核心机密，涉及的又是安全市场领域。作为职场老手，张莹自然懂得其中的分寸，不会向任何的局外人提及。

如此一想，张成铭的心也稍稍宽了一些。

顾长青所说的"特殊市场"，他也能猜准意思，大多数"洋巨头"进入中国后，基本上都会出现"水土不服"的症状。所谓的"水土不服"，说到底，是不懂中国的国情。杀毒软件业务，有一大批来自政府采购。作为一国的政府和地方政府，首选国产的杀毒软件，稀松平常。你可以说这是保护主义，也可以大骂中国的市场经济体制不够完善，可这就是现实。你想要从中分一杯羹，必须要学会适应。

"另外，成铭，在重视卡斯这个'洋巨头'的同时，我们不能忽略了国内的一家做杀毒软件的老牌劲旅公司。"

"顾总监，你指的是小狮子？"

“没错，小狮子是一家专注于研究杀毒软件的公司。近几年，一些互联网公司在进攻安全市场的同时，也会研发与之匹配的衍生产品，导致小狮子往往会被忽略。但这并不代表，我们就可以小觑了小狮子。两年前，我们肯巴卫士的第一把交椅，正是从小狮子手上抢过来的。并且，小狮子手上的渠道依然是业内数一数二的，尤其是政府采购。”

“顾总监，你的意思是说，咱们两家合作，一同对抗卡斯和小狮子？”

“成铭，你是聪明人，应该明白我的意思。不过，本着攘外必先安内的原则，在第一阶段，我们必须把干掉小狮子作为目标。等干掉了小狮子，再商议如何去和卡斯交手。与卡斯交手，我们所要做的不是击败卡斯，而是将其驱逐出中国市场。以最小的牺牲，换取最大的胜利。”

张成铭越听越入神，接着问：“顾总监，合作模式呢？”

“对于你提出的合作模式，我和黎总都是赞同的。但双方如何分成，我看，还是由两位大佬来定夺吧。”

“对，顾总监，你说得没错。虽然我们天天跟在大佬们屁股后面转，可大佬们心中的小九九，我们未必能一一猜透。”

“成铭，你明白就好，明白就好。”

几天前，当周钧韬把寻求与肯巴卫士合作这块烫手的山芋扔给张成铭时，张成铭极为不知所措，最终硬着头皮接了下来。根据他的预想，他和顾长青的谈判不可能一次就能敲定合作协议，最起码也要谈三次以上。实在不行，再请老周出面，去会一会黎卫国。殊不知，彼此觥筹交错中，就达成了合作意向，着实令人喜出望外。

诚然，双方如何分成是个敏感话题，但只要大方向定下来，这不是问题。双方合作，肯巴的实力要高于奇迹，天平自然应该向肯巴倾斜。也就是说，分成的话，肯巴势必是占大头的。至于到底是四六开还是三七开，又或者其他的方式，正如顾长青所说，还是由黎卫国和周钧韬两位大佬来定夺为好。

自打接下这块烫手的山芋，张成铭就一直在苦心冥想，如何说服顾长青。

现在看来，不用他去说服，顾长青的分析就说明了一切。奇迹寻求和肯巴合作，同时，肯巴也需要和奇迹合作，联手对抗老牌劲旅小狮子和“洋巨头”卡斯。双方有了共同的利益点，合作的根基也就牢固了。

气氛正佳，再加上心情大为爽快，几番你来我往，五个人一直喝到“东来顺”打烊才离开。出了门，张成铭的大脑有些不听使唤，手脚略显踉跄。调整了良久，他才握住顾长青的手道：“顾总监，预祝我们合作愉快。”

顾长青依然气定神闲道：“成铭，我还是那句话，肯巴和奇迹的合作是一回事，肯巴的大门一直为你敞开是另一回事。这句话，可是我们黎总让我特意捎带给你的。”

“黎总厚爱了，厚爱了。”

“成铭！”顾长青将手搁在张成铭的肩膀上，意味深长道，“好的平台才能真正地磨炼一个人。我个人觉得，你跟着老周干，太屈才了。人这一辈子，能够用来奋斗的年龄并不长，30 岁到 40 岁是黄金期，错过了可就错过了。”

“顾总监，谢谢提醒。”

顾长青的状态看上去不错，并无大碍。但毕竟已至深夜，张成铭还是让黄献芬和高明辉送他回酒店。他自己的任务，是照顾好张晨蕊。此刻的张晨蕊，正蹲在路边的垃圾桶边，吐得不省人事。

送别顾长青后，张成铭急忙去路边的小卖部买了瓶水，然后把水递给张晨蕊：“晨蕊，漱漱口。”

张晨蕊干呕了几下，问：“张哥，我刚才是不是很失态啊？”

“没有，没有，要没有你在，气氛也不可能这么好。如果将来奇迹和肯巴在安全市场合作得好的话，放心，我会在功劳簿上记上你的一笔的。”

“张哥，你这是取笑话。”说完，张晨蕊站起来伸手拦下一辆出租车。

“晨蕊，我送你回去。你喝了这么多酒，又一个女孩子的，这么晚了，不安全。”

“张哥，放心吧，北京城我比你熟。”

“晨蕊，这不是熟不熟悉的问题，还是我送你回去吧。”说着，张成铭把张晨蕊推进后座，自己在她的身边坐下。

上了车，告知司机地址后，他又提醒司机把收音机关掉，好让张晨蕊好好休息休息。随后，又脱下外套，盖在张晨蕊的身上。

“张哥，看不出来，你还挺体贴人的。”

张成铭笑了笑，做了个手势，示意张晨蕊先打个盹儿，等到家了，他再叫醒她。

谁知，张晨蕊却冷不丁地问：“张哥，你就不怕你那在美国的女朋友吃醋？”

张成铭张大着嘴巴，半晌，才吐出一个“啊”字。刚想往下追问，张晨蕊已经靠在他的肩膀上睡着了。张成铭侧头一看，张晨蕊睡得很沉、很香，脸上挂着甜美的笑容，宛如一个睡美人一般，心中油然升起一股心疼的感觉。

一直以来，他对张晨蕊都是有好感的，而且，是一种让人很舒服的好感。不过，这种好感并非爱。他的内心早已被陈雅琳一个人填满了，再也不可能装下其他的女人。更何况，张晨蕊是好兄弟徐泽丰的意中人，徐泽丰又计划着对张晨蕊告白，他就更没有非分之想了。

把张晨蕊安全送到，回到家，已近午夜 12 点。尽管身心疲惫，张成铭心中却依旧无比兴奋。奇迹和肯巴在安全领域的合作，是一次机会，更是一次挑战。他的目标，是成为国内做安全领域的第一人，甚至于专做客户端的大师之一。唯一让他头大的是，顾长青扬言要将枪口对准卡斯。好在顾长青提醒得早，也就留足了时间，让他和张莹去布局应招。

次日，来到公司，张成铭直奔周钧韬的办公室，迫不及待地将和顾长青谈话的内容告知。

“成铭，我果然是没看错人。你这手上还真是有几把刷子。”周钧韬大手一挥，“走，我请你吃早饭去，公司旁边的那家豆腐脑非常正宗。”

“好，那就只好让周总破费了！”

其实，张成铭已吃过早饭。不过，还是爽快点头，跟着老周下了楼。吃早饭只是桥梁，借着和老周独处的机会，多了解情况，深入挖掘一些信息才是最要紧的。

“成铭，看你说的，你为公司谈成了这么大一笔买卖，就算你早饭想用鱼翅漱口，我也得请你去。”

“周总，你见笑了。长这么大，别说是用鱼翅漱口，连鱼翅的味道，我还没尝过呢。”

“年后，年后吧，我组织公司的高层去日本度假，泡温泉、吃海鲜，也算是履行我前年年底在九华山庄泡温泉时的承诺。到时候，你想吃多少鱼翅都行，公司报销。”

“周总，咱们和肯巴卫士不是还没签合作协议嘛。再者，关于分成方面，顾长青的意思是他做不了主，得由你和黎卫国定夺。所以……所以不要……”

“成铭，你是想说，所以不要高兴得太早，对吧。”周钧韬停下脚步，笑了几声，“成铭，大方向，我要的是大方向。至于如何分成，我早已猜测，会是我和黎卫国之间的交手。不过，这是小事，黎卫国一向高瞻远瞩，我也并非鼠目寸光之人。所以，你不用着急，也不用心里有负担，我和黎卫国不会拖你和顾长青的后腿的。”

“周总，我不是这个意思……”

“成铭，我知道你不是这个意思。先坐下，喝碗豆腐脑，咱们再慢慢聊。”

两碗香喷喷的豆腐脑上桌，周钧韬三下五除二，就喝掉了一大碗。

“成铭，这往后啊，我会亲自给你开开小灶，教你如何做好一个产品。”

“周总，此言当真？”

老周做产品的能力可是一流的。二次创业，他更多的是以投资人的角色自居，虽然这个投资人做得差强人意，但对于公司产品的研发，除搜索领域外，他一向是甚少插足，只提建议。能拜在老周的门下，张成铭相信，自己的水平将会有一个质的飞跃。可换个角度，这也不见得全是好事。依托猎鹰网络这个平台去创业，是张成铭给自己的定位。事实是，他和老周除了雇佣关系，又多了份师徒之情，将来再分道扬镳，于情于理都会招致骂名。背上“叛徒”的名号，也是想象之中的事情。但话已经说出去，就不好再收回了。

“成铭，当然是真的。以后，我会把你当成关门弟子来看待。”

周钧韬做此安排，一是出于惜才，二是深度掌握对安全卫士的控制权。并且，根据他的长期观察，张成铭对于产品有天生的敏感度，点子好且多。不过，做出来的产品都存在着技术粗糙的弊端，因为安全市场尚未精细化，所以才得以推广，掩盖了这种不足。再者，相比之下，徐泽丰在技术上要稍胜张成铭一筹。徐泽丰一走，高强又瞎指挥了一段时间，细分领域的竞争又变得白热化。张成铭再次接手，想要把安全卫士带到更高的高度，恐怕难度不小。

“周总，受宠若惊，我以豆腐脑代酒，敬你。”

“成铭，重新执掌安全卫士，说说你的目标。”周钧韬故作随口问，“我要的是具体的数字。”

张成铭不假思索道：“周总，一年之内，我会将安全卫士的营业额做到一个亿。”

当说出“一个亿”时，张成铭有些后悔。就连他自己都不清楚，到底是哪儿来的底气，随口而出能以一个亿为目标。这种事，可不是闹着玩的。转念一想，有目标也是好事，安全领域的市场如此之大，做到一个亿，也并非完全是在痴人说梦。

“成铭，君子一言，快马一鞭，你这可是在我面前立军令状啊！”

张成铭热血沸腾道：“周总，没错，是军令状。如果一年之内实现不了这个目标，我就自动离开安全卫士部门。”

“成铭，这可是你说的，我可不希望上演挥泪斩马谡的场面。”

“周总，我有这个信心。”

“有信心就好，如果你真能做到一个亿，我会给你更多的股权。”

21

风口浪尖

周钧韬又点了一碗豆腐脑，喝了一口，继续说：“成铭，奇迹创业之初，我就表过态，用两到三年的时间，将奇迹推向资本市场，成功上市。等到 2008 年 8 月，我给大家放一个月的假，安安心心地坐在家里看奥运会。现在回头看，当时的我，过于乐观了。奇迹的上市之路，并没有想象中那么容易。不过，这并不代表奇迹没有上市的希望。在互联网界，我自认能力比我老周强的人屈指可数。既然宏远和万众都能上市，奇迹为什么就不能呢？追根溯源，是奇迹一直没能拿得出像模像样的拳头产品——吸引投资机构的拳头产品。宏远有引以为豪的聊天软件，万众在搜索领域更是独步天下，这就是李星河和张问天手上的王牌。手上有了王牌，风投们自然会趋之若鹜。趋之若鹜到了一定的程度，企业离上市也就不远了。这是一条庞大而又复杂的链条，王牌项目是起点、是根基。依目前的形势来看，奇迹的王牌将会是安全卫士。当然，这并非代表我们彻底放弃了搜索领域。只要我们利用好此次和肯巴卫士的合作机会，将属于奇迹的杀毒软件推向更高的平台、更广阔的市场，上市也就不远了。”

“周总，我斗胆问一句，上市真的就那么重要吗？”

周钧韬有些不相信自己的耳朵，笑着反问："成铭，难道上市不重要吗？任何一个行业都是一个江湖，既然是江湖，就有江湖法则。这个江湖最大的法则，就是论资排辈。而上市，则是论资排辈的一块敲门砖。只有企业上了市，才有资格坐上某把交椅。你也可以认为，不少互联网企业的市值是虚高的。或者说，本身还处于亏损状态。但那又何妨？事实如此。你非要把自己当成圣贤，是不适合在这个圈子生存的。这个行业没有净土，更不存在着桃花源。"

理是这么个理，张成铭还是懂的，可他总觉得周钧韬的论调过于偏激，不能完全苟同，但当着老周的面，又不好直接反驳。

"周总，一个人既要做理想主义者，又想做现实主义者，真的很难。"

"成铭，所谓的理想主义，到头来，还是要为现实主义服务的。理想主义，只不过是精神外壳罢了，现实主义才是本质。"

兵贵神速！

十天后，黎卫国和周钧韬两位大佬定下了双方合作的分成比例：三七分，奇迹安全卫士占三，肯巴卫士占七。三七开，合乎情理，是双方都能接受的一个比例。从周钧韬处得知消息后，张成铭立即拿起了手机。不曾想到，他尚未拨出，顾长青却早他一步打来了电话。

张成铭激动道："顾总监，我正想给你打电话，被你捷足先登了。看来，咱们两个人还真是心有灵犀啊。"

"成铭，说实话，这十来天，我一直是在掰着手指头过日子呢。生怕突生变数，这个项目黄了。你也知道，你们老周是个极为孤傲之人，而我们黎总，表面上虽平静如水，骨子里却也是个非常强势之人。两位大佬硬碰硬，万一在分成上谈不拢，那即便我们两厢情愿，这个项目也只能搁置。幸好，十天的等待，换来的是一个好结果。"

张成铭轻声道："顾总监，我们老周是有个性，可他的大局观是我一直所钦佩的。所以，我一直笃信，我们之间的联姻是迟早的事情。"

“成铭，按我原先的设想是四六开，奇迹占四，我们肯巴占六。老周同意三七开，还真是出乎我的意料。”

“顾总监，大佬们的心思深得很，也复杂得很，我们猜不透，也没必要猜透。既然我们得到了想要的结果，那就携手往前走就是了。”

张成铭嘴上说猜不透，心里却暗自琢磨开了，老周为何会如此痛快地接受三七开的分成？诚然，奇迹在安全卫士领域的建树比不上肯巴，想要追赶肯巴的脚步，奇迹还需很长的路要走。换言之，天生的不平等，决定了主动权掌控在肯巴手上。不过，周钧韬一直认为自己的能力不输黎卫国，能做此让步，里面肯定有文章。

钱，周钧韬需要的是钱。

众所周知，互联网是个极为烧钱的行业。因之前周钧韬的错误决策——将赌注押在搜索领域，耗费了大量的人力、物力，尤其是财力。这就意味着，老周从久一资本融到的3000万美元，花得差不多了。无疑，奇迹和肯巴的合作是一个很好的营销点，再加上老周的三寸不烂之舌，推动第三轮、第四轮，乃至更多轮的融资，都不是问题。再者，不管是三七分还是四六分，奇迹都能从和肯巴的合作中，换取实实在在的真金白银。

因此，从表面上看，周钧韬是做了让步。实际上，这是一笔极为值当的买卖。

“好，成铭，那咱们说干就干。这两天，你抽个时间，带着你的团队来珠海。咱们见个面，开个碰头会，尽量拿出对双方都有利的方案来。”

“行，顾总监，定下时间，我再通知你。”

“好，那咱们就珠海见！”

通完电话，张成铭又被周钧韬叫去了办公室，周钧韬说他正在利用手上的资源联系有影响力的媒体，打算近期开个新闻发布会，为奇迹和肯巴在安全市场领域的深度合作，好好地吆喝吆喝。周钧韬还说，除了媒体，他还会请一些业界的大佬过来站台。按他的原话，说是“要在安全市场，扔一颗重磅炸弹”。

周钧韬这么做，进一步验证了张成铭之前的猜想。老周不仅要震慑业界，还要让那些躲在幕后的投资方看到。噱头如此之大，投资方自然会主动上门，找奇迹合作，而不是四处求爷爷告奶奶、点头哈腰地去求着投资方，讨好投资方。这种事，老周一向是不屑于去做的，即便做了，也是逼不得已，实为卧薪尝胆之举。

黎卫国有自己的局，同样，老周心里也有自己的局。按目前来看，似乎老周的局更大一些。

随后，两个人又围绕着如何与肯巴卫士合作的细节，做了深入的交流和探讨。聊完，已近下班时间。回到办公室，张成铭打开抽屉，拿出一个精致的小礼盒，掂量了一番，便出了门，快速往安全卫士的大本营走去。

明天是张晨蕊的农历生日。按往年的惯例，张晨蕊一年都会过两个生日：农历生日邀请关系好的同事一起吃个饭，聚一聚；阳历生日则是家人和密友的专属时间。一年过两个生日，而且从未落下。刚开始，张成铭挺纳闷，觉得张晨蕊挺爱折腾的。后来，听她一解释，张成铭反倒觉得有几分道理。张晨蕊解释说："张哥，人这一辈子，能属于自己的东西，寥寥无几。上学时，时间和自由被学业霸占了。走上社会，天天都得围着工作转。到了谈婚论嫁的年龄，不少人还得无奈地接受父母之命，媒妁之言的现实。等你老了，子女成家了，你儿子成了别人的丈夫，你女儿则变成了别人的妻子。唯独生日，从生到死，都伴随着你，不离不弃。所以，生日是上天给一个人的恩赐，必须要好好珍惜、好好庆祝。"

张晨蕊的一番话，听上去像是歪理，却说得张成铭无言以对。

前些年，张晨蕊生日时，张成铭从未送过礼物，也没想到要送礼物。在他的价值观里，可以送异性礼物，但那个人必须是亲人或者恋人。不过，和张晨蕊共事多年，再次回到北京后，张晨蕊又对他关照有加。再者，徐泽丰走后，他一直想培养张晨蕊，来填补徐泽丰留下来的空缺。即便是抛开工作，就冲第二次来到北京刚开始那段时间，一直寄宿在张晨蕊的屋檐下，送份礼物，也没那么多值得顾虑的。为此，昨晚下楼逛书店的时候，张成铭特意到对面的百货商场转了一圈，精心挑选了一款香奈儿 5 号香水，作为张晨蕊的生日礼物。选香奈儿 5 号，是有原因的。上次张晨蕊喝醉时，张成铭把她送回家，那也是他第一次进入张晨蕊的闺房，看见梳妆台上是清一色的香奈儿香水。

送别人礼物，首先得投其所好，对胃口。否则，你送得尴尬，对方收得也尴尬。

张成铭原打算生日当天再把礼物送给张晨蕊。可第二天，徐泽丰正筹划着对张晨蕊表白，他是男主角，自己就没必要插一脚，抢他的戏了。

到了门口，大家都正收拾着准备下班。张成铭想了想，把小礼盒放进上衣口袋，免得大家误会，误以为他在追求张晨蕊。这种事，如果发生了，再去解释就晚了，一不小心，就陷入越解释越是解释不清的境地。

进门后，张成铭走到张晨蕊的跟前，敲了敲她的办公桌，轻声道："晨蕊，你下班后留一下。"

待其他人陆陆续续离开，脚步声和交谈声远去，张成铭才掏出小礼盒，搁在张晨蕊的面前："晨蕊，明天是你的生日，这是……这是我送给你的礼物……"

张成铭发现自己说话时，舌头竟有些打结，就连心跳也莫名地加快着。

同时，张晨蕊也惊住了，不知所措。每次生日，她都能收到不少的礼物。她打心眼里是希望张成铭给自己送礼物的，哪怕小得不能再小的礼物，也是一份心意。有心意，就说明他心里记挂着自己。

两个人皆陷入了沉默。

半晌，张成铭才说："晨蕊，你打开看看，喜不喜欢？"

张晨蕊腼腆一笑，也不打开，而是直接将小礼盒放进了包里，然后说："张哥，谢啦。只要是你送的，我都喜欢。既然包装得这么精致，那我就回家后再慢慢地拆。我相信，这份礼物会给我带来惊喜的。”

“晨蕊，也没什么……就是……”

张晨蕊做了个“嘘”的手势，示意张成铭不要讲明到底是什么礼物：“张哥，还是保持点神秘感比较好。对了，明天晚上，我在国贸附近的一家日本料理店订了位置，你可不能不来哦。”

“一定，一定。”张成铭点了点头，“那没什么事的话，我就先走了，你先早点回家吧。”

张成铭正欲转身，又被张晨蕊叫住了：“张哥，那天我喝醉了，你送我回家的时候，我是不是说了什么不该说的话？”

“没有，没有，你上了出租车就睡着了。”

“好吧，张哥，谢谢你的肩膀，也谢谢你的礼物。”

第二天一大早，张成铭就被刺耳的手机铃声从被窝里拽了出来。来电话的是徐泽丰，他的声音听上去有些激动，激动中又略带颤抖，说是已经从家里出发了，准备去向张晨蕊表白。那气势，如同战场上的冲锋号响起的那一刻，铆足了劲要一决胜负似的。

张成铭想了半天，不知该拿什么话去给徐泽丰打气，最后说：“兄弟，祝你好运，旗开得胜。”

徐泽丰摆出了视死如归的姿态：“放心吧成铭，下午之前，我一定会给你传来捷报的。”

中午，闲来无事，张成铭带上黄献芬，到了中关村。在中关村，每天会诞生许多家互联网公司。与此同时，每天也会有许多家互联网公司倒闭。而且，数据显示，倒闭的公司要远多于诞生的公司。放在十年前，互联网刚刚在中国兴起时，是真正意义上的朝阳行业。时至今日，互联网依然是朝阳行业。但与十年前相比，竞争的程度要激烈十倍、百倍。优胜劣汰，适者生存，本就是市场经济的规律之一。再往后的趋势，是行业内出现几家巨头公司，争霸一方，类似于三国或者春秋战国时期的局面。所不同的是，几乎很难有某一家公司有一统天下的实力，因为互联网这块蛋糕太大太大了，大得不可估量。即便是张成铭，在这个行业混迹了多年，许多时候还总是有井底之蛙的感触，感觉自己太过于渺小了。此外，这个行业就像一块巨大无比的宝藏，可以挖掘的东西还有很多很多。说句丝毫不夸张的话，将来某一天，互联网会渗入到人们生活的每一个环节，一个人足不出户，就能解决一切的需求。这并非天方夜谭。如此大的宝藏，就算你的公司是业内的巨无霸，想要将触角伸到所有的领域，也是心有余而力不足。这从另一个角度说明，业内会出现一些“小而精”的公司。这些公司不大，却是某个细分领域的王者。小狮子在安全市场的地位，正是如此。

张成铭喜欢往前看，往前看，看的是方向、是未来。在某些可预见的未来中，去调整人生轨迹，无限地向未来靠拢，你就有希望成为最终的赢家。

两个人在中关村转悠了一圈，随后，就近找了一家咖啡馆，打算进去喝杯咖啡，解解乏的同时，也享受一下咖啡馆里的暖气。这北京城的冬天，绝非徒有虚名，在外面顶着风走上个把小时，是需要勇气的。稍不留神，整个人就会被冻成一个大大的冰坨子。

张成铭缩着脖子，迈上台阶，正准备以最快的速度冲入咖啡馆时，却被黄献芬拉住了。

“老大，你看，那不是高强吗？”

张成铭愣了愣，眉头一紧，循着黄献芬指的方向看去。隔着落地玻璃窗，高强正倚靠在椅子上，手里把玩着咖啡杯子。他的对面，坐着一个年龄与他相仿的男人，留着寸头，脸上棱角分明，身着熨得一丝不皱的西装，一看就不是个普通人。

“老大，你有没有觉得高强对面的那个人好面熟啊……”

张成铭再定睛一看，努力地在脑海里寻找匹配的模样，来识别眼前这个中年男人。在奇迹内部，说到对互联网历史的了解，张成铭绝对是数一数二的。

能排在他之上的，无非就是周钧韬。历史是由人来主导的，因此，除了历史脉络，张成铭对大佬们的发迹史也做过深入的挖掘和研究。因资料有限，张成铭见过的大佬并不多，可每个大佬以及创始团队成员的长相，早就印刻在他的脑海中。

估摸着三分钟后，张成铭笃定道："献芬，此人是极光的高层，蔡崇云身边的'金刚'之一——刘凯风。"

包括蔡崇云在内，极光的创始团队共有十八个人。这十八个人，在业界，素有"十八金刚"之称。"十八金刚"中，除了蔡崇云，就数刘凯风的地位最高了。也有传言说，刘凯风的地位甚至要高于蔡崇云。据张成铭了解的信息，刘凯风是台湾人。当初，蔡崇云为了说服刘凯风加盟极光，三顾茅庐，才把刘凯风从台湾请到杭州。在加盟极光之前，刘凯风是台湾一家知名投行的高层，年薪几百万元。最重要的是，刘凯风所在的家族，在台湾颇有威望，属于上流社会。刘凯风本人也是个融资高手。所以，一向高傲的蔡崇云才会放低身段，把刘凯风这尊菩萨请到极光这座庙里。在这之后，极光的各轮融资都是刘凯风在幕后精心策划的。

高强为何会和刘凯风坐在一起喝咖啡？

周钧韬在互联网行业闯荡多年，虽说名声不太好，可真正的敌人却几乎没有。真要说有，蔡崇云算是一个。对于蔡崇云和郭腾义联手赶他出局，老周一直耿耿于怀。前阵子，两个人又再次联手剿杀奇迹搜索，逼得老周直骂娘。倒不是说老周是个睚眦必报之人，只是这口气憋着实在是难受。因此，老周对此二人是恨之入骨，只要有了成熟的机会，一定会报复。报复的最好方式，就是在战场上挫败极光和智源科技。

不过，在表面上，周钧韬和蔡、郭二人的关系也没想象中那么紧张。毕竟，大家都是业内有头有脸的人，真要上演狗咬狗的场景，不免会沦为笑柄。

作为周钧韬的嫡系、奇迹网络的元老，高强居然在敏感时期和敌军的将领坐在一起，也太让人匪夷所思了。

猛然间，张成铭又想起了一件事：老周第一次创业失利后，高强曾南下杭州，加盟极光网络。据说，他混得并不如意，才重新回来跟随老周。难道，高强并非是过得不如意，而是蔡崇云和刘凯风安插在老周身边的眼线？如此一来，许多事情就可以解释得通了，包括在“三巨头”的围剿下，奇迹搜索为何会毫无招架之力，节节败退？必定是高强提前向蔡崇云和刘凯风通风报信，泄露了老周的战略部署。

要真是如此的话，高强这个人也太可怕了。

“献芬，你怎么看？”

“老大，高强不会是在私通刘凯风，贩卖奇迹的核心机密。或者，干脆再次跳槽到极光吧？”

“献芬，这种事，可不能妄下结论。也许，高强和刘凯风正在商议合作事宜呢。”

张成铭沉思片刻，并没有选择将自己内心的想法和盘托出。奇迹安全卫士再次启航，眼下最需要的，是团队中每个人拧成一根绳，把这个项目做到极致，尽量不要在团队中渲染不良的气氛，这就是张成铭的宗旨。更何况，作为公司的基层员工，类似的事情，黄献芬还是不知道的好。

“老大，不太可能吧。老周和蔡崇云之间剑拔弩张的关系，业内几乎是无人不知，无人不晓。奇迹和极光合作绝对不可能。”黄献芬辩解道。

“献芬，大佬们的心思和大局观，不是你我一时半会儿就能看得透、猜得着的。再说了，生意场上，没有永恒的敌人，也没有永恒的朋友，只有永恒的利益。”

“老大，反正我是想不明白。”

“不管你想得明白，还是想不明白。此地不宜久留，咱们哪，还是赶快撤，换个地方吧。”

离开前，为了记录证据，张成铭拍下了高强和刘凯风密会的照片。从感性上而言，他不希望这张照片将来能够派上用场。的确，他对高强一向没有好感，可奇迹内部出现问题，也并非他所愿意看到的，就算离开奇迹也是。饮水思源，倘若日后他能够在互联网行业挖掘一口又大又深的水井，第一个引路人永远是周钧韬。这一点是更改不了的。理性上，他又觉得这张照片迟早会有用。

见张成铭没有继续往下探讨的意思，黄献芬知趣地跟在他身后。两个人走了近三个红绿灯的路程，在另一家咖啡馆坐下。

刚坐下，屁股还没坐热，张成铭就收到了一个陌生来电。一看，还是个越洋电话。越洋电话？张成铭在国外没有亲人，也没有朋友。他能想到的就是陈雅琳。一想到陈雅琳，张成铭的内心就无比激动。再一想，美国和中国，有着近 12 个小时的时差，这个点，美国应该是深夜。如果真是陈雅琳的话，肯定是有急事。他冲着黄献芬做了个手势，示意自己出去接个电话。

“成铭，在忙吗？”

听到陈雅琳熟悉的声音，张成铭心里是既温暖又惶恐，生怕她在美国真遇到什么大麻烦。

“没在忙，和一个同事在星巴克喝咖啡。”说完，张成铭往手心呵了几口气。

“怎么成铭，你在外面站着？”

“是的，毕竟有同事在，不方便。”

“也是。”陈雅琳沉默片刻，又说，“成铭，听说你回去重掌安全卫士部门了，更受周钧韬的器重了？”

“也谈不上什么器重不器重的，只是回到熟悉的舞台，做起事来更顺手了。”

听陈雅琳的语气，不像是有什么紧急之事，张成铭心中悬着的石头也总算是落地了。

“成铭，话可不能这么说。放在之前，安全卫士只是奇迹的一个小项目。今时不同往日，现在的安全卫士，在奇迹内部的地位仅次于搜索。而且，我相信，过不了多久就会反超搜索。这是好事，也不尽然是好事。”

张成铭听出了陈雅琳的弦外之音，问 :“雅琳，你说的不尽然是好事，是什么意思？”

“成铭，你想想看，周钧韬如此器重你，必定会引起奇迹内部一些顽固派的反感。私底下，他们肯定会盯着你的一举一动，抓你的小辫子。如果你把安全卫士带到更高的高度，还好说，万一没有预期的那么好，他们会放过你吗？还有，就算你把安全卫士做好了，你的权力变大了，人家也会有说法，说你在安全卫士搞独立王国，功高盖主，威胁老周的地位。这种事，说一次两次，老周也许不会放在心上。但说得多了，就不同了。你呀，是被老周推到风口浪尖上去了。接下来，每个人都会拿着放大镜去看你。”

陈雅琳的善意提醒很直接，却也很中肯。张成铭开始有些后悔，后悔前几天脑子一热就立下了军令状。

“雅琳，既然已经被架到火上去烤，我唯一能做的，就是做好每一个细节。从我迈入奇迹门槛那天起，我就已经看清了，我只不过是老周手上的一颗棋子，最终的生杀予夺权，在老周手上。他真要是把刀架到我的脖子上，我也只能把头伸过去。”

“成铭，你的心态是一如既往地好。”陈雅琳再一次陷入沉默，“成铭，你的事情说完了，说说我的事情吧，我有可能会离开万众了。”

“离开万众？”

“没错。”陈雅琳又是一顿，说明了原委。

22

合纵连横

原来，陈雅琳在美国学习这段时间，有不少“猎头”和同行公司都在挖她跳槽，有拿职务做诱惑的，也有拿股权作为条件的。对于他们中的绝大多数，陈雅琳皆采取了婉拒的方式。对她而言，万众是个极为不错的平台，张问天更是她的恩人。她对张问天这个“学院派”巨头，是打心眼里尊敬和崇拜的。并且，万众是一家市值几十亿的互联网公司，又有着自身的王牌项目和核心技术。而陈雅琳本人又处于事业的上升期，现在离开显然不是明智之举。

不过，陈雅琳也有她的苦恼。她的苦恼，主要来自两方面。其一，作为张问天的私人助理，陈雅琳每天所能做的是一些非常琐碎的事情。这些事，可以说与互联网有关，也可以说与互联网无关。私底下，张问天也会跟她探讨一些公司的产品，但仅限于探讨，并非把某个项目交给她去负责。陈雅琳自认虽非科班出身，但对互联网的悟性不比公司某些部门的负责人差。可是，一等再等，还是等不到独当一面的机会。简单来说，在万众，陈雅琳其实是个被核心决策圈边缘化的人物。其二，陈雅琳告诉张成铭，她腻歪了北京这座城市，想换个环境生活。至于为什么会腻歪，想要什么样的环境。或者，其中是否另有隐情和苦衷，她并没有明说。

所以，陈雅琳并非不想跳槽，而是缺乏合适的平台——实力与万众旗鼓相当的平台，同时还需要一个格局不输于张问天的掌舵者。直到宏远某位高管亲自来美国邀她加盟，才真正触动了她内心的那根弦。讲述时，她并未透露宏远的这位高管是谁、位居何职，只说这位高管希望她能加盟宏远，负责宏远的某个新项目。而且，对方非常有诚意。

在业内，宏远的实力丝毫不逊于万众；论格局，李星河和张问天是同一级别的互联网构架大师。也就是说，宏远完全满足陈雅琳跳槽的两大要求。

陈雅琳感慨道："成铭，随着年龄的增长，又身处明争暗斗的职场大旋涡。坦白说，许多时候想找个人说几句心里话挺难的。思来想去，还是给你打了电话。"

"雅琳，你真决定离开北京，南下广东了？"问完，张成铭屏住了呼吸。

当陈雅琳有心事时，第一个想到的是自己，而非别人，张成铭尤感欣慰。可一想到陈雅琳要离开北京，他心里面又百感交集，不是滋味。分隔多年，昔日的情侣再次在北京相遇，这是多么难得的缘分啊。可陈雅琳又要离去，张成铭实在是接受不了这个现实。广东和北京，隔着千里，变数太大，也太多了。

但换个角度去想，爱一个人最大的心愿，不就是想看到她过得开心快乐吗？难道不是吗？难道是吗？张成铭在内心反复问着自己，结果却发现是徒劳的。这种事，本就没有正确的答案可言。

"成铭，我现在也挺矛盾的。所以，就找你商量商量，听听你的想法。"

"雅琳，不管你是留在万众，还是南下加盟宏远，你觉得开心就好。"

"开心就好？成铭，谈何容易？现如今，开心对我而言，是奢侈品。"

张成铭总觉得陈雅琳是话里有话，就是不愿意说透。

"雅琳，开不开心，就看你怎么去衡量了。如果单从事业上来看，加盟宏远也许是更好的选择。只是你一个女人孤零零地跑到广东，怕各方面都要重新适应。”

“成铭，这点你放心，适应力强是我的优点。再说了，我早已习惯到处漂泊的日子了。”

“雅琳，漂泊归漂泊。可你的年龄也不小了，总归要找个……找个地方安定下来的。”

张成铭本想说找个人安定下来，话到嘴边，又改口了。而且，许多话隔着电话不好说，也说不清楚。

“成铭，大道理我说不过你。好啦，美国这边的时间不早了，估计你在外面也冻坏了。等我回去吧，回去后，我会尽快把这件事定下来。”

“保重！”

挂了电话，张成铭在门口伫立了良久，任凭寒风如同刀子般，一刀一刀地割在他的脸上，镌刻在他的心上。他想重温当初陈雅琳去美国时的疼痛感，却怎么也找寻不到，也许是麻木了，也许是习惯了。

重新回到咖啡馆，之前的摩卡已经冷掉了，黄献芬又为他点了一杯。见张成铭一脸的沉闷，黄献芬只好陪他坐着。两个人有一搭没一搭地聊了一些与安全卫士有关的话题。不过，张成铭一副心不在焉的样子，根本就不在状态。一直坐到下午 5 点半，两个人直接打车去往张晨蕊预订的饭店。

到了，张成铭才想起今天是徐泽丰向张晨蕊表白的日子，刚才心里一直记挂着陈雅琳，也就忘了此事。徐泽丰不是信誓旦旦地说，下午之前，会给自己带来好消息的吗？现在都近晚上了，怎么一个电话都没有？看来，是“撞墙”了。

张成铭正欲给徐泽丰打个电话一探究竟，刚掏出手机，张晨蕊正好从包厢里走了出来。

两个人对视了约有几秒钟，张晨蕊露出笑容道：“张哥，献芬，你们两个到啦。”

张成铭愣了愣问："其他人呢，都来了吗？"

"都快到了。"

张成铭又问："泽丰呢？给他打过电话吗？万众卫士刚刚起步，估计周末他都会在加班。"

"联系过了，在加班，不一定来得了。"

张成铭问得有艺术，张晨蕊回答得更有艺术。

张成铭心想，徐泽丰不一定来，这是什么情况？看张晨蕊的样子，神情淡定，好像跟什么事情都没发生过似的，着实让人好奇。

"我给他打个电话，再忙，你的生日不能不过来。虽说他现在是万众卫士的掌门人，可工作之余我们还是'战友'。既然是'战友'，就该有统一战线。"

张晨蕊又是一笑，转移了话题："那行，张哥，我先去点菜。"

一旁的黄献芬察觉到了异样，立马说："晨蕊姐，我跟你一起去点菜。"

等到张晨蕊和黄献芬下了楼，张成铭才走到走廊尽头的窗前，拨通了徐泽丰的号码。一连拨了三个，徐泽丰才接起电话。

"泽丰，什么情况？"

清脆的打火机声过后，徐泽丰苦笑了一下："什么情况？哼，什么情况都没有。"

张成铭一下子急了："说人话！"

"成铭，还能是什么情况。我精心策划了那么长时间，一大早捧着一大束粉玫瑰，坐着公车，接受着旁人异样的眼光，跑到晨蕊家楼下向她表白。结果呢？她却告诉我，我和她只适合做哥们儿。成铭，你知道吗，当我听到哥们儿时，心有多冷吗……"

说着，一向坚强的徐泽丰，声音竟变得哽咽。

他的心情，张成铭完全可以理解。作为"北漂"一族，一个尚未在北京城找到根的人，张晨蕊之于徐泽丰，是唯一的念想，也是最大的憧憬。也许，在徐泽丰憧憬的生活中，一切都是围绕着张晨蕊而设定的。对于这种心情，张成铭是感同身受的。现在，他的这种希望和憧憬，彻底被张晨蕊扼杀在摇篮里了，不留一丝希望。

当你追求一个女生时，她回复你说“我们还是做朋友或者哥们儿”时，其实是你最不能接受的事实。可事实总归还是事实，还是要去面对的。

“泽丰，也许晨蕊不是那个意思，也许她只是觉得你们之间，还需要时间去……”

“成铭，时间，我暗恋了她这么多年。我不相信，一向敏感的晨蕊，没有丝毫的感觉。”

“泽丰，可今天是晨蕊的生日，你不能不来啊。”

“我真是没心情去，不过成铭，我不会这么轻易放弃的。我会越挫越勇，我就不相信晨蕊不会感动。不说了，我累了，先睡会儿。”

“好吧，你好好休息。”

感情这种事，如果双方缺乏眼缘或感觉的话，你的付出和回报是成不了正比的。甚至于，是成反比的。比如说，你猛追一个女生，像狗皮膏药一样贴着她，反倒会引起她的反感。做任何事都是如此，讲究的是点到为止，水到渠成。张成铭本想和徐泽丰说说这番道理，再一想，真这么说，不等于在他的伤口上撒盐吗？这种时候，还是不说为妙。

因生日宴会上人多口杂，张晨蕊又不愿主动说，张成铭也就没有问起徐泽丰向她表白一事。再过几天，就要去珠海和肯巴卫士的团队碰面，到时再问也不迟。

四天后，张成铭带着张晨蕊、黄献芬和高明辉飞赴珠海。顾长青和肯巴卫士的几位高层亲自到机场接机。

一行人先是到了粤财假日酒店。酒店的地理位置极佳，位于珠海的金融商业中心地带，紧挨着九洲港码头。九洲港码头的对岸，即是香港。首次会面，肯巴卫士就精英尽出，而且把张成铭等人安排入住在五星级酒店。可见，从黎卫国到顾长青，对这次合作都是极为看重的。

“成铭，我们黎总本来打算和你的团队见一面的。不过，黎总今天上午临时有事去了香港，只能下次了。”

“顾总监，你们如此兴师动众，我已经是受宠若惊了。要是黎总再来的话，我张成铭的面子也太大了吧。”

“成铭，你是知道的，我们黎总一直是很欣赏你的。另外，我们黎总一向没有架子，这是他第二次创业，短短几年内就能够在业界翻江倒海的最重要原因之一。从中国出现第一家互联网公司至今，你会发现，一家互联网公司能否成功，掌门人很关键。成铭，你对互联网历史颇有研究，应该能看透。有些掌门人是科班出身，具有天然的技术优势，比如宏远的李星河和万众的张问天。有些掌门人并非科班出身，却能打破隔行如隔山的固有思维，把公司做得风生水起。最典型的，莫过于极光的创始人蔡崇云。蔡崇云虽是个门外汉，可包括他在内的‘十八金刚’中，却有这方面的高手。蔡崇云能成功，靠的是知人善任。当然，还有他那张极善‘忽悠’的嘴。我们黎总呢，是二者兼之，既是科班出身，又有着非常好的人缘。有了好的人缘，才能巩固好根基。这种好的根基，是建立在权力的适度分配上的。当他把某个项目交给某个人时，就会百分之百地信任，哪怕出现短期的亏损和失败，他也不会给你压力，会一如既往地力排众议，支持你。所以，干任何事，都需要牺牲。微小的牺牲，是为了换取更大的收益。许多人都是嘴上喊着高瞻远瞩和深谋远虑，真要去做，还是会陷入鼠目寸光和蝇头小利的恶性循环，这也是企业家和商人的本质区别。”

“顾总监，那你觉得，我们老周和你们黎总，谁是企业家，谁又是商人呢？”

顾长青看了一眼张成铭，笑道：“成铭，你现在说话可跟以前不一样了。至于老周和黎总谁是企业家，谁又是商人，一千个人眼中有一千个哈姆雷特，不好说。”

说完，顾长青话锋急转，声音也变得沉重起来：“成铭，我先要告诉你一个坏消息。”

“坏消息？什么坏消息？”张成铭惊慌地问。

“上次我们见面时，我记得我曾跟你说过，宏远打算把触角延伸到安全市场。李星河又一向低调，不像你们老周，稍有动作，就筹划着召开新闻发布会。成铭，你别误会，我不是说召开新闻发布会不可取。我也清楚，老周之所以召开新闻发布会，心中自有他的如意算盘。”正说着，已到了酒店门口，下了车，顾长青又说，“回到宏远涉足安全市场的话题。就在几天前，宏远有了大动作。据可靠消息，在李星河的指挥下，宏远打算整体收购敏强杀毒软件。”

在互联网安全市场，敏强和小狮子是老牌劲旅，如同“二战”时期的英、法两国。虽说实力上有所下降，但瘦死的骆驼总归还是要比马大。相比之下，敏强的实力要稍逊于小狮子，可依然不能小觑。敏强研发的反病毒软件、网络黑客防火墙和邮件服务器反病毒软件等一系列信息安全产品，还是占有一定的市场份额的。

宏远收购敏强，是如虎添翼之举，将大大地提升宏远在安全市场领域的地位。而且，宏远完全有能力整体吞下敏强。

不过，吞下敏强是一码事，如何消化敏强、将敏强融入宏远的体系，是另一码事。

最重要的是，宏远收购敏强之后，将与肯巴和奇迹形成抗衡之势，进入安全市场三足鼎立的时代。彼此有合作也有竞争，就看谁更懂得合纵连横之道了。

张成铭琢磨了一番，道出了疑虑。

“成铭，如果这个人是别人的话，我们可以怀疑他的接盘能力。但你要知道，这个人可是鼎鼎大名的李星河，如果没有十足的把握，李星河是不会收购敏强的。至于三足鼎立之势，你我的观点基本上是一致的。但谁是蜀，谁是吴，谁是魏，现在还不好下结论。至少从目前的局势来看，肯巴和奇迹是盟友，宏远是我们共同的敌人。还有，兼并收购是将来行业的大趋势，这几乎也是可以预见的。”

“顾总监，愿闻其详。”张成铭听得极为入神，以至于到了酒店前台，忘了拿身份证办入住手续。

等办完手续，进了电梯，顾长青接着往下说："近几年，一些巨头企业都在扩张自身的版图，抢滩细分领域，尤其是那些将来有市场、他们又未知的领域。想要达到这种目的，一般有两种方式：一是内部组织团队去研发，二是直接收购某家企业。这方面，动作最大的是财大气粗的华鼎。宏远也一直在做，不过李星河的动作并没有陈启锐那么大，但这并不代表李星河的野心比陈启锐小。我记得，去年吧，某家高端财经媒体在采访思科中国区某位高管时，问起了思科的发展战略。这位高管的回答是：收购，收购，再收购。大企业有收购的需求，反之，小企业也有被收购的需求。毕竟，大树底下好乘凉。"

顾长青讲述完，电梯也到了 16 楼。

"成铭，你们先去房间冲个澡，休息休息。晚上我做东，请你们吃个饭。"到了张成铭的房间门口，顾长青停下脚步，"对了，你们在珠海这段时间，我们的团队就住在对面的几个房间。咱们哪，吃、住同行，尽快把双方相互推广的细节把控好，拿出一个切实可行的方案。"

同吃同住，这就是顾长青的工作态度。张成铭大为吃惊的同时，心中更多的是敬佩。

冲过澡，张成铭并没有选择休息，而是出了门，来到张晨蕊的房间。他想借此机会，找张晨蕊谈一谈，谈谈她和徐泽丰之间的事情，听听她心里的真实想法。

"张哥，找我有事？"张晨蕊透过猫眼，隔着门问。

"是的，有件事想找你谈谈。"

"张哥，你稍等，我先把脸上的面膜摘了。"

一阵急促的脚步声过后，不出一分钟，张晨蕊便过来开了门。

"晨蕊，有件事，在北京的时候，我就想跟你聊聊，一直没有好的时机。"坐定后，张成铭斟酌道，"所以，就趁着这次出差的机会，找你来了。"

“张哥，你是想找我谈谈老徐的事情吧。”张晨蕊开门见山地问。

张晨蕊直截了当的反问让张成铭不知该如何往下说。

“晨蕊，感情是个人的事情。我并没有别的意思，只是作为你和泽丰的好朋友，想听听你内心的真实想法。”

“张哥，那我也很明白地告诉你，我和老徐之间，不是合适不合适的问题，而是我对他一点感觉都没有。一直以来，我只是把他当成哥哥来看待的。老实说，老徐的表白方式让我很感动，可感动和感觉完全是两码事。这番话，我也原原本本地跟老徐说过了。”

张晨蕊心里清楚，张成铭私下找她谈及此事，一是帮徐泽丰探底，二是对她的关心。三个人在一起共事多年，退一万步讲，即便自己和徐泽丰一点可能性都没有，他也不愿看到因为此事她和徐泽丰的关系变得尴尬又生疏。

诚然，张成铭的出发点是好的，但却刺痛了张晨蕊的心。徐泽丰向他表白的那一刻，张晨蕊才真正意识到自己的心中早已经有人了，再也装不下其他人了，这个人便是张成铭。那一刻，她的感觉是真实的，也是强烈的。

张成铭和徐泽丰是好哥们儿，如果没猜错的话，徐泽丰的表白计划，张成铭早已知情，而且是这一计划的支持者。换言之，张晨蕊心里装着张成铭，张成铭的心里却没有她的位置。张晨蕊也明白，张成铭的心早就被那个叫陈雅琳的女人霸占了。

对此，她不敢有太多的奢望，她只想在张成铭心中有个位置，哪怕这个位置再小，也是一份希望。

“晨蕊，你应该清楚泽丰的个性。他这个人，韧性很强，遇到任何困难都不会轻易放弃。还有，站在我的立场，我最大的希望，是你们两个不要因为此事而疏远了关系。毕竟，咱们三个有着这么多年的友情在。”

“张哥，我明白。”张晨蕊极力控制着情绪，“但是张哥，如果老徐不愿放弃，一而再，再而三地纠缠我。我……我真的不愿意用‘纠缠’这个词。可时间久了，次数多了，我真怕自己会反感，甚至厌恶。所以，希望你能够给老徐带个话，让他多花心思在事业上，而不是徒劳地花在我身上。”

“晨蕊，难道……”

“张哥，我累了，想躺会儿。要是有什么工作上的事情，你再叫我吧。”

张晨蕊下了“逐客令”，张成铭只好作罢，起身道：“那你先好好休息休息。”

23

安插眼线

第二天，张成铭起了个大早，泡了杯茶提神。

昨晚，顾长青在离酒店不远处的一家粤菜馆设宴，招待张成铭一行，一直喝到深夜才散席。张成铭喝得酩酊大醉，就连怎么回的房间都忘记了。凌晨醒来时，再回想喝酒的过程，几乎是断片了。他唯一记得的是，先是白酒，白酒喝完了又上红酒，红酒喝不尽兴，又喝啤酒。他按了按太阳穴，只觉得一股胀痛，一看时间，才凌晨4点。他起来喝了一大瓶水，倒头又睡，再次醒来已经是两个小时以后的事情了。

喝下一大杯浓茶之后，张成铭还是觉得四肢无力，又去冲了个澡，才慢慢恢复了精神。按约定，上午10点，肯巴和奇迹的安全卫士团队，将在酒店的多功能厅召开第一次真正意义上的碰头会。

张成铭看了看手表，时间尚早。他打开窗户，任凭冷风从各个角落钻进来。而后，他闭上眼睛，下意识地点上烟，努力让思绪回到正常状态。

差不多8点半的时候，他叫醒了张晨蕊、黄献芬和高明辉，下楼一道吃早饭。因昨晚喝了太多酒，张成铭毫无胃口，喝了碗豆浆，跟其他三人打了个招呼，起身往酒店门口的方向走去。他想一个人走走，静一静。

刚走到拐弯处，手机就响起了。张成铭顶着寒风一看，是齐文东从北京打来的电话。他躲到一个墙角，按下了接听键。

“成铭，此次珠海之行，一切都还顺利吧？”

“齐总，都挺顺利的。肯巴这边对这次合作也挺重视的。再过个把小时，我们双方会开个正式会议，敲定双方合作的细节。唯一遗憾的是，黎卫国不在珠海，没能见上一面。”

“黎卫国去香港了吧？！”

齐文东的话，是疑问，更是肯定。

“齐总，你怎么知道黎卫国去了香港？”

“成铭，我不仅知道黎卫国去了香港，还知道黎卫国正在为宏远并购敏强一事大伤脑筋呢。或者说，这是一回事。”

“一回事？”

“成铭，你可能还不知道，肯巴卫士在确定和咱们奇迹合作之前，黎卫国和李星河曾有过多次密会，商议双方在安全领域上的联姻，结果不了了之。至于不了了之的原因是什么，也许只有两位大佬心里清楚。也就是说，宏远才是肯巴的第一选择，我们奇迹只不过是备胎罢了。据我了解到的情报，这段时间，李星河也在香港，黎卫国火急火燎地去香港出差，肯定是见李星河去了。”

“齐总，你的意思是说，我们和肯巴卫士之间的合作，还存在着变数？”张成铭有些慌张地问。

“成铭，双方合作，随时随刻都存在着变数。依我看，肯巴和咱们的合作，短时间内不会有变数。况且，李星河和黎卫国皆是谋局高手，肯巴和宏远，又都是业内一等一的公司。即便不能在安全领域合作，其他的选择还很多。”

张成铭点了点头，说了句“是的”，又想，奇迹和肯巴在安全领域确定合作，正在崛起的宏远杀毒软件便成了双方的敌人。但只要宏远和肯巴在另外的领域联姻成功，那么，黎卫国就能牵制住李星河。即便双方有冲突，宏远也不会贸然对肯巴动武，两者的关系是亦敌亦友。

黎卫国这一招，才称得上是真正意义上的高手。

“成铭，话匣子打开，一下子就收不住了，差点忘了跟你提正事了。”

张成铭哆嗦地点上烟，稍稍压压惊，又问：“齐总，你说！”

“成铭，两条消息。对你来说，一条是绝对的好消息。另外一条，就看你怎么去判断了。好消息是，周总昨晚找我谈了谈，决定公司将全力来运作安全卫士这个项目……”

“齐总，前段时间，我在周总的办公室时，周总跟我提过类似的观点。”张成铭咬了咬牙，直接说道，“但不可否认，公司在搜索领域依然没有停下脚步，搜索在公司占有的比重，依然是最高的。”

“成铭，任何事，都需要一个过程。不过，与之前不同，老周这次是受刺激了，而且是很大的刺激。”

“刺激？什么刺激？”

“陈子牧这个人你应该知道吧？”

“知道，千橡的创始人陈子牧。”

“在业界，陈子牧和周总的地位差不多。巧合的是，两个人都属于二次创业。最近，陈子牧的千橡正以 SNS 概念，融资到了 4 亿美元。你说这事，能不刺激到老周吗？所以，老周才会决定，把赌注押到安全卫士上。”

张成铭了解周钧韬，老周这个人，最受不了的就是这种刺激。当初选择二次创业，受到万众上市、市值过几十亿美元的刺激，是重要因素之一。现在，他又面临着同样的刺激。不过，这种刺激，对张成铭而言，只有好处，没有坏处。

“齐总，那搜索领域呢？”

“成铭，安全卫士是你的局，搜索和整个奇迹是周总的局。你要做的，就是顾好你自己的局。其他的，周总自有盘算。”齐文东并未说透，转而又说，“另外一条消息是，周总找了一个帮手辅助你，填补泽丰走后留下的空缺。”

“谁？”

“‘狙击’软件的作者，徐斌。”

在安全圈，徐斌也算是个人物。他发明的“狙击”软件，是一款功能强大的反黑安全软件，可以提供系统监视、磁盘文件管理和内核检查等诸多功能。并且，这个程序还自带了很多的系统监视功能，可以防止恶意软件对文件及注册表的修改。目前来说，“狙击”和“冰刃”是业内最好的两大反黑工具。

的确，徐斌的加盟，能将“狙击”融入奇迹安全卫士。最重要的是，徐斌走的是技术流派。他的到来，奇迹安全卫士将迎来质的飞跃。这从另一个角度证明了周钧韬大力发展安全卫士的决心。

但与此同时，张成铭的布局也被打乱了。按照他原先的布局，是着重培养张晨蕊、黄献芬和高明辉三个人成为安全卫士部门的核心层，来替代徐泽丰。这下倒好，半路杀出个徐斌来，破坏了他的计划。张成铭心里清楚，老周挖来徐斌，或多或少有在安全部门安插眼线的意思。最妙的是，老周这出戏，演得是润物细无声。张成铭即便有意见，他也完全可以用以大局为重这个理由反驳。当老周搬出大局时，张成铭只能从命。

张成铭看透了其中的奥妙，似乎齐文东也看透了。否则，他就不会提前给张成铭打预防针了。

“既然是周总招揽的人才，我们安全卫士部门一定欢迎。”

“成铭，你有这个态度我就放心了。不说了，我要开会去了，回来再聊。”

张成铭在原地站了片刻，再一看时间，已近9点半。他快速返回酒店，进了电梯，往七楼的小型多功能厅走去。

因张成铭之前和顾长青有过多次接触，彼此了解。因此，双方的首次碰头会气氛很是融洽。其实，大方向已由黎卫国和周钧韬两位大佬定下，他们所能做的，就是一些网站推广的细节，谈不上有太多的技术含量。而且，有些涉及双方核心机密的技术，也不便在会议上透露。

再者，肯巴和奇迹是合作——小范围的合作，并非合并。既然如此，就更没必要“掏心掏肺”了。正如顾长青所说，此次见面的目的，是让双方团队有个初步的认识，为将来的合作奠定基础。

一行四人在珠海待了三天两晚，第三天的上午，便折回北京。到了北京，刚过中午，四个人又乘坐机场大巴，然后倒了好几趟车，回到奇迹的“根据地”。

张成铭没走几步台阶，就撞上了正欲下楼的史虹翎。

“成铭，怎么，从珠海凯旋而归了吧？！”

“史姐，不敢不敢。周总早就把路铺好了，我只是过去和肯巴卫士的团队碰个面而已。”张成铭顿了顿，又说，“对了，顾总监让我给你带个好。”

“这个顾长青，工作这么忙，还能惦记着我这个老同学，难得啊。”史虹翎微微一笑，“成铭，就算周总把路铺好了，也要你会走才是。自己选择的路走起来容易，别人铺好的路，你去走，就没那么简单了。”

史虹翎的话，听起来有些绕，却也有一番寓意。

“史姐，你说得对。”张成铭抬头一笑，又问，“史姐，你这是要去哪儿啊？”

“宏远那边有个老同事过来，住在北京饭店，过去叙叙旧。”

那边黎卫国亲赴香港密会李星河，这边史虹翎又找宏远的老同事叙旧。张成铭总觉得，这里面暗藏着什么玄机。莫非，老周和黎卫国都想拉拢宏远，共襄盛举？真要是如此的话，一直偏居一隅的宏远，可就成了整个战局的重要牵制点了。

肯巴和奇迹是盟友，按理说，应枪口一致对准宏远才是。可私底下，双方又都在深度接触宏远。这个战局太大，也太乱了。如果其他的巨头再卷进来的话，那就更乱了。

史虹翎往下走了几个台阶，又停下脚步，叫住张成铭：“对了，成铭，你的新搭档来了。刚刚来报到，正在周总的办公室，你可以过去认识认识。”

张成铭“哦”了一声，迈上台阶，左边是安全卫士的大本营，右边是办公区。权衡一番，张成铭让其他三人先回大本营，他则往办公室的方向走去。

到了周钧韬的办公室门口，张成铭屏住呼吸，伸出手，又缩了回来。反复几次，才轻轻地叩了几下门。里面传出老周“请进”的声音，他才推门而入。

“成铭，什么时候回来的？这么快？”

“周总，下了飞机，见时间还早，就回公司了。”张成铭边说着边打量着传说中的徐斌。

不论是身高还是长相，徐斌都是个极为普通之人，属于那种掉在人群当中，让人找不到的类型。而且，他脸上毫无血色，看上去极为憔悴。这也正常，作为一个技术型的“极客”，每天大部分的时间都要对着电脑，加班更是家常便饭，这是一份拿青春和生命换取产品的工作。

不过，尽管徐斌的长相很普通，但张成铭看着却极为别扭。甚至于，有种莫名的厌恶。按说，他和徐斌是首次见面，哪怕是徐斌抢了张晨蕊的位置、充当周钧韬的眼线，那也不应该。毕竟，这是工作，这是周钧韬的安排，服从是第一位。

再一看，张成铭似乎想明白了。徐斌的这张脸，总给人一种阴冷的感觉，阴冷得让人毛骨悚然。这种人，往往城府极深，且不好相处。

“怎么样，和肯巴卫士那边的接洽都还好吧？”

“一切顺利，一个星期内，双方就可以在彼此的网页上正式推广对方的安全产品了。”

“成铭，你办事，我放心。”周钧韬示意张成铭坐下，别站着说话，“成铭，你来得正好，介绍个人跟你认识，这位是安全圈玩技术流派的大师级人物、‘狙击’软件的作者徐斌。徐斌已和公司签了合同，作为你的搭档，加盟公司的安全卫士部门。为了请徐斌出山，我可是花了不少功夫的。我原打算和你通个气，毕竟，你现在是安全卫士部门的掌门人。但不巧的是，你正在珠海出差，徐斌又是人才难得。我就自作主张，把徐斌召入麾下了，等你出差回来再和你沟通。

成铭，你不会有什么意见吧？”

张成铭一下站了起来，赶紧说：“不会。不会，周总，安全卫士部门正缺一个真正懂技术的人，所以……”

“成铭，你能这么想就好。”周钧韬直接打断道，“我相信，徐斌的加入，对你们团队实力的提升，是如虎添翼。另外，在如何做产品方面，我还是会手把手地传授你一些经验。这一点，是不变的。”

“好，周总，我服从你的安排。”

“好啦，那你们两个搭档就握个手，认识一下。”

听罢，张成铭尚未反应过来，徐斌已伸过手，冷笑道：“张成铭是吧，幸会幸会。”

徐斌直呼他的名字，张成铭听着怪不顺耳的。刚才，周钧韬已经说得很明确，往后，他们将是搭档。可即便是搭档，也有谁为主，谁为辅的区别。之前，他和徐泽丰虽没有将这一点道破，但明眼人都清楚，安全卫士真正的老大，有且只有一个，那就是他张成铭。这也是他和徐泽丰搭档多年，极少有磕磕碰碰的重要原因。他是老大，徐泽丰甘愿辅助，配合默契。这个徐斌倒好，一开口，就给张成铭来个下马威，大有两个人平起平坐的意思。

张成铭不禁暗讽道，你徐斌不要以为有周钧韬的撑腰，就在我面前耀武扬威的。安全卫士部门上上下下，从核心圈到最普通的员工，大多是我张成铭一手栽培和挑选的。不敢说百分之百，最起码百分之九十九，都是我的心腹。你徐斌算什么，一个外来的和尚而已。你想要在安全部门念好经，没有我的支持，门都没有。不信的话，你试试看。

暗讽，是出于感性。理性又提醒张成铭，绝不能把这种不良情绪带到工作中去。除非，徐斌太过于嚣张了。

更何况，搭档如自己和徐泽丰者，最终不还是分道扬镳了吗？当初，徐泽丰甘愿屈居第二，一是彼此深厚的友情，二是为了共同的梦想。可在欲望和更大的平台面前，友情也好，梦想也罢，都是渺小的。或者说，在满足欲望和实现更多抱负的前提下，又能兼顾梦想和友情，何乐而不为呢？那么，作为一个和你毫无交情的人，凭什么和你去称兄道弟，又凭什么和你去扯什么狗屁梦想？他没这个义务，你也没这个资格。

想通了，张成铭也笑着伸出手："多多指教，合作愉快。"

"成铭，徐斌，你们两个人这手一握，以后身上的担子就更重了。还是那句话，好好干，我老周绝不亏待你们。这样成铭，你先带徐斌到你们部门转转，熟悉熟悉环境，再安排个临时的位置给徐斌。过几天，我会想办法腾出个地方，作为徐斌的办公室。"

张成铭又是一惊，徐斌居然有独立的办公室？这是除自己之外，公司高层才有的待遇。这徐斌刚一进门，就大有成为老周"宠臣"的意思。看来，一向平静如水的安全卫士部门，往后很难再有安静日子过喽。

但愿，他不要变成第二个高强才是。

想到高强，张成铭的脑海里又浮现出了高强和刘凯风私下见面的场景。随之，他心中再次产生冲动，想将实情告知周钧韬，稍一琢磨，又放弃了这个念头。

"好，周总，我这就带徐老师去转转。"

张成铭想了想，徐斌是技术出身，还是用"徐老师"称呼他最为合适。既没有奉承之意，也没有刻意贬低，不卑不亢，恰当好处。

"去吧，尽快适应。"

两个人出了门，一前一后，往安全卫士的大本营走去，全程没有任何的交流。

回到大本营，张成铭看见齐文东正和张晨蕊面对面站着，两个人表情都很轻松，像是在交谈什么。

他急忙走上前："齐总，你也在啊？"

"成铭，路过，路过，刚从外面办事回来，就来你这边转转。现在你这里可不同了，是公司的第一战略要塞。”

“齐总，你这么一说，我晚上回去可要睡不着觉了。”张成铭调侃了一番，又转向徐斌，“齐总，这位是……”

“‘狙击’的作者徐斌。昨天晚上，我和徐斌在一起吃过饭，周总设的饭局。”

张成铭又拍了拍手，示意大家先放下手头上的工作，他有话要讲。

“各位，从今天起，我们安全卫士部门将新加入一名悍将。安全圈的传奇人物，‘狙击’软件的作者，徐斌徐老师。让我们以热烈的掌声欢迎徐斌老师的加盟。”

掌声过后，张成铭继续说：“徐老师，要不你说几句？”

徐斌也不推辞，冷冷地点了点头，没做任何停顿，开口便说：“我就说三点：第一，周总把我请来，不是来享福的，是来战斗的。所以，在这个团队，我希望成为一个真正的战士，阿谀奉承那一套我不喜欢，也不在乎……”

徐斌的话，又甩了张成铭一耳光，怎么听怎么别扭。什么“阿谀奉承那一套我不喜欢，也不在乎”，你徐斌也太自作多情了吧。当着大家的面介绍你，一是显示我这个掌门人的胸襟，不能让别人误以为我张成铭心胸狭窄，容不下你这个人。二是礼貌性的客套，走个形式而已。再说了，公司的“二号人物”齐文东也在场，你徐斌也太目中无人了吧。

玩技术的人，思维方式还真是异于常人。几乎可以预见的是，和徐斌搭档，彼此将很难踩到一个点子，就更别提往一个壶里面尿了。

见张成铭一脸的阴郁，齐文东轻轻拍了拍他的肩膀，提醒他要保持冷静。

“第二，近几年，奇迹安全卫士在相对比较宽松的环境下，的确是取得了一些成绩，开发了几个有市场的产品。但是，绝对不能因此而自满。据我了解的情况，我们的产品还存在着技术短板的弊端，这是非常致命的。想要长足发展，技术上必须要跟上。如果技术上跟不上，咱们的安全卫士很可能就沦为‘超级兔子’和‘优化大师’那样，充其量只能算是个工具软件，冲到几千万的装机量就到头了。想要更上一层楼，或者形成一个体系，基本上是不可能的。第三，我们在修炼‘内功’的时候，还要关注外部的战局。放在几年前，安全卫士是个冷门领域。现在不同了，包括宏远和万众之类的巨头公司，都在着手布局这个领域。所以，奇迹想要树立自己的品牌优势，占有尽可能多的市场份额，就更难了……”

张晨蕊听不下去了，插话道："徐老师，我们可是刚刚和业内的老大肯巴卫士签订了合作协议的。"

"那又如何？肯巴和我们，只是小范围的合作。谁又能保证，他们不会为了更大、更多的利益抛弃我们，选择更强、更有实力的盟友呢？说句不好听的，我们和肯巴卫士的合作，主动权掌控在他们手上。"

"徐老师，这番话，你应该说给周总听。我真不知道，周总听完之后会是什么反应。"张晨蕊也不怵，反唇相讥道。

张晨蕊一向敢言，这个时候由她去说，和徐斌唱唱对台戏，也是最合适的。倘若张成铭直接和他杠上，性质就不同了。看来，徐斌还是不了解老周的个性，这番话要真是让老周听到了，估计会把他气得够呛。

齐文东见场面有些失控，适时地出面打起了圆场："好啦，大家也算是彼此有个认识了。反正我就一个要求，你们是一个团队，公司内部战斗力最强的团队之一，任何事都该以大局为重。"

齐文东说完，大家各自散了，只留下徐斌一个人站着。随后，齐文东又给张成铭使了个眼色。张成铭耸了耸肩，略显不情愿地走上前，在挨着张晨蕊的地方，给徐斌暂时安排了个位置。

安排好，张成铭跟着齐文东出了门。两个人下了楼，在院子里的条凳上坐下。齐文东递上烟，张成铭也没犹豫，点上烟，猛抽了几口。

"成铭，心里有想法？"

"齐总，按说我不会也不能有情绪。可他徐斌一来，就给我们部门的人泼冷水。而且，是这么大的一盆冷水。你说说看，往后还怎么和他搭档？”

“成铭，你先消消气。不管如何，有一点是不变的，你张成铭才是安全卫士部门真正的掌舵者。安全卫士这艘船该驶向哪里，最终的拍板权还是在你手上。”

张成铭自嘲一笑：“齐总，未必吧。我们该往哪儿走，用什么方式去走，还不是周总说了算。”

“成铭，你这么说，可就是真的有情绪了。任何事，都是相对而言的。我的意思是说，至少在安全卫士部门，你的权力是要大于徐斌的。再者，下面的人都是你的亲信，就算徐斌敢造次，也没人会往他的队伍里站啊。”

“齐总，你说的固然有道理。我也承认，徐斌的加入，对技术攻关上是有好处的。可我真的不希望，这种好处是建立在破坏内部氛围上的。要是一个团队，因为某个人而被搞得乌烟瘴气，我宁愿不要这个人的加入，即便他再有才华。”

“成铭，我相信你的能力，能够把控住局面。”

齐文东一句“相信你的能力”，把话说得死死的，张成铭也就不好再辩解。

“但愿吧！”

“对了，还有件事。按照周总的计划，这个周末，公司会召开新闻发布会，正式宣布和肯巴卫士合作一事，到时候由你出面主持。”

“我来主持？”张成铭从条凳上站了起来。

“没错，这是周总的意思。所以说，下面这么多的中层，周总最器重的还是你。还有成铭，这是机密，不要跟任何人提及。”

“明白！”

24

乱中取胜

按说，这种大场面，周钧韬亲自出马才是，这也符合老周爱出风头的个性。一个人爱出风头，未必是坏事，尤其是在互联网行业。吆喝和忽悠，绝对称得上是一门技术活。问题是，你要有风头可出。如果没有风头可出，你硬要出，那就不叫出风头，而是出洋相了。

奇迹和肯巴合作，共同开发安全市场，势必会在业内引起不小的“地震”，此次新闻发布会的场面可想而知。如此绝佳机会，老周却放弃，拱手让人，这葫芦里卖的到底是什么药呢？或者说，老周这么做，是打算给外界释放什么样的信号呢？难道，是想借此间接地宣布，安全卫士将成为奇迹的核心部门，所以新闻发布会由安全卫士的掌门人来主持？

但是，这似乎也说不通。

如果是想借此确立安全卫士的地位，老周也没必要隐藏在幕后。要论与媒体过招的本领，毋庸置疑，老周是公司里最高明的一个。老周亲自坐镇，既能出风头，又能把控局面，这才是这场新闻发布会的最佳效果。

张成铭绞尽脑汁，也想不出个所以然来。依老周的个性，新闻发布会之前，肯定会找他深谈一次。到时候，再试探试探老周的口风，也不迟。

周四下午，张成铭接到了张莹的电话，约他见面。最近，张成铭一直忙于和肯巴卫士合作事宜，再加上徐斌的突然加入，也够他喝一壶的了，所以，就把猎鹰网络先放在一边。重拾猎鹰网络之后，唯一的动作，就是在张莹的操作下，拿下了卡斯中国区的代理权。下一步的路该怎么走，张莹没具体说，只说等待合适的时机。

至少从目前的情况来看，时机是不合适的。要是张成铭一走，选择创业，奇迹安全卫士就成了徐斌的天下。之前的功劳，也变成徐斌一个人的了。种子是自己播下的，果实却由别人来采摘，哪怕是为争一口气，也不能选择在这个时候离开。

人活在世上，许多时候，不就是为了争一口气吗？

况且，周钧韬有周钧韬的局，张莹也有张莹的局。接下来该走哪步棋，并非张成铭一时半会儿能琢磨清楚的。作为局中人，他的任务还是要扮演好“棋子”的角色。

下了班，张成铭打上车，直奔“老地方”，与张莹见面。

同一个私人会所，同一个包厢，同样的酥油茶，张莹正在翻着一本财经杂志等他。

“张姐，抱歉，路上太堵了，来晚了。”

“成铭，我料到你会堵车，所以特地带了本杂志过来。所以，干任何事，都需要有预判性。”说完，张莹扬了扬手上的杂志。

张成铭瞥了一眼，封面竟是周钧韬。周钧韬穿着一件红色的外套，手中拿着一把剑，摆出披荆斩棘的姿势。周钧韬的画像下面，还有一行字：互联网二次创业中的佼佼者。

周钧韬酷爱红色，特别是红色的衣服。红色，寓意着大吉大利。可见，老周是个颇为迷信之人。说是迷信，其实无非就是给自己一个好的心理暗示。

因此，在公司内部，员工们私下给老周起了个外号——“红衣教父”。

“老周上杂志封面，我还是头一次看到。”

“成铭，上杂志封面看上去不简单，但也没想象中那么难，指不定哪天你也上了呢。另外，据我所知，发行这本杂志的幕后老板，是老周的一位好朋友。老周有一定的知名度，又有关系，一切也就显得顺理成章了。其实，这里面最值得琢磨的是，老周为何会选择在这个时候上封面。”

“张姐，你的意思是说，老周是借此为肯巴和奇迹的合作造足势头。”

“成铭，你是聪明人，一点就通。”

“张姐，你可别这么说。眼下，我就有个问题想不通。”

“你指的是老周让你主持新闻发布会一事？”

“是的，这完全不符合老周平时的出牌风格。越是如此，我心里越是慌。”

“成铭，既然暂时想不通，那就先不要去想。也许等事情结束了，自然就有答案了。况且，对你而言，这是第一次面对这么多高端媒体和同行精英的绝佳机会。单就这一点，就是利远大于弊。新闻发布会之后，业内谈到奇迹安全卫士，就会言及你张成铭。这就意味着，你在业内的名声会大大地提升。对于将来创业，也是大大地有好处。”

同一个问题，不同的角度，张莹的话，让张成铭有种茅塞顿开的感触。从入行至今，张成铭见过不少的业内高手，包括几个鼎鼎大名的大佬，他们每个人的嘴上，都会经常挂着“大局观”三个字。但说是一回事，做是一回事，悟透又是另外一回事。相比之下，作为“局外人”的张莹，大局观要远胜某些局内人。更难能可贵的是，张莹的年龄并不大，却有着同龄人身上少有的睿智和成熟，再锤炼个三五年，前途不可估量。

“张姐，你这么一点拨，我还真是想通了。”张成铭心悦诚服地竖起大拇指，“佩服佩服。”

“成铭，当局者未必迷，旁观者未必清。”正说着，服务员推门而入，一一上菜。张成铭发现，张莹点的菜，和上次基本上是一样的。看来，每个成功的人内心深处都有着执拗的个性。

“成铭，咱们边吃边聊。”吃了一口，张莹又放下筷子，“成铭，你可能不知道，现在的互联网圈，特别是安全圈，佩服你的人有很多很多。”

“佩服我？我有什么值得佩服的？”

“奇迹安全从无到有，从有到步入正轨，从步入正轨到实力的壮大，这些，都是你这个指挥官的功劳。近段时间，我接触了不少互联网创业者和互联网创业公司，有不少可都是拿你做榜样和标杆的。”

“张姐，我可不敢贪功。你是知道的，安全卫士真正的指挥官是老周。我现在只不过是寄人篱下，算哪门子创业啊。”

“成铭，咱们不是还有猎鹰网络在吗？我琢磨着，你离真正创业的时机应该不远了。不过，眼下你最主要的任务，还是继续把奇迹安全卫士做大、做强，争取在业内赢得更好的口碑。这是一个从量变到质变的过程，质变的那一天，就是你创业的最好时机。”

关于何时创业这个话题，张成铭多次提及，张莹多次回避。索性，张成铭也就认了，不再往下追问。

“张姐，奇迹安全卫士正面临着内忧外乱的局面，想要杀出一条血路，谈何容易。”

“内忧是什么？外乱又是什么？”

“张姐，想必你也知道了，老周把‘狙击’的作者徐斌挖过来，作为我的搭档。而且，老周是把这个徐斌当成一块宝来看待。但问题是，这个徐斌和我根本就不是一路上的人，并非是好的合作伙伴。说句不好听的，徐斌就好比是一颗老鼠屎，搞不好，是会坏了安全卫士部门这锅大米饭的，这就是内忧。至于外患，就更清楚了，宏远和万众等巨头纷纷进入安全市场，上面还有肯巴卫士压着。此外，还不能忽视了小狮子和敏强等老牌劲旅。尽管我们和肯巴卫士达成了合作协议，可这段联姻到底能持续多久，老周和黎卫国的如意算盘到底是怎么打的，我是一点都不知道。”

“成铭，如此激烈的竞争，从侧面说明，互联网安全市场这片蓝海，将大有可为。”张莹稍稍一顿，两眼放着光，“乱，未必是坏事。越是乱，机会就越多。乱中要求稳，求稳的目的，是为了乱中取胜。再乱的市场，终归还是有赢家的。”

乱中取胜，张成铭听着极为耳熟。一琢磨，有了印象。当初，选择再次来到北京时，他就分析过互联网的局势，并且，也一直有着乱中取胜的观点。可见，懂得道理是一码事，能不能付诸行动是另一码事。

整个对话的过程，看似毫无章法，实则是循序渐进。张莹时不时地会拿话作为引子，控制谈话的内容，往她想要的方向发展。而且，几乎没有任何的起伏和争论，有的只是谈笑风生和平静如水。

张成铭喜欢这种谈话方式，更是钦佩这种谈话方式。

说来也奇怪，在见张莹之前，张成铭是满肚子的心事。见过之后，整个人都放松了。

饭吃到一半，张莹出门接了个电话，回到包厢称临时有事，要先走了。张成铭也跟着起身，一直把她送到了停车场。张莹上了车，又放下窗户问：“成铭，我听说你的老搭档，那个叫徐泽丰的，正在追求晨蕊？”

“是的，是有这么回事，泽丰挺喜欢晨蕊的。只是晨蕊对他似乎没什么好感。”

“我和晨蕊虽话不投机，但我们始终是姐妹。而且，她心里是怎么想的，我很清楚。”张莹发动车子，又说，“所以成铭，还是那句话，当局者未必迷，旁观者未必清。”

说完，张莹踩下油门，出了私人会所的院子。

当局者未必迷，旁观者未必清。在包厢里，张莹说这句话时，张成铭还能理解。可在谈及徐泽丰追求张晨蕊一事时，再重复说一遍，他却如坠入云里雾里。莫非，张莹在向自己暗示什么？

这件事，谁是当局者？谁又是旁观者呢？很明显，张晨蕊和徐泽丰是当局者。而自己，就是那个旁观者。张晨蕊给徐泽丰的回复已经很明确，尽管徐泽丰尚未放弃，可几乎可以预判，希望很渺茫。那么，这句话的重点，就剩下“旁观者未必清”了。

自己到底不清楚什么呢？张莹的话到底隐藏着什么意思呢？张成铭站在寒风中，愣是没想明白。既然想不明白，就暂且作罢。人嘛，越是在某个问题上钻牛角尖，思维就越容易进入死胡同。还不如先放一放，也许在某个时间点就突然想通了。

回去的路上，张成铭拨通了徐泽丰的号码。打这个电话，并没有重要之事，他只是关心一下徐泽丰的情绪，看他是否已经走出被张晨蕊拒绝的阴影了。儿女之情过于伤神，他又刚刚执掌万众卫士，处于事业的上升期，真要是为此而变得萎靡不振，就太感情用事了。

一阵嘈杂声后，徐泽丰才开口说话：“成铭，这么晚了，有事？”

说完，徐泽丰咳嗽了几下。他的声音略显沙哑，听上去有些疲惫。

“也没什么大事，就是好久没联系了，给你打个电话。”张成铭上了出租车，又问，“最近在万众那边都挺好的吧？”

“成铭，好不好现在还不好下定论。不过，忙倒是真的。这不，现在还在公司里加班呢。而且，已经连续好几天了。”

“泽丰，你这么拼，不会是万众卫士那边即将有什么大动作吧？”

“成铭，你这是揣着明白装糊涂啊。最近一段时间，安全圈最大的动作，就是你们奇迹和肯巴之间的合作。为了赚足噱头，这个周六下午，老周还请了不少重量级的媒体和业内大咖，在梅地亚中心召开新闻发布会宣布此事。”

当“你们”二字从徐泽丰的口中说出时，张成铭听着心里怪不是滋味的。

“泽丰，你对这次合作怎么看？”

“成铭，你是想让我站在竞争对手的角度呢，还是朋友的角度呢？”徐泽丰反问道。

“那就一个个地来说吧。”

“如果是站在竞争对手的角度，坦白说，我挺嫉妒奇迹能够搭上肯巴这趟顺风车的。众所周知，肯巴卫士一直是互联网安全圈的老大，要知道，有多少创业初期的公司巴望着有这样的机会啊。可最终，肯巴卫士还是选择了你们。不过成铭，不是我给你泼冷水，奇迹和肯巴间的联姻不会持续太长时间。第一，双方合作，本就是个互相利用的过程。这一点，老周和黎卫国都应该心知肚明。黎卫国选择老周，是因为李星河打算在安全圈单干，而并非和其他公司结盟。否则，黎卫国的第一选择势必是李星河。第二，老周一向工于心计，是个反复无常之人。等到肯巴卫士的利用价值被榨干了，他一定会甩开黎卫国，选择单干。如果是站在朋友的角度的话，成铭，我恭喜你。同时，也祝你好运吧。高处不胜寒，你接下来的路，会越来越难走。”

张成铭本想探听一下徐泽丰的情绪，谁知，徐泽丰的一番话却在他心里再次蒙上了阴影。

徐泽丰跟了周钧韬这么多年，太了解老周的个性了。为了达成自己的目的，老周可以无所不用其极，什么手段都会用上。单方面撕毁合作协议这种事，对老周而言，早已是司空见惯之事。这就是典型的曹操性格，宁可我负天下人，也绝不让天下人负我。

摆在张成铭面前的现实是，万一老周真要这么做了，他该如何去应对？从初次相识到彼此合作，他和顾长青的私交是越来越好，可谓是惺惺相惜。届时，怎么样去和顾长青解释？解释是否有用？顾长青是否会误会？会不会因此而断绝了彼此的情谊？这些问题都必须去解决，并且一个比一个棘手。此外，在局外人眼里，张成铭才是奇迹安全卫士的掌门人，出了岔子，是他的决定，也是他的责任。只要老周不主动出面承认，这口黑锅，他是背定了。

一来二去，张成铭就好比是猪八戒照镜子，里外不是人。

之前，张成铭一直在揣摩周钧韬的心思，为何会放弃出风头的机会，让他出面主持新闻发布会。徐泽丰这么一说，他一下子就想通了。看来，老周是一早就做好和黎卫国一拍两散的准备，把自己推上前，是尽可能地做到全身而退。当然，这毕竟是猜测，奇迹和肯巴的合作才刚刚开始呢！

周六下午，梅地亚中心，三楼的小型会议厅。

进门之前，张成铭连续做着深呼吸，尽量把状态切换到最佳模式。不管这是否是老周设的局，可总归是他人生第一次面对这么大的场面，还是要认真对待的。他这份心情，比当初参加高考还要紧张许多。

昨天晚上，跟张成铭先前预料的一样，老周亲自来到他的住处，谈起了新闻发布会的一些细节。一直到凌晨2点，在楼下吃过夜宵，老周才驾车离去。其实，老周的意思很明确，就是提醒他什么该说，什么不该说。最重要的是，该学会如何去和媒体打太极。

与媒体打太极，这可是一门道行极深的技术活。张成铭自认，这方面的功夫远未到家，也并非周钧韬一句话或者几个小时的传授就能学会的。哪怕是学，也是皮毛。所以，老周最根本的用意，还是为新闻发布会定下调子。也就是说，该说什么，不该说什么，皆是老周定好的。张成铭的任务，就是扮演好老周的传话筒。

另外，老周还告诉他，决定缩小新闻发布会的范围。刚开始，张成铭有些不解，这种事情，不是声势越大越好吗？老周怎么反其道而行，要缩小范围呢？待老周道出原委，张成铭才算明白。原来，老周玩的是“饥饿营销”，缩小新闻发布会的最终用意，是引起更多人的关注和好奇心，吊足同行的胃口。

在业内，老周一向以善于玩阴谋诡计而闻名，是出了名的阴谋家。“阴谋”一词，有褒义的成分，也有贬义的成分，关键要看你怎么去分辨。不可否认，老周身上，的的确确有不少东西，哪怕是耍阴谋诡计的手段，都值得张成铭去学习。

吃夜宵时，张成铭又抛出了一个疑问，既然此次是奇迹和肯巴的双方合作，为什么不请肯巴卫士那边的人过来出席新闻发布会呢？周钧韬的答案是：“成铭，既然是咱们奇迹把舞台搭好了，就没必要请肯巴的人过来了。搞不好，被他们抢了戏怎么办？”

这老周，不仅有大局观，还能把控好每个细节，令人不得不服。

进了门，老周正被媒体记者围了个水泄不通。对于记者们的问题，老周显然是早有准备，兵来将挡，水来土掩，回答得既从容，又滴水不漏。并且，自始至终脸上都保持着笑容。张成铭清楚，尽管他是这场新闻发布会的主持人，但现场的主角，依然是老周。他再扫了现场一眼，的确，正如老周之前所说的，有不少业内的大咖会出席。不过，出席新闻发布会的皆是几家同行公司副总级别的高管。换言之，公司的掌门人并未到场。之所以会出现这种局面，是老周在业内的人缘不佳造成的。从大可到奇迹，老周可是得罪了不少人的。高管们能来，一是老周再怎么得罪人，却总归是个人物，那些大佬和巨头，或多或少还是会卖他几分面子的；二是卖个面子的同时，又能得到奇迹和肯巴合作的第一手消息，就更应该来了。

过了三四分钟，经身旁的齐文东提醒，周钧韬才瞥见张成铭。于是，他和媒体打了个招呼，便往张成铭的方向走来。

“成铭，紧张吗？”

“周总，紧张谈不上。但要说一点都不紧张，那也是假的。”

“正常，正常，多经历几次就好了。”周钧韬拍了一下他的肩膀，继续说，“时间差不多了，咱们开始吧。放心，老齐和虹翎会坐在你的身旁，千万别有什么心理压力。”

张成铭看了一眼周钧韬，像是在询问老周：“周总，那你呢？不上主席台去坐吗？”

周钧韬又拍了一下他的肩膀，这次加重了手劲：“成铭，既然我把安全卫士这个摊子交给了你，就该给你独当一面的机会。我呀，在下面坐着就行。再说了，来了这么多的大咖，我得陪着。”

张成铭“哦”了一声，脑子也随之一闷，机械地迈开脚步，上了主席台。而后，齐文东和史虹翎也走上了主席台，在他的左右两侧入座。

好在整个新闻发布会下来有惊无险。尽管有几个媒体记者的问题比较尖锐，但张成铭还是一一招架住了。比如说，有个记者问：“奇迹和肯巴在网络安全方面的合作，是否代表公司的策略将发生根本性的转变：放弃搜索，全力推进安全卫士的发展？”这个问题，看似平淡，实则是暗藏玄机。关键在于，不能实话实说。如果实话实说，就等于否定了奇迹当初选择搜索作为切入点是错误的、是败笔。再深入，就是在否定周钧韬。如此大的一个陷阱，可不能主动往里跳。意识到这一点后，张成铭没有回答是，也没有回答不是，而是分析了眼下互联网的形势，以及安全圈大有可为的前景。再比如，另外一个记者问：“奇迹和肯巴的合作，是否预示着安全圈将爆发一场激烈的局部战争？”有了前车之鉴，张成铭回答起这个问题，就更有心得了。他并未被“战争”二字牵着鼻子走，而是把话题转移到了强强联合是大势所趋上。

回答的同时，张成铭会时不时地观察台下周钧韬的表情。其间，老周频频地朝他点头，更是给他吃了一颗定心丸。

新闻发布会结束之后，张成铭发现，自己的后背和手心竟全是汗，整个人也如同刚刚经历了一场大战似的，身心疲惫。好在涉险过关，他总算是没有辜负周钧韬的期望。

25

局势突变

但是，完全出乎张成铭意料的是，新闻发布会的第二天，他便成了业内的焦点人物。之所以成为焦点人物，不是因为奇迹和肯巴的合作，也不是因为他把奇迹安全卫士做得有多么的成功，而是来自外界的一种猜测——老周打算把他作为奇迹的接班人来培养。理由是，一向高调的老周竟放弃和媒体直接对话的机会，让他代为出席。这说明，老周是在借此向外界释放一种信号：不久的将来，张成铭将成为整个奇迹的掌门人。

这条消息的源头不是纸媒，而是一家门户网站。张成铭依稀记得，这家门户网站的某位高管也出席了昨天的新闻发布会，老周还介绍过给他认识。看到这条消息时，张成铭是啼笑皆非。一直以来，他给自己的定位都很明确，那就是做一颗好棋子、一颗有用的棋子。成为老周的接班人？他真的是从未想过，也不敢去想。老周自认为是一代枭雄，是三国时期曹操式的人物，控制欲强，疑心重。更何况，奇迹刚刚稳住阵脚，步入发展期，老周的年龄又不大，不到40岁。这个时候，考虑接班人的人选，根本就不可能在他的计划之内。另外，就算是考虑接班人，张成铭也不会是第一人选，一直扮演副手角色的齐文东才是最合适的。

再者，张成铭的终极目标，是创业，是借用猎鹰网络这个平台，成为牵制互联网战局的关键一环。

截至周一早上，这条新闻仿佛“病毒”一般，被各大网站转载。一天不到的时间，就有几十家媒体给张成铭来电，对他进行了电话采访。就连远在珠海的顾长青，都给张成铭打来电话道喜，并希望奇迹和肯巴的合作，在广度和深度上再做一些文章。

张成铭哭笑不得道：“顾总监，这种空穴来风的消息，别人相信也就算了，你不会也相信吧？”

“成铭，无风不起浪啊。况且，举目整个奇迹，有能力接老周班的，除了你张成铭，还有谁呢？”

“顾总监，我真没心思去考虑这个问题。现在，我最重要的任务，就是维持好我们双方之间的合作。”

“成铭，夫唯不争，故天下莫能与之争。不争不抢，也是一种人生哲学。该是你的总归是你的；不该是你的，你争也没用。看来，你的处世哲学又上升了一个境界。”

张成铭百口莫辩道：“顾总监，这是哪儿跟哪儿啊，我……我真没想这么多……”

“好好好，成铭，不管如何，这都是好事，是好事。”

接完顾长青的电话，张成铭刚下公交车，张莹的电话又打了进来。昨天“接班人”的新闻一出，张成铭本就打算和张莹联系，听听她的高见。一连打了几个电话，她手机皆是关机状态。

“成铭，抱歉，前几天在日本出差，昨天夜里才回的北京。回到家里，差不多已经是凌晨 2 点了，估摸着你也应该睡觉了。所以，就没给你回电话。”

“张姐，你还真是名副其实的‘空中飞人’，一年到头都在满世界飞。”

“没办法，工作需要。不过，大部分的时间都是在欧美。除了欧美，就是日本了。平时，业内人谈及风投和互联网时，首先想到的，肯定是美国的华尔街和硅谷，往往会忽略了日本。其实，中国的许多互联网企业都有着很深的日资烙印，最被人所熟知的就是蔡崇云的极光。极光背后的大股东就是一家财力雄厚的日本企业——丰吉。蔡崇云和丰吉的创始人孙清扬的‘六分钟会谈’，可是互联网圈的一段佳话。此外，孙清扬不仅投资了极光，而且还是国内多家业界巨头企业的幕后大股东之一。从互联网第一次浪潮至今，稍微大一点的公司，背后都有丰吉的影子。因此，一个身高不足一米六的日本人孙清扬，就有了‘互联网投资皇帝’的美誉。”

孙清扬的名声，张成铭早就如雷贯耳。如果说，蔡崇云、李星河、张问天和陈启锐等人是这个圈子的大佬的话。那么，孙清扬就是大佬背后的大佬，扮演着幕后推手的角色。

关于蔡崇云和孙清扬的“六分钟会谈”，张成铭早有耳闻。极光创立之初，也曾陷入资金欠缺的困境。后来，在台湾人刘凯风的运作下，极光融得了一笔2000万美元的风险投资。就在此时，蔡崇云接到了一个朋友的电话，说是有一位投资人想见他，但并未透露此人是何方神圣。第二天，蔡崇云飞到北京，在一座写字楼里见到了孙清扬的团队。刚进门，孙清扬就让他谈谈极光的未来计划。这种事，对于一向善于言辞的蔡崇云简直就是小儿科。蔡崇云说了不到两分钟的时间时，孙清扬就直接问他需要多少钱。当时的蔡崇云手上握着2000万美元的现金，狂妄得很。居然回答说，极光不需要钱。此话，震惊了孙清扬。孙清扬又问：“既然你不需要钱，那还来干吗？”蔡崇云跟着反问：“不是我要来，是你想见我的。”蔡崇云越是如此，越是激起孙清扬的兴趣。随后，孙清扬派出考察团去往极光。最终，做出了斥资4000万美元，换取极光29%的股份的决定。自此，丰吉成为极光的第一大股东。

在北京，蔡崇云和孙清扬的谈话时间，不多不少，正好是六分钟。所以，便有了“六分钟会谈”的佳话。

事发之后，业界有人评论，蔡崇云太过于狂妄，居然连孙清扬都不放在眼里。刚开始，张成铭也这么认为。后来仔细琢磨，发现并非是这么回事。表面上，蔡崇云是狂妄了些。实际上，蔡崇云这一招是“欲擒故纵”。

“张姐，你这次去，不会是得到什么内幕消息了吧？”

“成铭，站得高，看得远。看来，你的眼界是越来越高了。的确，是有内幕消息。”张莹刻意压低了嗓门，“蔡崇云和郭腾义的合作并不愉快，业内早有传闻。据说，两个人在经营理念上存在很大的分歧。为此，蔡崇云还曾私下放出狠话，要并购智源科技中国区的业务。这两天，两位大佬也都在日本，请孙清扬出面斡旋，但好像斡旋的结果并不尽如人意。”

重掌安全卫士，张成铭几乎把所有的时间和精力都放在了产品的研发，以及和肯巴的合作上。即便是关注新闻，也是安全圈的新闻。张莹无意中的话倒是提醒他，身居现在的地位，除了安全圈，还应关注整个互联网行业的大事小情。

见张成铭没有插话，张莹又问：“对了成铭，说了这么久，还没问你找我到底有什么事呢？”

“张姐，有关老周把我当接班人来培养的消息，想必你也应该知道了。所以，想听听你的高见。”

“我在日本的时候，就得到了这条消息。”张莹如实说，“至于怎么去看这条消息，暂时不好下结论。一来，谁也不是老周肚子里的蛔虫，他这么做，到底是出于什么原因，只有他自己清楚。二来，老周的城府一向很深，即便你能猜中七八分，也未必能猜中剩下来的二三分。关键在于，剩下来的二三分，才是他最为真实的想法。”

“张姐，这个道理我懂。最后一个问题，也是我最想知道的问题，你觉得这是好事还是坏事？”

“既是好事，也是坏事。”张莹不假思索道，“好事在于，你在老周心中的分量越来越重了。现在就下结论，老周把你当接班人来培养，为时过早了。但最起码，你进了他的甄选范围。坏事在于，新闻发布会加上这条消息，就等于把你推到了一个极为危险的位置。接下来，不知会有多少人会在你的背后捅刀子呢。总而言之，五五开吧，关键还是要看你怎么去走。但归根到底，生杀予夺权还是掌控在老周的手上。”

接完电话，张成铭刚好进了公司所在的院子。他阴沉着脸，上了楼，尽量避开旁人的目光。进了办公室，张成铭关上门，点上烟，埋头抽着。烟刚抽到一半，周钧韬一个电话，他就被叫了过去。

张成铭急匆匆地出了门，怀着忐忑不安的心情，来到了周钧韬的面前。

“成铭，怎么看你的脸色有点不对劲，不会是最近太劳累了吧。要不我给你放个假，回去休息休息。”

“不用不用，周总，没什么，只是……”

“成铭，如果我没猜错的话，你的情绪一定是受到了网上那条消息的影响吧。”

张成铭点了点头，表示默认。

“成铭，媒体就是如此，抓住一个小细节，就会大做文章。他们的最终目的，不是为了还原真相，而是尽可能地制造噱头。有了噱头，就有了浏览量。有了浏览量，就有了更多的广告合作商。这种小事，大可不必放在心上。”周钧韬并未在这个问题上多兜圈子，转而说，“叫你来，有两件事，而且，是两件大事。”

听周钧韬说有大事，张成铭收拾好心情，神情也变得专注。

“第一件，史虹翎史总加盟奇迹以来，公司就推行了产品经理制，这也是你所赞成的。在改革的过程中，你的工作也有所变动。但是，从未有过明确的职务，一直扮演着产品经理的角色。不过，按目前的形式，单是产品经理这个头衔，已经与你的责任不符了。所以，我有个初步想法，打算任命你为安全卫士部门的总经理。另外，你手上的股权，我也准备给你加一加，提到10 0000股。”

“周总，这个……”

“第二件事，我打算借用和肯巴卫士合作的契机，推出一款专门卸载其他流氓软件的软件，并把它作为咱们奇迹安全卫士正式宣布杀入安全圈的第一炮。这一炮，必须要打响，绝不能成了哑炮。我要说的，就是这两件事，接下来，你可以畅所欲言了。”

“周总，不管是做产品经理还是总经理，我的目标，都是将公司的安全卫士做到极致。”张成铭停顿了一下，“至于提高股权，我的想法也是一样的，踏踏实实做事。”

周钧韬只看了他一眼：“成铭，你接着往下说。”

“周总，关于你说的第二件事，我基本上是赞成的。”张成铭调整好情绪，继续分析道，“现如今，人们在使用互联网时，时不时会弹出一些流氓软件，已是一种常态。渐渐地，网民对此是深恶而痛绝之。这个时候，我们要是能推出一款专门针对这些流氓软件的软件，势必会受到热捧。不管是对安全卫士部门还是对整个奇迹，都是大大有好处的。据我了解，过去几年，有不少业内公司也有过做类似软件的计划，其中就包括肯巴卫士。但最终，却没有公司去染指这个领域。按我个人的分析，这里面是有原因的，因为这些流氓软件的存在，是两家甚至多家业内公司合作的结果。合作的源头，是利益。如果真要这么做了，就等于得罪了不少同行。搞不好，还会成为全行业的‘公敌’……”

“‘公敌’又如何！”周钧韬轻蔑一笑，“我老周不早就成为业内公敌了吗？当初奇迹搜索做‘插件’时，业内有不少人就已经给我扣这个帽子了，我们只是做了别人想做而又不敢做的事情。况且，能借此机会赢得更多的受众和市场，何乐而不为呢？说白了，做这款软件，绝对是利大于弊。所以，必须要去做。”

“明白，我这就回去和徐斌商讨商讨。”

“成铭，徐斌那边，我已经打过招呼了。对于我的提议，他是百分之百支持的。”

周钧韬的话，似乎在暗示张成铭，不要再唱反调了。再唱反调，大不了把安全卫士这个摊子交给徐斌打理。

张成铭也听出了弦外音，忙说道："周总，你放心，有我和徐老师在，相信很快就能研发出这个产品的。"

"成铭，我要的就是你这句话，这也是一个部门负责人该有的姿态。好啦，正事说完了，接下来，我跟你聊聊一些心里话。"说着，周钧韬走上前，坐到张成铭的对面，"成铭，最近一段时间，我经常睡到半夜就失眠。失眠之后，就犯老毛病，胃痉挛。一痛，就整个晚上都睡不安宁，苦恼得很。"

"周总，那你该抽空去医院看看。"

"成铭，心病还须心药医。我这种病，医院里是治不好的。"周钧韬又站起身，在办公室走了一圈，接着说，"当初，我选择二次创业，也就是创立奇迹之初，我给自己的定位不是一个掌门人，而是一个投资者。我希望给像你这样的年轻人提供一个好的平台——能够真正实现个人价值的平台。所以，从一开始我就说过，只要大家好好干，就能分到公司的股权。可是结果呢？却是事与愿违。我们几乎把所有的赌注都押在了搜索上，现在的局面你也看到了，咱们在搜索领域，是一败涂地。为此，我也反思过，主要是我个人决策上的失误……"

周钧韬主动承认错误，这还是张成铭头一遭听到。

他急忙也跟着站起身道："不不不，周总，主要还是行业大局势的问题。公司创办之初，搜索的确是个大热领域。更何况，我们之前在大可做的，本来就是和搜索相关的领域……"

"成铭，我这是心里话，不是和你在做表面功夫。唯一值得庆幸的是，在你的带领下，安全卫士为奇迹打开了另一扇窗。"

"周总，安全卫士的大方向是你定下来的。能有今天，主要是你的功劳。"

周钧韬摆了摆手："成铭，其实早在大可被智源科技收购之后，我就向郭腾义提议过涉足安全市场。但郭腾义是个高傲之人，自诩为'互联网教父'，因此，压根儿就不把安全市场放在眼里。这也是为什么在奇迹成立之初，我会尝试着做安全卫士的重要原因。我当时就认为，安全市场将大有可为。不过，根据奇迹当初的状况，是不能把安全卫士作为王牌项目的。其一，互联网是个烧钱的行业，这是一个老生常谈的问题了。真要这么做了，对我们的融资是不利的。毕竟，单凭安全卫士这张牌，风投机构一般不会把钱投给奇迹。就算有，数额也不会很大。一旦陷入钱荒，奇迹就彻底完了。其二，在当时的形势之下，还是把安全卫士放在相对宽松、不容易让人察觉到的环境下生长，才是上上策。”

听罢老周的一席话，张成铭不禁暗叹，老周不愧是老周，果然是深谋远虑。一直以来，奇迹暴露在同行和敌人眼皮子底下的王牌项目，是搜索。至于安全卫士，只不过是鸡肋。既然是鸡肋，就无足为惧。后来，在搜索的生存空间渐渐受到极光、智源科技和万众等“三巨头”的挤压时，老周转变了策略，开始重视安全卫士。张成铭原以为，老周这么做，是迫不得已的选择。被逼无奈之下，才把安全卫士作为退路。现在看来，其实从一开始，老周就已经在给自己留后路了。或者说，安全卫士在他心目中的地位一直很重，只是玩得更隐蔽，不那么大张旗鼓罢了。

说到底，一切都在周钧韬的掌控之中，游刃有余。

四天后，一向低调的李星河也召开了新闻发布会，宣布宏远并购敏强杀毒软件的消息。为此，张成铭搜索了相关的新闻，发现业内有不少的大佬都参加了这次新闻发布会。其中，包括肯巴的黎卫国、万众的张问天、极光的蔡崇云，以及华鼎的陈启锐等重量级的大咖。间隔一个星期左右的时间，差不多同一主题的新闻发布会，却彰显了李星河和周钧韬在业内的地位和人缘上的差异。任凭周钧韬百般吆喝，出席奇迹新闻发布会的，皆是业内公司的副职高层。反观宏远那边，才称得上是真正意义上的大咖。这也是周钧韬一直不服李星河等人的根本原因，他自认为能力和格局都不输于他们，却为何没有与之对应的地位？

要论业界地位，李星河、张问天和蔡崇云是属于第一集团的。相比之下，周钧韬只能屈居于第二集团，并且是处于第二集团的末端。因为在他的前面，还有三大门户网站掌门人等老牌劲旅，以及肯巴这样的行业新贵等着他去超越。

从某种意义上而言，这也是两位大佬心胸上的区别。周钧韬想的是自己搭好的舞台，绝不能让黎卫国抢了戏。李星河则不同，通过新闻发布会，他是在暗示外界，宏远可以容下任何人，盟友自不必说，敌人也可以。

就在宏远新闻发布会的当晚，张成铭接到了顾长青的电话。

“成铭，你认不认识一个叫陈雅琳的女人？”顾长青开口便问。

“认识，万众张问天的私人助理。”张成铭如实相告，“同时，陈雅琳也是我的大学同班同学。”

“成铭，也就是说，你对陈雅琳有着足够的了解？”

顾长青如此一问，倒是难倒了张成铭。

他对陈雅琳了解吗？答案是肯定的。并且，张成铭自认为，是最了解陈雅琳的那个男人。再一想，真是如此吗？或许，答案又是否定的。他对陈雅琳的了解仅限于过去。两个人再次邂逅，陈雅琳变了，变得不可捉摸，变得世故，变得圆滑。再者，听顾长青的语气，他想知道的，应该是陈雅琳的工作能力。这方面，张成铭却又是知之甚少。他和陈雅琳见面时基本上是只谈生活，不谈工作。但是，能够坐上张问天的私人助理这个位置，陈雅琳的手上势必有几把刷子。

“还行吧，有些了解，但要说了解得很深，也谈不上。”张成铭模棱两可地回应道。

“成铭，今天下午，我们黎总从宏远的大本营带回一条消息。据说，陈雅琳将加盟宏远，负责宏远卫士这个项目，双方就差签合同了。”

“陈雅琳不是在美国学习吗？”

“是的，是在美国，但那又如何？据我了解的情况，陈雅琳在美国的这段时间，有不少的同行都想着要挖张问天的墙脚，包括我，也私下和陈雅琳接触过，希望她能加盟我们肯巴。但最终，我们还是玩不过宏远，李星河直接派了一个高管飞赴美国，用诚意打动了陈雅琳。”

“可是……可是……”

张成铭本想提及陈雅琳找他商议是否该离开万众一事，话到嘴边，又硬是吞了回去。一来，这是属于他和陈雅琳的秘密；二来，他也不想让更多的人知道他和陈雅琳之间的关系，哪怕是一直很信任、很尊敬的顾长青。

“顾总监，陈雅琳并非互联网科班出身。而且，在万众，她一直担任张问天的私人助理一职。所以，我个人觉得，让她一个人去宏远挑起宏远卫士的大梁，她未必能胜任吧。你也知道，杀毒软件的开发，是一个非常讲究技术的项目。可问题是，陈雅琳对技术是一窍不通。”

“成铭，你所说的固然有道理。但是，李星河既然选择了陈雅琳，自然有他的道理。论眼光，论谋略，你我和李星河相比，可相差得太远了。”顾长青意味深长道，“其实成铭，最令人担心的是，宏远在安全市场上的频繁动作，将改变整个安全圈的生态布局。”

“顾总监，你是怕待到羽翼丰满时，李星河会向咱们开战？”

“李星河不像周钧韬，虽有雄厚的实力，但一向提倡以和为贵，并非好战之人。关键是，只要李星河不对我们宣战，我们也就不好对他下手。一方面，即便是主动出战，我们对宏远也毫无胜算可言。诚然，宏远卫士刚刚起步，但有整个宏远作为后盾，实力自然不可小觑。再者，我们还要承受舆论上的压力。有时候，唾沫星子不是武器，却也能够淹死人。另一方面，李星河是个大谋略家。不说别的，宏远和肯巴从未有过合作，可李星河和我们黎总却是私交甚笃。因此，宏远和肯巴基本上不存在着开战的可能性。简单来说，我们只能眼睁睁地看着宏远卫士在我们眼皮子底下茁壮成长，实力壮大。除非……”

张成铭追问道：“除非什么？”

“除非周钧韬选择单方面向宏远宣战。如此，才会打破整个生态圈的格局。”

“顾总监，你觉得有这种可能性？”

“成铭，这个问题，应该由你，或者周钧韬亲自来回答比较合适。又或者，终究有一天会有答案。”

“顾总监，既然不是你我能做得了主之事，那就静观其变吧。”

“对，静观其变。”

老周真敢冒天下之大不韪，单方面对李星河宣战吗？说实话，张成铭真不敢去想象。但经顾长青这么一说，又不得不去想。坦白说，这种事情，老周绝对是干得出来的。如果真能灭掉宏远卫士，或者打李星河一个落花流水，绝对是痛快之事。似乎就能从侧面证明，他周钧韬实力的确不比李星河差。

不过，正如顾长青所说，黎卫国和李星河私交甚笃。眼下，肯巴和奇迹又是盟友。奇迹想要单方面对宏远作战，必须要先过黎卫国这一关。除非，双方已经结束了盟友关系。也就是说，在战斗力允许的前提下，老周何时对宏远卫士宣战，取决于奇迹和肯巴的盟友关系能维持多久。之前，张成铭就有过担心，一旦奇迹利用完肯巴，老周就会单方面撕毁合作协议，与黎卫国一拍两散。一方面，要和黎卫国“分手”；另一方面，要和李星河交手。再加上黎卫国和李星河的私交，万一他们联手对抗奇迹安全卫士呢？想着，张成铭暗自在心中捏了一把汗。那么，奇迹安全卫士就极有可能像奇迹搜索那样，陷入巨头围剿的境地。按说，依老周的雄韬伟略，应该不会走这步臭棋。莫非，老周还有别的盘算？

26

独立王国

半个月后，陈雅琳从美国回到了北京。在北京只逗留了一天的时间，她又飞赴宏远的大本营鹏城。再次回到北京，时间又过去了五天。

其间，陈雅琳只和张成铭通过一次电话，说是已经回国，正打算去宏远那边谈谈，并未透露是否加盟宏远的消息。但种种迹象表明，这种可能性还是很大的。这条消息，本属于张成铭和陈雅琳的秘密。除此之外，宏远的高层也是知情人。不过，自从宏远召开新闻发布会后就不同了。李星河或者宏远的某位高层把消息透露给了黎卫国。随后，黎卫国又告知了顾长青。顾长青知道，肯巴的其他高层就有可能知道。互联网的圈子本就不大，如果没猜错的话，这条消息早已传到张问天的耳中了。

但是，张问天为何没有采取任何行动呢?

如果换作是周钧韬，早就急得上蹿下跳，暴跳如雷了。徐泽丰离开奇迹后，老周可是放出过狠话的，待到时机成熟，一定会让徐泽丰付出代价。这句话，张成铭一直闷在肚子里，不敢在徐泽丰的面前提及，怕影响他的情绪。

张问天之所以不行动，无非就两个原因。第一，不是不行动，只是时候未到罢了。或者说，张问天自信能留得住陈雅琳。第二，铁打的营盘，流水的兵。行业内的跳槽，特别是高管被人挖墙脚，本就是常态。万众会被人挖墙脚，也可以挖别人的墙脚。既然如此，就没必要将事态扩大化。

但不管如何，张成铭还是挺担心陈雅琳的处境的。

陈雅琳回到北京的第三天，正值周日。下午 4 点，正在加班的张成铭接到了她的电话。

“成铭，有空吗？”

张成铭隐约听到了陈雅琳车里的音乐声：“在公司加班呢，有事？”

陈雅琳又问：“方便出来吗？”

“方便的，手头上的事情也快做完了。”

周钧韬制定的专门研发查杀和卸载流氓软件的程序，如同一道圣旨，降到了张成铭的头上。这些天，他和徐斌一道，带着底下的团队，每天在安全卫士的根据地连轴转，为的就是尽快拿出一款既能让老周满意，又能让市场接受的产品。

徐斌刚刚加入团队时，张成铭对其成见颇深。真正搭档之后，看法也在发生着变化，尤其是这几天，为了赶产品的进度，徐斌居然选择了住在公司，不得不令人肃然起敬。并且，作为“狙击”的作者，徐斌对技术的了解绝非纸上谈兵。在徐斌的身上，张成铭仿佛看到了徐泽丰当初的影子。所不同的是，较之徐泽丰，徐斌的个性更强、更为刚烈。这是好事，也未必完全是好事。说是好事，徐斌的工作态度能激励整个团队。反观弊端，也是显然的。在安全卫士这个部门，论资排辈，张成铭的地位要高于徐斌。从长远的角度来分析，只有两个人能够和睦相处，不起内讧，才能带领这个团队走得更久、更远。如果彼此能在工作上建立私交，再好不过。但从目前的状况来看，张成铭和徐斌，注定只是工作上的搭档，而非“伴侣”。

“那好，我现在去接你，半个小时后到。”

“好，半个小时，我在公司门口等你。”

半个小时后，张成铭和张晨蕊一道下了楼。约过了十分钟，陈雅琳的红色奔驰跑车才到达。下楼前，张成铭只跟张晨蕊说，有个朋友来接他，并未说是陈雅琳。

一见到陈雅琳，张晨蕊本能地说：“张哥，要不我就先走了。”

“晨蕊，不急，我给你介绍介绍我的老同学，也是咱们这个圈子里的人。”张成铭边说着边走上前，张晨蕊极不情愿地跟了过去，“对了，我差点忘了，上次你们还见过面呢。有一次，咱们去看电影的时候，你还记不记得？我介绍过你们两个人认识。”

“忘了，张哥……”张晨蕊言不由衷道。

按说，她不可能忘了陈雅琳，哪怕彼此只是打过一次照面，简单地聊过几句，但她对陈雅琳的印象却极为深刻。在她的内心深处，是把陈雅琳作为感情方面的假想敌的，只是嘴上不愿去承认罢了。同时，她也明白，陈雅琳在张成铭心目中的分量要远比自己重。但那又如何？只要他们两个人尚未重新确定关系，自己就有机会。再者，张晨蕊曾从徐泽丰那里得到信息，重遇之后，张成铭和陈雅琳没有立即重燃爱火的最主要原因是，陈雅琳背后的追求者甚多。如此，自己就有了更大的机会。

想到徐泽丰，张晨蕊不禁感慨万千。

从大可到奇迹，她和张成铭还有徐泽丰，一直是铁三角。由于张晨蕊的性格比较外向，相处久了，彼此性别的界限也就渐渐被抹平了，以哥们儿相称。她和徐泽丰关系的转折点，在于张晨蕊把自己的闺密何佳俐介绍给徐泽丰，却遭到了徐泽丰的婉拒。自此，张晨蕊对徐泽丰颇有微词。随后，徐泽丰又从奇迹跳槽到万众，打破了原本铁三角的关系，张晨蕊对他的成见越发得深。最出乎张晨蕊意料之外的是，徐泽丰居然对她做了表白。而且，遭到拒绝之后，徐泽丰并未放弃，选择了死缠烂打。一有空，就发条短信过来，关心她的日常生活。比如，天冷了，记得添衣。再比如，别光顾着加班，要多注意休息。这种过度的关心，开始让张晨蕊变得厌烦。可看在彼此多年的交情上，更看在张成铭的面子上，她真不愿和徐泽丰撕破脸皮。

有时候，张晨蕊也会想。如果追求自己的那个人不是徐泽丰，而是张成铭，那该多好啊！

“成铭。”陈雅琳摘下墨镜，又说，“如果我没记错的话，你女朋友应该叫张晨蕊吧。”

陈雅琳竟称自己为张成铭的女朋友，张晨蕊心中暗自窃喜，可转念一想，又觉得没那么简单，正所谓“女人心海底针”，谁知道这到底是不是陈雅琳醋意泛滥，故意这么说的呢？

“雅琳，不是不是。”张成铭连忙解释道，“我之前就说过了，我和晨蕊只是同事，并非男女朋友关系。”

“成铭，我反倒觉得你们两个人站在一起挺般配的。”

不管陈雅琳话里面到底隐藏着什么意思，张晨蕊听着还是蛮尴尬的，两颊竟不自觉地泛起了红晕。

“雅琳，我……”张成铭一急，不知该如何往下解释了。

“先上车再说吧。”

待到张成铭上了车，陈雅琳又伸出头，和张晨蕊说了句拜拜。紧接着，她踩下油门，奔驰跑车飞驰而去，扬起尘土。只剩下张晨蕊一个人呆呆地站立着，心里怪不是滋味的。

一路上，陈雅琳也不说话，只是跟着音乐轻轻地哼着。张成铭好几次都想把话挑明，问她是决定留在万众，还是南下鹏城，加盟宏远。但最终，他还是忍住了。

不知不觉中，车子来到了香山。陈雅琳放慢了速度，将车停好，随后，又将车顶的自动车篷打开，闭上眼睛，深深地吸了口气。

“成铭，你还记得吗？上大学那会儿，一到秋天，咱们就往香山跑，欣赏香山的枫叶。那个时候，快乐是简单的。看一下枫叶，在山脚下吃碗麻辣烫，简直就是人生的第一大快事。现在呢？坦白说，我真不知道什么才叫作真正的快乐。事业有成，身价过亿？或者，只有欲望和野心，才能满足、快乐？”

“雅琳，你的观点过于偏激了。其实一个人是否快乐，完全取决于心态。只要你的心态足够好，快乐自然会陪伴左右。”张成铭想了想，又举例道，“就像你刚刚见到的那个张晨蕊，她只不过是奇迹的一名普通员工，收入不高，地位不高，还要每天加班加点搞项目研发。相比之下，你的成就要远高于她。但是，相反的是，她每天都过得很快乐、很满足。”

“所以，你喜欢和张晨蕊在一起的感觉？”

张成铭急了：“雅琳，我和张晨蕊之间，真没什么。我们只不过是关系比较好的同事而已，我也一直把她当作妹妹看待。”

“成铭，有些事，骗得了自己，却骗不了别人。两个人谈恋爱也好，成为夫妻也罢，首先要喜欢和对方在一起的感觉。女人的直觉告诉我，张晨蕊是喜欢和你在一起的。而且，我也能看得出来，你也喜欢和她在一起。尽管，你在极力地否定这一事实。”

张成铭不知哪儿来的勇气，近乎吼道：“雅琳，你是知道的。这些年来，我的心里只有你一个人，容不下任何的其他人！”

这一吼，吼出了他的心声，更是吼出了那份炽热的爱。吼完之后，张成铭发现整个人都轻松了许多。这些年，他把对陈雅琳的那份爱一直埋藏在内心深处，回味着，发酵着。殊不知，这份爱，渐渐地变成了沉重的心理负担。

沉默，长时间的沉默。

陈雅琳抿了抿嘴，脸上的表情有些复杂：“成铭，我现在不想讨论这个问题。”

“雅琳，你知道吗？大可被智源科技收购后，我回到了江西老家，在一家国企找了份稳定的工作，本可以过着不错的日子。但我为什么要再次回到北京打拼呢？很大程度上，是我心中还有念想，对你的念想。你是我回到北京最大的动力之一。我盼着能与你重逢，盼着能和你重续前缘。没事的时候，我会经常去我们曾经生活过的大学校园里转转，一个人品尝我们曾经吃过的美味，走我们曾经走过的路。你知道我这几年是怎么过来的吗？与你在九华山庄再次邂逅，重新燃起了我心中的希望。我开始憧憬未来，只属于我们两个人的未来。可你呢？要么就是对我不冷不热，要么就是回避这个问题。说实话，我这心里头，真是没着没落的。”

张成铭对于感情，一向是内敛的，他不擅长也不喜欢去表达。在他眼里，文字在感情面前是苍白的，他更喜欢用内心去感悟、去领会，去爱值得爱的那个人。但此刻，他积攒了多年的情愫如同火山一般从内心深处爆发，化作文字，呈现在陈雅琳面前。

“成铭，你能说这番话，我很感动，也谢谢你心里面一直惦记着我。不过，我现在真的不想去讨论这个问题。”说这句话时，陈雅琳的声音变得哽咽，眼中也不自觉地泛起了泪花。为了不让张成铭看到，她侧过身，看着外面，继续说，“眼下，对我而言，最重要的是事业。其他的，暂且不会去考虑。”

听罢，张成铭的心再次沉到了湖底。

冷静过后，张成铭淡淡地问：“雅琳，依你的个性，既然主动来找我，应该已经做出决定了吧？”

“是的。”陈雅琳点了点头，“我已经决定南下加盟宏远，而且是掌管宏远刚刚成立的宏远卫士部门。往后，你我就是竞争对手了。”

“雅琳，人算不如天算，真没想到，我们两个人会成为竞争对手。”张成铭仰天一笑，“张问天那边呢？你作何交代？”

“昨天下午，我找张问天深谈过。而且，已经和他挑明了我即将加盟宏远的情况。对此，张问天有过挽留之意。不过，他最终还是尊重我的选择。另外，张问天还说，如果在宏远那边过得不如意的话，万众的大门，随时向我敞开着。”

“宰相肚里能撑船，张问天果然有大将之风。”

“这也是我内心愧疚的最主要原因。坦率说，这几年在万众，张问天一直挺照顾我的。虽说一家互联网公司的核心是产品，张问天并未教我如何去做产品，但却教了我许多为人处世之道。特别是他的眼界、他的心胸，值得我去钦佩、去学习。”

“既然如此，你又为何要离开，去一座陌生的城市，加盟一个陌生的公司呢？”张成铭再次抛出了疑问。

“没别的，只是觉得鹏城和宏远更适合我的现状。”

“什么时候走？”

“明天，明天中午 11 点的飞机，直飞鹏城。”

“这么快？”

“既然要走，就该走得干脆。”

陈雅琳的这句话，张成铭听着颇为耳熟，好像在哪里听过似的。稍一回忆，才想起陈雅琳当初决定去美国，张成铭不愿跟着一道去，又多次挽留时，她就曾经撂下过这句话，只身去了大洋彼岸。

此情此景，仿佛又回到了过去，两个人再次面临别离。

“那我明天去送送你。”

“不用了成铭，明天是周一，你工作又忙。况且，我只想一个人安安静静地离开。”

张成铭了解陈雅琳，她不想让你送，你硬是去送，反而会引起她的反感。鹏城和北京，虽隔着千里，但总归是国内。再说了，现在奇迹和肯巴是盟友，自己也要经常跑去珠海见顾长青。珠海离鹏城，不到一个小时的车程，彼此想见一面，还是挺方便的。

仔细想过之后，张成铭无奈道：“好，多联系，有空多回北京。”

周一上午，按惯例，奇迹内部会召开中高层会议。一般来说，一开就要两到三个小时，差不多到中午饭点的时间才结束。

以往开例会时，张成铭都会坐在第一排。尽管他也清楚，绝大部分的时间，都是周钧韬在说话，给下面的人灌心灵鸡汤、打鸡血，能吸收的“营养”极少。但不管如何，坐在第一排，最起码是一种态度。

不过，今天却不同。受陈雅琳的影响，张成铭的心情糟糕到了极点。他一进会议室，就坐在了后排，并且一副心不在焉的样子，还时不时地看一下手表。其间，他还有一种冲动，冲出会议室，跑到楼下，打上出租车，去机场送一送陈雅琳。直到时间过了 11 点，他才无力地叹了口气，打消了念头。

张成铭的异样表现被周钧韬看在眼里，却没在会议上点破。会议结束后，老周就把他叫到了办公室。

刚进办公室，张成铭的手机就振动了一下。一看，是陈雅琳发来的短信，内容很简单 ：“成铭，我要登机了，保重。”他纵有千言万语，当着老周的面，也绝不敢把玩手机。要知道，老周对员工的工作态度是极为苛刻的。趁着老周泡茶的工夫，他快速回了一条 ：“雅琳，你也保重，有空我去鹏城看你。”刚按下发送键，老周正好转过身，惊得张成铭急忙把手机塞进口袋。

“成铭，我看你今天的情绪有些不对劲。”

“周总，没有，只是……”张成铭心跳骤然加快，不知该如何往下编。

“成铭，你跟了我这么久。一个眼神，一个动作，我就能判断你的情绪。”周钧韬也不生气，“还有，你并不是个擅长说谎之人。”

“周总，我……”

“好啦，不管是因为什么事情影响到你的情绪，尽快调整。不要把不良的情绪带到工作中来，这是我对奇迹每个员工最基本的要求。你现在是公司的高层，是安全卫士部门的掌门人，更应该起表率作用。”

“周总，我明白。”

“明白就好。”周钧韬喝了口茶继续说，“找你来，两件事。第一件，上次在这里，我跟你说过，你的角色将从产品经理变成安全卫士部门的总经理，另外你的股权将从 60 000 股提到 100 000 股。不过，这起任命遭到了公司某些人的反对，他们只同意给加股权。你也知道，我老周一向是讲民主的，不喜欢搞一言堂那一套。既然有人反对，而且，也有反对的理由，所以，这起任命我看就暂时搁置吧。但我可以向你保证，我会处理好这件事。”

说实话，能不能做这个总经理，张成铭并不在意。可是，最起码，这是对他工作能力的肯定。现在倒好，煮熟的鸭子飞了，他心里除了不痛快，更多的是失落。

如果没猜错的话，周钧韬所说的某些人，应该是公司的中高层。并且，还不止一个。他们会是谁呢？张成铭第一个想到的，是高强。周钧韬“打法”的变化，张成铭等后辈的崛起，使原本风光无限的高强逐渐被边缘化。另外，高强还私会过极光的高层、素有蔡崇云“背后的男人”之称的刘凯风，有再次出走奇迹的可能性。既然要出走，何不把奇迹这池水搅浑呢？再加上，两个人的关系一向比较紧张。所以，高强的嫌疑最大。

“周总，他们反对的理由是什么？”

“这正是我想跟你说的第二件事。周五晚上，我收到了一封邮件，这封邮件的内容与你有关。”周钧韬停顿了一下，又说，“大致的内容，就是批评你在安全卫士部门搞独立王国。其中，列举了几个事实。第一，安全卫士部门的气氛不太正常，刚有个千把万的用户量，就已经开口闭口谈成功经验了。部门内部搞得像个小团伙似的，还搞个人崇拜主义。对于竞争对手的态度，也是认为不堪一击。第二，在招收员工时，批评你直接绕过公司人事部门，就连招呼也不和他们打一个，直接自己做主了。第三，说你当着部门员工的面，拍着胸脯保证，他们会得到公司尽可能多的股权。具体的，我也记不太清楚，反正也就这么几点，都是批评你的言论。”

此刻的张成铭，觉得自己简直比窦娥还要冤。的确，他在内部会议上是谈过成功经验，是聊过股权一事，但真正的目的，是为了激励员工。搞个人崇拜、设独立王国这档子事情，完全是捕风捉影之事，他压根儿就没想过。如果说公司内部有人在搞个人崇拜，只有一个，那就是老周。对此，张成铭也认同，老周需要个人崇拜，需要成为奇迹的精神领袖来巩固他的地位，无可厚非。再说招人一事，是老周亲自拍的板，给张成铭授的权，只要有看中的人才，无须经过人事部门这道程序。

当张成铭大吐苦水后，老周的表情依然淡定："成铭，位置高了，盯着你的人也就多了，偶尔向你泼泼脏水的人，自然而然也就多了。这种事，大可不必放在心上。该如何去判断，我心里也有分寸。"

"周总，我想看看那封邮件！"

周钧韬的语气，明显变得不悦："成铭，你觉得这有意义吗？你是想找出那个发邮件的人，然后展开报复吗？公司正值上升期，内部团结是头等大事。我看，这件事就到此为止吧。你呢，有则改之，无则加勉。"

"周总，我……"

"成铭！"周钧韬分明加重了语气，"刚才的话，还需要我重说一遍吗？"

张成铭不敢再往下问，更不敢多做辩论，便说："周总，没事的话，我就先去做事了。"

"去吧！"周钧韬的语气又变得平和了，"成铭，送你一句话。'男人的胸襟，是用委屈撑大的。'一个男人，受得了多大的委屈，就能实现多大的抱负。"

委屈？张成铭的确是觉得委屈，尤其是接连经历了陈雅琳再次离开、有人在他背后捅他刀子这两件事，他满肚子都是委屈。但自己受的这点委屈，和老周当年相比，真算不上什么。想当年，老周创立大可时，风头一时无二，短短几年的时间，就实现了盈利。结果，为了实现更大的抱负，老周转手将大可卖给了智源科技，同时出任智源科技中国区总经理一职。可没想到的是，蔡崇云和郭腾义联手摆了老周一道，将老周踢出局。老周并未因此而气馁，而是选择了东山再起，通过二次创业创办了奇迹。如今的奇迹，虽在搜索领域磕磕碰碰，但可以预见的是，凭借着安全卫士这张牌，假以时日，老周即可重振雄风，独霸一方。

道理固然不假，现实也摆在眼前。出了老周的办公室，张成铭还是琢磨起了发邮件、在老周面前参自己一本的人到底是谁？还有，反对自己出任安全部门总经理的和写邮件的，会不会是同一个人呢？

刚开始，张成铭认为高强的嫌疑最大。不过，现在分析，写这封邮件的应该不会是高强。尽管没有看到邮件的原文，但根据老周的口述，基本上可以判断，写邮件之人十有八九是安全卫士部门的内部员工。如果将范围缩小到安全卫士部门，答案也就不言而喻了，徐斌的可能性最大。至于原因，无须赘言。

那么，这两件事就有两种可能性：第一种，反对者是高强以及以高强为首的小团伙，写邮件者是徐斌；第二种，反对者和写邮件者，是同一个人，都是徐斌。

凡事都有好差之别，如果让张成铭选的话，他宁可选择第二种，也不会选第一种。第二种在他的预料之内，徐斌本就不是什么善主，是老周安插在他身边的眼线。这一天，迟早会来的。此外，为了稳定大局，老周也不可能把他和徐斌的矛盾公开化。如果是第一种，处理起来就比较棘手了，说明高强和徐斌成了一根绳上的蚂蚱。对付徐斌本就不易，再加上一个本就看自己不顺眼的高强，他恐怕很难招架得住。

张成铭隐约感觉到，自己正无形地被卷入到一场公司内部权力斗争的旋涡中。

27

内斗旋涡

回到办公室，张成铭刚点上烟，没抽几口，张晨蕊就闯了进来。

“张哥，昨天去哪里约会了啊？”张晨蕊嬉皮笑脸地问。

“没去哪里，就是去香山转了转。”

“去香山看枫叶啊，这么浪漫！”

“不是看枫叶，谈些事情。”张成铭避开话题问，“晨蕊，你找我有事？”

以前和张晨蕊聊起感情方面的话题时，尽管敏感，但张成铭还是愿意谈的。一来，他一直把张晨蕊当成好哥们儿来看待。既然是好哥们儿，就没什么不好谈的。二来，别看张晨蕊平时大大咧咧的，其实心思还是蛮细腻的。而且，哥们儿归哥们儿，张晨蕊总归是个女人。感情上的事，女人的直觉往往比男人更灵敏。

不过，昨天听完陈雅琳对他和张晨蕊关系的分析，回到家，张成铭也琢磨了不少时间。如果不是徐泽丰在追求张晨蕊，如果没有陈雅琳的存在，那自己和张晨蕊之间，是不是有可能呢？

可这种假设，又是不成立的。

就算不成立，至少在张晨蕊面前，谈及感情之事时，也再不能像以前那么随心所欲了。这是张成铭内心真实的想法，即便他自己也不清楚这种想法的根源到底是什么。

“张哥，早上你们开完例会后，公司里就在传，说你在安全卫士内部搞什么个人崇拜和独立王国，开完会你就被老周叫去训话了。”

张成铭笑着问：“晨蕊，你觉得我在搞个人崇拜和独立王国吗？”

“张哥，反正呢，我是挺崇拜你的！”

“晨蕊，我没心思和你开玩笑。”张成铭惆怅道，“这件事，不是有人在老周面前打我小报告那么简单，而是有人专门写了一封邮件发给老周，罗列了我的各项罪状。”

“不至于吧？”张晨蕊瞪大着眼睛问，“谁啊，这么不知好歹！”

“晨蕊，依老周的个性，你觉得会告诉我是谁干的吗？”

“但是张哥，能这么熟悉地罗列你罪状的人，明摆着是我们部门内部的人干的。我们内部的人，能这么干的，只有那个新来的、阴阳怪气的徐斌了。”

“晨蕊，在没有确凿的证据前，可不能妄下结论，更不能往外乱说。”张成铭厉声制止道。

诚然，张成铭也怀疑徐斌，但他怀疑和张晨蕊怀疑是两码事。尤其是当着张晨蕊的面，不能捅破这层窗户纸。一旦捅破，这道消息，极有可能在部门内部，乃至整个公司蔓延开。届时，自己和徐斌的关系就尴尬了，搞不好周钧韬还会上门兴师问罪。

“张哥，就算没有证据，咱们也不能就这么忍气吞声啊。你就不怕，越是忍让，对方越是变本加厉地谋害你吗？”

“放心，许多事情，老周的心里，都跟明镜似的。再者，公司好不容易完成了转型，步入了正轨，起内讧是老周最不愿意看到的。老周找我谈，只是给我出张黄牌，警告警告而已。”

“张哥，万一老周哪天给你亮出了红牌呢？”张晨蕊顺口问。

张成铭摊了摊手："那就只好被罚下场，认命呗。"

"张哥，你真这么乐观？"

"不是我乐观，只是以我的能力改变不了事实。"张成铭无奈一笑，"对了，我晚上想约泽丰一起去撸个串，要不你也一起？"

"别别别，张哥，还是算了吧，免得既尴尬，又破坏了你们哥俩喝酒的气氛。"

"怎么，泽丰最近对你又有什么新动作？"

"张哥，你快别提了。老徐几乎每天都会给我发信息，早上一条，中午一条，晚上睡觉前又是一条，雷打不动。不是问我饭吃了没有，就是问我睡觉了没有。搞得我一看到他的短信，就本能地删掉。"张晨蕊埋怨道，"要不是看在多年的交情上，我早就和他翻脸，把他的号码拉入黑名单了。"

徐泽丰的表现虽有些出格，失了分寸，但总体而言，还是符合他的个性的。只是这样的做法，不仅显得情商低，智商也高不到哪里去。倒不是说张成铭在嘲笑徐泽丰，他也没资格去嘲笑任何人。从他和陈雅琳再次相遇，到陈雅琳离开北京南下，这么长的时间，他不是也没有拿下陈雅琳吗？相比之下，他比徐泽丰更加悲哀。

但是，作为局外人和徐泽丰的好兄弟，他还是觉得徐泽丰的这种做法有欠妥当。最起码，是值得商榷的。两个人晚上不是要去撸串吗，到时候，适当地给他提个醒。

"这老徐还真是不到黄河心不死哪。"

"张哥，关键他已经看到黄河了，依然不死心啊。"

张成铭摇了摇头："晚上撸串可以不去，但我刚才跟你说过的话，绝不能在其他同事面前提及。"

"张哥，放心吧，我知道分寸的。"

张晨蕊离开后，张成铭给徐泽丰打了个电话，问他有没有空，有空的话，晚上一起去撸个串，喝上几杯。徐泽丰并未推辞，爽快地答应了。

约定撸串的地点就在张成铭所住小区的附近，下了楼，拐个弯就到。下班后，张成铭先是回家换上宽松的运动服，整理一下房间，与徐泽丰联系上，问过他到哪儿了，才慢悠悠地下了楼。他本想叫上黄献芬一起，问过黄献芬才知道，他晚上约了欧阳春花看电影，也就作罢了。

张成铭和徐泽丰搭档时，黄献芬是最早跟随他们的“战友”。现在，张成铭和徐泽丰皆是情场失意，唯独黄献芬，抱得了美人归。就在上个星期，黄献芬还告诉张成铭，说他和欧阳春花的关系已经八九不离十了，差不多可以定下来了。年底放假时，他还打算去拜访欧阳春花的父母。说话时，黄献芬的脸上是满满的幸福，听得张成铭怪羡慕的。

秋风瑟瑟，小区的院子里，满是枯黄的落叶。

突然间，张成铭的脑海里冒出周钧韬经常说的一句话：“我们要以秋风扫落叶之势头，取得胜利，把奇迹打造成一家真正意义上的巨头互联网公司。”不过，这句话只在他的脑海里停留了几秒钟。这两天下来，他已经够累了。他想到周钧韬，就会想到有人在他背后使幺蛾子一事。索性，什么都不去想，切换模式，和徐泽丰大醉一场。

刚出小区的门，徐泽丰就来电告诉他，说已经到烤串吧了，人很多。张成铭说了句：“泽丰，你先占位置，我马上到。”说完，便往路口的方向小跑去。

刚跑到烤串吧门口，还没来得及喘口气，手机又响起了，是张莹的来电。认识张莹时间久了，张成铭渐渐察觉，每次有大事发生，张莹要么是打电话，要么就是约他见面。一般的小事，她则是不会过问的。想必，张莹已经知道了有人在背后捅自己一刀的事，所以，才会来电过问。

因烤串吧门口声音比较嘈杂，张成铭给徐泽丰做了个手势，让他先点烤串。随后，快速往前走了几大步，才接起了电话。

“成铭，下班了吧？”

“张姐，刚到家，正在和一个朋友吃烤串。你也认识，徐泽丰。”

“方便聊几句吗？”

“张姐，你说！”

“好的，长话短说。有人在背地里给老周写邮件，告你的状这件事我已经知道了。今天中午，我和老周通过电话，是老周亲口告诉我的。”

“张姐，你有什么高见？”

“老周并没有说太多，只是表了个态，一切以大局为重。这也是我们投资方的态度。毕竟，奇迹在互联网行业玩了这么长时间，才刚刚有点气色。我要跟你说的是另外一件事。之前，老周不是说让你出任安全卫士部门总经理一职吗？听老周说，奇迹内部有反对的声音。”

“是的，张姐。”张成铭看了一下四周，才说，“我怀疑写邮件者和反对者，是同一个人，或者是同一拨人所为。”

“成铭，不管是谁做的，又或者是谁指使的，总归会有水落石出的时候。况且，我们久一资本是奇迹的大股东之一，关键时刻，我这个久一资本的掌门人还是会给你说话、替你撑腰的。中午通电话时，我向老周施压过，不管如何，你都应该成为安全卫士部门的总经理。只有成为一个部门的总经理，才真正代表着跨过了那道门槛，进入了奇迹的高层圈……”

“张姐，你这么说，我怕老周会误会，误会我越权向你这个投资人打小报告，恐怕……”

“成铭，我敢这么说，自然有我的理由。今时不同往日，对于现在的奇迹而言，安全卫士已经取代了搜索，成为王牌项目。尽管搜索部门尚在，依然是规模最大的部门，但不可否认，这就是事实。作为投资方，我们久一资本最终的目标，是从奇迹获得尽可能高的回报率。说到底，待到奇迹上市，市盈率是唯一的衡量标准。周钧韬从创立奇迹之初，就喊出了三年上市的口号，只是接下来的路子走偏了。否则，以周钧韬的能力和手腕，三年上市，并非痴人说梦。现在，奇迹调整了策略，上市的希望又大大地增加了。只要奇迹在安全卫士的深度和广度上继续做文章，上市是轻而易举之事。想要把安全卫士做到极致，就该给你这个掌舵者足够多、足够大的权力，而不是处处捆绑着你、约束着你，凡事上纲上线。所以，作为投资方的代表，向老周施压，既合情，又合理。”

“张姐，你这么说，我就放心了。”

“那就先这样，改天再约你吃饭。”

张莹关键时刻的出现，总能给张成铭注入强心剂。放好手机，他的心情也稍稍好转，仿佛走出了近两日一直笼罩在头顶上的阴霾。

重新回到烤串吧，徐泽丰已点好了烤串。另外，桌子旁边还放了两箱啤酒。

张成铭刚坐下，徐泽丰就说：“成铭，自从我离开奇迹后，这是第一次就我们兄弟俩坐在一起喝酒吧。今天的目标，是把这两箱啤酒干掉，一人一箱，不醉不归。”

一箱啤酒，只要喝得时间足够长，张成铭自认为问题不大。可徐泽丰的酒量他是清楚的，类似于这种大瓶装的燕京啤酒，顶多六瓶，再往下，就得吐。而且，徐泽丰醉酒后有个特点，话特别多，像个话痨子，喋喋不休。说到不开心的事情，或者动情处时，还会哭。可见，徐泽丰坚强的外表之下，隐藏着一颗脆弱的心。这也正常，大部分的“北漂”一族，基本上都是这种状态。在北京熬着、忍着、憋着，无非就是为了在这座城市扎根。但是，人的抗压能力总归是有限的，好比是一根弹簧，给它适当的压力，会增强它的弹性。压力过大，用力过猛，弹簧就会变形。

张成铭则不同，酒喝得越多，反而越清醒，这也是他和徐泽丰在个性上最大的区别。

“好，那就不醉不归。不过，你得先答应我一件事，喝完酒，干脆别回去了，就住我这里了。毕竟三更半夜的，路上不安全。如果你答应，你想喝多少，我都奉陪到底。”

“成交！”

不知是状态好，还是徐泽丰的酒量大有进步。不出一个小时的时间，两个人已各自喝掉了五瓶啤酒。其间，徐泽丰的话也不多，只是一味地喝酒。到了第六瓶喝到一半时，徐泽丰开始原形毕露，话也慢慢地多了起来。

“成铭，你给我打电话说要撸串时，我立马就联系了晨蕊，让她也过来。可她想都没想，就拒绝了。不说别的，好歹我们仨也好久没坐在一起吃饭了吧。”徐泽丰带着几分醉意道，“你说，她现在是不是很讨厌我啊？”

“没有的事，没有的事。我也问过晨蕊，她晚上的确是有事，说是要去见她姐姐，一个星期前就约好的。”张成铭只好帮着张晨蕊圆了个谎。

“就算是去见她姐姐，也可以跟我解释啊。而她呢？直接回了两个字——没空。”徐泽丰又干掉一大杯啤酒，“成铭，你知道吗？当我看见这两个字时，心里有多难受吗？”

“泽丰，喝酒，我陪你喝酒。”说着，张成铭又为徐泽丰倒满酒。

这个时候，任何安慰的言语，对徐泽丰来说，都是没有用的。说得多了，想得多了，他的心事反而会越重。还不如尽情地陪他喝酒，听他大吐苦水，让他彻底地发泄出来。

谁知，徐泽丰话锋突然一转：“成铭，兄弟，我知道，陈雅琳离开北京，南下鹏城。你这心里头，不比我好受。咱们兄弟俩，是同病相怜啊。”

张成铭害怕酒后想起陈雅琳。自打陈雅琳离开后，他对陈雅琳的思念一点都没有变少，反而增加了。他唯一所能做的，就是用工作——无休止的工作来冲淡这份沉甸甸的思念。

“是呀！”张成铭举起杯，“来，为同病相怜干一杯。”

显然，张成铭不愿在这个话题上多谈，便说：“泽丰，咱们大老爷们儿在一起喝酒，就别婆婆妈妈地谈感情上的事情了。还是说点别的吧。万众卫士那边，最近怎么样？”

“还行，吃不饱，也饿不死。”徐泽丰打了个酒嗝，继续说，“张问天对我们这个部门的态度，还是跟以前一样，让我们放心地去研发产品，半年不行就一年，一年不行就两年，并未施加过多的压力。整个部门的氛围，也算不错。但大家只是工作上的合作伙伴关系，下了班，私下大家几乎没什么来往。坦率说，再也找不到当初在大可和奇迹时的那种感觉了。另外，万众的主营业务是搜索，搜索是这家巨头互联网公司的根基。因此，网络安全领域对万众而言只是个小分支，即便失败了，也不会影响到大局。不像奇迹安全卫士，随着老周大手一挥，你就被扶正了。再加上和行业老大肯巴之间的合作，你的前途要比我光明许多。将来等到公司一上市，你最起码是千万富翁级别的。”

“泽丰，既然如此，你何不回到奇迹，和我一道共谋大业呢？”

“好马不吃回头草。”徐泽丰冷笑了一下，“说实在的，不是我不稀罕股权，毕竟我不是什么圣人。可老周的那一套，我真的受够了。还有，奇迹内部的尔虞我诈和拉帮结派，我也玩不来。”

徐泽丰主动提到了奇迹内部的争斗，张成铭也就打开了话匣子，道出了有人在暗地里诋毁他的事情。

听罢，徐泽丰并不惊讶：“成铭，不是兄弟我马后炮，你在奇迹会有此遭遇，在我的意料之中。以前，高强处处针对你，现在你的身边，又多了个老周的眼线徐斌。可以肯定的是，你接下来的日子会不好过。但这件事，我倒是有另外的看法。”

“什么看法？”

“成铭，你就没想过，这是老周自导自演的一出戏？”

“泽丰，你这话是什么意思？”

“有人反对你出任安全卫士部门总经理也好，写邮件给老周批评你也罢。老周跟你说是谁了吗？给你看邮件了吗？当然，你也可以理解为，老周是以大局为重，不想看到奇迹出现内部争斗。可换个角度，这些都是老周凭空捏造的，也是合乎情理的。老周这个人，对于权力的渴望，一向是强烈的。而你的崛起，再加上背后有张莹撑腰，老周害怕将来某一天，你会威胁到他的地位，因为对于一家引进风投的公司而言，许多事，尤其是重大决策，并非掌门人能做得了主的。如果真到了那个份儿上，投资方逼宫老周，让你取代他，你觉得老周会怎么做？照我看，自从发现你和张莹的关系不简单后，老周就开始在布局了。

我估摸着，晨蕊是张莹的亲妹妹这件事，老周也早已知晓。你和晨蕊的关系又很铁，老周的危机感就更强了。总而言之，老周在用你的同时，也在四处给你设套。”

徐泽丰的话，虽是酒话、是猜测，但仿佛只有这样，许多事情才能说得通。琢磨一番，张成铭感觉到前所未有的惶恐。

“泽丰，你这话……”

“成铭，哥们儿现在比任何时候都要清醒。总之一句话，在奇迹，你要提防任何一个人，包括老周、齐文东和史虹翎，这是哥们儿给你的忠告。你觉得对，就收下；觉得不对，就当耳边风。”

“先不谈史虹翎，老齐应该不至于吧，他对我一向是很关照的。”

“老齐是对你很照顾，但说到底，他是老周的人。如果在你和老周中间做选择的话，毫无疑问，他会选择老周。并且，老齐这个人一向沉默寡言，这种人往往是最可怕的。你想想看，随着高强被边缘化，史虹翎又是外来户，你要威胁老周的位置，首先得迈过老齐这道坎。老周有危机感，老齐的危机感会更强。你琢磨琢磨看，我说的话，是否有道理。”

本来是纯粹的撸串、喝酒，可到头来，话题还是一次又一次正中张成铭的烦心事。也罢，说开了，多份戒心，总归是好事。

“兄弟，有道理，我记下了。”

两个人就这么你一言我一语，一直喝到凌晨3点，喝掉了两箱半的啤酒，才踉踉跄跄地回到了张成铭的住处。

28

行业公敌

一个多月后，几经波折，张成铭的任命书终于下来了，他正式坐到安全卫士部门总经理的位置上。相对应地，除了股权，月工资也从之前的一万两千块钱上涨到了一万五千块钱，跻身公司高层的待遇。

按张成铭的预判，如果自己被任命为总经理的话，徐斌也应当被提拔为副总经理。不过，事实上，徐斌的身份没有发生任何的改变，老周也没有安排具体的职务。他还是像以前一样，扮演张成铭搭档和副手的角色。

刚开始，张成铭有些想不通，老周不是怕自己在安全卫士部门搞独立王国吗？那么，重用徐斌，或者把他提到一定位置，势必能钳制自己的权力。这样一来，既能牢牢地掌控住局面，又能给那些反对的高层一个交代，实为一步妙棋。但问题是，老周并未这么做，这里面，到底隐藏着什么玄机呢？后来，经张莹一点拨，他才悟透了老周的意图。老周此举，是出于对奇迹大局的考虑。对张成铭的任命，最初虽是周钧韬的想法，但遭到公司某些高层的反对之后，老周的内心其实是犹豫的、是挣扎的。最终任命的下达，一是老周的本意，二是投资方的施压。

但是，必须要正视的一个问题是，虽说奇迹的核心战略已从搜索转移到安全卫士，可搜索部门依然是奇迹最大的部门。在“三巨头”的围剿下，奇迹搜索节节败退，毫无招架之力，近来也谈不上有什么动作。不过，老周并未裁减搜索部门的人员。这就意味着，奇迹搜索只是暂时性地偃旗息鼓，战略性撤退罢了。一旦有机会，依然会卷土重来。老周的这种心理也可以理解，毕竟，搜索是他最初的梦想，也是最大的梦想。只有把搜索做大、做强，才能证明他并不比张问天和蔡崇云差，真正地实现扬眉吐气。过分重视安全卫士，肯定会引起搜索部门员工的不满，那里的许多人，可都是老周的老下属，真正意义上的嫡系部队。

因此，为了一碗水端平，为了保持内部的平衡，老周的动作不能过大，更不能过猛。

不过，徐斌一向是个恃才傲物之人，加盟奇迹也有段时间了，老周却没有给他任何的“名分”，难道他心里一点想法都没有吗？通电话时，张成铭还向张莹抛出了这个疑问。张莹回答说：“成铭，除去齐文东和高强，在奇迹内部，你应该是最了解老周的人。这么多年下来，你应该明白，从齐文东到奇迹最基层的员工，包括你在内，每个人都只是他手中的一颗棋子罢了。既然是棋子，就随时有成为牺牲品的可能性。徐斌固然是个技术专家，可反过来想，没有老周，他根本就没有用武之地。所以，从某种意义上而言，老周三顾茅庐请徐斌出山是夸大之词，徐斌对老周感恩戴德，才是真的。”

道理归道理，现实归现实。

在暗中，张成铭还是对徐斌的情绪观察了一番，发现他跟往常差不多，像是什么事情都没有发生似的。更让他惊讶的是，对于他出任部门总经理一事，徐斌还主动前来道贺。周钧韬的驭人之术，可见一斑。

诚然，张成铭“升官”是喜事，但毕竟只关乎他个人的荣誉和前途。不到十天，安全卫士部门出了一件更大的喜事，周钧韬让张成铭和徐斌开发的那款专治流氓软件的软件正式上线。并且，上线仅一天，安装量和用户量就非常可观，直接破了六位数，轰动了整个互联网业界。

从创办奇迹开始，周钧韬就憋着一口气。他原打算借助搜索这块阵地在业内重新打响名声，结果搜索败了，安全卫士则被提到了核心位置。虽说奇迹安全卫士已步入了正轨，且发展势头正猛，但举目整个互联网安全圈，奇迹安全卫士所处的地位只能用“比上不足，比下有余”来形容：上面，有肯巴卫士这个老大，还有小狮子和敏强等老牌劲旅；下面，有万众卫士和宏远卫士盯着。先前，奇迹安全卫士之所以能有着持续的发展空间，得益于相对宽松的环境。所谓的宽松，有两层意思：一是在奇迹内部，安全卫士的地位不高，老周也并未给太大的压力；二是外部环境，许多巨头公司，即便是竞争对手，并没有关注到奇迹在这个项目上的崛起。即便是关注到，也没有放在眼里。

现在不同了，奇迹安全卫士有了一款属于自己的、真正意义上的产品，且是“大杀器”级别的产品，对周钧韬而言，终于可以扬眉吐气一番了。

最先注意到这款软件的，还是远在珠海的顾长青。他给张成铭打来电话时，张成铭犹豫了不少时间才接起。

之所以犹豫，是有原因的。眼下，正值奇迹和肯巴合作的“蜜月期”，而且，张成铭是希望和顾长青深度合作的。按说，既然是盟友，奇迹有如此大的动作，那就应当告知肯巴。可老周却给他下过死命令，此事不能告诉任何的局外人，包括肯巴卫士的人。言外之意，老周是把顾长青当局外人来看待。老周既已下了命令，之前几次联系时，张成铭也就不好向顾长青提及。不提的同时，也就留下了一大隐患，这件事顾长青迟早会知道的，一旦顾长青知道，心里面肯定会有想法。到时候，该如何解释呢？

此时此刻，这道难题，就摆在了张成铭的面前。他不禁暗责道，老周啊老周，好人都让你一个做绝了，我张成铭非但沾不到光，还得出面给你背黑锅，这都算是什么事情呀。

“成铭，不错呀，短短的时间内，你们奇迹安全卫士就在安全圈搞出了这么大的动作！”顾长青的声音听上去明显与以往不同，充斥着抱怨和怒气，大有兴师问罪之意。

“顾总监，我想……我想我有必要跟你解释一下……”

“成铭，许多事情，有了结果，再去解释，就好比是亡羊补牢，为时过晚了。我也知道你想做何解释，发明这款专门卸载流氓程序的软件，是老周的意思。让你保守秘密，也是老周的意思。但是，这又有什么用呢？事实是，这款软件已经上线了，并且，一上线就赢得了极佳的口碑。当然，如果把这件事当成个体事件，的确是和我们肯巴无关，是你们奇迹的内部事件。但问题是，我们双方现在是盟友关系，你有没有想过，外界会怎么看待我们肯巴卫士？他们会误以为，开发这款软件，我们肯巴卫士也有份。我们肯巴什么好处都没有捞到，却惹得一身的骚，凭什么？”

“顾总监，也许这件事还可以弥补呢……”

“成铭，你给我个答案，这件事该怎么弥补？昨天到现在，不知有多少个电话打到我这儿，甚至我们黎总那里，想采访此事。另外，网络上的各种新闻，也是铺天盖地的。大多数都是批评我们肯巴和你们奇迹是一丘之貉。我们现在唯一所能做的就是危机公关，澄清此事。但这种事，不是你想澄清就能澄清的，因为我们两家是盟友，这是改变不了的事实。好在我们的危机公关团队有着很强的专业素养，否则，这件事对我们肯巴将造成极为恶劣的影响。”

顾长青越是急，张成铭就越不能急。

于是，他小心翼翼地问：“顾总监，那黎总的态度呢？”

说一千道一万，张成铭最关心的，还是黎卫国的态度。他不想因为此事，导致奇迹和肯巴的合作戛然而止。

“刚开始得到这条消息时，我们黎总是极其愤怒的，感觉是被老周摆了一道。不过，黎总毕竟是见过大场面、经历过大风大浪的人，发了一通火，就冷静了下来。还说，老周本就是变化无常、践踏规矩之人，会做出这种事，也是正常之举。既然事情已经发生了，处理掉就行了。”

说话时，顾长青的火气也慢慢降了下来。他意识到，刚才对张成铭的语气的确是重了些。他更清楚，张成铭所处的位置注定了他不得不去严守这个秘密。

“顾总监，那我们双方的合作呢？”

“我们黎总没有明确说取消和奇迹的合作，这就代表着，我们双方的合作会继续下去。但是，如果老周再做出什么出格的事情，我就不好保证了。成铭，替我给老周带句话，多行不义必自毙。他再这么一意孤行，视规则于无物，终究有一天会变成孤家寡人和行业公敌的。”

黎卫国并未断绝和奇迹的合作，张成铭一直揪着的心，总算是松开了。

“顾总监，放心，我会去跟老周说道说道的。”

“成铭，今天这个电话，我只是对事不对人，并没有任何责怪你的意思。我也明白，你的处境比我更微妙。”顾长青恢复了缓和的语气，又说，“至于老周那边，你能说则说，不能说也就算了。你比我了解老周，有些话说了，他非但不听，反而会得罪他，那还不如不说。”

“顾总监，我心里有数。”

与顾长青通完电话，张成铭做了好长时间的思想斗争，权衡各种利弊，终于下定了决心，去找老周，开诚布公地谈谈这件事。

刚进办公室的门，老周便说：“成铭，这周末抽个时间，我亲自做东，请你们部门的人吃个饭，犒劳大家。”

“周总，时间和地点你来定，我来传达消息。”

“好好好！”周钧韬一连说了三个“好”，又说，“成铭，前段时间，我跟你说过，我一直失眠，一失眠，就犯胃痉挛的老毛病。如此恶性循环，整个人都快扛不住了。自从你们研发的这款软件一上线，就取得了如此骄人的成绩，说来也奇怪，我这几天睡得特别踏实。所以说，这心病哪，还需心药医。成铭，‘二战’时期的斯大林格勒战役，你总该知道吧？”

“知道，对当时的苏联而言，斯大林格勒战役是一道分水岭。战役之前，德军采用闪电战，席卷了苏联的半壁江山。战役之后，苏联开始转守为攻，并最终将纳粹德国赶出了国门。而且，这场战役还是‘二战’整个欧洲战场的转折点。”

“成铭，在我看来，你们研发的这款软件，就好比是咱们奇迹的斯大林格勒战役，将成为奇迹发展史上的重要转折点。接下来，我们所要做的，就是乘胜追击，在互联网安全领域占领更大的市场，成为真正意义上的一方霸主。痛快，这一仗打得简直太痛快了！”

见周钧韬一脸的冲劲和喜悦，张成铭总觉得这个时候不该泼盆冷水。但该说的话迟早还是要说的，于是，他咬了咬牙，说道：“周总，刚才顾长青给我来电话了……”

“顾长青，他是来兴师问罪的吧。埋怨咱们在搞出这么大的动静前，没有知会他们一声，对吧？”周钧韬满不在乎道，“那又如何？我老周做事，一向只看结果，不看过程。结果是，奇迹安全卫士在安全圈站稳了脚跟。至于黎卫国和顾长青，他们怎么想，是他们的事情。”

“可是周总，你别忘了，奇迹和肯巴是盟友。我们这么做，存在着出卖盟友之嫌。”

“出卖？”周钧韬冷哼了一声，“成铭，你这是在质疑我的人品吗？”

张成铭急忙摇头道：“不是不是，周总，我不是这个意思。只是觉得这么做，有些不地道，容易遭来同行的非议。搞不好，会影响到我们双方的合作。”

“成铭，你太天真了。你对人地道，就能保证别人不会恩将仇报吗？想当年，我是如何对待郭腾义的？可郭腾义呢，又是怎么对待我的？这么惨痛的教训摆在面前，我绝不会再犯同样的错误。再说了，生意场上，本就充斥着利用和出卖。”

明知周钧韬说的是歪理，但张成铭还是耐着性子辩论道：“周总，我的意思是说，既然咱们和肯巴是盟友，那么，就算提前告诉他开发这款软件一事又何妨呢？作为盟友，肯巴方面的人，于情于理都该为我们保守秘密。而且，我了解顾长青的为人，他是做人做事都很有原则的一个人。”

“你了解顾长青的为人？凭什么？你和他认识才多长时间啊？”周钧韬连续发问道，继续说，“这种事，多一个人知道就多一分风险。诚然，肯巴卫士现在是我们的盟友，但终归还是会成为我们的敌人。顾长青知道了，也就代表着黎卫国知道了。万一黎卫国觉得这是个好项目，也去开发了。凭肯巴卫士的实力，估计拿出产品的时间比我们还要快。真要是发生了这种事，成铭，你能负得起这个责任吗？”

“周总，据我了解，肯巴当初有过做类似软件的构想，只是……”

“当初是当初，现在是现在。成铭，你觉得我们再在这个问题上纠缠下去有意义吗？”周钧韬一脸阴沉地质问，“我原本打算告诉你公司最近的一次大动作。这个动作，比推出这款软件还要大。但是，鉴于你现在的情绪，我认为还是不说为好。”

碰了一鼻子的灰，张成铭只好耷拉着脑袋出了门。他的本意，是给老周敲一下警钟，别过于高调，更别过于狂妄自大。但老周似乎被暂时的胜利冲昏了头脑，根本不理会他的“谏言”。

在业内，老周、蔡崇云和陈启锐皆是以进攻为主要手段的大佬。从大可到奇迹，老周的进攻欲望一直很强，只是事实不得不让他一次又一次地选择转攻为守，压抑了他心中崇尚进攻的那团火。现在，流氓克星软件的成功，如同帮助他打开了火山口，无数的火苗喷发而出，一发而不可收拾。

心情虽低落，但张成铭的内心还是很平静的。这种时候，他需要平静，去找到头绪，理清思路。

周钧韬刚才说，近期公司会有大动作，还说这个大动作绝不亚于流氓克星软件的上线，这到底会是什么动作呢？难不成，老周打算重振奇迹搜索的雄风？这个念头，只在张成铭的脑海里停留了几秒钟，就被他否定了。

不可能，绝对不可能。

奇迹的核心项目从搜索到安全卫士，对老周而言，是无奈的抉择，也是悬崖勒马之举。在创立之初，甚至更早，老周就有做这个杀毒软件的筹划。与此同时，他也给自己布置了退路。但是，做搜索总归是老周最大的梦想。如果做成了搜索，就有了和蔡崇云和郭腾义叫板的实力。倘若搜索败了，好歹也有安全卫士这条退路在。不过，安全卫士这条路能走多远，并不在老周的预判之内。不可否认，安全卫士能走到今天，或多或少有运气的成分。既然一切来得如此不易，老周就不可能在安全卫士刚刚站稳脚跟之时，又回过头去做搜索。正如张莹所说，每个人，都要在理想主义和现实主义中做出抉择。尽管，这种抉择是艰难的，甚至是残酷的。做搜索是老周的理想，现实却是，安全卫士已经取代了搜索，成为奇迹的拳头产品。

之前，奇迹就犯过双线作战的策略性错误，这个错误对整个奇迹是一次灾难。眼下安全卫士势头正旺，老周不可能再一次犯同样的错误——如此低级的错误。

如果不是重操“旧业”，那又会是什么呢？想着，张成铭进一步把范围缩小到安全卫士这一领域。莫非，老周是想借着流氓克星软件的上线，继续有所作为？这种可能性，还是很大的，既能满足老周的进攻欲望，又能借着这股势头将安全卫士带到更高的层次！

作为安全卫士的掌门人，张成铭自认为了解部门里发生的每一件事。可即便是耗掉了不少脑细胞，还是想不出个所以然来。还有，老周不愿意在自己面前提及此事，真是因为自己的情绪问题吗？如果不是，那么，唯一合理的解释就是，老周开始不信任自己了。或者说，生性多疑的老周从来就没有相信过别人，即便是身边的人，他也做不到百分之百的信任。

越是往下想，就越找不到头绪，张成铭只觉得脑袋发涨，整个人闷得慌。于是，他下了楼，在公司底下的院子里转悠着，没转几圈，就看见高强慌慌张张地进门。

“成铭，今天怎么这么有空？”

张成铭和高强，积怨已深。以往见到张成铭，即便是迎面撞上，高强基本上也是装作没看见，把张成铭视为空气。

高强冷不丁和他打个招呼，张成铭反倒觉得有些不自然。不过，他出于礼貌，便说："没什么，到楼下呼吸呼吸新鲜空气。"

为尽快地停住和高强的对话，他只是象征性地回应了一句，并没问高强从哪里回来，办了什么事。哪怕是高强的神情略显古怪，让他好奇，他也不愿深谈下去。

"是的，做我们这一行的，脑子里每天都塞满了各种产品和数据。有空的时候，是该下来转转，换换脑子，放松放松。"

高强并没有马上上楼，而是站在了张成铭的跟前。张成铭能感觉得到，高强应该有什么话要对自己说，但他不主动说的话，张成铭根本就没兴趣往下探问。

黄鼠狼给鸡拜年，能安什么好心？

见张成铭没有任何的反应，高强又说："成铭，前些日子挺苦恼的吧？"

"高总，我是个悲观主义者，大部分时间都挺苦恼的。不知道你指的是什么时候，又或者具体是什么事情？"

"成铭，看来你还真是挺排斥我的。我也知道，这么多年下来，你总认为我是戴着有色眼镜看你。可你有没有想过，从大可到奇迹，大部分的时间，你就像个刺猬似的，浑身带着刺，棱角过于分明。每次例会，不管是大会还是小会，想到什么就说什么，这样做，是容易得罪人的。许多时候，我批评你，也就是你认为的故意给你穿小鞋，从本质上来说，是为你好。"

张成铭嗤之以鼻道："高总，谢谢你的用心良苦。"

高强也不在乎张成铭的态度，继续说："回到刚才的话题，既然你问得这么直接，我也就把话挑明了。我指的是前段时间有人在你背后给你抹黑一事，包括有人反对你出任安全卫士部门总经理，以及有人写邮件给周总，批评你搞独立王国。"

"高强，都过去了。事实上，我现在已经上任，这就够了。"

高强不依不饶地问："成铭，难道你就不想揪出幕后捣鬼的那个人？"

"高总，这不是我想不想的问题，而是周总让不让我这么做的问题。"

"成铭，你果然是成熟了。"高强看了一下四周，发现没人后，又故弄玄虚道，"总之一句话，你要小心齐文东这个人。"

说完，还没等张成铭反应过来，高强就已经上了楼。

要说张成铭不想查出幕后黑手是谁，那是假的，只是时候未到罢了。只是，高强所谓的"善意"提醒，和他之前的猜测不仅有出入，而且出入还很大。事情发生后，经过理性分析，张成铭将最大的嫌疑目标，锁定在了高强和徐斌的身上。刚才，高强有意和他套近乎，无非就是在暗示他，齐文东才是真正的幕后黑手。齐文东和高强是老周的左膀右臂，平日里，张成铭也没觉察到他们二人有什么矛盾。看来，公司内部的斗争，尤其是高层间的内斗，比他想象中还要恶劣许多。

放在之前，对于高强的这番暗示，张成铭根本就不会理会，只把它当成耳边风。高强有此论调，说穿了，是在诋毁齐文东。可现在不同了，上次和徐泽丰喝酒时，徐泽丰提醒过他，要提防奇迹内部的每个人。此外，他们的话题还涉及齐文东。一直以来，张成铭对齐文东都颇为尊重，把他当成师长来看待。除了徐泽丰和张晨蕊，齐文东是他在奇迹最为信任的人。但是，徐泽丰的提醒也不无道理。随着安全卫士部门的崛起，张成铭的地位也相应地提高了，有了自己的独立办公室，工资待遇也到了高层的级别，老周给的股权也多了。再加上上次的新闻发布会后，业内一直有传言，老周是把张成铭作为接班人来培养。论资排辈，身为"二号人物"的齐文东才是接班人的最合适人选。张成铭的半路杀出，直接危及了齐文东的地位。因此，齐文东把他视为假想敌，也是情理之中的事情。不管如何，往后当着齐文东的面，都该留个心眼才是真的。

不过，一码归一码，齐文东把他当成假想敌是一码事，有人在背后抹黑他是另一码事。理智地分析，这件事应当与齐文东无关。高强演这出戏，真正的目的，是扰乱张成铭的视线。换个角度看，也是心虚的一种表现。他越是这么做，嫌疑就越大。

看来，基本上可以判定，这件事是高强和徐斌联手在背后搞的鬼。

29

被逼出局

十天后，正值周末，老周出招了。并且，如他所言，果然是大招。

这天上午，老周亲自对外宣布，奇迹将推出永久免费的杀毒软件，再次向安全圈砸下了一颗重磅炸弹。这条消息，对网民来说是天大的好消息，对竞争对手而言是致命的打击，几乎打了所有竞争对手一个措手不及。

但对张成铭而言，简直就是噩耗。

竞争对手的唾沫星子，以及被扣上“行业公敌”的帽子，周钧韬早已习惯。“既然占据不了道德的制高点，那就占据利益的制高点。”这是老周经常挂在嘴边的一句话。可作为安全卫士的掌门人，张成铭却一直被蒙在鼓里。对此，他心里面是有气的。之前，老周曾说过，因为张成铭的情绪问题，暂时不想在他面前提及“大动作”一事。现在看来，老周是刻意隐瞒这条消息。

推出永久免费的杀毒软件，意味着奇迹和肯巴的盟友关系就此决裂。当初，双方之间的合作是建立在收费分成模式上的。现在老周倒好，在没有知会盟友的情况下，打出了“免费”这张牌。在榨干肯巴卫士的利用价值后，彻底甩开了黎卫国。与此同时，还把烂摊子交给了黎卫国和顾长青收拾。

之前，奇迹推出流氓克星软件时，已经激怒了黎卫国。据张成铭的猜测，私底下，黎卫国肯定质问过周钧韬此事，之所以没有中断和奇迹的来往，是考虑到还算诱人的利益分成。这一次，老周则是践踏了黎卫国心中的底线。不出所料的话，肯巴会有所反击，至于什么时候反击，只是时间问题。

看来，周钧韬是打算在“行业公敌”这条路上，一直走到黑了。

奇迹与肯巴合作之初，顾长青和张成铭作为具体的执行人，是盼望着双方能够深度合作下去的。不过，他们心里也各自有数，双方分道扬镳，是迟早的事情。张成铭南下珠海时，顾长青也毫不忌讳地谈到了这一点。没想到的是，这一天会这么早地到来。掐指一算，双方从联姻到分手，只有短短两个月左右的时间。其实，除了顾长青，包括张莹和徐泽丰等人，对这次曾轰动业界的结盟都是不看好的，都给张成铭打过预防针。

当局者迷，旁观者清。

即便周边皆是唱衰声，张成铭依然乐观地认为，奇迹和肯巴在安全领域上的合作，最起码也要持续两到三年。最终，现实狠狠地扇了他一耳光，两个月和两到三年相比，差太远太远了。

张成铭坐在办公室里，背对着门，表情如窗外的天气般暗淡。过了半晌，他暗自摇了摇头，太嫩了，自己在周钧韬面前还是太嫩了。跟随老周二次创业，张成铭给自己的定位很明确，做一颗有用的棋子，能够牵制各方战局的棋子。可到头呢？还是被老周当成了猴子般来耍。一想到这些，张成铭的心中就冒出一股无名之火。他恨不得跑到老周的办公室，和老周大吵一番，甚至不惜以撕破脸皮为代价。

张成铭正郁闷着，齐文东推门而入道：“成铭，怎么打你电话没接？”

张成铭愣了愣，掏出手机一看，手机处于静音状态。因这两天心情不佳，整个人都恍恍惚惚的，早上来到公司时，忘了调整手机的铃声模式了。

“齐总，有事？”

“今天是周一，每个周一的上午，公司都会召开中高层的例会。”齐文东没好气地问，“你忘啦？”

“今天是周一？”

“成铭，你以为呢？”齐文东催促道，“速度快点，已经过了开会的点了，会议室就差你一个人了。”

张成铭“哦”了一声，紧跟上齐文东的脚步。路上，他琢磨着是否该借用这次例会的时机，当着公司所有中高层的面，把话向周钧韬挑明。尚未琢磨透，两个人已进了会议室。

周钧韬扫了张成铭一眼，表情冷淡。随后，他清了清嗓子道：“人都到齐了，咱们开会吧。上个周末，对我们奇迹网络而言，是极具历史意义的两天。我相信，等到将来我们回过头去看，在座的每个人都会发现，推出永久免费杀毒软件，势必会成为公司发展史上最为关键的转折点。有些话，我老早就想和大家说说，只是一直没有合适的机会。创办奇迹之初，我希望公司能在搜索领域有所建树。现在看来，当初的决策是错误的，是大方向上的错误。我也承认，我老周是被仇恨蒙蔽了眼睛，才做出如此愚蠢的决定。好在天不灭我老周，公司及时调整了战略方向，把核心业务迁移到了安全卫士上。之后，通过与肯巴的合作，奇迹安全卫士成为网络安全市场上最有分量的杀毒软件之一。两天前，我们又推出了永久免费的杀毒软件，赢得了网民的一致好评。在互联网时代，网民是什么？网民就是我们的衣食父母，就是我们这些互联网公司真正意义上的上帝。因此，赢得网民就能赢得市场。我希望，我们再用一年的时间去冲击安全圈。一年之后，把‘之一’去掉，超过肯巴卫士，登上行业头把交椅的位置。我还是那句话，只要大家好好干，公司给予你们的股权会更多。接下来，大家都说说自己的想法吧。”

按惯例，首先发言的是齐文东，然后是高强，再接下来是史虹翎。齐文东和高强的言论，皆是附和和恭维之话。唯一的区别，只是高强比齐文东更为露骨一些。张成铭暗想，显而易见，老周已经被短暂的胜利冲昏了头脑，作为他的左膀右臂，却不敢直言，给他敲个警钟，反而尽显谄媚之态。高强这么说，也就罢了。就连齐文东，也是这副嘴脸。一直以来，张成铭对齐文东都是尊敬的，齐文东虽言辞不多，却是个睿智之人。的确，公司的绝大部分决策是老周拍的板，但具体把关和执行的，都是齐文东。换言之，齐文东是奇迹网络政令通行的关键一环。即便是徐泽丰和高强提醒张成铭要提防齐文东，他也没太放在心上。与人相处，提防是一方面，融洽是另一方面。最起码，在没有找到确凿的证据之前，不能抹黑齐文东。不过，齐文东刚才的表现，太令人失望了。

从短期来看，奇迹安全卫士是赢来了胜利，可从长远来看，却未必，因为此次胜利是冒着被行业所孤立为代价而换来的。与此同时，他们把黎卫国还彻底得罪了。当初，肯巴卫士在遴选合作伙伴时，宏远才是他们的第一选择，无奈之下，黎卫国和顾长青才选择了奇迹。从某种意义而言，是肯巴把奇迹带上了更高的层次。老周不仅不懂得投桃报李，而且把事情做得如此绝，不留一丝的后路。万一肯巴展开反击，就凭奇迹现在的实力，能扛得住吗？最坏的局面是，黎卫国拉拢李星河以及其他巨头公司，围剿奇迹。到时候，奇迹又该如何招架呢？在张成铭的眼里，这并非一步妙棋，而是臭棋。

更何况，周钧韬此举是违背职业道德的，是在透支自己的个人信用。在如此大是大非面前，齐文东居然视而不见。看来，是要重新审视齐文东的为人了。

三个人中，唯一发出不同声音的，是史虹翎。不过，史虹翎也只是拐弯抹角地说了个事实，老周将永久免费杀毒软件昭告天下的当天，黎卫国就去了鹏城密会李星河。史虹翎的言外之意是，肯巴极有可能和宏远联手向奇迹安全卫士宣战。当史虹翎道出这个事实时，迎接她的是老周冷峻的眼神。于是，史虹翎就没敢再往下说了。

对于史虹翎不敢直言，张成铭倒是可以理解。从宏远跳槽到奇迹，史虹翎虽担任首席技术官，但她并非老周的嫡系。因此，史虹翎需要赢得老周的信任，才能站稳脚跟，获取尽可能多的股权。当然，凭借史虹翎的能力和在业界的名声，即便离开奇迹，也可以加盟其他的互联网公司，担任比较高的职务，可这并非明智之举。

一个人，不管你的能力有多强，过于频繁的跳槽，并非好事，别人首先会怀疑你的忠诚度有问题。

齐文东、高强和史虹翎相继亮明态度，接下来，就轮到了张成铭。见张成铭只坐着愣神，周钧韬提醒道："成铭，说说你的看法？"

"好，那我就说说。"张成铭显得格外冷静，面无表情道，"我个人认为，公司做出这样的决策，是愚蠢的，是鼠目寸光之举。"

一石激起千层浪，张成铭的话音刚落，下面一片哗然声。

"鼠目寸光！"周钧韬一下子下不了台，涨红着脸问，"成铭，你倒是说说看，怎么个鼠目寸光？"

"第一，我们和肯巴卫士的合作是建立在收费模式上的。但是，在没有知会对方的情况下，我们相继推出了流氓克星软件和永久免费杀毒软件。这种行为，不仅是在透支公司的信用，也是在树立更多的敌人。固然，这两大软件出炉后，我们在安全市场占有的份额会越来越多，但和肯巴卫士相比，还是存在着不少短板的。万一把黎卫国惹急了，进攻我们，该怎么办？第二，坦率说，我预料到我们和肯巴的合作终究会有分道扬镳的时候，可现在就这么做，太操之过急了。并且，顾长青带领的团队还有不少东西值得我们去学习。因此，在这个问题上，我们太狂妄，也太自大了。第三，为什么发生这么大的事情，公司内部没人提反对意见，哪怕是半点不同的声音都没有？不得不说公司内部的氛围有问题。以上三点，就是我要说的。"

说完之后，张成铭并未感到紧张，而是紧紧地盯着周钧韬。老周阴沉着脸，嘴角不自觉地抽搐着，眼中透着杀气，表情极其难看。以往，看到老周的这种表情时，张成铭总有种本能的畏惧。此时此刻，他却格外地淡定。

"成铭，你这是在质疑在座的每个人的能力，也是在质疑我老周的能力吗？"周钧韬终于克制不住情绪，大声质问道。

一直以来，周钧韬都希望内部能有不同的声音，他希望让员工看到自己民主的一面，哪怕这种民主是假的。可他从来不允许有人挑战他的权威，尤其是来自他下属赤裸裸的挑衅，等同于践踏了他的底线。

“周总，我是在怀疑自己，到底有没有能力带领安全卫士的团队继续走下去！”

“张成铭！”周钧韬叫嚣道，“如果你觉得奇迹不适合你的话，你完全可以离开，现在就可以离开！”

张成铭冷笑了一下，站起身，大步地走出了会议室。他回到办公室，简单地收拾了一番。离开前，他又回头看了一眼曾经战斗过的地方，才下了楼。外面正下着雨，但他似乎根本就没有意识到，任凭雨水打在脸上。不出片刻，全身就被雨水浸湿了。

张成铭心里很清楚，这一次，他算是彻彻底底地把老周得罪了。依老周的个性，自己被扫地出门，几乎是可以预见的事情。也罢，说出去的话，泼出去的水，想要把刚才的话收回，是不现实的。而且，他也不想收回。正如徐泽丰所说，在奇迹待着，每天要应付那么多的暗斗和心机，身体累，心更累。要是这种状态再持续下去，自己迟早会崩溃。可是，奇迹安全卫士是自己一手培育大的“孩子”。在这个项目上，自己倾注了太多的汗水和心血，真要是放弃了，实在是舍不得。

自从踏上社会，有舍才有得的道理，张成铭听了无数遍。但舍弃奇迹的同时，他又得到了什么呢？业内的名声、公司的股权、老周传授的互联网方法论和思维……相比之下，他比大部分的同龄人——那些依然在北京城如行尸走肉般生存着的“北漂”一族，已经幸运千倍、万倍。不过，在他心中分量最重的，还是猎鹰网络。他需要通过猎鹰网络这个平台去创业，去书写属于自己的互联网传奇。

想到猎鹰网络，张成铭就想到了张莹。之前，张莹一直告诉他，等时机成熟再去依托猎鹰网络创业。现在看来，不管张莹认为时机成不成熟，自己已经被逼上梁山，只有创业这条路可以走了。稍加思量，他掏出手机，打算给张莹打个电话，聊聊这个话题。再一想，又将手机重新放回口袋。诚然，每次遇事，尤其是遇到大事时，张莹总是会给他指点迷津。可此刻，张成铭却不想打这个电话。一来，自己好歹也是个大老爷们儿，不能一遇事就向他人求教。二来，万一张莹知道此事，认为自己的行为过于鲁莽，眼下并非创业的最好时机，等于是在给自己心里添堵。

想罢，张成铭索性关了机，坐上公交车，到王府井附近下了车，就近找了一家书店泡了一天。直到晚上，才回到住处。当他打开门时，整个人都愣住了，张莹、张晨蕊、徐泽丰、黄献芬，以及安全卫士部门的绝大部分团队成员，都在客厅里站着，一脸的焦急。

看着眼前的情景，张成铭的眼眶湿润了，他想大哭一场，可终究还是强忍住了泪水。无须多言，他们是在担心自己，他们也是自己在北京闯荡这么多年最大的财富。

“张哥，你这一整天都跑哪里去了？”张晨蕊第一个冲上前问，“打了你好多个电话，手机又关机，都快把我们急死了。”

“我没事，只想一个人静一静。所以，就找了家书店泡了一天。”张成铭挤出一丝笑容，“让大家担心了，抱歉，实在是抱歉。”

黄献芬接过话茬道：“老大，事情我们都知道了，老周明摆着是逼你出局。只要你一句话，我们这么多人就跟着你辞职，看老周没有了咱们这个团队，还怎么在安全圈混！”

黄献芬话刚一落，其他人也跟着一呼百应。

“胡闹！”张成铭制止道，“你们真要这么做，是陷我于不仁不义的境地。不管如何，这么多年下来，老周对我是有恩的。我张成铭真要这么做，那估计要一辈子背着叛徒的骂名过日子了。”

“成铭，叛徒又如何？在老周眼里，我徐泽丰不也是叛徒吗？况且，老周当初离开智源科技时，不也带走了核心技术和骨干团队吗？”

张成铭斩钉截铁道："泽丰，我说不行就是不行，这是我张成铭做人的原则。好啦，时间也不早了，大家都早点回去休息吧。"

等一众人纷纷离开，一直坐着的张莹，才站起身："成铭，我们下楼聊几句。"

张成铭点了点头，随后，跟徐泽丰耳语了几句，让他抓住机会，先送张晨蕊回家。四个人一道下了楼，徐泽丰负责送张晨蕊回去，张成铭和张莹则一道在小区的院子里散着步。

"张姐，你是不是觉得我公然挑衅老周的权威，太过于冲动了？"

"成铭，木已成舟，也就不存在冲动与不冲动一说了。而且，依你的个性，在老周身边办事，这种情况迟早是会发生的。这里面，有你性格上的原因，但最关键的还是老周不信任你。"

"老周不信任我？"张成铭诧异地问，"不应该吧！"

"成铭，那就换个话题，难道自始至终你对老周就是忠诚的吗？"

张成铭暗自琢磨，要说自己是否对老周"忠诚"，还得一话两说。自己当初加盟奇迹的最终目标是为了创业。也就是说，从一开始，自己就是有私心的，对老周是不忠诚的。但在奇迹打拼这段时间，自己对老周又是忠诚的。

"张姐，我对老周忠诚不忠诚不重要，重要的是，一向自诩为曹操、生性多疑的老周，会不会信任我。"

"成铭，所以说，看问题的角度不同，答案也就不同了。"张莹淡然一笑，"也许从顾长青拉拢你去肯巴卫士的那一刻起，老周就已经不信任你了。想当年，老周离开智源科技时，带走了核心技术和团队。所以，他主观上总以为，你们这些人会用同样的方式对待他。而且，你会发现，老周对'叛徒'一词特别敏感。在这之后，作为投资方的代表，我又点名要见你，又增加了老周的疑心。再后来发生某些事，你再回头想想看，是不是一次又一次地让老周怀疑你的忠诚度？"

"再后来发生的某些事"？张成铭眉头微皱，又琢磨开来了。深入一想，还真是有，当老周分配股权时，为团队成员着想，自己曾提出，安全卫士部门的股权，自己是这个部门老大，应该有主动权。对于表明民主，实则奉行一言堂的老周来说，无疑是在挑战他的权威。还有，因某些人的反对，自己从产品经理到总经理的升迁过程中，遭受到了阻力。之后，张莹向他施压，这件事总算是解决了。老周肯定会误以为自己和张莹从一开始就在做局，企图控制奇迹。类似的事情，还有很多很多。只是身为局内人，自己一时间看不透罢了。

“张姐，你这么一说，还真是有道理。”张成铭苦笑了一下，进入了正题，“张姐，我现在最迷茫的，是接下来的路该怎么走，眼下到底是不是创业的最佳时机？”

“成铭，事已至此，再去讨论最佳时机这个话题，已经没有实际意义了。现在是老周逼你出局，逼你去创业。也好，有人在背后逼你一把未必是坏事。好在猎鹰网络手握卡斯中国区的代理权这张牌，这张牌，就是你创业的跳板。”

“张姐，这么说，你也支持我现在就去创业？”

“成铭，我什么时候没有支持过呢？”张莹笑着反问，“不过，即便是依托猎鹰网络创业，动作也不能过大。动作一大，就容易被竞争对手盯上，存在着胎死腹中的风险。尤其是老周那边，可以预判的是，你和老周，早晚有一天会成为敌人。猎鹰和奇迹交手，也是免不了的事情。所以，你要有这个心理准备。”

“张姐，我想过这个问题，只是真要对老周和奇迹下手，我还真是……”

“成铭，人生没有回头路，往前走，朝前看吧。”

“明白。”

四天后，周六中午，张成铭正在张罗着猎鹰网络的开局事宜时，接到了齐文东的电话。齐文东问他在哪儿，有没有空，有空的话，见个面，聊一聊。张成铭犹豫片刻，答应了下来，并说：“齐总，正好，我还没吃中饭，那就老地方吧。我们再次回到北京时，王府井附近的那家火锅店。”

张成铭赶到火锅店时，发现齐文东已在包厢里，并点好了菜等他。

“成铭，坐，这过了好几天了，心情总该平静了吧。”齐文东笑容可掬地问。

“齐总，我心情一直都挺平静的。”张成铭强调道，“当时在公司的中高层例会上，也挺平静的。”

“成铭啊，看得出来，你这心里还是对周总有气的。”

“齐总，没有，真没有！”

“成铭，你应该清楚，周总一直都很器重你。可你呢？却当着那么多人的面，让他下不了台。冲动，太冲动了。事后，周总找我聊过几次，说不管如何，你都是奇迹的大功臣。即便犯了错误，也是功大于过。言外之意，就是让你重回奇迹，继续掌舵安全卫士部门。”

“齐总，我不想回去了，也回不去了。”

“成铭，你真打算离开奇迹？你有没有想过，你一走，安全卫士这个大项目就要交给徐斌去负责了。安全卫士可是你一手养大的孩子，等到孩子能够活蹦乱跳了，却拱手送人，你舍得吗？”

“齐总，有舍才有得。”

“那我倒是要问问你，你得到了什么？”

“齐总，相处这么长时间。坦白说，我挺感激你和周总的，是你们带我入行，给我创造了平台，让我认识到什么叫互联网。但你应该了解我的脾气，我已经决定辞职了。”

随后，两个人都陷入了沉默。良久，齐文东从公文包掏出一份文件，放在张成铭的面前。

“成铭，你真要是决定离开，就把这份协议签了！”

“协议！什么协议？”张成铭满脸疑惑地问。

“你看了就知道了。”

张成铭快速拿去协议，浏览了一遍，大致了解了内容。协议注明，他可以从奇迹离职并拿到 100 000 股股票，但必须和奇迹签订严苛的协议。第一，18

个月内，不能做任何跟奇迹有竞争的产品，包括安全和搜索。第二，不能加入和奇迹有竞争的公司，包括当时几乎所有主流的互联网公司。第三，即便是创业，也不能接受奇迹的员工。第四，永远不能公开讲不利于奇迹网络的话。

“齐总，老周这是要赶尽杀绝啊！”看完协议，张成铭愤慨道。

“成铭，老周对你算是仁慈了。否则，你怎么可能会拿到100 000股的股票呢。再说了，这个协议就是走过场而已。而且，听老周的意思，只要你半年内不做安全，就什么事情都没有。”

半年内不做安全？张成铭估算了一下，猎鹰网络手握卡斯中国区的代理权，最终势必要做安全的。不过，打开局面需要时间。再者，这半年，还可以好好地研究图片处理软件。等风声过去了，再去涉及安全业务也不迟。张成铭原打算找张莹商议，想了想，还是自己做决定了。

“好，齐总，本着息事宁人的原则，这份协议我签了。”

等张成铭签完字，齐文东起身道：“成铭，我先走一步，祝你好运。”

半个月过后，张成铭坐在北京飞往鹏城的航班上，去见陈雅琳。

下飞机时，他打开手机，收到了张晨蕊发来的一条短信：张哥，不管其他人怎么想，你去哪里，我就跟着去哪里。张成铭抬起头，望着天空，深叹了口气，回复道：晨蕊，谢谢。

去哪里？在张成铭的生命中，已经不是第一次遇到类似的命题了。大学毕业留在北京，从北京回江西老家，从江西老家再到北京。每一次的抉择，都注定了不同的人生轨迹。

现在，他再次站在了人生的十字路口，迎接着未知的挑战和机遇。唯一笃定的是，终于走上了创业之路。不过，面对周钧韬的那份竞业禁止协议和业内白热化的竞争，猎鹰网络到底能走多远，更是未知数。

（第一部完）